Denise Hunter

Das Haus der großen Träume

francke

Über die Autorin:
Denise Hunter hat bereits über 20 Romane geschrieben, die in den USA mit etlichen Preisen ausgezeichnet wurden. Neben dem Schreiben genießt sie es, mit ihrer Familie zu reisen und Schlagzeug zu spielen. Zusammen mit ihrem Mann und ihren drei Söhnen lebt sie in Indiana.

Bibliografische Information Der Deutschen Nationalbibliothek
Die Deutsche Nationalbibliothek verzeichnet diese Publikation in der Deutschen Nationalbibliografie; detaillierte bibliografische Daten sind im Internet über http://dnb.ddb.de abrufbar.

ISBN 978-3-86827-665-7

Originally published in English under the title
Wishing Season
Published by arrangement with The Zondervan Corporation L.L.C.,
a subsidiary of HarperCollins Christian Publishing, Inc., USA

35037 Marburg an der Lahn
Deutsch von Dorothee Dziewas
Umschlagbild: © iStockphoto.com / franckreporter
Umschlaggestaltung: Verlag der Francke-Buchhandlung GmbH
Satz: Verlag der Francke-Buchhandlung GmbH
Printed in Czech Republic

www.francke-buch.de

„Sie ist eine würdevolle und angesehene Frau,
zuversichtlich blickt sie in die Zukunft."
Sprüche 31,25 (Hfa)

In liebevollem Gedenken an Diann Hunt
2. August 1955 – 29. November 2013

Du hast mich durch dein Vorbild gelehrt, du hast mich mit deinem wundervollen Geist inspiriert und du hast mich zum Lachen gebracht, bis mir die Tränen kamen. Aber vor allem hast du mich geliebt, so wie ich bin. Ich danke Gott von Herzen dafür, dass er dich in mein Leben geführt hat. Du wirst immer in meinem Herzen sein.

Kapitel 1

PJ McKinley wollte gerade das Licht ausmachen, als sie ein Geräusch hörte. Reglos blieb sie in ihrem Bett sitzen, die Hand über dem Tablet erstarrt.

Rums.

Wahrscheinlich war es nur der Wind. Oder die alte Heizung oder ein loser Fensterladen. Sie wohnte erst seit einer Woche in ihrem Haus und war mit den Geräuschen noch nicht vertraut. Sie sollte sich entspannen, anstatt sich von nichts und wieder nichts einen Schrecken einjagen zu lassen.

PJ speicherte die Änderungen, die sie gerade an ihrem Marketingplan vorgenommen hatte. Inzwischen war der Plan beinahe perfekt. Noch zwei Tage. Sie holte tief Luft und sog den würzigen Duft der Fettuccine Carbonara ein, die sie vor ein paar Stunden gekocht hatte. Nächstes Mal würde sie statt Frühstücksspeck Pancetta nehmen, um etwas weniger Rauchgeschmack zu bekommen. Und vielleicht ein bisschen weniger Parmesan und dafür einen Schluck Weißwein.

Bumm.

Das Geräusch kam ganz aus der Nähe. Von der Veranda. Hastig schwang PJ die Füße aus dem Bett. Das war zwar noch kein Fall für den Notruf, aber sie würde sich deutlich besser fühlen, wenn sie ihr Handy in der Hand hielt. Leider hatte sie es zum Aufladen in der Küche gelassen. Das Herz schlug ihr bis zum Hals.

Hör auf, dich verrückt zu machen, PJ.

Dies war Chapel Springs und nicht Indianapolis. Aber sie war es gewohnt, auf einem Campus zu wohnen, umgeben von Dutzenden Studenten, nicht allein. Und schon gar nicht in einem Haus im Wald, das ein Stück abseits von der Straße lag.

Plopp.

PJs Herz raste. Diesmal war es noch näher. An der Haustür. Sie ermahnte sich, das Atmen nicht zu vergessen.

Sie musste ihr Handy holen, trotz des vorhanglosen Panoramafensters und ihres dünnen Schlafanzugs, der nur aus einem ärmellosen Top und Shorts bestand. Jetzt war eindeutig der Zeitpunkt für einen Notruf gekommen. Sich zu verstecken, brachte schließlich nichts, wenn jemand einbrach. Sie rutschte von ihrer Bettkante und durchquerte auf Zehenspitzen den Raum.

Bitte, Gott … Ich weiß, es ist eine Weile her, dass wir miteinander gesprochen haben, aber –

Gerade als sie das Wohnzimmer erreicht hatte, rüttelte es am Türknauf. PJ schnappte nach Luft und ihr Blick schnellte zur Tür. Das Licht aus ihrem Schlafzimmer fiel in den dunklen Raum und ließ den Metallknauf aufblitzen.

Er drehte sich.

Jetzt wurde ihr Atem ganz flach. *Denk nach, PJ!* Sie packte den ersten Gegenstand, den sie sah: ein französisches Veilchen in einem rustikalen Tontopf. Dann huschte sie hinter die Tür und hob den Blumentopf genau in dem Moment über ihren Kopf, als die Tür aufging.

Ihr stockte der Atem. Ihre Finger krallten sich um den Topf. Die Tür flog auf, schlug gegen ihre nackten Zehen, prallte davon ab und schlug gegen den Körper, der hereinstolperte. Ein Mann. Groß und kräftig.

PJ stellte sich auf die Zehenspitzen, zielte auf seinen Kopf und ließ den Topf so fest sie konnte herunterkrachen. Der Ton zerbarst in ihren Händen und ein kleiner Schrei entwich ihrer Kehle.

Der Mann grunzte und schwankte. *Bitte, bitte, bitte!* Dann stürzte er mit einem dumpfen Aufprall zu Boden.

„Du meine Güte, du meine Güte." PJ tänzelte von einem Fuß auf den anderen. Ihre Hände zitterten und ihre Beine waren vom Adrenalin ganz weich. Rasch schaltete sie das Licht ein, bereit, nach der nächsten Waffe zu greifen.

Aber der Mann rührte sich nicht. PJ sprang über ihn und lief zu ihrem Telefon. Dann wählte sie die Notrufnummer und berichtete Nancy Lee von dem Einbruch, die versprach, Sheriff Simmons sofort rüberzuschicken. Aber PJ wusste, was das bedeutete. Der Sheriff bewegte sich im Schneckentempo und sie hatte einen gefährlichen Verbrecher bäuchlings in ihrem Wohnzimmer liegen. Einen Verbrecher, der jeden Augenblick aufwachen konnte.

Ryan! Er würde schneller hier sein. PJ drückte die entsprechende

Kurzwahltaste, rief ihren Bruder an und schilderte ihm die Lage mit einigen unzusammenhängenden Sätzen.

„Schließ dich in deinem Zimmer ein und nimm dein Telefon mit", sagte er. „Ich bin in drei Minuten da."

PJ legte auf und starrte mit gerunzelter Stirn den reglosen Brocken auf dem Boden an. Noch nicht einmal eine Woche wohnte sie allein und schon brauchte sie die Hilfe ihrer Familie.

Der Mann trug Jeans und ein dunkles T-Shirt. Sie fragte sich, warum er keine Jacke anhatte. Es war Mai und noch ziemlich kühl. Aber vielleicht froren abgebrühte Kriminelle nicht. Er hatte kurze dunkle Haare und kräftige Arme, von denen einer nach hinten weggestreckt war und der andere zum Kopf hin gebogen. Sie kniff leicht die Augen zusammen, als sie etwas auf dem Fußboden entdeckte. War das Blut?

Auf Zehenspitzen ging sie ein Stück ins Wohnzimmer zurück. Das Herz schlug ihr bis zum Hals. Es war Blut, sah sie, als sie näher kam. Es verklebte seine dunklen Haare und sammelte sich mit beunruhigender Geschwindigkeit auf dem Holzboden in einer Lache.

Ach, du liebe Zeit, ich habe ihn getötet!

Auf keinen Fall würde sie nach seinem Puls fühlen. Sie hoffte nur, dass er nicht auf ihrem Fußboden verblutete. An seiner Stirn bildete sich bereits eine Beule, aber das Blut kam vom Hinterkopf.

Gott sei Dank, dass Ryan unterwegs war. Er war bei der Freiwilligen Feuerwehr und als Rettungssanitäter ausgebildet. Sollte sie die Blutung stillen? Aber was, wenn der Mann aufwachte? Zögernd entfernte sie sich wieder von ihm, blieb aber in der geöffneten Schlafzimmertür stehen, als würde ihr Bruder dadurch schneller erscheinen.

Zwei Minuten später hörte sie das Summen eines Motors und das Knirschen von Schotter. Ryan oder der Sheriff. Sie würde eher auf ihren Bruder wetten.

Eine Wagentür schlug zu und gleich darauf kam Ryan durch die offene Haustür hereingestürmt.

Er machte sich mit der Situation auf ihrem Fußboden vertraut und warf ihr dann einen Blick zu. „Ich habe doch gesagt, du sollst dich in deinem Zimmer einschließen."

„Er hat geblutet."

Sie näherte sich dem Mann. Jetzt, wo ihr Bruder da war, fühlte sie sich viel mutiger. Mit dem Fuß stieß sie den Eindringling an, bis er auf den Rücken rollte.

„Mister? Hallo Mister?“ Sein Brustkorb hob und senkte sich. „Er atmet. Gott sei Dank.“

Ryan kniete sich hin, fühlte den Puls des Mannes und begutachtete seine Wunde.

PJ ließ den Blick über das Gesicht des Fremden wandern. Es war ein nettes Gesicht. Ein bisschen ähnelte es dem des Footballspielers Tom Brady mit dem kantigen Kinn und den langen dunklen Wimpern, die jetzt auf seinen Wangen ruhten. Auf seiner Stirn stand ein Schweißfilm. Wie ein Verbrecher sah er nicht aus, so viel stand fest.

Als ob du schon so viele Verbrecher gesehen hättest …

„Hol ein Handtuch und drück es auf seinen Kopf“, sagte Ryan.

Sie rannte los, holte das Gewünschte und kniete dann neben dem Mann nieder, damit sie ihm das Handtuch auf den Kopf legen konnte.

„Womit hast du ihn niedergeschlagen?“

Sie zeigte auf die Überreste des Tontopfs und die herumliegende Erde nebst Blumen. „Mit dem Einzugsgeschenk von Mom und Dad. Tja, das hat nicht lange überlebt.“

„Ist schließlich nicht so, als hätte es jemals eine Überlebenschance gehabt.“

PJ warf ihrem Bruder einen strafenden Blick zu, den dieser jedoch nicht bemerkte, weil er gerade anfing, die Wunde zu säubern.

Eine Minute später runzelte er die Stirn und legte eine Hand auf die Stirn des Bewusstlosen. „Er fühlt sich ganz heiß an.“

„Was bedeutet das?“

Ryan blickte kurz zu ihr auf. „Das bedeutet, dass er krank ist.“

„Aber warum sollte jemand, der krank ist, in mein Haus einbrechen?“

Ryan sah sich um. Dann hob er etwas Glänzendes vom Boden auf und hielt es hoch. Einen Schlüssel. „Vielleicht ist er ja gar nicht eingebrochen.“

Jetzt fiel PJ noch etwas auf, das sie vorher nicht bemerkt hatte. Eine kleine graue Reisetasche, die zwischen Couchtisch und Sofa gelandet war. „Guck mal.“

Ryans Blick folgte dem ihren. „Sieht aus, als wäre dein Einbrecher möglicherweise gar kein Einbrecher.“

Kapitel 2

Als Cole Evans erwachte, hatte er rasende Kopfschmerzen. Sein Körper bebte vor Schüttelfrost und er kuschelte sich tiefer in die warme Decke. In der Nähe ertönte eine Stimme. Wasser tropfte und dann senkte sich etwas Kühles auf seine Stirn.

Wo war er? Cole kämpfte gegen die Benommenheit an und versuchte die Augen zu öffnen. Irgendwo zwitscherte ein Vogel. Wieder sprach jemand. Eine Frauenstimme, angenehm, mit einem leichten Singsang. Er träumte. Dann hörte er Gesang. Jemand sang, aber schief.

Er konnte nicht einmal richtig träumen.

„Cole? Hallo, Cole. Aufwachen."

Cole kämpfte gegen den Sog des Vergessens an und streckte sich nach dem Traum aus. Nach einem himmlisch süßen Blumenduft. Schmerz durchzuckte seinen Körper. Er stöhnte.

„Sie sind also am Leben. Machen Sie die Augen auf? Ich muss nämlich zur Arbeit und der Gedanke, Sie den ganzen Tag allein hier zurückzulassen, gefällt mir nicht besonders."

Wieder nahm er den Kampf mit seinen Augenlidern auf und diesmal gewann er. Ein Engel mit braunem Haar beugte sich über ihn. Mit Rehaugen und seidigem Haar.

„Gott sei Dank. Ich dachte schon, ich hätte Sie umgebracht."

Er befeuchtete seine Lippen. „Wo bin ich?" Seine Kehle war trocken wie Sägemehl.

„Hier, bitte schön." Sie hielt ihm einen Strohhalm an die Lippen und er trank gierig. „Diesmal scheinen Sie fitter zu sein. Doc Lewis hat nach Ihnen gesehen. Sie sind ziemlich krank. Na ja, und dann habe ich Ihnen auch noch eins übergebraten." Eis klirrte, als sie das Glas abstellte.

Cole ließ den Kopf aufs Kissen fallen und schloss die Augen eine

Sekunde lang, während er atmete, als hätte er gerade einen Boxkampf hinter sich.

„Sie haben eine Gehirnerschütterung. Tut mir leid." Die Frau schnitt eine Grimasse, während sie sich über seinen Kopf beugte und etwas anhob. Sie duftete nach Blumen und Sonne. Er sog den Geruch tief ein.

Jetzt runzelte sie die Stirn. „Oh, das sieht nicht gut aus."

Er schloss einen Moment lang die Augen. „Wo bin ich noch mal?"

„Sie erinnern sich nicht? Sie sind in mein Haus eingebrochen. Das heißt, Sie hatten einen Schlüssel, und als Sie wach wurden, haben Sie gesagt, dass Sie dieses Haus gemietet haben. Ich vermute, es hat irgendein Missverständnis gegeben, sodass Sie streng genommen nicht eingebrochen sind. Und es ist auch nicht mein Haus, sondern ich habe es den Sommer über gemietet. Sie sind gewissermaßen in meinem Ferienhaus. Oder besser gesagt: im Schuppen im Garten meines Ferienhauses.

Jedenfalls heiße ich PJ McKinley. Ich weiß schon, wer Sie sind: Cole Evans. Mein Bruder hat in Ihrer Brieftasche nachgesehen. Sorry, aber er hat sich verrückt gemacht, weil ich mich um Sie kümmern wollte, also hat er Sheriff Simmons gebeten, Sie zu überprüfen – aber keine Angst, Sie sind sauber. Sonst hätte er nicht erlaubt, dass Sie hierbleiben, aber der Arzt hat gesagt, Sie seien nicht transportfähig, und Sie haben gesagt, Sie wüssten nicht, wo Sie hin sollten – können Sie sich an irgendwas davon erinnern?"

Hatte er ihre Stimme für angenehm gehalten? Sie war zu laut und redete zu viel. Cole sah sich in dem winzigen Raum um, der nur spärlich möbliert war und an jeder Wand Fenster hatte, sodass zu viel Licht hereinkam. Er stöhnte.

„Sie haben wahrscheinlich Kopfschmerzen, nicht wahr?" Susi Sonnenschein streckte die Hand nach etwas auf dem Nachttisch aus und er hörte das Geräusch von Tabletten, die in einer Flasche zusammenschlugen. Sie ließ zwei davon in seine Hand fallen, während sie weiter über ihr Haus plauderte.

Cole hob den Kopf, um noch einen Schluck Wasser zu trinken, dann legte er ihn wieder ab und schloss die Augen. Er dachte an das Letzte zurück, woran er sich erinnerte. Dass er nach Chapel Springs in Indiana gefahren war, während sein Körper sich angefühlt hatte, als hätte er am Tag zuvor ein anstrengendes Training absolviert. Er hatte eine Matschbirne gehabt und ein flaues Gefühl im Magen.

Chapel Springs. Der Wettbewerb. Die Präsentation. Er riss die Augen auf. „Welcher Tag ist heute?"

„Mittwoch."

Er hatte einen Tag verloren. Wo waren seine Sachen? Er versuchte sich aufzusetzen.

Doch die Frau drückte ihn mit einer Hand wieder in die Kissen. „Hey, Moment mal. Was haben Sie vor?"

Er schwang seine in Jeans gekleideten Beine über die Bettkante und spürte, wie das Zimmer sich drehte. „Wo sind meine Sachen?"

„Hören Sie, es geht Ihnen wirklich nicht gut. Sie müssen sich wieder hinlegen."

Er sah sich im Zimmer um, bis sein Blick auf die graue Reisetasche fiel. Dann stand er auf und durchquerte mit wenigen Schritten das kleine Zimmer, während er gegen den Schwindel anblinzelte.

„Sie sollten nicht aufstehen. Schließlich haben Sie eine Gehirnerschütterung und Sie sind krank."

Cole zog den Reißverschluss seiner Tasche auf und kramte darin, bis er die Mappe gefunden hatte. Erst jetzt beruhigte sich sein rasender Herzschlag wieder etwas. Er schwankte.

„So, das reicht. Zurück ins Bett." Ihre Hand legte sich um seinen Bizeps und zog vergeblich daran.

„Wie spät ist es?"

„Morgens. Es ist mein Ernst, Sie müssen wieder ins Bett."

Widerwillig ließ er sich von ihr zum Bett ziehen. Ihre Hände fühlten sich auf seiner heißen Haut angenehm kühl an. Die Mappe hielt er fest umklammert. Er musste vor heute Abend noch eine Menge tun. Und irgendwie musste er diese Benommenheit loswerden, um klar denken zu können.

„Da drüben habe ich Ihnen etwas zu essen hingestellt. Sie haben bestimmt Hunger. Meine Mutter wird ein paarmal vorbeikommen und nach Ihnen sehen, so wie sie es gestern auch gemacht hat. Ich muss die Tür offen lassen, weil ich den Schlüssel verloren habe – eine lange Geschichte."

Cole sank auf die dünne Matratze und blinzelte wieder, um das Schwindelgefühl zu vertreiben. Die Frau fühlte seine Stirn und sah ihn dann lange an, als wollte sie sein Geheimnis ergründen. „Ihr Fieber hat nachgelassen. Das ist gut."

Etwas kribbelte in Coles Magen, als er ihr in die Augen sah.

„Also … ich hoffe, Sie sind so weit in Ordnung, weil ich sonst zu spät zur Arbeit komme. Es ist kein toller Job, aber alles, was ich im Moment habe, und ich darf die Stelle nicht verlieren, weil ich sonst aus dem Haus ausziehen muss. Und dann würden die anderen nie Ruhe geben …" Der letzte Satz war eher ein Murmeln.

„Mir geht es gut." Oder vielmehr: Es würde ihm gut gehen, sobald er alle seine Unterlagen bereit und wieder einen klaren Kopf hatte. Und Ruhe. Das würde auch helfen.

„Okay: Wasser hier, Tabletten und Essen da drüben. Ich komme erst spät abends wieder, aber Sie können so lange bleiben, bis es Ihnen besser geht, schließlich habe ich Ihnen die Gehirnerschütterung verpasst."

Cole lehnte sich in die Kissen zurück und wartete darauf, dass der Schwindel nachließ.

An der Tür drehte die Frau sich noch einmal um, sodass die glatten Haare über ihre Schultern flogen. Dann sah sie ihn streng an. „Bleiben Sie im Bett!"

Das würde er. Jedenfalls eine Weile. „Ja, Ma'am."

Und dann war sie fort und mit ihr der Blumenduft und das Geplauder.

PJ schlüpfte durch die Tür von *Grandmas Dachboden* und sah sich in dem Antiquitätengeschäft um. Es dauerte einen Moment, bis ihre Augen sich nach dem hellen Sonnenschein draußen an das Dämmerlicht gewöhnt hatten. Ihr Arbeitstag war wie im Flug vergangen. In *Fionas Süßigkeitenladen* waren viele Kunden gewesen und ihre Arme schmerzten davon, auf der Marmorplatte Fudge auszurollen.

Der vertraute Geruch alter Schätze stieg ihr in die Nase. Als Kind hatte sie viele Sommernachmittage hier verbracht und in Kleiderschränken gespielt und Dinge kaputt gemacht.

„PJ!" Ihre Mutter durchquerte mit einem Staubwedel in der

Hand den Raum und drückte PJs Arm. Mit ihren blauen Augen und ihrem gewinnenden Lächeln war Joanne McKinley nach wie vor eine schöne Frau. „Du siehst richtig geschäftsmäßig aus. Das Rot steht dir unheimlich gut."

„Kaum zu glauben, dass es so weit ist. Ich bin schrecklich nervös."

„Entspann dich. Diese Menschen kennen dich schon dein ganzes Leben lang."

„Das ist es ja, wovor ich Angst habe. Sie erinnern sich daran, wie ich in meiner Windel den Mittelgang der Kirche hinuntergerannt bin, wie ich vor Lonnie Terrells Limonadenstand demonstriert habe und an tausend andere dumme Dinge."

Ihre Mutter sah sie warmherzig an. „Du warst tatsächlich immer für eine Überraschung gut, als du noch klein warst."

PJ zupfte an ihrem Rock herum.

„Du siehst wunderschön aus und du bist gut vorbereitet. Atme tief durch und zeig ihnen, wie sehr dein Herz dafür brennt."

Ihr Handy verkündete mit einem leisen *Pling*, dass eine SMS eingegangen war. PJ blickte auf ihr Display. „Das ist Kayla. Sie wünscht mir viel Glück." Kayla war ihre Freundin aus dem College.

„Hast du ihr von deinem gefährlichen Eindringling erzählt?" Die Lippen ihrer Mutter zuckten belustigt.

„Ich kann dir sagen, er ist wie eine Abrissbirne in mein Wohnzimmer gepoltert. Zu Tode erschreckt hat er mich. Wie ging es ihm heute Nachmittag?"

„Besser. Das Fieber ist nicht mehr so hoch. Und er ist ansprechbar, wie du gesagt hast. Höflich, wenn auch nicht sehr gesprächig."

„Den Eindruck hatte ich auch."

„Er sieht ein bisschen aus wie Tom Brady, der Quarterback der New England Patriots", sagte ihre Mutter, „obwohl ich das nicht gerne zugebe."

„Ich weiß." Schließlich waren sie hier auf dem Gebiet der Indianapolis Colts und damit verband sie automatisch eine gewisse Hassliebe mit deren Erzrivalen, den New England Patriots. PJ hielt sich die Hand vor den Mund, weil sie niesen musste. Noch ein Niesen folgte. „Super. Wahrscheinlich bekomme ich eine Erkältung. Das hat man davon, dass man einen Fremden pflegt." Sie nieste noch einmal.

Ihre Mutter schwenkte den Staubwedel. „Oder deine Stauballergie meldet sich wieder."

„Oh. Stimmt, das könnte sein." Wieder zog PJ an ihrem Rock. „Ist der zu kurz?"

„Überhaupt nicht. Du bist einfach nur daran gewöhnt, Hosen zu tragen. Geh mit erhobenem Haupt in die Sitzung und sieh ihnen in die Augen. Du hast einen großartigen Plan für das Wishing-Haus und das werden sie erkennen."

„Ja, aber meine Konkurrenz hat bestimmt auch tolle Pläne."

„Du hast den Vorteil, dass es für dich ein Heimspiel ist. Mrs Simmons liebt dich und sie weiß, dass du nur das Beste für Chapel Springs willst."

„Das stimmt."

Ihre Mutter ging zum Eingang und drehte das Schild auf „Geschlossen". Dann sah sie auf die Uhr. „Jetzt muss ich nach einem jungen Mann sehen und du hast ein wichtiges Bewerbungsgespräch." Sie öffnete die Tür.

PJ schlüpfte an ihr vorbei nach draußen. Auf dem Bürgersteig drehte sie sich noch einmal um. „Wünsch mir Glück!"

„Noch besser: Ich werde für dich beten."

Ach ja. Das natürlich auch. „Danke, Mom."

Kapitel 3

PJ parkte am Bordstein und stieg aus dem Wagen. Ihr Blick wanderte zum Haus der Wishing-Familie hinüber. Das ausladende historische Gebäude war mehr als ein Jahrhundert alt und stand wenige Minuten vom Stadtzentrum entfernt an der Main Street. Eine Steinmauer trennte das Grundstück vom Gehweg und endete an einer gerissenen Betontreppe, die zum Rasen hinaufführte. Einige alte Eichen ragten über dem gepflegten Garten und den makellosen Blumenbeeten auf.

Dann wanderte ihr Blick über das zweigeschossige Gebäude selbst: weiße Erker, eine breite Veranda und geschnitzte Verzierungen entlang der Dachkante. Es war eine beeindruckende Villa. Der perfekte Ort für ihre Frühstückspension mit angeschlossenem Restaurant.

Sie würde niemals in der Lage sein, ein solches Haus zu kaufen, selbst wenn sie noch zwanzig Jahre in Fionas Laden arbeitete. *Und bitte, Herr – dazu darf es nicht kommen!*

Mit zitternden Knien durchquerte PJ den Vorgarten, stieg die Treppe zur Veranda hinauf und betätigte die Türklingel.

Einen Augenblick später erschien Evangeline Wishing Simmons auf der anderen Seite der Fliegengittertür. Weil sie so klein war, konnte PJ ihr kurzes silbernes Haar und ihre zierliche Gestalt aus der Vogelperspektive betrachten. Für eine Frau Mitte achtzig war Mrs Simmons sehr agil und rüstig und sie war für ihr unkonventionelles Verhalten bekannt.

„Kommen Sie rein, PJ." Ihre Stimme war vom Alter brüchig. „Sie sehen hübsch aus."

„Danke. Ich hoffe, ich bin nicht zu früh dran."

„Keineswegs." Sie schob ihre Brille ein Stück hoch, sodass sie wieder richtig saß. „Es sind fast alle da. Sobald der andere Kandidat ebenfalls eingetroffen ist, fangen wir an."

Das Haus roch nach Zitronenputzmittel und altem Geld. Ein Kronleuchter, der halb so groß war wie PJs Auto, hing an einer

Messingkette über ihnen und das Licht brach sich in tausend Kristallanhängern.

PJ folgte Mrs Simmons über einen kurzen Flur in das riesige Wohnzimmer. Leises Stimmengemurmel hallte durch das beinahe leere Gemäuer. Das Haus war bereits ausgeräumt worden, weil Mrs Simmons nach Colorado zog, um näher bei ihren Kindern und Enkeln zu leben. Sie hätte ihr Haus natürlich auch wie jeder normale Mensch verkaufen können, aber „normal" war ein Wort, das niemand mit Evangeline Simmons in Zusammenhang brachte.

Der ehemals elegante Raum war jetzt eine riesige freie Fläche mit hohen weißen Wänden und abgenutzten Holzböden. Im hinteren Teil des Zimmers war ein langer Tisch aufgestellt. Dahinter saßen einige Personen, die PJ schon ihr ganzes Leben kannte. Mrs Simmons Perserkatze Snowball saß in der Mitte und ihr Schwanz zuckte in einem gleichmäßigen Rhythmus hin und her.

PJ begrüßte die Anwesenden, stellte ihren Laptop ab und setzte sich neben Mrs Simmons ans Ende des Tisches. Die Beratungskommission würde mit über das Ergebnis der letzten Runde entscheiden, doch PJ hatte den Verdacht, dass Mrs Simmons „Rat" letztlich der einzige sein würde, der wirklich zählte.

Auf Mrs Simmons anderer Seite saß Cappy Winters. Ihm gehörte die Pizzeria im Ort. Neben ihm hatte Carl Dewitt Platz genommen, der Eigentümer von *Dewitts Jachthafen*, bei dem ihr Schwager Beckett einen Teilzeitjob hatte. Janet Lewis war die Letzte in der Runde. Sie vertrat den Tourismusverband.

PJ musste sie davon überzeugen, dass ihr Plan für Chapel Springs das Beste war. Sie hatte ihren Bachelor nicht gemacht, um in einem Süßigkeitengeschäft zu arbeiten. Dies war ihre Chance und die würde sie nutzen, egal, was ihre Geschwister dachten. Sie mochte das Nesthäkchen der Familie sein, aber sie konnte trotzdem Großes erreichen. Nicht, dass die anderen jemals offen das Gegenteil behaupten würden.

Während PJ die PowerPoint-Präsentation auf ihrem Laptop aufrief, klingelte es an der Tür. Mrs Simmons ging los, um zu öffnen, und Snowball sprang vom Tisch und stolzierte lautlos hinter ihr her. An der Tür drehte die Katze sich noch einmal um und warf der Kommission einen eingebildeten Blick zu, bevor sie weiterlief.

PJ hörte erst Stimmen, dann Schritte. Kurz darauf trat Mrs Simmons wieder durch die Tür. Ihr folgte ein Mann. PJ entwich ein kleines Quieken.

Der Mann bewegte sich natürlicher, als PJ es in Erinnerung hatte. In seinem schwarzen Anzug, einem frischen weißen Hemd und der leicht glänzenden roten Krawatte war er eine makellose Erscheinung. Er war frisch rasiert und sein Haar ordentlich gekämmt.

„Liebe Kommissionsmitglieder, liebe PJ", sagte Mrs Simmons, als sie vor dem Tisch stehen blieb, „dies ist unser zweiter Kandidat, Cole Evans."

Kapitel 4

Cole ließ den Blick über die Anwesenden wandern und lächelte höflich, bis er zum Ende des Tisches kam. Trotz seines immer noch benommenen Schädels und trotz ihrer professionellen Haltung, dem sorgfältigen Make-up und ihrem schicken roten Kostüm erkannte er sie.

Sie saß mit offenem Mund da und sah ihn mit großen Augen an. Er wandte den Blick ab, um sich zu sammeln, und nahm dann am anderen Ende des Tisches Platz. Seine Präsentationsunterlagen legte er auf dem Fußboden ab. Als er sich wieder aufrichtete, war ihm schwindelig. Sein Kopf hämmerte und die Schmerztabletten halfen kaum.

Er hatte zwar kein Fieber mehr und die schlimmsten Schmerzen waren abgeebbt, aber trotzdem konnte er kaum einen klaren Gedanken fassen. *Bitte, Gott, hilf mir bei dieser Sache. Ich brauche dieses Projekt. Die Kinder brauchen es.*

„Wir haben vorhin Streichhölzer gezogen", sagte Mrs Simmons, nachdem sie alle vorgestellt hatte. „PJ, Sie sind zuerst dran."

„Danke, Mrs Simmons." Susi Sonnenschein lächelte breit in die Runde und nahm sich einen Augenblick Zeit, um ihren Laptop zu starten. Eine Minute später erschien ein Foto von Mrs Simmons' Haus auf der Leinwand an der gegenüberliegenden Wand.

Die Staffeleien, um die er gebeten hatte, standen neben der Projektionsfläche. Cole blickte auf die drei handgefertigten Poster zu seinen Füßen und rutschte unbehaglich auf seinem Stuhl hin und her.

PJ begann mit ihrer Präsentation. Sie wollte eine Pension namens *Haus Wishing* eröffnen und diese mit einem eleganten Steakhaus kombinieren. Es war eine kluge Idee, die Pension nach Mrs Simmons' Familie zu benennen, in deren Besitz das Haus mehrere Generationen gewesen war. Das würde der alten Frau gefallen. Er wünschte, er hätte daran gedacht.

PJ skizzierte, welche Qualifikationen sie mitbrachte, angefangen mit einem Bachelor in Kochen, Gastronomie und Management, und konzentrierte sich dann gleich darauf, wie die Stadt von ihrem Unternehmen profitieren würde. Ihre Augen leuchteten, während sie sprach, und ihre Begeisterung zeigte sich nicht nur in ihren Worten, sondern auch in ihrer Körpersprache.

Mit verschiedenen Folien zeigte sie den potenziellen Umsatz und die damit verbundenen Einnahmen für die Stadt auf. Auf Grafiken war zu sehen, dass der Ort zu wenige Unterkünfte für Touristen hatte und dass ihr Restaurant Menschen aus den Nachbarorten anziehen und den Einwohnern der Stadt Arbeitsplätze verschaffen würde.

Als ihr Vortrag zu Ende war, lächelten alle. Sie applaudierten, während PJ ihren Laptop schloss und sich wieder auf ihren Platz setzte.

„Das war wunderbar, PJ. Einfach wunderbar!“, sagte Mrs Simmons. „Cole, mein Lieber, fangen Sie an, wann immer Sie so weit sind.“

„Ja, Ma'am.“ Sein Blick wanderte zu PJ.

Sie hob das Kinn ein wenig und zog eine Augenbraue leicht in die Höhe, als wollte sie ihn herausfordern.

Na warte, Sonnenschein.

PJ wippte unter dem Tisch mit dem Bein, während Cole vor das Komitee trat. Er stellte drei weiße Tafeln auf die Staffeleien, mit der Rückseite nach vorne, und wandte sich dann an die Anwesenden.

„Wie Sie wissen, ist mein Name Cole Evans. Ich habe ein Ziel im Leben und deshalb bin ich hier.“ Seine Stimme klang tief und ruhig, aber entschlossen. Irgendwie ließ sie den Raum vor Energie vibrieren.

PJ knetete ihre Hände auf dem Schoß. Jetzt wirkte er gar nicht mehr so krank. Er hatte keinen Frosch im Hals, keinen Schweiß auf der Stirn. Sie konnte nicht fassen, dass sie ihren Konkurrenten gesund gepflegt hatte. Dass sie ihn in ihrem Gartenhäuschen hatte wohnen lassen, weil sie wegen des Schlags auf seinen Schädel ein schlechtes Gewissen gehabt hatte.

Mit einem Ruck wandte sie ihre Aufmerksamkeit wieder Cole und seiner Präsentation zu. Er sprach von den Pflegeeltern, bei denen er gelebt hatte. Dann drehte er die erste Tafel um. Sie zeigte Fotos von Kindern.

„Dies sind die Gesichter von Pflegekindern. Ich kenne sie alle persönlich, weil ich irgendwann mit ihnen zusammen in einem Heim war. Manche von ihnen haben beide Eltern verloren. Andere haben Eltern, die drogenabhängig oder im Gefängnis sind oder aus anderen Gründen nicht für sie sorgen können. Die meisten sind zu alt, um adoptiert zu werden, deshalb verbringen sie ihre restliche Kindheit bei Pflegeeltern oder im Heim. Manchmal sind diese Heime ziemlich gut. Manchmal nicht."

PJ spürte einen Stich und blickte verstohlen zu den Mitgliedern der Kommission hinüber. Mrs Simmons tupfte sich die Augen.

„Wenn man Pflegekind ist und achtzehn wird, ist das das Ende der Fahnenstange. Wir nennen es ‚rauswachsen'. Man muss die Pflegefamilie verlassen – die einzige Familie, die man hat. Die meisten haben keine Angehörigen, an die sie sich wenden könnten. In Indiana bekommt man nur ein Minimum an finanzieller Unterstützung. In diesem Alter ist man mitten im letzten Highschooljahr. Man hat kein Auto, kein Geld, von dem man leben kann, und keine Ahnung, wie es weitergehen soll."

PJ wurde das Herz schwer. Sowohl wegen der Situationen, die er beschrieb, als auch wegen der Richtung, die diese Präsentation nahm. Aber ein solches Projekt würde ein Vermögen kosten. Es brachte kein Geld ein. Und die Stadt würde keinen Nutzen davon haben – etwas, das Mrs Simmons wichtig war.

Cole drehte die nächste Tafel um, auf der säuberlich gezeichnete Grafiken zu sehen waren. „Wenn Jugendliche rauswachsen, ohne eine dauerhafte Familie zu haben, zeigen die Statistiken, dass 12 bis 30 Prozent von ihnen mit Obdachlosigkeit kämpfen und 40 bis 63 Prozent die Schule nicht beenden. Zwischen 25 und 55 Prozent sind arbeitslos und nur 38 Prozent von denen, die eine Stelle finden, sind ein Jahr später noch in Lohn und Brot. Zusätzlich werden 40 bis 60 Prozent der jungen Frauen innerhalb von 12 bis 18 Monaten schwanger."

Ein schniefendes Geräusch drang vom anderen Ende des Tisches herüber. Janet Lewis blinzelte hektisch und der Knoten in PJs Magen zog sich fester zusammen.

Als Cole mit dieser Tafel fertig war, drehte er die dritte um. Weitere Grafiken und Tabellen. PJ las die ordentliche Schrift und jetzt verließ sie alle Hoffnung. Geld! Er hatte die Finanzierung schon organisiert.

Unaufgeregt sprach er über die Zusagen, die er bereits erhalten hatte. Die potenziellen Kosten hatte er ausgehend von denen eines Übergangswohnheims in Florida überschlagen.

Am Ende fasste er seine Präsentation noch einmal zusammen: „Achtzehnjährige sind immer noch Kinder. Sie brauchen einen Ort für den Übergang. Einen Ort, an dem sie zu Hause sind und Unterstützung und Stabilität haben, während sie die Schule zu Ende machen, einen Beruf erlernen oder ein Collegestudium absolvieren. Sie müssen lernen, wie sie arbeiten, ihren Lebensunterhalt verdienen, mit ihrem Geld auskommen und viele andere Dinge. Als ich im Internet diese Ausschreibung sah, wusste ich, dass dies der richtige Ort ist. Es ist mein Traum, mit *Crossroads* ein Übergangswohnheim für ehemalige Pflegekinder zu eröffnen, die an einer entscheidenden Wegkreuzung in ihrem Leben stehen. Ich hoffe, dass Sie mir die Gelegenheit geben werden, diesen Jugendlichen zu helfen. Danke."

PJ starrte auf die Tischplatte hinunter, während ihr das Herz bis zum Halse schlug. Das war überhaupt nicht gut gelaufen. Selbst sie war bereit, diesen Kindern ein Heim zu geben.

Aber ein Kriterium bei dieser Ausschreibung war der Nutzen für die Stadt gewesen. Cole war darauf kaum eingegangen, weil es keinen Nutzen gab. Das Projekt war eine wohltätige Einrichtung – die permanent Kosten verursachte. Ganz zu schweigen davon, dass eine Horde lauter Teenager durch die ehemaligen Wohnzimmer der Wishing-Familie rennen würde. Das konnte sich die Frau unmöglich für ihr geliebtes Haus wünschen.

„Danke, Cole", sagte Mrs Simmons. „Ich würde gerne ein paar Minuten mit der Kommission sprechen – wenn Sie beide vielleicht solange im Foyer warten wollen?"

„Natürlich." PJ erhob sich und ging zur Tür. Ihre Absätze klapperten auf dem Fußboden.

Als sie im Flur waren, zog Cole die Tür hinter sich zu.

Sie straffte die Schultern und sah ihn an. „Gut gemacht."

„Sie auch."

„Sie sehen schon viel besser aus. Beinahe so, als wären Sie gar nicht mehr krank."

Cole sah sie lange an. Seine Augen hatten die Farbe von Moos. Aber kleine goldene Flecken waren ebenfalls darin zu sehen. Und braune Stellen, die an geschmolzenes Karamell denken ließen. PJ kämpfte gegen den Sog dieser Augen an und stellte fest, dass sie verlor. Irgendwann gelang es ihr endlich, den Blick abzuwenden.

„Was wollen Sie damit andeuten?"

„Nichts. Ich meine nur."

„Ich wusste nicht, dass Sie die andere Kandidatin sind."

„Natürlich nicht. Woher hätten Sie das auch wissen sollen?" Ihr Herz schlug mit einer Million Kilometer pro Stunde. Was war nur mit ihr los?

„Was wollten Sie dann sagen?"

„Nichts. Ich wollte gar nichts sagen." Außer, dass sie ihren Konkurrenten gesund gepflegt hatte, damit er herkommen und ihr ihren Traum stehlen konnte.

Cole musterte sie noch immer und das trug nicht dazu bei, dass sich ihr Puls verlangsamte.

Aber irgendetwas stimmte hier nicht. Hatte es wirklich ein Missverständnis bei der Vermietung gegeben? Vielleicht hatte er die ganze Zeit gewusst, wer sie war. Vielleicht hatte er in ihren Sachen herumgeschnüffelt, als sie bei der Arbeit gewesen war. Dies war auch sein Traum. Wer wusste schon, wie weit er dafür gehen würde?

„Wie sind Sie noch mal an den Schlüssel für mein Haus gekommen?"

Wieder sah er sie prüfend an. „Ich habe das Haus bis Freitag gemietet."

„Und ich habe es den ganzen Juli gemietet."

Sein Blick ruhte unverwandt auf ihr. „Es stimmt trotzdem."

PJ verschränkte die Arme. „Ich kenne die Tacketts persönlich. Und das Haus habe ich schon im letzten Herbst gemietet. Mrs Tackett ist eine Freundin meiner Eltern. Sie hat mir einen guten Preis gemacht."

Cole zuckte mit den Schultern. „Ich habe es vor einem Monat gebucht, als ich erfuhr, dass ich in der Endausscheidung bin."

„Woher haben Sie den Schlüssel?"

„Er lag unter der Pflanze auf der Veranda, so wie er es mir gesagt hat, Susi."

„Sus… ich heiße PJ. Und ich werde Mrs Tackett wegen der Sache anrufen."

„Tun Sie das."

„Und ich hoffe, dass Sie Ihre Sachen gepackt haben, denn mein Gartenschuppen steht ab sofort nicht mehr zur Verfügung." Sie reckte das Kinn vor und presste die Lippen aufeinander.

Sie trugen ihre Schlacht mit den Augen aus. Und es war ein unfairer Kampf.

Selbst als die Tür aufgeschoben wurde, konnte PJ sich nicht von dem eigenartigen Bann lösen, in den sein Blick sie zog.

Jemand räusperte sich.

PJ fuhr zu Mrs Simmons herum.

Die Frau zog ihre nachgemalten Augenbrauen hoch und sah PJ und Cole an. „Alles in Ordnung, meine Lieben?"

PJs Blick huschte zu Cole hinüber und er straffte die Schultern.

„Ja, Ma'am", sagte er.

„Alles bestens."

Mrs Simmons musterte sie beide einen Moment lang. „Also gut. Ich bin gekommen, um Ihnen zu sagen, dass Sie uns die Entscheidung unglaublich schwer machen. Die Kommission ist sich uneins und das bedeutet, dass ich entscheiden muss. Ich fürchte, ich muss ein paar Tage darüber nachdenken."

PJ spürte, wie ihr Magen in Richtung gequetschter Zehen rutschte. Diese blöden Hackenschuhe. Ungeachtet dessen tätschelte sie Mrs Simmons' schmale Schulter. „Natürlich. Es ist schließlich eine wichtige Entscheidung."

„Ich werde Sie beide anrufen, wenn ich mich entschieden habe. Ist das ein faires Angebot?"

Cole nickte. „Natürlich, Ma'am."

„Danke, Mrs Simmons."

„Sie werden spätestens am Freitag von mir hören."

Kapitel 5

So viel zum Thema „kein Raum in der Herberge". PJ hatte keine Witze gemacht, als sie über die unzureichenden Unterkünfte im Ort gesprochen hatte. Offenbar war dies die erste Woche des Bauernmarktes und in der ganzen Stadt gab es kein freies Bett. Es war spät, er hatte heftige Kopfschmerzen und er wollte endlich die Füße hochlegen.

Cole fuhr weiter, bis er einen dunklen Parkplatz in der Nähe eines Parks fand. Gegenüber spiegelten sich die Lichter des Jachthafens auf dem Fluss. Ein Donnergrollen erschütterte die Fenster seines Pick-ups. Gleich darauf fing der Regen an niederzuprasseln.

Erschöpft von der Anstrengung des Tages, knüllte Cole seine Reisetasche zusammen und drückte sie als Kissenersatz ans Fenster, um seinen Kopf anzulehnen. Er dachte an die Präsentation zurück. Sie war gut gelaufen. Er hatte sein Bestes gegeben.

Aber das Gleiche galt für PJ. Ihr Plan war die bessere Geschäftsidee. Das war ihm klar. Alles hing davon ab, ob Mrs Simmons mit dem Kopf oder mit dem Herzen entschied. Und er kannte sie nicht gut genug, um das einschätzen zu können. Also konnte er nur warten.

Er versuchte es sich auf dem Sitz bequem zu machen und die Beine in dem engen Fußraum des Wagens auszustrecken. Der Regen, der aufs Dach trommelte, machte einen ohrenbetäubenden Lärm. Hoffentlich hielt das nicht an. Blitze zuckten am Himmel über dem Fluss und wieder ertönte ein krachender Donner. Selbst in der Fahrerkabine konnte er den Regen riechen.

Cole dachte an das schöne warme Bett, in dem er die letzten zwei Nächte verbracht hatte, und ihm fiel ein, dass PJ den Schuppen nicht abschloss. Aber er war nicht im Geringsten versucht, entgegen ihrer Anweisung dorthin zurückzukehren. Kein Wunder, dass das Haus so billig gewesen war. Es war besetzt – mit einer geschwätzigen, waffenschwingenden Verrückten.

Am besten verlangte er sein Geld zurück. Er knuffte die Tasche, um sie so zurechtzurücken, dass sie nicht auf seine Beule drückte.

Sein Telefon klingelte und er tastete im Dunkeln danach. Es war Lizzy.

„Hey Lizzy-Lou. Du solltest längst im Bett sein."

„Als könnte ich schlafen, ohne zu wissen, wie es gelaufen ist."

„Es ist gut gelaufen. Aber mehr weiß ich erst am Freitag."

„Am Freitag! Das ist ja noch ewig hin!"

Cole lächelte über ihre Ungeduld und stellte sich vor, wie sie ihre Drahtbrille auf der Nase hochschob. „Das sind nur noch zwei Tage. Ist bei euch alles in Ordnung?"

„Schon."

Lizzy war mit drei Jahren in seine Pflegefamilie gekommen. Mit ihrer zierlichen Gestalt und den ängstlichen blauen Augen hatte sie ihn an seine Schwester Noelle erinnert. Ihr braun gelocktes Kleinkinderhaar war im Laufe der Jahre so lang geworden, dass ihre Locken sich zu weichen Wellen aushingen. Von Anfang an hatte er sie unter seine Fittiche genommen und er liebte sie wie eine Schwester. Sie hatten immer noch eine enge Beziehung, auch nachdem er ausgezogen war.

„Läuft in der Schule alles gut?"

„Eigentlich schon. Gott sei Dank ist es bald vorbei."

Ein Exfreund hatte im letzten Jahr Gerüchte über sie in die Welt gesetzt und seitdem bekam sie viel männliche Aufmerksamkeit – aber die falsche Sorte. Die Mädchen in der Schule hingegen hatten sich gegen sie gewendet und jetzt war alles ein ziemliches Durcheinander. Cole wünschte, Greg und Becky, Lizzys Pflegeeltern, würden mit der Schulleitung sprechen oder sonst etwas unternehmen. Er zählte die Tage, bis Lizzy im nächsten April achtzehn wurde. Sie arbeitete fleißig auf ihren Schulabschluss hin und er hoffte inständig, dass er ihr einen Ort würde bieten können, an dem sie nach ihrem Geburtstag Zuflucht fand. Sie war so jung und verletzlich.

Am anderen Ende der Leitung waren Geräusche zu vernehmen.

„Ich muss Schluss machen", flüsterte sie. „Ich sollte eigentlich schon im Bett sein."

„Ich rufe dich am Freitag an. Grüß Greg und Becky von mir."

Cole schob das Telefon in seine Tasche, damit er das Vibrieren spürte, nur für den Fall, dass Lizzy ihn brauchte. Wenn dieser

Exfreund ihr wieder Schwierigkeiten machte, würde Cole ihn sich schnappen und ihm eine Lektion erteilen.

Nur noch elf Monate, dann würde sie aus dem Pflegesystem herausfallen. Greg und Becky würden den Platz einem jüngeren Kind geben. Sie hatten ein gutes Herz. Aber Lizzy war viel zu blauäugig, um allein zu leben.

Bitte, Gott, ich brauche dieses Haus! Nicht nur für Lizzy, sondern auch für die anderen Kinder. Es gibt so viele von ihnen. Angesichts der riesigen Aufgabe kam Cole sich ganz klein und unfähig vor. Ein Kind nach dem anderen, ermahnte er sich.

Er lehnte sich auf seinem Sitz zurück und lehnte sich wieder an die Reisetasche. Ein Donner krachte. So würde er nie im Leben schlafen können.

Kapitel 6

Während PJ die Treppe zum *Coachlight Café* hinaufstieg, hämmerte ihr Herz wie verrückt. Die Schönheit des viktorianischen Steingebäudes oder der breiten, gemütlichen Veranda, auf der sich wie so oft spätnachmittags die Kunden drängten, bemerkte sie diesmal kaum.

Nachdem sie eingetreten war, holte sie tief Luft und ein kräftiger Kaffeegeruch stieg ihr in die Nase. Mit einem kurzen Rundblick stellte sie fest, dass bisher weder Mrs Simmons noch Cole Evans da waren. Sie war früh dran, aber sie hatte sich einfach nicht mehr beherrschen können. Sie wollte Bescheid wissen, und zwar *jetzt*. Ihr kurzes Telefonat mit Mrs Simmons hatte ihr nichts, aber auch gar nichts verraten. War es ein gutes Zeichen, dass sie sich hier trafen und nicht im Haus? Oder wies das lediglich auf einen plötzlichen Anflug von Kaffeedurst hin?

PJ bestellte sich einen Café Americano mit Sahne und trug ihn zu einem freien Vierertisch, der etwas abseits lag. Am anderen Ende des Raumes schien Daniel Dawson mitten in einer geschäftlichen Besprechung zu sein. Er war der Bürgermeister der Stadt und, was viel entscheidender war, ihr neuer Schwager.

Jetzt hob er den Blick, bemerkte sie, lächelte kurz und nickte ihr zum Gruß zu.

Die Klingel über der Tür ertönte, und als PJ zum Eingang hinüberschaute, sah sie Cole Evans im Türrahmen stehen. Das Gegenlicht betonte seine Silhouette mit den breiten Schultern und der schmalen Taille. Dies war nicht der schwache, verletzte Mann, um den sie sich in ihrem Schuppen gekümmert hatte. Dieser Mann strotzte nur so vor purer männlicher Energie. Sie fragte sich, woher er kam. Und ob irgendwo eine Freundin auf ihn wartete.

Hastig schüttelte sie diesen Gedanken ab und rief sich ins Gedächtnis, wer er war. Sein Liebesleben ging sie überhaupt nichts an. Und nach dem heutigen Tag würde sie ihn ohnehin nie wiedersehen. *Bitte, Gott.*

PJ spürte Coles Blick mehr, als dass sie ihn sah. Etwas in ihr begann zu schwingen.

Mit langsamen, bedächtigen Bewegungen näherte er sich ihrem Tisch. Der Holzfußboden knarrte unter seinen Füßen so stark, dass es trotz der Stimmen zu hören war.

Er griff nach dem Stuhl neben ihr. „Darf ich?"

„Natürlich." PJ lehnte sich auf ihrem Platz zurück.

„Mrs Simmons ist noch nicht hier?", fragte er.

„Ich hätte Sie warnen sollen: Sie kommt öfter zu spät."

„Was machen schon zehn Minuten mehr?"

Zum ersten Mal, seit Cole neben sie getreten war, sah PJ ihm ins Gesicht. Er wirkte müde, trotz seiner stoischen Miene. Sie fragte sich, wo er geschlafen hatte. Eigentlich hatte sie fast erwartet, dass er in ihrem Gartenhaus wohnen bleiben würde, obwohl sie ihre Einladung zurückgezogen hatte. Schließlich hatte er eine Gehirnerschütterung. Apropos!

„Wie geht es Ihrem Kopf?" Nur weil er ihr Kontrahent war, brauchte sie nicht unhöflich zu sein. Außerdem würde sie gewinnen und der arme Kerl würde mit einer Beule am Kopf als Trostpreis heimfahren.

„Besser."

„Wahrscheinlich sollten Sie zum Arzt gehen, wenn Sie zu Hause sind."

Cole zog eine Augenbraue in die Höhe und sah sie an.

PJ hatte nicht anmaßend sein wollen, aber seit Mittwoch hatte sie viel darüber nachgedacht. Sie war ein Mädchen aus dem Ort, dem diese Stadt wichtig war. Und ihr Plan war ein echter Gewinn für die Einwohner. Mrs Simmons war vielleicht ein bisschen exzentrisch, aber dumm war sie nicht.

„Was ist?", fragte sie, als er sie weiter musterte.

„Sie sind sich Ihrer Sache ein bisschen zu sicher, oder?"

PJ trank einen Schluck Kaffee. „An einer positiven Einstellung ist nichts auszusetzen. Sie wirken ein bisschen müde; Sie sollten sich was bestellen. Der Kaffee in diesem Laden ist super. Meine Schwester Madison ist ganz begeistert von den Bohnen, die sie hier verwenden, obwohl sie nicht mehr so viel davon trinken kann, und meine andere Schwester Jade behauptet, dass sie den besten Schokoeiskaffee der Welt machen, obwohl ich das nicht beurteilen kann, weil ich keine Milch mag.“ Cole sah sie mit einem merkwürdigen Blick an. „Was?“

„Sie reden eine Menge.“

Das ist ja wohl … „Jemand muss es schließlich tun.“

„Warum das?“

„Warum was?“

„Warum muss jemand reden?“

PJ öffnete den Mund. War das sein Ernst oder zog er sie nur auf? Sie war sich nicht sicher. „Es gibt Leute, die das mögen. Manche sagen, meine Energie sei ansteckend und meine Wortgewandtheit eine Begabung. Im Übrigen nennt man das Konversation. Sie sollten es mal versuchen.“

„Das würde ich ja, wenn ich auch mal zu Wort käme.“

PJ presste die Lippen zusammen und sah ihn finster an. Wieso hatte man nicht immer eine Pflanzschale zur Hand, wenn man eine brauchte? Sie widmete sich wieder ihrem Kaffee, fest entschlossen, kein Wort mehr zu sagen, bis Mrs Simmons kam.

Aus dem Augenwinkel sah sie, wie Cole eine Zeitung aufschlug und vor sich ausbreitete. Zum Glück würde er bald von hier verschwinden. Sie schafften keine drei Minuten Unterhaltung, ohne sich zu zanken.

Wenige Minuten später trat Mrs Simmons durch die Tür. Sie ging zuerst zur Theke, um sich ein Getränk zu bestellen, dann näherte sie sich mit einem pinkfarbenen Smoothie in der Hand dem Tisch.

Cole sprang auf und zog für sie einen Stuhl zurück. *Clever.*

Mrs Simmons tätschelte seine Hand. „Danke, mein Junge. Hallo, PJ. Tut mir leid, dass ich euch beide habe warten lassen. Snowball war im Umzugswagen eingeschlossen und es hat ewig gedauert, sie zu finden. Das arme Ding war ganz traumatisiert. Ich glaube, sie würde alles tun, um dem Transportkäfig im Flugzeug zu entgehen, aber ich kann sie doch nicht allein im Dunkeln den ganzen Weg nach Colorado fahren lassen, oder?“

„Natürlich nicht.“ PJ warf einen Blick auf Mrs Simmons’ juwelenbesetzte Hand, die immer noch auf Coles Hand lag. Das war nicht gut.

Es sei denn, es war Mitgefühl. Genau. Mitgefühl.

Mrs Simmons bot Cole an, ihm etwas zu trinken zu bestellen, aber er lehnte dankend ab. Daraufhin umfasste die alte Dame mit der anderen Hand PJs Rechte. Konnte es sein, dass sie ihnen beiden eine Absage erteilte? Vielleicht hatte sie beschlossen, das Haus doch zu verkaufen und von dem Geld einen neuen Krankenhaustrakt oder etwas Ähnliches zu finanzieren. Plötzlich stieg Angst in PJ auf und ihr Herz begann zu hämmern.

„Es tut mir wirklich leid, dass ich so lange gebraucht habe, um eine Entscheidung zu fällen. Nach dem Mittwoch wusste ich, dass ich über vieles nachzudenken hatte, und heutzutage dauert das eine Weile."

PJ erwiderte ihr Lächeln. Cole sah sie nicht an. Er war nicht einmal da. Hatte keine Chance bei diesem Rennen. *Bitte, Gott.*

„Nun weiß ich, dass Sie beide ungeduldig auf mein Urteil warten, aber ehrlich gesagt ... ich kann mich einfach nicht entscheiden."

PJ runzelte die Stirn. Dann versuchte sie zu lächeln, weil sie Mrs Simmons nicht beleidigen wollte. Ihr Blick huschte zu Cole hinüber. Seine Miene war so undurchdringlich wie immer.

„Ich ... was genau bedeutet das?", fragte PJ.

„Ich brauche mehr Zeit. Ich muss sehen, wie die Pläne umgesetzt werden."

„Aber ...", wandte PJ ein, „das ist unmöglich."

Mrs Simmons' Augen funkelten wie Diamanten. „Das dachte ich zuerst auch! Aber dann habe ich mir überlegt, dass das Haus doch sehr groß ist. Groß genug für Coles Kinder und PJs Restaurant." Sie drückte beiden die Hände. „Das heißt, ein Jahr lang werden Sie sich das Haus teilen. Sie, meine Liebe, werden Ihr hübsches Lokal eröffnen." Sie wandte sich Cole zu. „Und Sie bekommen Ihr Übergangswohnheim."

Cole fuhr sich mit der Hand übers Kinn, aber er schwieg weiter.

„Ich habe mir alles genau überlegt." Mrs Simmons hob die knorrigen Hände. „Cole, Ihre Jugendlichen brauchen ein Dach über dem Kopf, während sie die Schule beenden. PJ, Sie eröffnen ein Restaurant und brauchen Personal. Voilà! Festinstallierte Mitarbeiter."

Sie blickte zwischen ihnen beiden hin und her, als hätte sie gerade den Schlüssel zum Weltfrieden entdeckt. Offenbar entging ihr

PJs und Coles Mangel an Begeisterung nicht, denn sie fuhr fort: „Überlegen Sie doch mal: Ihre Kinder können im Haus wohnen und im Restaurant arbeiten, um sich ihren Lebensunterhalt zu verdienen. Dadurch entwickeln sie eine gute Arbeitseinstellung und lernen vielleicht noch ein paar Dinge dazu, die ihnen später helfen, eine Anstellung zu finden. Sehen Sie?"

PJ sah es tatsächlich vor sich. Sie sah, wie Teenager, die nicht einmal einen Käsetoast überbacken konnten, sich an Coq au Vin versuchten. Wie Jugendliche, die Reis nicht von Risotto unterscheiden konnten, in ihrer Küche mit ihren frischen Zutaten hantierten.

„Aber … aber …"

„Sie haben ein Jahr Zeit, um mir zu zeigen, wozu Sie in der Lage sind. Ab und zu sehe ich nach Ihnen und am 1. Juni des nächsten Jahres machen Sie noch eine Präsentation vor der Kommission. Bei dieser können Sie dann echte Daten vorweisen und ich kann sehen, welches Unterfangen das Beste für mein Haus ist. In der Zwischenzeit wird der Ort von dem Restaurant profitieren – wir haben in der Umgebung tatsächlich nichts Vernünftiges – und Ihre Jugendlichen haben für ihr letztes Schuljahr ein vorübergehendes Zuhause." Mrs Simmons klatschte in die Hände. „Es ist die perfekte Lösung, nicht wahr? Ich weiß, dass wir noch ein paar Einzelheiten klären müssen, aber ich bin mir sicher, dass wir das schaffen."

„Das ist ein sehr … kreativer Ansatz, Ma'am", sagte Cole, der anscheinend endlich seine Stimme wiedergefunden hatte.

„Die Leute in der Stadt werden begeistert sein – ein Wettbewerb, der vor ihren Augen ausgetragen wird! Und dazu ein wunderbares Restaurant und ein guter Zweck." Mrs Simmons lehnte sich mit stolzer Miene zurück.

„Das werden sie bestimmt." Cole sah PJ eindringlich an.

„Ähm …" PJ räusperte sich. „Die Sache könnte komplizierter sein, als Sie meinen, Mrs Simmons. Ich meine, wie können wir von Schülern erwarten, dass sie die gehobene Küche beherrschen? Und wo sollen wir in der Zwischenzeit wohnen?"

„Natürlich werden Sie die Jugendlichen unterrichten, meine Liebe! Sie sind eine McKinley. Ich bin mir sicher, dass Sie das schaffen. Und im Haus ist für Sie beide genug Platz. Sie nehmen das Erdgeschoss, PJ, und Cole bekommt den ersten Stock. Es wird kein Problem sein, dort eine kleine Küche einzubauen. Ich habe mir schon alles überlegt. Die Verträge werden in diesem Moment aufgesetzt, sodass wir sie nächste Woche unterschreiben können."

Mrs Simmons drückte ihnen beiden die Hand. „Und jetzt muss ich leider los, denn Snowball ist ganz durcheinander von ihrem morgendlichen Abenteuer. Ich muss dringend zu ihr zurück."

Hastig trank sie den letzten Schluck ihres Smoothies. „Ich rufe Sie nächste Woche an und dann treffen wir uns, um die Verträge zu unterschreiben. Das ist so aufregend! Ich bin schon ganz gespannt, wie sich alles entwickelt. Ihnen beiden noch einen schönen Nachmittag, meine Lieben."

PJ blickte der alten Dame nach und sah, wie die Tür hinter ihr zufiel. Ein heiseres Krächzen entwich ihrer Kehle. Andere Gäste kamen und gingen und sie konnte den Blick nicht von der Tür losreißen.

Schließlich brach Cole das Schweigen. „Was war das denn gerade? Wir können uns das Haus nicht teilen. Und meine Jugendlichen werden keine reichen Leute in einem Schickimicki-Restaurant bedienen. Sie wurden in ihrem Leben schon genug von oben herab behandelt."

PJ funkelte ihn an. „*Jetzt* machen Sie den Mund auf? Warum haben Sie das nicht vor zwei Minuten getan, als Mrs Simmons vor Ihnen saß?"

„Sie haben mir nicht erzählt, dass sie verrückt ist!"

„Sie ist nicht verrückt. Sie ist … exzentrisch."

„Jedenfalls müssen wir ihr die Sache ausreden."

PJ schloss die Augen, während sie an frühere Erfahrungen mit Mrs Simmons zurückdachte. Den Flohmarkt, die Sache mit den Theaterkarten, die jährliche Auktion.

„Was ist?", fragte Cole.

„Sie haben ja keine Ahnung, wie dickköpfig sie ist. Sie wird ihre Meinung nicht ändern."

„Wir müssen mit ihr reden. Ihr klarmachen, dass das nicht funktionieren wird. Wir können nicht all das Geld und die Energie in ein Haus stecken, das wir vielleicht verlieren."

„Stimmt, das geht nicht. Warum sind Sie dann kein Ehrenmann und treten zurück?"

„Seit wann ist es ehrenhaft aufzugeben? Und wenn Ihnen der Gedanke so gut gefällt, warum treten *Sie* dann nicht zurück?"

Hatte sie seine grünen Augen tatsächlich faszinierend gefunden? PJ biss sich auf die Zunge, und zwar im wahrsten Sinne des Wortes, und wandte den Blick ab. Sie mussten die Sache regeln. Es konnte nicht funktionieren. Oder?

Cole stützte sich auf die Ellbogen. „Hören Sie, ich brauche dieses Projekt mehr als Sie …"

„Woher wollen Sie das wissen?" Sie war auf sich allein gestellt, hatte kaum einen Penny auf dem Konto und arbeitete in einem blöden Süßigkeitenladen.

„Diese Jugendlichen brauchen es."

PJ dachte an die Bilder auf seinen Plakaten und hatte sofort ein schlechtes Gewissen. „Und meine Geschäftsidee ist selbstsüchtig – wollen Sie das damit sagen?"

Cole presste die Lippen aufeinander und sah aus dem Panoramafenster.

„Mein Unternehmen wird dieser Stadt helfen. Und es ist *meine* Stadt. *Mein* Heimatort. *Ich* gehöre hierher."

Sein Blick schoss zu ihr zurück und in seinen Augen flackerte etwas auf, bevor er zu Boden sah.

PJ erinnerte sich an seine Vergangenheit als Pflegekind und wieder regte sich ihr schlechtes Gewissen. Wahrscheinlich hatte er nie das Gefühl gehabt, irgendwohin zu gehören. Ihr Magen zog sich zusammen. „Hören Sie, es tut mir leid, ich …"

„Das kann nicht funktionieren. Wir schaffen es ja nicht einmal, uns fünf Minuten lang zu vertragen. Wie sollen wir da ein Jahr lang unter demselben Dach wohnen?"

Sie zuckte mit den Schultern. „Wir müssen ja nicht unbedingt dort wohnen."

„Sie haben gut reden, Sonnenschein."

PJ verschränkte die Arme und der Knoten in ihrem Magen verflüchtigte sich wieder. Offenbar hatte er sie bereits in eine Schublade gesteckt. „Sie kennen mich doch überhaupt nicht."

„Wir müssen mit ihr reden, und zwar zusammen." Cole sah sie vielsagend an.

„Was ist? Trauen Sie mir nicht?"

„Warum sollte ich? Ich kenne Sie schließlich nicht."
„Ich habe Sie gesund gepflegt!"
„Sie haben mir eine Gehirnerschütterung verpasst!"
Wutschnaubend funkelte sie ihn an. Bei dem Mann kam sie kein Stück weiter. Genauso wenig, wie sie bei Mrs Simmons etwas erreichen würde. Die Frau würde im Kreis reden, bis ihre Köpfe sich drehten wie die Messer eines Mixers und ihre Unterschriften auf der gepunkteten Linie standen.
„Also gut. Reden wir mit ihr. Aber ich würde mir keine allzu großen Hoffnungen machen."

Kapitel 7

PJ schloss die Tür ihres Wagens und zog ihren Pullover fester um sich. Die Abendluft war kühl. Unter ihren Schuhen knirschte der Schotter und in der Nähe zirpte eine Grille. Während sie um das Bauernhaus ihrer Eltern herumging, atmete sie den Geruch von frisch gemähtem Gras ein. In der Ferne erstreckten sich Maisfelder mit jungen Pflänzchen über die sanften Hügel bis zur untergehenden Sonne.

Zu Hause.

Nach dem heutigen Tag brauchte sie das. Die Unterredung mit Mrs Simmons war genau so verlaufen, wie sie es vermutet hatte. Cole und sie hatten das Haus mit unterschriebenen Exemplaren des Vertrags verlassen, noch immer leicht betrunken von dem Monolog der alten Dame.

Also gut. Sie würde dafür sorgen, dass es funktionierte. Irgendwie würde sie einen Gewinn machen und Mrs Simmons davon überzeugen, dass ihr Restaurant einen Platz in dieser Stadt verdient hatte.

Als sie sich dem Garten näherte, musste sie bei dem Klang von Gelächter, Unterhaltungen und Familie beinahe unwillkürlich lächeln. Der Duft von gegrilltem Hühnchen wurde immer intensiver, bis ihr Magen erwartungsvoll knurrte.

Sie bog um die Ecke und betrat den Garten mit seinen Schatten spendenden Bäumen und der gemütlichen Terrasse. Die Lichterketten waren schon eingeschaltet, obwohl die Sonne noch nicht untergegangen war. Ein Basketballspiel zwei gegen zwei wurde unterbrochen, als die anderen sie sahen.

„PJ ist hier!“, rief ihre Mutter und stand auf, um sie zu umarmen. Dann scharten sich alle um sie. Ihr Vater. Ryan. Jade und Madison mit ihren Männern.

Sie suchte die Gruppe nach ihren sechs Monate alten Nichten ab. Erst dann sah sie das Banner und die Ballons.

„Wartet mal“, sagte PJ. „Was ist hier los?“

Ihre Mutter löste sich aus der Umarmung. „Ich habe Mrs Simmons im Café getroffen. Sie wollte mir nicht direkt von ihrer Entscheidung erzählen, aber ich habe gemerkt … was ist denn?"

„Wo fange ich da am besten an?"

„Was ist passiert?", schaltete Madison sich ein. „Ich dachte, es wäre nur noch eine Formalität."

PJ ließ den Blick über ihre Geschwister wandern. Die schlaue Madison mit ihrer erfolgreichen Tierarztpraxis. Jade, frisch verheiratet mit dem Bürgermeister, mit ihrer musikalischen Begabung und ihren süßen Zwillingen. Der zuverlässige Ryan, der bei allem, was er tat, Erfolg zu haben schien. Außer in der Ehe.

„Na ja, es gibt schon irgendwie gute Nachrichten", sagte PJ.

Jade gab eins der quengelnden Babys an Daniel weiter, der daraufhin zum Haus ging, um eine Flasche oder irgendetwas zu holen. „Warum dann das lange Gesicht?"

„Setzen wir uns doch." Mom zog sie zu dem Picknicktisch, der mit Tischdecke und Besteck gedeckt war und in dessen Mitte ein Krug mit frisch geschnittenen Pfingstrosen stand. Ihre Geschwister nahmen ihr gegenüber Platz, während ihr Vater, Beckett und Grandpa zum Grill zurückkehrten, der in der Nähe aufgebaut war.

Es war an der Zeit, die Sache positiv zu sehen. Die Situation war, wie sie war, ob es ihr gefiel oder nicht, und die Alternative war inakzeptabel. Außerdem konnte sie es nicht ertragen, den Siehste-Blick ihrer Geschwister zu sehen.

„Unterm Strich werde ich das Restaurant eröffnen, wenn auch nicht die Pension – jedenfalls erst einmal. Das ist ein gutes Ergebnis. Ich werde mein eigenes Restaurant führen, obwohl ich gerade erst mein Studium abgeschlossen habe. Wer bekommt sonst schon eine solche Chance?"

„Aber was machst du dann mit all den Zimmern?", wollte Ryan wissen.

„Kinder kriegen?" Jades Ringe klackerten, als sie die Hände faltete.

„Das ist nicht witzig", sagte ihre Mutter. „Sie soll erst heiraten."

Jade grinste ironisch. „Danke, Mom."

Mom tätschelte ihre Schulter. „Komm schon, Liebling, das war kein Seitenhieb. Du weißt, dass ich die Zwillinge unmöglich noch mehr lieben könnte."

„Aber jetzt mal im Ernst." Madison warf sich die langen braunen Haare über die Schultern und genau in diesem Augenblick trat ihr Mann Beckett hinter sie, um ihr die Schultern zu massieren. „Warum nicht die Pension? Ich fand, das war eine gute Idee, wenn auch etwas zu viel auf einmal."

Zu viel für PJ, meinte sie. „Ich wäre sehr wohl damit klargekommen. Aber Mrs Simmons fand, dass der Plan von Cole Evans auch etwas für sich hat." Sie seufzte und erklärte ihnen den Rest des Plans. „Sie konnte sich nicht entscheiden, also will sie sehen, wie unsere Projekte funktionieren. Wir haben ein Jahr, um es auszuprobieren, und dann trifft sie die endgültige Entscheidung."

„Warte mal", schaltete Dad sich ein, die riesige Grillzange mit einer Hühnchenbrust in der Hand. „Du musst ein Jahr warten?"

„Das ist doch lächerlich", sagte Mom.

„Ja." PJs Bein wippte unter dem Tisch auf und ab. „Es ist wie ein Probelauf. Wir führen jeder unser eigenständiges Unternehmen."

„Von wegen eigenständig!", protestierte Jade. „Immerhin werdet ihr unter einem Dach sein. Was weißt du überhaupt über den Typen?"

„Das gefällt mir nicht, PJ." Dad legte das Fleisch auf den Grill und schloss den Deckel.

„Du musst dir das gut überlegen, Liebling." Mom legte eine Hand auf PJs Bein. „Ein Restaurant zu eröffnen, kostet schließlich viel Geld."

„Die meisten Selbständigen machen in den ersten Jahren nicht einmal Gewinn", gab Madison zu bedenken.

„Meint ihr, ich hätte nicht darüber nachgedacht? Ich muss keine Miete zahlen, also werden meine Ausgaben gering sein. Sollte ich verlieren, was Gott verhüten möge, kann ich die Einrichtung einlagern und mein Restaurant später eröffnen. Was die laufenden Kosten betrifft, kann ich mir einen Teilzeitjob suchen, wenn es sein muss." Und das Personal würde nicht viel kosten, aber darüber sprach sie lieber nicht. Zumal sic sich nicht vorstellen konnte, dass das funktionieren würde.

„Aber du musst den Kredit für den Umbau abbezahlen", sagte Beckett, während er Madisons Massage zwei Sekunden lang unterbrach.

„Das ist mir klar. Ich werde den Umbau auf ein Minimum reduzieren."

„Und was ist, wenn er gefährlich ist?" Nach dem, was Jade in Chicago durchgemacht hatte, war es eine legitime Frage. Sie war bei einer Verabredung vergewaltigt worden und anschließend schwanger gewesen. Erst als sie nach Hause gekommen war, hatte sie ihr Leben wieder in den Griff bekommen – und dabei hatte Daniel eine große Rolle gespielt.

„Die Überprüfung hat nichts ergeben", erklärte Ryan.

PJ warf ihm einen dankbaren Blick zu.

„Ist es nicht ein merkwürdiger Zufall, dass er bei PJ auf der Matte stand und dasselbe Haus gemietet hatte?", sagte Mom.

„Wie es aussieht, lag das an der Scheidung der Tacketts", sagte PJ. „Deb hat das Haus an mich vermietet und Herb an Cole."

„Es gefällt mir trotzdem nicht", beharrte Mom.

„Ich kann den Sheriff bitten, noch einmal gründlicher nachzuforschen, wenn dich das beruhigt, Mama Jo." Daniel war niemand, der mit seinem Bürgermeistertitel angab, deshalb konnte man ihm das Angebot nicht übel nehmen.

„Danke, Daniel."

„Vielleicht hat er das für Mrs Simmons sogar schon erledigt", sagte Ryan.

Der Sheriff war Mrs Simmons' Neffe. Es konnte durchaus sein, dass sie Cole hatte überprüfen lassen, bevor sie ihn einziehen ließ.

„Cole hat ein gutes Herz", sagte PJ. „Er will Pflegekindern helfen und sein Geschäftsplan ist vernünftig. Er hat sogar schon die Finanzierung geklärt." Warum verteidigte sie ihn eigentlich? „Ich behaupte ja nicht, dass es keine Probleme geben wird, aber ein Jahr lang komme ich damit klar."

„Für ein Mädchen, das kurz davor ist, mit einem gut aussehenden dunkelhaarigen großen Mann zusammenzuziehen, guckst du aber nicht gerade glücklich", sagte Madison.

„Ach? Du hast gar nicht erzählt, dass er gut aussieht", hakte Jade nach.

Daniel drückte ihre Schulter. „Hey, lass sie in Ruhe."

Jade drückte einen Kuss auf seine Hand. „Aber unterschreib

nichts, bevor du über seinen Hintergrund Bescheid weißt – ganz egal, wie das aussieht."

„Und lass einen Anwalt über die Verträge gucken", riet Ryan.

Zu spät. Für beides.

Dad verschränkte die Arme. „Mir gefällt die Sache trotzdem nicht. Ich werde mit Mrs Simmons reden."

PJ widerstand nur mit Mühe dem Drang, die Augen zu verdrehen. „Nein, Dad. Ich bin erwachsen. Ich mache das schon."

Mom tätschelte ihr den Rücken. „Sie ist erwachsen. Ich bin mir sicher, dass sich alles findet. Und wir helfen mit, nicht wahr, Kinder?"

„Klar."

„Natürlich."

PJ entgingen die skeptischen Mienen der anderen nicht. Sie biss die Zähne zusammen. Sie würde dieses Haus bekommen, und wenn es sie umbrachte.

Es war schon spät, als PJ das Haus ihrer Eltern verließ, ganz erschöpft von den vielen Fragen. Warum musste sie sich eigentlich rechtfertigen? Niemand hatte Madison verhört, als sie Tierärztin hatte werden wollen. Kein Mensch hatte etwas gesagt, als Jade Gitarrenunterricht hatte geben oder Ryan zur Freiwilligen Feuerwehr gehen wollen. Und der riskierte dabei immerhin sein Leben.

Okay, auch bei den anderen hatten sie etwas zu sagen gehabt. Ihre Familie hatte immer viel zu sagen. Aber es war offensichtlich, dass sie PJ nicht zutrauten, wichtige Entscheidungen zu treffen. Sie hielten sie einfach nicht für fähig, es allein zu schaffen.

PJ holte tief Luft und atmete dann seufzend aus. Es war ein langer Tag im Süßigkeitenladen gewesen, dann das unangenehme Gespräch mit Mrs Simmons und Cole und anschließend das Essen mit der Familie … jetzt wollte sie nur noch in ihr bequemes Bett sinken und sich in ihre vertraute Bettdecke und das Federkissen kuscheln.

Oder noch besser, sich in die Küche stellen und irgendetwas Leckeres kreieren – einen Himbeerkäsekuchen … Crème brûlée … eine Schokoladentrüffeltorte? Mmm, das klang gut. Sie bastelte schon seit einer Weile an einem neuen Rezept. Aber dafür brauchte sie Zartbitterschokolade und Crème double.

An der Main Street bog PJ nach links ab. Der Supermarkt befand sich am anderen Ende der Stadt und er schloss um elf. Trotz ihrer Eile fuhr sie langsam durch die Stadt. Sheriff Simmons saß gerne in der Acorn Street und erwischte Leute dabei, wie sie in einer Fünfzig-Zone fünfundfünfzig fuhren.

Die Bürgersteige waren schon seit Stunden hochgeklappt und die einzigen Bewegungen, die zu sehen waren, kamen von der Leuchtreklame des Rialto-Theaters mit den im Rechteck laufenden Lichtern und von den wehenden Fahnen vor dem Gerichtsgebäude.

Am Ortsausgang beschleunigte PJ und bog beim Jachthafen um die Ecke. Lichter glitzerten auf dem Ohio River. Über ihr erleuchtete ein beinahe voller Mond den Himmel.

Auf der anderen Straßenseite lag der Parkplatz still und leer da, abgesehen von einem Pick-up am hinteren Ende des Platzes. Sie blinzelte und nahm den Fuß etwas vom Gas. War das Coles Wagen? Er hatte zwei Tage lang in ihrer Auffahrt gestanden, ein älterer blauer Ford.

Die Farbe des Fahrzeugs konnte sie im Dunkeln nicht erkennen, aber es musste sein Wagen sein. Niemand im Ort fuhr so ein Modell und zu dieser Nachtzeit war es wohl kaum ein Tourist.

Was machte Cole hier? Einen mitternächtlichen Spaziergang? PJ sah, dass sich auf dem Fahrersitz etwas bewegte, und gab wieder Gas. Warum saß er um diese Uhrzeit im Auto, anstatt es sich in seinem Hotelzimmer gemütlich zu machen?

Es sei denn …

An dem Abend, als er aufgetaucht war, hatte er gesagt – nachdem er das Bewusstsein wiedererlang hatte –, er wüsste nicht, wohin. Und sie hatte ihm deutlich zu verstehen gegeben, dass er in ihrem Schuppen nicht länger erwünscht war. PJ fuhr weiter, warf aber einen Blick in den Rückspiegel, während Schuldgefühle in ihr aufstiegen.

Kapitel 8

PJ stieg aus ihrem Wagen und blickte zum Wishing-Haus hinauf. Es gehörte ihr. Na gut, nicht komplett. Ihr gehörte nur das Erdgeschoss und das auch nur für ein Jahr. Aber daraus würde ihr ganz eigenes edles Restaurant werden. Entschlossen ging sie auf das Haus zu. Sie würde es schaffen.

Als sie die Hälfte der Stufen, die zum Rasen hinaufführten, hochgestiegen war, blieb sie stehen und stellte sich das Schild vor, das sie in Auftrag geben wollte. Es sollte gleich neben der Auffahrt stehen, vor dem schönen Blumengarten. Sie hatte vorgehabt, die Pension *Haus Wishing* zu nennen und das Restaurant *PJs Steakhaus*. Da die Pension jedoch erst einmal auf Eis lag, hatte sie sich inzwischen dazu entschieden, dem Restaurant den Namen *Das Wishing Steakhaus* zu geben. Das hatte Klasse, klang aber nicht zu hochnäsig. Das Schild für die Pension würde sie hinzufügen, sobald sie sich das ganze Haus verdient hatte.

Süßer Fliederduft wehte zu PJ herüber und mischte sich mit dem Geruch von frisch gemähtem Gras. Auf einem Ast über ihr ließ eine Trauertaube ihren leisen klagenden Ruf ertönen.

Als hinter ihr eine Autotür zuschlug, drehte PJ sich um. Cole kam die Treppe herauf. Sie dachte daran, wie sein Pick-up auf dem Parkplatz gestanden hatte, und wusste, dass er noch ungeduldiger als sie war, heute das Haus in Besitz zu nehmen.

Er trug ein schwarzes T-Shirt und verwaschene Jeans. Seine kurzen Haare waren zerzaust und sein Kinn zierte ein Dreitagebart. Beides tat seinem guten Aussehen keinerlei Abbruch.

„Morgen", sagte er.

PJ erwiderte seinen Gruß und riss den Blick von ihm los, um erneut den Garten zu betrachten. „Ich habe gerade überlegt, wo das Schild stehen sollte. Ich glaube, hier. Diese Beete sind schön, aber sie machen viel Arbeit." Sie sah sich um. „Und es gibt viel Rasen, der zu mähen ist. Das wären doch vielleicht gute Aufgaben für Ihre Jugendlichen, oder?"

Cole presste die Lippen aufeinander. „Meine Kinder werden hier nicht die Dienstboten spielen, falls Sie das denken."

PJ verschränkte die Arme. „Sie sind es doch, der ihnen Verantwortungsbewusstsein und Arbeitsmoral beibringen wollte."

„Das bedeutet aber nicht, dass Sie sie als kostenlose Arbeitskräfte ausbeuten können. Und wo wir schon mal dabei sind: Sie werden auch nicht als Ihre persönlichen Untertanen in der Küche fungieren."

„Als würde ich eine Horde ungebildeter Teenager in meiner Küche wollen."

Sie starrten einander feindselig an.

Du liebe Güte. Dies war gerade mal der erste Tag. Die ersten zwei Minuten. PJ atmete tief die nach Flieder duftende Luft ein und dann langsam wieder aus. „Ich finde, wir sollten die Dinge so weit wie möglich trennen. Getrennte Jobs, getrennte Eingänge, getrennte Stockwerke."

„Gut."

Da waren sie sich doch tatsächlich einmal einig. Jetzt musste sie nur noch einen Weg finden, wie sie diese Beziehung nach und nach verbessern konnte. Ihr Start war alles andere als glücklich gewesen, aber dabei musste es ja nicht bleiben. Sie war ein Profi in Sachen Freundschaftschließen. Sie musste sich nur etwas mehr Mühe geben.

„Die Architektin kommt um halb zehn. Sie hat die Tierarztpraxis meiner Schwester umgebaut. Sie ist gut und, was genauso wichtig ist, nicht zu teuer."

„Ich brauche keine Architektin."

PJ runzelte die Stirn. „Wie meinen Sie das? Müssen Sie nicht Wände einreißen und Dinge versetzen? Ein, zwei Badezimmer und eine Küche einbauen?"

„Das mache ich selbst."

„Aber was ist, wenn Sie dabei eine tragende Wand einreißen? Oder ein Wasserrohr beschädigen?"

„Ich weiß, was ich tue", sagte er und ging ins Haus.

Vielleicht würde er nicht viel ändern. Umso weniger Arbeit würde sie haben, wenn sie ihre Pension einrichtete.

Er würde auf Distanz bleiben müssen, überlegte sich Cole. Das würde nicht einfach, da sie immerhin im selben Haus arbeiteten, aber wenn jeder in seinem Stockwerk blieb, müsste es gehen.

Das Obergeschoss sah sogar noch besser aus als auf den Bildern im Internet. Vier Schlafzimmer, die meisten von ihnen groß genug für zwei Personen, zwei komplette Bäder und ein kleines Zimmer unter dem Dach. Das Dachbodenzimmer konnte er selbst nehmen, aus einem der Schlafzimmer würde er das Wohnzimmer machen und aus einem anderen die Küche. Denn die würde Susi Sonnenschein garantiert nicht mit ihm teilen. Blieben zwei Räume übrig – genug für vier Jugendliche. Bei dem Gedanken wurden Coles Schritte federnder. Er hatte zwar nur die Finanzierung für drei Kinder geregelt, aber vielleicht, wenn er sparsam war … Immerhin hatte er die Nebenkosten für das komplette Haus einkalkuliert und jetzt musste er davon nur die Hälfte zahlen. Außerdem würde Lizzy erst im April kommen.

Während er den schmalen Flur entlangging, fuhr er mit den Händen über die unebenen Wände. Die brauchten einen neuen Putz. Die Holzdielen knarrten unter seinen Füßen und gaben damit ein vertrautes Geräusch von sich, das ihn an sein Zuhause erinnerte, sein richtiges Zuhause. Das er vor dem Unfall gehabt hatte.

Als Nächstes begutachtete er die Bäder. Die Rohre waren uralt, aber in recht gutem Zustand. In den Schlafzimmern mussten zusätzliche Steckdosen eingebaut werden und das ganze Obergeschoss brauchte dringend eine gescheite Beleuchtung. Die teuren Vorhänge würden auch irgendwann dran glauben müssen, aber das hatte Zeit.

Cole war mit seiner Liste für den Baumarkt schon gut vorangekommen, als Lizzy anrief. Sie hatte nicht viele Freunde, aber bei all der Aufmerksamkeit, die sie von Jungen erhielt, war eine Katastrophe fast vorprogrammiert. Cole würde alles in seiner Macht Stehende tun, um zu verhindern, dass jemand sie ausnutzte.

Er erkundigte sich nach ihren Pflegeeltern und sie plauderten miteinander, bis Lizzy Schluss machen musste. Bevor sie auflegte, sagte er ihr noch, dass er sie liebhatte. Obwohl Becky und Greg ihr das ebenfalls oft sagten, wusste Cole doch, dass Lizzy diese Worte so häufig wie möglich hören musste. Ihr Vater hatte sie bereits vor ihrer Geburt im Stich gelassen und ihre Mutter war drogenabhängig und sah sie nur gelegentlich. Cole steckte sein Handy ein und betätigte den Lichtschalter im Flur, doch nichts geschah.

Hinter ihm knarrten die Stufen. PJ stand mitten auf der breiten Treppe, die Hand auf dem Mahagonihandlauf.

„Tut mir leid. Ich wollte nicht lauschen."

Cole zuckte mit den Schultern und betätigte noch einmal den Schalter. „Wie lief es mit der Architektin?"

„Gut. Ich bin ganz gespannt, was sie für Ideen hat." PJ stieg die restlichen Stufen hinauf, wobei ihr Pferdeschwanz wie ein Pendel hin und her schwang. „Wie sieht es hier oben aus?"

„Alles ganz ordentlich." Je weniger Einzelheiten sie wusste, desto weniger konnte sie sich darüber aufregen.

„Abgesehen vom Licht in der Diele?" Ihr Blick wanderte nach oben und dann wieder zu ihm und Cole ertappte sich dabei, dass er einen Moment lang auf ihr Lächeln starrte.

„Stimmt." Er ging in das nächste Zimmer und versuchte, das Fenster zu öffnen. Schließlich musste er die Räume lüften, wenn er die Wände strich. Nach etwas Ruckeln ging das Fenster auf. Der alte hölzerne Schieberahmen, der mit einem Gewicht versehen war, schien von der Farbe fast vollständig verklebt zu sein.

„Die Fenster unten sind neu." PJ war ihm ins Zimmer gefolgt und hatte ihren süßen Blumenduft mitgebracht. „Schade, dass sie die hier nicht ersetzt hat. Die sehen ja uralt aus."

„Solange man sie öffnen kann, geht es erst mal." Cole schob sich an ihr vorbei und betrat das nächste Zimmer, wo er wieder zum Fenster ging. Diesmal hatte er mehr zu kämpfen.

„Unsere Heizkostenabrechnung wird grauenvoll sein." PJ trat neben ihn und fuhr mit einem Fingernagel über die abblätternde weiße Farbe.

Sie hatte schöne Hände. Lange, schmale Finger, die in kurzen, aber gut manikürten Nägeln endeten. Ihre Haut sah weicher aus als alles, was er in der letzten Zeit berührt hatte.

„Ich glaube nicht, dass sie oft hier oben war", sagte PJ. „Ihr Schlafzimmer war unten."

„Unten ist ein Schlafzimmer?" Vielleicht könnte er noch zwei weitere Jugendliche unterbringen. Er müsste dann mehr Geld beschaffen, aber –

„Denken Sie nicht mal dran! Das ist mein Schlafzimmer."

„Ich dachte, Sie hätten schon ein Haus."

„Das ist gemietet, das wissen Sie doch. Und auch nur bis Ende Juli. Sobald die Renovierung abgeschlossen ist, ziehe ich hier ein."

Cole fuhr sich mit der Hand übers Gesicht. Er war davon ausgegangen, dass nur er und die Kinder hier wohnen würden.

„Keine Angst, das Haus ist groß genug für uns beide – und für eine Handvoll Teenager." Sie folgte ihm ins nächste Zimmer. „Hoffentlich hat Ihre Freundin Verständnis dafür."

Cole runzelte die Stirn, doch dann wurde ihm klar, dass sie seine letzten Worte an Lizzy gehört haben musste und augenscheinlich die falschen Schlüsse daraus gezogen hatte. Aber er würde sie nicht korrigieren. Es war besser, wenn sie glaubte, er wäre vergeben.

Abgesehen davon hatte sie bestimmt selbst einen Freund. Cole hoffte, dass der Typ angesichts ihrer Wohnumstände nicht ausrasten würde. Schließlich würden sie hier nicht allein leben. Sobald die Renovierung abgeschlossen war, würde das Haus voller Jugendlicher sein.

„Und wann ziehen Sie ein?", fragte sie.

„Heute." Nachdem er eine Woche lang im Auto geschlafen hatte, konnte er es kaum erwarten, sich auf dem Fußboden auszustrecken.

„Welches Zimmer nehmen Sie?"

Hatte sie nichts Besseres zu tun, als hinter ihm herzulaufen? „Erst mal dies hier. Anschließend den Dachboden, wenn ich ihn ausgeräumt habe."

„Ach, wie schön. Ich wollte immer ein Dachzimmer haben. Bevor ich das Haus gemietet habe, in dem ich momentan wohne, hatte ich noch nie ein eigenes Zimmer." Sie warf einen Blick in den Wandschrank.

Da sie anderweitig beschäftigt war, nutzte Cole die Gelegenheit, sie zu mustern. Ihre langen braunen Haare waren zu einem unordentlichen Pferdeschwanz zusammengebunden, sodass ihr Nacken zu sehen war, und dessen Krümmung war so attraktiv, dass er den

Drang verspürte, einen Kuss auf die Stelle zu drücken, an der ihr Hals in ihre Schultern überging.

Wie kam er nur auf solche Gedanken?

Sein Blick fiel auf ihre Schultern und wanderte dann zu der schmalen Taille und den langen Beinen hinunter.

„Ach du Schreck!" PJ blickte über ihre Schulter.

Schnell widmete er seine Aufmerksamkeit wieder dem Fenster.

„Hier würden ja nicht mal meine Jeans reinpassen."

Cole war sich sicher, dass seine Jugendlichen dieses Problem nicht haben würden.

„Woher kommen Sie eigentlich? Ich glaube, das haben Sie gar nicht gesagt."

„Aus dem Norden. Fort Wayne."

„Verglichen mit Chapel Springs ist das doch eine richtige Großstadt."

„Mhm."

Sie folgte ihm in den nächsten Raum. Dort bewegte sich das Fenster keinen Millimeter.

„Woher wussten Sie eigentlich von der Ausschreibung?"

„Bin im Internet drauf gestoßen."

„Ich konnte kaum glauben, dass sie das Haus einfach weggibt. Aber wenn man mehr Geld hat als Bill Gates … Brauchen Sie Hilfe?"

„Geht schon." Er stemmte sich gegen das Fenster, die Armmuskeln angespannt.

„Haben Sie eigentlich auch Geschwister?"

Die ganze Wahrheit war zu schmerzlich und würde nur zu weiteren Fragen führen. Bei Susi Sonnenschein ganz sicher. „Nein."

„Das kann ich mir gar nicht vorstellen. Ich habe einen Bruder – den haben Sie ja bereits kennengelernt – und zwei Schwestern. Ich hatte noch einen Bruder, Michael, aber er ist mit siebzehn gestorben."

Sie hatten also doch etwas gemeinsam. Cole warf einen Blick über die Schulter und sah einen Anflug von Traurigkeit auf PJs Gesicht. Beinahe hätte er Noelle erwähnt. Beinahe. Aber dann lächelte PJ wieder und er wandte sich erneut dem Fenster zu.

„Es war für uns alle schwer, aber besonders für Madison. Sie war seine Zwillingsschwester und es hat lange gedauert, bis sie wieder richtig leben konnte. Michael ist für sein Leben gern gesegelt. Als er sechzehn wurde, hat er sich kein Auto gekauft, sondern ein Boot. Sein Traum war es, der jüngste Gewinner unserer jährlichen Regatta zu werden, aber er hatte nicht mehr die Gelegenheit, es zu versuchen. Die Teilnehmer müssen achtzehn sein."

„Das tut mir leid."

PJ zuckte mit den Schultern. „Danke. Jedenfalls hat Madison sich vor zwei Jahren in den Kopf gesetzt, das Rennen für ihn zu gewinnen. Am Ende hat sie Segelunterricht bei Beckett genommen – jetzt sind sie verheiratet, aber am Anfang konnten sie einander nicht ausstehen! Egal. Sie und Beckett haben dann die Regatta gewonnen und sich gleichzeitig verliebt. Es war wunderbar. Sie ist Tierärztin. Haben Sie Haustiere?"

Cole fasste den Fensterflügel an der oberen Kante an und versuchte es noch einmal. „Äh, nein."

„Ich auch nicht. Im Studium hatte ich mal einen Goldfisch, doch er hat nicht überlebt. Aber ich wollte immer einen Hund haben. Auf dem Hof hatten wir zwar Tiere, weil Madison ständig irgendwelche Streuner angeschleppt hat, aber ein richtiges Haustier hatten wir nicht. Mein Bruder hatte eine Katzenallergie und Mom sagte immer, sie hätte schon genug zu tun. Bei fünf Kindern stimmte das wohl. Und dazu noch Daniel."

„Wer ist Daniel?" Und warum wollte er das wissen?

„Kommen Sie, ich helfe Ihnen." Sie zwängte sich zwischen Cole und die Wand und packte das Fenster an der Unterkante. Nachdem sie ein paarmal gemeinsam daran gerüttelt hatten, zog Cole sein Taschenmesser heraus und fing an, die festgetrocknete Farbe einzuschneiden.

PJ lehnte sich viel zu dicht neben ihm an die Wand. Der Geruch von Parfüm oder Haar oder was auch immer kitzelte ihn in der Nase.

„Daniel ist mein Schwager und außerdem der Bürgermeister. Aber bevor er das alles wurde, war er so eine Art Bruder ehrenhalber. Eigentlich war er immer da. Er gehörte quasi zur Familie. Seine Eltern leben in Washington DC, weil sein Dad Senator ist, also ist Daniel hier bei seiner Oma aufgewachsen. Und Sie? Haben Sie irgendwelche Verwandten?"

„Eigentlich nicht."

„Das muss hart sein. Wie in aller Welt haben Sie das Geld für Ihr Projekt zusammenbekommen, wenn Sie keine Beziehungen haben?"

„Hauptsächlich von der Kirche."

„Oh, wir haben hier eine tolle Kirche. Eigentlich sogar zwei. Vielleicht können Sie dort noch mehr Spenden sammeln, wenn es nötig wird."

Sie versuchte ihm zu helfen? Was führte sie im Schilde?

Er steckte sein Messer ein und packte den Fensterflügel.

PJ drehte sich um und half. „Wie alt sind Sie eigentlich?"

„Sechsundzwanzig."

„Ich bin zweiundzwanzig."

Diesmal ließ sich das Fenster hochschieben. Eine Brise wehte herein und ließ die losen Haarsträhnen um ihr Gesicht tanzen.

„Und wofür steht PJ?"

„Penelope Jane – nach meinen Großmüttern. Aber das sagt niemand, außer wenn ich etwas angestellt habe, und dann auch nur meine Mom."

„Der Name passt auch nicht zu Ihnen."

„Ich weiß. Hey." Sie sah auf ihre Uhr. „Fünf Minuten sind vergangen und wir haben uns kein einziges Mal gestritten."

Cole grinste sarkastisch. „Weltrekord."

„Vielleicht können wir ja mit dem Siezen aufhören, wo es gerade so gut läuft."

„Hast du keine Angst, dass wir unser Glück damit zu sehr herausfordern?"

„Nö!" PJ lächelte fröhlich.

Sie hatte wirklich hübsche Lippen. Aber warum sah er ihr eigentlich auf den Mund?

Kapitel 9

PJ fuhr mit der Rolle durch die Malerwanne und brachte die Farbe auf den Putz auf. Die weißen Wände schienen durch die neue dunkelrote Farbe immer noch durch. „Da sind auf jeden Fall zwei Anstriche nötig."

Ryan klebte das Panoramafenster in dem Raum ab, der in Kürze der Hauptspeisesaal ihres Restaurants sein würde. „Mindestens."

Diese Woche hatte sie die Pläne zurückbekommen. Um die Küche zu vergrößern, musste nur eine Wand versetzt werden. Das Restaurant würde aus zwei Räumen bestehen, dem früheren Wohnzimmer und dem Esszimmer. Die große Terrasse bot Platz für Tische im Freien. Sie konnte es kaum erwarten, bis alles fertig war.

Die Haustür ging auf und Cole kam mit Tüten vom Baumarkt herein. Er war den Großteil des Abends fort gewesen.

„Wie läuft's?", fragte er.

PJ ließ die Rolle sinken. „Hi."

Coles Blick huschte zwischen PJ und Ryan hin und her, dann wandte er sich der Treppe zu.

„Warte mal", sagte PJ. „Du erinnerst dich doch noch an meinen Bruder Ryan, oder?"

Cole schaute erneut zu Ryan hinüber und sie konnte förmlich zusehen, wie seine Erinnerung zurückkehrte. Er nahm eine Tüte auf den anderen Arm. „Vage. Danke für die medizinische Hilfe, Kumpel."

Ryan stand auf und deutete mit dem Kinn auf PJ. „Das ist doch das Mindeste, was ich tun kann, wenn meine Schwester Gehirnerschütterungen austeilt."

PJ stieß ihm den Ellbogen in den Bauch und erntete ein Grunzen. „Das war Selbstverteidigung."

Cole lachte kurz auf und ging dann mit seinem Einkauf die Treppe hinauf.

„Brauchst du Hilfe?", rief Ryan.

„Es geht schon. Danke."

Cole verschwand und Sekunden später knarrten seine Schritte über ihnen. Ein Radio ging an und Musik mit einem treibenden Beat und heulenden E-Gitarren drang zu ihnen herunter. Manchmal tat er ihr ein bisschen leid. Er musste die ganze Arbeit oben alleine machen, während ihr die ganze Familie half.

„Also, wie sieht es aus?", fragte Ryan.

„Was meinst du?"

„Er ist ziemlich still. Hast du noch etwas über ihn herausgefunden? Was ist mit dem Bericht, den Daniel besorgen wollte?"

PJ zuckte mit den Schultern, während sie ihre Lammfellrolle in der Farbwanne hin und her bewegte. „Ist nichts bei herausgekommen. Er redet nicht viel über sich selbst, aber er ist in Ordnung. Nicht gefährlich oder so."

„Das weißt du nicht. Du hast nicht gerade die beste Menschenkenntnis."

„Trau mir doch mal etwas zu. Ich bin keine zwölf mehr."

„Sei aber vorsichtig. Vielleicht solltest du nur hier sein, wenn einer von uns dabei ist."

PJ verdrehte die Augen. „Ich brauche keinen Babysitter. Mit Madison oder Jade würdest du nicht so reden."

„Ich mache mir nur Sorgen."

Sie wollte nicht mehr darüber nachdenken. Das bereitete ihr nur Unbehagen.

„Übrigens habe ich gehört, dass du letztes Wochenende eine Verabredung hattest. Mit wem?"

Ryan riss mit den Zähnen einen Streifen Klebeband ab. „Der neuen Sekretärin an der Schule. Du kennst sie nicht."

Neben seiner Tätigkeit für die Freiwillige Feuerwehr unterrichtete Ryan und trainierte die Footballmannschaft der Highschool von Chapel Springs.

„Wo seid ihr hingegangen? War es nett?"

„Es war okay, würde ich sagen."

PJ warf ihm einen Blick zu. „Und habt ihr euch noch einmal verabredet?"

„Bis jetzt noch nicht."

„Es ist Freitagabend und du hilfst deiner Schwester beim Streichen – nicht, dass ich das nicht zu schätzen wüsste. Du solltest sie anrufen. Machst du das?"

„Du bist die neugierigste Schwester der Welt."

PJ blinzelte unschuldig. „Ich mache mir nur Sorgen."

Ryan sah sie über die Schulter hinweg an, die Lippen zusammengepresst.

Sie wusste, dass sie nicht mehr erfahren würde. Wahrscheinlich würde er noch ein paarmal mit der Frau ausgehen und dann würde die Sache im Sande verlaufen. Das schien inzwischen der übliche Ablauf zu sein. Sie fragte sich, ob er jemals eine Frau finden würde, die er so sehr liebte wie Abby. PJ hatte sie auch geliebt. Die anderen in der Familie waren nie richtig mit ihr warm geworden, aber die Scheidung hatte ihnen allen das Herz gebrochen.

Am liebsten würde sie Ryan nach ihr fragen, aber es war ein Thema, über das er nicht gerne sprach, selbst nach all der Zeit nicht.

PJ fing mit der nächsten Wand an und glättete dabei einige Farbnasen.

„Die Farbe macht den Raum wirklich dunkel", sagte Ryan.

„Es wird romantisch. Ich möchte einen Dimmer für den Kronleuchter an der Decke und Kerzen auf den Tischen. Das wird richtig klasse."

„Was für Tische und Stühle willst du nehmen?"

„Da nehme ich Sachen von *Grandmas Dachboden*." Der Laden ihrer Mutter war eine Fundgrube für gebrauchte Möbel. „Es wird eine bunte Mischung. Das entspricht zwar nicht ganz meiner Idealvorstellung, aber für den Anfang reicht es."

„Hast du dir schon überlegt, was auf die Speisekarte kommt?"

„Inzwischen habe ich fast alle Gerichte beisammen. Zu meinem letzten Studienprojekt gehörte es, eine Speisekarte für ein Restaurant zusammenzustellen. Die meisten Hauptgerichte und einige Desserts hatte ich also schon – dabei fällt mir ein, im Kühlschrank steht Käsekuchen. Nimm ihn dir nachher mit. Ich brauche deine Meinung."

„Dabei helfe ich doch gerne. Wenn du jemanden brauchst, der die Vorspeisen testet, kannst du mir ruhig jederzeit ein Abendessen vorbeibringen."

„Genug vom Junggesellendasein?"

„Tiefkühlkost verliert ziemlich schnell ihren Reiz."

„Ich könnte dir das Kochen beibringen. Meine Idee ist, an Abenden, an denen nicht viel los ist, Kochkurse anzubieten, um dem Restaurant eine weitere Einkommensquelle zu beschaffen."

„Super Idee! Gerade im Winter wird das helfen. Ich kann mir nicht vorstellen, dass du da jeden Abend Gäste haben wirst."

Ryan hatte recht. Sie würde ihr Geld im Frühling, Sommer und Herbst verdienen müssen, wenn die Touristen in der Stadt waren. Im Winter würde nicht viel los sein. Doch sie würde das Restaurant frühestens im Spätsommer eröffnen können. Wie sollte sie also in diesem Jahr einen Gewinn einfahren?

Denn das musste sie, wenn sie Mrs Simmons dazu bringen wollte, ihr das Haus zu überlassen. Entweder das, oder Cole müsste total versagen.

Ihr Vater hatte diese Woche ihren Kredit mit unterschrieben. So viel Geld. Die Profiküche war der größte Batzen. Außerdem würde sie Tafelsilber und Porzellan brauchen. Für Kochtöpfe und Pfannen hatte sie auch eine Menge ausgegeben – wundervolle Kupfertöpfe von Bourgeat. Sie konnte es kaum erwarten, bis die Sachen geliefert wurden.

Aber was, wenn es nicht funktionierte? Wenn sie das Haus verlor? Was, wenn sie in einem Jahr immer noch in Fionas Süßigkeitengeschäft arbeitete und Tausende Dollar Schulden hatte?

Bei dem Gedanken stockte PJ der Atem. Sie konzentrierte sich darauf einzuatmen und ihre Lunge zu weiten. Auszuatmen. Ihr Herz raste und ihr Atem ging schneller. Sie legte die Farbrolle ab und ging über den Boden, der mit einer Plane abgedeckt war.

Was war nur mit ihr los? Sie fühlte sich merkwürdig, ganz schrecklich. Es war fast so, als würde jemand anders aus ihren Augen blicken. Angst stieg in ihr auf, eine undefinierbare und ungreifbare Angst, aber sie war stark und drang selbst in die entlegensten Ecken.

Alles würde gut werden. Sie würde nicht versagen. Auf keinen Fall.

Aber im Moment hatte sie das Gefühl, als würde sie nicht einmal diesen Augenblick überleben. *Reiß dich zusammen, PJ!*

„Was ist los?"

PJ schüttelte den Kopf, während sie weiterhin versuchte, ihre Atmung in den Griff zu bekommen. „Ich habe Herzrasen." Sie begann auf und ab zu gehen. Irgendwie beruhigte sie das.

Ryan befestigte einen Streifen Klebeband am letzten Stück Fußleiste. „Das hat bestimmt nichts zu bedeuten." Er richtete sich auf und sah auf seine Uhr.

Es *hatte* nichts zu bedeuten. *Dir geht es gut, PJ. Hör auf, dich verrückt zu machen. Du steigerst dich nur in etwas hinein.*

„Ich habe leider noch eine Besprechung in der Wache."

PJ nickte. Dann atmete sie aus und wünschte sich währenddessen, er würde so schnell wie möglich gehen, damit sie ungestört in Panik ausbrechen konnte.

„Sicher, dass alles in Ordnung ist?", fragte Ryan, während er die Tür öffnete.

Sie nickte und versuchte zu lächeln. Mehr schaffte sie nicht. Und dann war er fort.

Während sie weiter auf und ab ging, konzentrierte PJ sich auf ihre Atmung, die irgendwie nicht mit ihrem Herzschlag Schritt halten konnte. *Bitte, Gott! Hilf mir!*

Minuten verstrichen, aber sie kamen ihr vor wie Stunden. Sie blieb am Fenster stehen, das auf den Garten hinausging. Beruhigende Bäume. Ein friedvoller Garten. Der Schatten strahlte Ruhe aus. Und sie holte immer wieder Luft und atmete durch den Mund aus.

Was war nur mit ihr los? Das war doch nicht normal. Oder?

„PJ?"

Sie schloss die Augen, weil sie es nicht wagte, über die Schulter zurückzuschauen. Warum konnten die anderen sie nicht mal für zwei Sekunden in Ruhe lassen?

Irgendwie gelang es ihr, gleichmäßiger zu atmen. „Ja?"

„Du hast nicht zufällig ein …"

Ein. Aus. *Komm schon, PJ. Entspann dich.*

„Ist alles in Ordnung?"

Geh weg. Geh einfach. Sie nickte.

Hinter sich hörte sie gedämpfte Schritte.

„Ob ich was habe?", brachte sie mit Mühe heraus.

Sie spürte, wie Cole näher kam, und nahm seinen moschusartigen Duft wahr, der ihr jetzt schon vertraut war. Die zitternden

Hände in die Hosentaschen geschoben, konzentrierte sie sich auf die aus einem alten Reifen gebastelte Schaukel, die am dicksten Ast einer riesigen Eiche hing.

„Irgendwas stimmt nicht mit dir." Jetzt stand er neben ihr. „Was ist los?"

PJ schüttelte den Kopf. Während sie erneut langsam ausatmete, starrte sie unverwandt auf die Schaukel, die sich im Wind sanft hin und her bewegte.

Cole umfasste ihr Handgelenk, zog ihre Hand aus der Tasche und legte zwei Finger an ihren Puls.

Ihr Herz machte einen merkwürdigen Satz. Plötzlich sah sie die Schaukel nicht mehr, weil ihre ganze Aufmerksamkeit auf diese beiden Finger gerichtet war.

„Mir geht es gut … ich … ich habe mich nur in etwas reingesteigert. Das tue ich manchmal. Dann denke ich, etwas stimmt nicht, obwohl alles in Ordnung ist."

Sein Blick ruhte auf ihr, grüne Augen, die alles sahen. Durchdringend.

Sie wandte den Blick ab. Sie wollte nicht, dass er sie so sah, so verletzlich.

Endlich ließ Cole ihre Hand los. „Der Puls ist ziemlich hoch. Hundertzwanzig Schläge pro Minute."

„Mir geht es schon wieder besser." Das stimmte. Die Tatsache, dass sie über seine Augen und seine Berührung nachdachte, war ein eindeutiger Beweis dafür. Sie rieb sich das Handgelenk, während sie ihre Atmung weiter verlangsamte.

Immer noch spürte sie seinen Blick auf sich ruhen. Sie schob das Fenster auf. Eine sanfte Frühsommerbrise strich über ihr Gesicht. „Du wolltest … was war es noch mal?"

„Eine Wasserpumpenzange. Hast du so was zufällig?"

Sie atmete aus. Es ging ihr eindeutig wieder besser. „Ich weiß nicht mal, was das ist."

„Ach so. Na, egal." Er wandte sich wieder der Treppe zu. „Ist wirklich alles in Ordnung?"

„Klar." Ihr Herz schlug allmählich wieder in einem normalen Rhythmus, sie konnte einigermaßen klar denken und die intensive Angst hatte nachgelassen. „Hey", rief sie Cole nach.

Er drehte sich am Fuß der Treppe um, eine Hand auf das Mahagonigeländer gelegt.

Eigentlich hatte sie ihm für seine Fürsorge danken wollen, aber die Worte blieben ihr im Halse stecken. „Wir könnten uns das Werkzeug teilen. Ich meine, um Geld zu sparen. Du kannst gerne mein Malerzeug haben, wenn ich fertig bin."

Cole sah sie lange und prüfend an. „Ist gut", sagte er schließlich.

Nachdem er die Treppe hinauf entschwunden war, fragte PJ sich, ob es nicht besser gewesen wäre, einfach Danke zu sagen.

Kapitel 10

Sein Herz raste, während er durch das Autowrack kroch. In seinem Kopf schrie es, aber er brachte keinen Laut heraus. Der Geruch von Dämpfen und verbranntem Gummi raubte ihm den Atem. *Mom! Noelle! Dad!,* schrie er in Gedanken.

Es war zu dunkel. Seine Hände tasteten nach Leben. Dann fand er den Kindersitz. Einen Arm.. „Noelle!“ Endlich funktionierte seine Stimme wieder. Er schüttelte sie. Aber sie rührte sich nicht. Antwortete nicht.

Er ließ seine Hand zu ihrem Handgelenk wandern. Zwei Finger, so hatten sie es ihm in der Schule beigebracht. Nicht den Daumen. Er spürte nichts. *Komm schon, komm schon.*

Ihre kleine Hand war noch warm, aber die dicken Fingerchen lagen reglos da. Er tastete mit den Fingern umher und suchte. Aber er fand nichts. Keinen Puls. Keinen Herzschlag. Kein Leben.

„Noelle!“

Cole fuhr aus dem Schlaf hoch. Es war dunkel im Zimmer. Der Boden unter ihm fühlte sich hart an. Sein keuchender Atem durchbrach die Stille.

Er schloss die Augen wieder und wünschte sich einerseits, schlafen und vergessen zu können, wusste aber andererseits, dass es heute zu gefährlich war. Es war Jahre her, dass er diesen Traum zuletzt gehabt hatte. Er schlug die Decke zurück. Es würde eine lange Nacht werden.

Der Traum ging ihm noch nach und die Einzelheiten verfolgten ihn. Einzelheiten, die in dem Albtraum gerade gefehlt hatten – alles, was zu dem Unfall geführt hatte.

In seinem Magen setzte der vertraute Schmerz ein und ballte sich zu einem harten Knoten zusammen. Doch es war ein willkommener Schmerz.

Die Türglocke läutete und PJ blickte auf. Jade betrat Fionas Geschäft. „Du bist früh dran. Ich dachte, wir treffen uns beim Haus."

„Daniel fährt mit den Mädchen zu seiner Oma und hat mich auf dem Weg hier abgesetzt."

PJ war froh, dass der Strom von Samstagseinkäufern inzwischen verebbt war. „Warte einen Moment, ich komme gleich wieder." Fiona war in der Küche dabei, das Fudge auf der Marmorplatte abkühlen zu lassen. PJ war sich sicher, dass ihre Chefin nichts dagegen haben würde, wenn sie etwas früher ging.

Wenige Minuten später war sie mit ihrer Schwester unterwegs zum Haus.

„Ich bin gespannt, was du davon hältst", sagte PJ, als sie vor dem historischen Gebäude hielt. „Gestern habe ich den ersten Anstrich in den Speisesälen gemacht."

„Wow! Ich hatte vergessen, wie riesig es ist", sagte Jade, als sie auf die Veranda zugingen.

„Wäre es nicht eine tolle Frühstückspension?" PJ musste ihren Traum im Blick behalten. „Ich kann es gar nicht erwarten, bis ich das alles für mich habe."

„Du musst aber erst gewinnen."

Sie betraten das Haus durch die Fliegengittertür. Von oben drangen Hammerschläge herunter.

„Dein Freund arbeitet heute?"

„Er ist nicht mein Freund. Er ist mein Konkurrent." PJ dachte daran, wie nett Cole gestern gewesen war, als sie in Panik geraten war, und hatte einen Augenblick lang ein schlechtes Gewissen.

„Dass ich nicht lache! Du bist doch mit allen befreundet."

PJ betätigte den Schalter für den Kronleuchter, aber nichts geschah. „Er muss die Sicherung rausgemacht haben. Na ja, dann machen wir die Besichtigung halt im Halbdunkeln."

Sie zeigte Jade das Erdgeschoss und erklärte ihre Pläne.

„Diese Wand hier kommt raus. Da drüben kommen die professionellen Öfen hin. Ich bin an der Kücheneinrichtung eines Restaurants in Columbus dran, das dicht macht – drück mir mal die Daumen. Der Holzfußboden muss auch weg. Stattdessen gibt es Fliesen. Die verlegt Dad für mich."

„Hmmm."

Genau über ihnen war das Hämmern jetzt geradezu ohrenbetäubend.

„Was macht er denn da oben?", wollte Jade wissen.

„Wer weiß." PJ führte ihre Schwester den kurzen Flur entlang. „Und dies wird mein Zimmer, wenn alles fertig ist."

„Ein bisschen klein."

„Das stimmt schon, aber ich werde mich ja nicht viel hier aufhalten. Und wenn ich den Wettbewerb erst einmal gewonnen habe, kann ich wohnen, wo ich will."

„Oben bei den Gästen?"

„Oder unter dem Dach. Der Dachboden ist riesig und der Giebel geht zum Garten hin. Das wäre ein tolles Zimmer."

„Klingt gut."

Das Hämmern hörte auf.

„Willst du das Obergeschoss sehen?"

„Vielleicht sollten wir ihn nicht stören."

„Willst du ihn denn nicht kennenlernen? Es dauert nicht lange."

Als sie das Foyer betraten, knarrte der Boden am oberen Ende der Treppe. „PJ … hast du meinen neuen Hammer gesehen? Den mit dem langen Griff?" Cole klang verärgert.

Sie hatte ihn am vergangenen Abend benutzt, um den Deckel der Farbdose richtig zu schließen. „Oh, tut mir leid." PJ rannte ins Esszimmer und holte den Hammer, dann lief sie die Treppe hinauf und bedeutete Jade, ihr zu folgen.

Auf dem Treppenabsatz streckte Cole mit gerunzelter Stirn die Hand nach dem Hammer aus.

„Tut mir leid", sagte sie noch einmal.

Als sie oben angekommen waren, trat er zur Seite. Das Licht, das durch das Fenster eines Schlafzimmers fiel, erleuchtete die eine Seite seines Gesichts. Seine dunklen Haare waren voller Staub, seine Stirn glänzte vor Schweiß und um seinen Hals hing ein Mundschutz. Er sah müde aus.

„Jade, das ist Cole, mein … also … der Typ, von dem ich euch erzählt habe. Cole, das ist meine Schwester Jade."

Sie gaben einander die Hand.

„Freut mich."

„Ganz meinerseits."

„Jade ist diejenige, die mit dem Bürgermeister verheiratet ist. Daniel, weißt du noch? Mein Bruder ehrenhalber, der mein Schwager geworden ist? Jade gibt Gitarrenunterricht und hat zwei total süße Töchter namens Ava und Mia. Sie sind Zwillinge." PJ wusste nicht, warum sie das hinzugefügt hatte. Oder warum sie überhaupt noch redete. „Cole kommt aus Fort Wayne. Er eröffnet ein Übergangswohnheim für ehemalige Pflegekinder." *Halt die Klappe, PJ.*

„Ach so", sagte Jade.

„Also ..." PJ schob die Hände in ihre Hosentasche. „Wie lange bleibt der Strom noch aus? Ich muss noch einen Anstrich machen und es ist ziemlich dunkel in den Räumen."

„Ich habe dir doch gesagt, dass ich heute die Mauer einreiße."

„Ich weiß, aber ... mir war nicht klar ..."

Cole durchbohrte sie mit seinen grünen Augen, bis sie einen Schritt zurückwich. Der Boden knarrte unter ihren Füßen.

Er seufzte tief. „Also gut. Ich schalte ihn wieder ein." Dann schob er sich an ihr vorbei.

„Danke", rief sie ihm hinterher.

„Heißer Typ, aber ein bisschen grantig", flüsterte Jade, sobald Cole außer Hörweite war.

„Er hat wohl einen schlechten Tag", sagte PJ, und dann fragte sie sich, warum sie ihn verteidigte.

„Wo ist deine Schwester?", fragte Cole.

PJ drehte sich auf der Leiter um und war einen Augenblick lang geblendet von der Aluminiumlampe, die sie sich von ihren Eltern geliehen hatte.

„Eins der Mädchen hat Fieber. Ich habe heute kaum etwas geschafft." Inzwischen bereute sie es, dass sie das Angebot ihrer Mutter, ihr an diesem Nachmittag zu helfen, abgelehnt hatte. Aber Mom hatte ihr eigenes Geschäft und seit ihrem Herzinfarkt im letzten Jahr achteten sie alle darauf, dass sie sich nicht überarbeitete.

Als ihre Augen sich erholt hatten, konnte sie Cole im Türrahmen stehen sehen, die Hände in die Hüften gestemmt. Die Ärmel seines

Hemdes waren hochgekrempelt und ihr Blick fiel auf seine muskulösen Arme.

„Ich bin auch auf ein paar Hindernisse gestoßen."

Sie riss den Blick von seinen Armen los und sah ihm ins Gesicht. Cole betrachtete die dunklen Wände mit grimmiger Miene und sie fragte sich, ob er schon überlegte, wie lange es dauern würde, das Rot zu überstreichen, wenn das Haus ihm gehörte. Aber die Mühe würde sie ihm ersparen, indem sie gewann.

PJ legte die Malerrolle auf der Leiter ab und fasste ihre Haare im Nacken zu einem Pferdeschwanz zusammen. „Hast du eigentlich die Klimaanlage runtergedreht? Es ist total stickig hier drin."

„Ich habe sie ausgeschaltet."

„Was?" Sie stieg von der Leiter und ging zu dem Thermostat hinter ihm, wobei sie wegen der Plane vorsichtig lief. „Kein Wunder, dass ich eingehe."

„Das Fenster ist offen", sagte Cole, als sie sich an ihm vorbeischob.

„Guck mal: Es sind über fünfundzwanzig Grad hier drin." Sobald sie die Anlage angestellt hatte, strömte herrlich kühle Luft durch den Raum.

„Schließ wenigstens die Fenster, wenn du sie anmachst."

„Ich bin aber noch nicht fertig."

„Hör mal, Sonnenschein, du kannst es dir vielleicht leisten, Geld zum Fenster rauszuwerfen, aber ich nicht."

„Auf keinen Fall werde ich die Farbdämpfe einatmen. Warum bist du heute so schlecht gelaunt?"

„Ich bin nicht ..." Cole fuhr sich mit der Hand übers Kinn. Dann atmete er aus. In seinen Haaren hingen kleine Putzbrocken.

Wieder einmal starrten sie einander feindselig an. Dabei wollte sie es doch nur ein bisschen kühler haben. PJ griff in ihre Hosentasche, zog den Zehndollarschein heraus, den sie nach dem Mittagessen als Wechselgeld bekommen hatte, und warf ihn Cole zu.

„Das müsste reichen." Während sie an ihm vorbeiging, warf sie ihm noch einen letzten Blick zu und in genau diesem Moment blieb sie mit dem Fuß an der Abdeckplane hängen.

Sie fiel nach vorne. Zeitgleich rutschte ihr anderer Fuß nach hinten weg und blieb ebenfalls hängen.

Coles Arm erwischte sie um die Taille. Sie hielt sich fest, während er sie zurückriss, und mit einem dumpfen Aufprall, der ihr den Atem verschlug, landete sie an seiner Brust.

Als PJ bewusst wurde, dass Coles ganzer Körper an ihren gedrückt war, erstarrte sie. Sie spürte seinen kräftigen Arm um ihre Mitte. Ihre Finger hielten seine muskulösen Unterarme umklammert, während sie seinen Duft einatmete und seine Wärme an ihrem Rücken spürte. Sein Atem strich über ihre Haare. Und ihr Herz hämmerte, weil sie beinahe gestürzt wäre.

Ja, das war der Grund. Dass sie fast hingefallen wäre.

Verlegen drehte sie sich um und ihr Blick fiel auf seine Lippen, die nur wenige Zentimeter entfernt waren. „Danke."

„Gern geschehen."

Sie sah, wie seine Lippen die Worte aussprachen, und fragte sich dann, ob er fühlen konnte, wie heftig ihr Herz schlug. Mehr Motivation brauchte sie nicht.

Sie löste ihre Finger und wich zurück.

Cole ließ sie los. Er machte erst einen Schritt nach hinten, dann noch einen. Gleich darauf zeigte er auf die Treppe. „Ich gehe jetzt ..."

„Ja. Ich bin hier auch fast fertig."

Mehr rennend als gehend stieg Cole die Treppe hinauf und war Sekunden später verschwunden.

Während PJ darauf wartete, dass ihr Herz sich wieder beruhigte, fiel ihr Blick auf den Fußboden. Der Geldschein lag vergessen in den Falten der Plane.

Kapitel 11

PJ hatte gehofft, dass die Baufirma noch im Haus sein würde, aber ihr Wagen stand nicht vor dem Eingang. Auch der von Cole war nirgends zu sehen. Sie ging durch das Wohnzimmer in den Küchenbereich. Brad war heute gut vorangekommen. Die Wand war endlich weg und der Raum entkernt. PJs Blick wanderte über die große freie Fläche und stellte sich all das vor, was einmal sein würde: professionelle Öfen aus Edelstahl, Arbeitstische für das Zubereiten der Mahlzeiten, ihre neuen Kupfertöpfe, die in der Mitte von einem Topfregal hingen.

Dickes Kupfer, innen mit Edelstahl ausgekleidet und mit gusseisernen Griffen versehen – die Töpfe waren so genial, dass PJ der Versuchung nicht widerstehen konnte, jeden Tag einen Blick darauf zu werfen. Letzte Woche hatte sie sogar eine Bratpfanne mit nach Hause genommen, um sie auszuprobieren. Die herzhaften Crêpes mit einer sahnigen Füllung aus Hühnchen, Schinken und Pilzen waren einfach himmlisch geworden. PJ konnte es kaum erwarten, die Pfannen und Töpfe endlich in ihrer neuen Küche zu benutzen.

Nur einen kleinen Blick. PJ ging über den Blindboden und schob die Plastikplane zur Seite, die ihr zukünftiges Schlafzimmer schützte.

Sofort bemerkte sie, dass die Stelle leer war, an der die Kisten gestanden hatten. Panisch sah sie sich im Raum um. Ihr Herz begann wie verrückt zu hämmern. Wo waren sie?

Sie hatte sie hier stehen lassen. Da war sie sich ganz sicher. Vielleicht hatte jemand sie woanders hingeräumt. Rasch schlüpfte sie wieder durch den Plastikvorhang und lief suchend durch die Küche. Dann sah sie in den Speiseräumen nach und in den Wandschränken. Anschließend lief sie die Treppe hinauf und suchte alle Räume im Obergeschoss ab, obwohl es keinen Grund gab, warum die Töpfe hätten dort sein sollen.

PJ fuhr sich mit den Fingern so fahrig durch die Haare, dass es an den Haarwurzeln ziepte. Das ergab doch keinen Sinn. Die Töpfe konnten nicht einfach weg sein. Ihr Blick wanderte zu der Treppe, die auf den Dachboden führte. Dort oben war sie nicht mehr gewesen, seit Cole eingezogen war. Sie wollte nicht glauben, dass Cole so etwas tat, aber die Töpfe waren viel wert – beinahe fünftausend Dollar.

Du hast fünftausend Dollar für Töpfe und Pfannen ausgegeben! Töpfe und Pfannen, die jetzt weg sind!

PJ stapfte die Stufen zum Dachboden hinauf und klopfte an die schmale Tür, nur für alle Fälle. Als keine Antwort kam, öffnete sie die Tür. Eine breite Matratze lag auf den nackten Holzdielen weiter hinten im Raum. Auf einer umgedrehten Holzkiste befanden sich ein Buch, eine Lampe ohne Schirm und ein Labello. Außer einer Reisetasche und ein paar Wäschestapeln war der Raum ansonsten leer.

Wo konnten die Töpfe bloß sein? Abgesehen von Cole war nur noch eine Person im Haus gewesen, und zwar Brad, der die Bauarbeiten machte. Er war ihr von ihrem Pastor wärmstens empfohlen worden und hatte zudem noch jede Menge anderer Referenzen. Sie hatte zwar keinen von diesen Leuten angerufen, weil sie zu versessen darauf gewesen war, endlich anzufangen, aber trotzdem.

Moment mal. Während sie gearbeitet hatte, war ihr Dad hier gewesen, um den Siphon im Badezimmer zu reinigen. Vielleicht hatte er die Kisten woanders hingestellt. PJ zog ihr Telefon aus der Handtasche, doch dann fiel ihr ein, dass ihr Vater an diesem Abend eine Sitzung hatte.

Während sie wieder nach unten ging, grübelte sie weiter darüber nach, wo ihre Töpfe nur stecken mochten. Als sie im Foyer ankam, ging die Haustür auf.

Cole kam herein. Er hatte eine Baumarkttüte in der Hand. „Hey."

„Hey." PJ sah ihn an und biss sich in die Wange, während sie sich fragte, ob er tatsächlich dazu in der Lage wäre, sie zu bestehlen. Er schien nicht der Typ dafür zu sein, aber –

„Was ist?", fragte er.

Mit einem Mal wurde PJ bewusst, dass Cole unmittelbar vor ihr stand und nach oben gehen wollte, sie ihm aber den Weg versperrte.

„Hast du … hast du vielleicht ein paar große weiße Kisten gesehen? Sie waren in dem Raum neben der Küche."

„Nee. Da geh ich nie rein." Er sah sie an. „Warum? Was ist denn?"

Seine ruhigen grünen Augen sahen sie prüfend an, so als spüre er die Panik, die sie unter einer Lage Lässigkeit zu verstecken versuchte. Ihre Gedanken wanderten zurück zu dem Zwischenfall vor einigen Tagen, als Cole ihren Sturz abgefangen hatte. Als er so schnell reagiert und sie sicher gehalten hatte.

Sie litt unter Verfolgungswahn. Cole würde sie nie bestehlen! Er richtete hier ein Heim für Kinder ein! Wahrscheinlich hatte tatsächlich ihr Vater die Kisten weggeräumt.

„Nichts. Ich habe nur etwas … verlegt." Dad hatte sie weggestellt. So musste es einfach gewesen sein.

Aber am nächsten Tag waren die Töpfe immer noch nicht wieder aufgetaucht. Ihr Vater konnte sich nicht daran erinnern, sie gesehen zu haben. PJ sprach den Bauarbeiter an, aber Brad sagte, er wisse nichts von irgendwelchen weißen Kisten, und er schien ehrlich zu sein. Er half ihr sogar dabei, das Haus erneut zu durchsuchen. Vielleicht war jemand von der Straße hereingekommen, als Cole oben gearbeitet hatte.

PJ blieb nichts anderes übrig, als Sheriff Simmons zu informieren, der ihr nicht viel Mut machte, was die Wiederbeschaffung der Kochtöpfe betraf. Und das Haus selbst war zwar versichert, aber für den Inhalt hätte PJ eine zusätzliche Versicherung abschließen müssen. Doch dazu war sie noch nicht gekommen. Jetzt war sie um fünftausend Dollar ärmer und hatte trotzdem keine Töpfe. Sie würde sich Geld von ihren Eltern leihen müssen. Allein bei dem Gedanken wurde ihr ganz schlecht.

Cole leuchtete mit seiner Taschenlampe unter das Waschbecken. Durch das Leck hatte sich der Boden des Unterschranks bereits verbogen und er fürchtete, dass das Wasser bis auf den Fußboden laufen könnte, wenn das Waschbecken regelmäßig benutzt wurde.

Ein Tropfen bildete sich an dem alten Rohr, wo es mit einem Verbindungsstück aufeinandertraf. Er ging ins Nebenzimmer, um sein Werkzeug zu holen. Unten war es still. PJ war den ganzen Tag nicht hier gewesen, was merkwürdig war. Normalerweise war sie mittwochs da. Ohne ihre Selbstgespräche und die laute Countrymusik wirkte das Haus leer.

Coles Mundwinkel zuckten, als er an PJs Karaokekünste dachte. Trotz der vielen falschen Töne sang sie mit der Leidenschaft eines Rockstars. Irgendetwas Magisches musste zwischen ihrem Mund und ihren Ohren vor sich gehen, denn wenn sie sich selbst so hätte hören können, wie er sie hörte, hätte sie nie wieder auch nur einen einzigen Ton gesungen.

Cole griff nach der Zange und quetschte sich in den engen Raum unter dem Waschbecken. Doch während er arbeitete, verging ihm das Lächeln. Das rostige Rohrstück rührte sich nicht vom Fleck. Nach einigen Minuten machte er frustriert eine Pause.

Dieses Gefühl der Frustration lag in letzter Zeit immer dicht unter der Oberfläche. Angesichts des Zeitdrucks, das Haus fertig zu bekommen, seiner Sorgen um Lizzy und der Tatsache, dass er sich zu seiner Konkurrentin hingezogen fühlte – ja, er würde die Tatsache beim Namen nennen –, war er ein wenig gereizt.

Manchmal musste er sie einfach anstarren. Sie war so anders. Irgendwie fast etwas schrullig. Und ja, schön war sie auch. Diese großen braunen Augen, das breite Lächeln. Wenn sie sich nicht gerade stritten, machte es Spaß, mit ihr zusammen zu sein, auch wenn ihr Mund nie stillstand. Es war allerdings auch ein extrem hübscher Mund.

Cole biss die Zähne zusammen und widmete sich wieder dem Rohr. Was tat er da eigentlich? Es stand ihm nicht zu, sich solche Gedanken über PJ zu machen. Aber seit er sie aufgefangen hatte, dachte er fast permanent an sie. Es war so lange her, dass er eine Frau im Arm gehalten hatte. Und sie hatte sich so weich angefühlt und so gut gerochen. Es war ihr Haar, das so süß und weiblich duftete, war ihm während ihrer zu kurzen Umarmung bewusst geworden. Am liebsten hätte er die Nase darin vergraben und wäre nie wieder daraus aufgetaucht.

Jetzt reicht es aber, Evans. Das Letzte, was sie jetzt gebrauchen kann, ist jemand wie du, der ihr Leben ruiniert.

„Cole?“

Er fuhr hoch und knallte prompt mit der Stirn an den Siphon. Nur mit Mühe unterdrückte er einige unfeine Worte. „*Was?*“

PJs bloße Füße blieben im Türrahmen stehen. Von seinem Versteck im Schrank aus ließ er den Blick ihre langen Beine hinauf zu der abgeschnittenen Hose wandern. Weiter konnte er nicht sehen.

„Allmählich habe ich den Eindruck, schlecht gelaunt ist deine Grundstimmung."

„Was willst du?"

„Ich wollte dich nur bitten, die Haustür abzuschließen, auch wenn du hier bist."

Er setzte noch einmal erfolglos die Zange an. „Warum das?"

„Jemand hat meine Töpfe gestohlen."

Er ließ den Arm sinken, kroch aus dem Schrank und setzte sich auf. „Wie bitte?"

„Die Kisten, von denen ich gestern sprach … sie sind weg. Mit der sehr teuren Küchenausstattung drin."

„Bist du dir sicher?"

„Sie sind nicht von allein abgehauen."

Ihm entging der Anflug von Verdacht in ihren Augen nicht. Es war nicht das erste Mal, dass er diesen Blick sah. Wenn man einmal ein Pflegekind war, hielten offenbar alle einen für einen schlechten Menschen.

Sie verschränkte die Arme. „Ich habe bei Sheriff Simmons Anzeige erstattet, aber er hat mir keine großen Hoffnungen gemacht. Es kann sein, dass er dir irgendwann ein paar Fragen stellt, weil du ja hier wohnst."

„Sheriff Simmons … ist er …"

„Ja, Mrs Simmons' Neffe. Großneffe eigentlich. Er war an dem Abend da, als du bei mir aufgetaucht bist, aber daran kannst du dich wahrscheinlich nicht mehr erinnern."

Super. Jetzt wurde er von einem Verwandten der Frau, die über sein Schicksal entschied, des Diebstahls verdächtigt. „Ich beantworte gerne seine Fragen, aber ich habe die Kisten nie gesehen." Cole dachte an den Bauarbeiter, der im Haus gearbeitet hatte. „Ich bezweifle, dass jemand von der Straße hereingekommen ist und dein Zeug gestohlen hat."

PJ zog eine Augenbraue hoch. „Hast du eine bessere Idee?"

Er sah sie grimmig an. Sie dachte es, aber sie würde es nicht aussprechen. „Was ist mit dem Typen von der Baufirma?"

„Den habe ich schon überprüft."
„Hast du dem Sheriff von ihm erzählt?"
„Natürlich."
„Fehlt sonst noch etwas?"
Sie zuckte mit den Schultern. „Nur die Kochtöpfe. Du vermisst nichts, nehme ich an?"
„Nicht dass ich wüsste. Wenn jemand eingebrochen wäre, hätte er doch sicher noch etwas anderes mitgenommen, oder? Schließlich liegt hier auch Werkzeug rum."
„Sollte man meinen." Noch immer sah sie ihn an.
Er wünschte, sie würde nicht einfach dastehen und mit einem scheinbar unschuldigen Ausdruck auf ihrem hübschen kleinen Gesicht auf ihn herabsehen. Sie sollte es einfach sagen, die Karten auf den Tisch legen.
„Schließ einfach die Tür ab, okay?" Sie wandte sich um und ging.
Er kroch wieder unter das Waschbecken und einige Minuten später gelang es ihm endlich, das Rohrstück abzuschrauben. Aber das hässliche Gefühl, das in ihm aufgestiegen war, verschwand nicht.

Kapitel 12

PJ rannte zur Veranda des Wishing-Hauses hinauf, um dem Regen zu entkommen. Es hatte den ganzen Tag geschüttet und im Fudge-Laden war nichts los gewesen. Sie schüttelte das Wasser aus ihren Haaren und betrat das Haus. In der Luft hing noch der abgestandene Geruch von Wandfarbe, der sich mit dem Duft von Sägemehl und Regen gemischt hatte.

Sie ging direkt in die Küche und bewunderte den ersten Anstrich, den sie am Abend zuvor aufgetragen hatte. Es war nur ein seidenglänzendes Weiß, aber es machte den Raum heller. Noch ein Anstrich. Morgen würden dann die Fliesen verlegt. Das war zwar eine teure, aber notwendige Ausgabe.

„Juhuuu!", rief eine Stimme aus dem Foyer. „PJ?"

„In der Küche."

Madison erschien im Türrahmen, in einem T-Shirt, das wie ein Jutesack an ihr hing. „Ich habe meine Malerklamotten an."

„Ich hoffe, du trägst darunter noch eine Shorts."

Ihre Schwester verdrehte die Augen. „Das ist eins von Becketts alten T-Shirts. Mom kommt nach dem Abendessen auch rüber. Und nur damit du es weißt: Sie wird dich wegen der Gemeinde zur Rede stellen. Als gute Schwester warne ich dich vor."

„Na super." Sie hatte tatsächlich ein paar Sonntage den Gottesdienstbesuch ausfallen lassen. Na gut, mehr als nur ein paar. Aber sie hatte hier einen straffen Zeitplan. Dafür hatte Gott doch sicherlich Verständnis.

„Außerdem hat sie gehört, dass du sonntags Brunch anbieten willst, wenn das Restaurant eröffnet ist. Sie macht sich Sorgen um dich."

„Es stimmt, dass ich eine Zeit lang sonntags arbeiten werde, aber wenn meine Mitarbeiter erst mal eingearbeitet sind, kommen sie mit Sicherheit auch ohne mich zurecht." Wenn wieder Normalität eingekehrt war, würde sie auch wieder zum Gottesdienst gehen.

Madison schlenderte in den Speiseraum und PJ folgte ihr, um

die Ausbesserungen, die sie am vergangenen Abend vorgenommen hatte, zu begutachten.

„Hey, das ist ja total schön geworden. Im Kerzenschein wird es hier wunderbar romantisch aussehen."

„Das glaube ich auch."

Plötzlich blieb Madison abrupt stehen. „Oh-oh."

PJ blickte ihrer Schwester über die Schulter und sah das Wasser, das sich in einer Ecke des Raumes sammelte. Ihr Blick wanderte zum Fenster. Die Gardinen, die sie am Tag zuvor aufgehängt hatte, schlugen gegen die Wand. Und es regnete herein.

„Was ist das denn?" PJ eilte zum Fenster und zog es zu. Ihre Tennisschuhe standen mehr als zwei Zentimeter im Wasser und sie watete in die Mitte des Raumes zurück, wo es trocken war. Sie hatte das Fenster gestern Abend zugemacht, da war sie sich sicher. Seit Cole sich über die Klimaanlage beschwert hatte, war sie wegen der Fenster richtig paranoid.

„Hast du Handtücher?"

„In der Küche."

„Du solltest runtergehen und nachsehen, ob es nach unten durchsickert."

Während PJ in den Keller ging, machte Madison sich daran, das Wasser aufzuwischen.

„Irgendwelche Lecks?", fragte ihre Schwester, als PJ wieder nach oben kam.

„Nein, zum Glück nicht."

PJ nahm ein trockenes Handtuch und half beim Wischen, woraufhin ihre Jeans ganz nass wurde. „Ich bin mir sicher, dass ich das Fenster gestern Abend zugemacht habe." Das hatte sie getan, nachdem sie den Deckel auf den Farbeimer getan und die nasse Rolle in Folie eingewickelt hatte. Oder? Ja, sie war sich ziemlich sicher.

„Wenigstens ist kein dauerhafter Schaden entstanden."

Aber das erklärte nicht das offen stehende Fenster. Hatte Cole es geöffnet? Aber sie wüsste nicht, warum er das hätte tun sollen. Es war draußen heiß und schwül gewesen und sie wusste bereits, dass er kein Freund von offenen Fenstern war.

Es sei denn … Nein, das würde er nicht tun. Er würde nicht absichtlich ihr Esszimmer fluten.

Oder vielleicht doch?

Der nagende Verdacht, den sie während der vergangenen Woche unterdrückt hatte, stieg jetzt wieder an die Oberfläche. Könnte es sein, dass Cole heruntergekommen war und das Fenster absichtlich geöffnet hatte? Er wollte das Haus unbedingt haben. Genauso dringend wie PJ. Aber würde er sich zur Sabotage hinreißen lassen?

Als Pflegekind hatte er sich wahrscheinlich um alles Mögliche gerangelt. Kämpfte er jetzt auch um das Haus? Auf ihre Kosten?

Sie richtete sich auf und öffnete den Mund, um Madison von ihrem Verdacht zu erzählen.

„Da ich davon ausgehe, dass es hier nicht spukt, musst du besser aufpassen, PJ. Die Sache hätte viel schlimmer ausgehen können und du kannst es dir wirklich nicht leisten, Geld zu verschwenden – oder Zeit."

PJ wollte sich verteidigen. Wollte Madison sagen, dass es nicht ihre Schuld war und dass sie Cole im Verdacht hatte. Aber sie hatte ihn von Anfang an in Schutz genommen. Ihre Familie fand sowieso schon, dass sie nicht besonders klug handelte – wegen der Kochtöpfe hatte sie sich einiges anhören müssen. Sie würde ihnen nicht noch mehr Grund für eine Runde „Siehste?"-Kommentare geben.

Abgesehen davon war es ja auch möglich, dass Cole gar nichts damit zu tun hatte, nicht wahr? Seit sie ihn gebeten hatte, die Haustür immer abzuschließen, hielt er Abstand zu ihr. Vor PJs innerem Auge tauchte das Bild auf, wie er unter dem Waschbecken lag, die langen Beine bis in den Flur ausgetreckt und das T-Shirt leicht verrutscht, sodass ein paar Zentimeter seines straffen Bauchs zu sehen waren. Sie hatte beinahe vergessen, weswegen sie überhaupt hinaufgegangen war, bis er sie angeschnauzt hatte.

Hör damit auf, PJ.

Wenn sie es sich recht überlegte, war Cole eigentlich schon so distanziert, seit sie beim Malern gestolpert war. Seit er sie aufgefangen hatte. Sie ertappte sich viel zu oft dabei, dass sie diese wenigen Sekunden in Gedanken noch einmal durchspielte. Wie es sich angefühlt hatte, an ihn gedrückt zu sein. Wie ihre Haare sich in seinem Atem bewegt hatten.

Der Mann sabotiert wahrscheinlich dein Restaurant und du kriegst bei seinem Anblick weiche Knie?

Was war nur mit ihr los? Lag es nur daran, dass sie Keaton vermisste?

Nachdem sie die nassen Handtücher am Eingang deponiert hatten, begannen sie die Küche zu streichen. Madison brachte PJ auf den neuesten Stand, was die Familie ihres Mannes betraf. Becketts Vater war noch immer trocken und es ging ihm gut. Laylas Unternehmen, mit dem sie Hausverkäufern half, ihre Immobilie optimal für den Verkauf zu präsentieren, machte sich allmählich. Sie und Seth waren gerade von einem langen Wochenende in Gatlinburg zurückgekehrt und versuchten schwanger zu werden. Das meiste davon wusste PJ bereits, weil sie Seth beinahe jedes Mal traf, wenn sie seinen Baustoffhandel betrat.

Während Madison redete, ertappte PJ sich dabei, dass ihre Gedanken wieder zu Cole und den merkwürdigen Zwischenfällen wanderten.

„Wo ist der Kantenschneider?", fragte Madison.

„Der alte hat rote Farbe abbekommen. Ich glaube, ich habe einen neuen. Warte, ich hole ihn."

Sie kramte in den Plastiktüten im Foyer. Sie hatte wirklich nicht schlecht über Cole denken wollen. Sonst nahm sie ja auch erst einmal das Beste an, wenn es um andere Menschen ging. Optimistisch zu sein, entsprach nun mal ihrem Wesen. Aber selbst sie konnte die offensichtlichen Beweise nicht ignorieren.

Je mehr PJ darüber nachdachte, desto wütender wurde sie. Sie mussten sich das Haus ein Jahr lang teilen, und wenn Cole so weitermachte, würde er ihren Traum innerhalb weniger Wochen zunichtemachen. Das musste sie im Keim ersticken, so unangenehm das auch sein mochte.

Plötzlich ging die Tür auf. Sie traf PJ an der Hüfte, sodass sie nach vorne katapultiert wurde. Doch sie fing sich rechtzeitig, drehte sich um und warf Cole einen finsteren Blick zu.

„Tut mir leid." Er arrangierte die Einkaufstüten auf seinem Arm neu und steckte seinen Schlüssel ein. „Du hast die Tür nicht abgeschlossen."

„Meine Schwester ist gerade gekommen." PJ streckte den Arm aus und schob den Riegel vor, wobei sie bemerkte, dass Cole sich nicht vom Fleck rührte. Und dass seine Nähe die Härchen auf ihren

Armen zu Berge stehen ließ. Und seine Muskeln sich unter dem Gewicht der Lebensmittel anspannten. Du liebe Güte, seine Arme waren so kräftig wie ihre Oberschenkel.

Warum? Warum musste ausgerechnet er jede Zelle in ihr zum Schwingen bringen?

„Hi. Ich bin Madison."

PJ trat zurück und begab sich in eine sichere Entfernung, während Madison und Cole einander die Hand gaben.

„Ich bringe besser die Lebensmittel nach oben", sagte Cole dann. „Da draußen ist es kochend heiß."

„Hier drin ist es aber schön kühl", platzte es aus PJ heraus.

„Mhm."

„Aber ich habe alle Fenster zugemacht, keine Sorge." PJ warf ihm einen vielsagenden Blick zu.

Cole runzelte die Stirn. „Okay … gut."

Dann wollte er an ihr vorbeigehen.

Doch sie versperrte ihm den Weg. „Hast du meinen Kantenschneider gesehen? Er war in einer dieser Tüten."

Cole blieb neben ihr stehen, ganz nah. Sofort stieg ihr wieder sein Duft in die Nase und sie spürte die Wärme seines Körpers.

„Nein, habe ich nicht."

Sie hob das Kinn ein wenig. Er war schrecklich groß. „Bist du dir sicher? Ich habe alles durchsucht."

Cole bedachte sie mit einem Blick, den sie bis ins Knochenmark spürte. Sein Arm streifte den ihren, als er eine Tüte anders anfasste, aber sie zwang sich stehen zu bleiben.

In seinem Gesicht zuckte ein Muskel. „Du kannst gerne meinen benutzen. Er ist im ersten Schlafzimmer rechts."

PJ verschränkte die Arme und trat einen Schritt zurück. „Schon okay. Mach dir keine Gedanken darüber."

„Wie du meinst, Sonnenschein", sagte Cole so leise, dass der Ton in ihren Ohren brummte.

Dann stapfte er die Treppe hinauf und seine Schritte wurden leiser. Erst als sie verstummt waren, atmete PJ tief aus. Ihr war, als hätte sie die ganze Zeit die Luft angehalten. Sie spürte Madisons Blick, als sie wieder in die Küche ging. Womöglich musste Cole noch mehr Sachen ins Haus holen, deshalb sollte sie lieber nicht im Flur stehen bleiben. Sie wollte ihm nicht noch einmal begegnen.

PJ griff nach der Lammfellrolle und tauchte sie in die Farbe, doch dann merkte sie, dass sie das schon getan hatte. Die Rolle machte schmatzende Geräusche, als sie damit über die Wand fuhr.

„*Das* ist also los“, sagte Madison.

PJ glättete eine Farbnase, die entstanden war, weil sie die Rolle zu fest angedrückt hatte. „Was meinst du?“

„Zwischen euch beiden herrscht genug elektrische Spannung, um ein komplettes Schullabor ein Jahr lang zu versorgen.“

„Spann…“ PJ hörte mit dem Malern auf und sah Madison an. „Wenn du damit meinst, dass wir uns nicht leiden können, dann hast du recht.“

„Wie du meinst.“

„Er hat eine Freundin.“

„Wer ist sie?“

„Keine Ahnung. Ich höre manchmal, wie er mit ihr telefoniert.“

„Du hast sie also noch nicht gesehen?“

PJ schnaubte. „Nein.“

Madison grinste spöttisch. „Du bist heute aber empfindlich.“ Sie klang eher belustigt als verärgert, während sie den Pinsel in den Eimer tauchte. „Er macht dich nervös.“

Nein, der Diebstahl ihrer Töpfe machte sie nervös. Der Versuch, ihr Speisezimmer unter Wasser zu setzen, machte sie nervös. „Ich habe eine Menge um die Ohren.“

„Er nennt dich Sonnenschein. Das ist wirklich süß.“

„Es ist nicht als Kompliment gemeint, das kannst du mir glauben.“

„Und er sieht richtig gut aus.“

PJ funkelte Madison an. „Können wir bitte über was anderes reden?“

Madisons Lippen zuckten, als sie scheinbar unschuldig die Augen aufriss. „Natürlich.“

Es war nach neun, als Madison und ihre Mutter gingen. Die Wände in der Küche waren fertig, Rolle und Pinsel ausgewaschen und das Abtropfgitter trocknete im Waschbecken. PJ war müde und hungrig und sie musste am nächsten Tag früh aufstehen.

Als Sägegeräusche ins Haus drangen, folgte PJ dem Klang zum Küchenfester. Durch den Garten blickte sie zu dem Licht hinüber, das die Fenster des Schuppens erhellte. Kurz nachdem Cole nach Hause gekommen war, war er dort verschwunden.

Sie dachte an ihre Töpfe, das Fenster … den ganzen Abend schon hatte sie immer wieder daran denken müssen. Selbst ihre Mutter hatte bemerkt, wie still sie war. Madison hatte ihr hinter Moms Rücken verschwörerische Blicke zugeworfen, so als wüsste sie, warum.

Aber letzten Endes spielte es keine Rolle, ob es zwischen ihr und Cole knisterte oder nicht. Der Mann war darauf aus, ihr ihren großen Traum zu nehmen, und damit würde er nicht durchkommen. PJs Herz schlug schneller. Im Moment waren ihre Gedanken alles andere als sonnig. Und es hatte keinen Sinn, die Konfrontation aufzuschieben. Sie würde sonst doch nur im Bett liegen und sich hin und her wälzen.

PJ schlüpfte durch die Terrassentür in die schwüle Nacht hinaus. Die ersten Glühwürmchen der Saison tanzten über den Blumenbeeten und der Geruch von Regen hing schwer in der Luft. Das laute Kreischen der Säge wurde intensiver, als sie sich näherte. Sie hoffte, dass Cole nicht vorhatte, noch viel länger zu arbeiten, sonst würden sie Ärger mit den Nachbarn bekommen.

Die alte Holztür schwang träge in ihren Angeln, als sie eintrat, und ihr schlug augenblicklich Sägemehlduft entgegen. Der Schuppen war groß genug, um als Garage für ein Auto genutzt zu werden, aber jetzt befanden sich darin ein paar alte Kisten und eine improvisierte Werkbank, die Cole aufgebaut hatte. Darüber stand er gebeugt, mit dem Rücken zu ihr, und schob ein Stück Sperrholz unter das Sägeblatt.

Der rissige Betonboden war mit Sägemehl bedeckt. Cole trug ein dreckiges T-Shirt, eine Jeans mit Farbflecken und Arbeitsschuhe, die auch schon bessere Zeiten gesehen hatten. Als er mit dem Brett fertig war, ließ er es auf den Boden gleiten und nahm Maß für das nächste.

PJ sah ihm bei der Arbeit zu und ermahnte sich, an das zu denken, was er getan hatte. An die schönen Kochutensilien, für die sie ihr sehr begrenztes Geld ausgegeben hatte. Geld, das sie mit Zinsen zurückzahlen musste. Und vielleicht hatte das offene Fenster keinen bleibenden Schaden angerichtet, aber da hatte sie nur Glück gehabt. Was wäre gewesen, wenn sie heute nicht hergekommen wäre? Oder was, wenn er beim nächsten Mal etwas Schlimmeres tat?

„Hast du was auf dem Herzen?“

PJ fuhr zusammen, weil ihr nicht klar gewesen war, dass er sie bemerkt hatte. Sie schob die Schultern zurück und hob das Kinn an, obwohl er sie nicht sehen konnte, weil er noch immer über die Werkbank gebeugt dastand.

„Wo sind meine Töpfe?“

Cole ließ sich Zeit beim Maßnehmen. Anzeichnen. „Traust du dich endlich zu fragen?“

„Das ist keine Antwort.“

Er sah sie über die Schulter an und durchbohrte sie mit seinen grünen Augen. „Ich habe deine Töpfe nicht genommen.“

„Und mit dem Fenster hattest du wohl auch nichts zu tun?“

„Mit welchem Fenster?“

„Mit dem Fenster, das du gestern Abend aufgemacht hast. Während es geregnet hat. Mit dem Fenster, das jede Menge Wasser reingelassen und mein Esszimmer so gut wie geflutet hat. Dein Glück, dass nichts dauerhaft beschädigt wurde.“

Jetzt richtete er sich auf und drehte sich um. Seine Nasenflügel waren gebläht. „Ich weiß nichts von einem offenen Fenster. Und ich habe auch deine Töpfe und Pfannen nicht gestohlen.“

Er war gut, das musste sie ihm lassen. Feste Stimme, direkter Blickkontakt. Beinahe hätte sie ihm geglaubt. Aber die Beweise waren noch überzeugender. Es konnte vielleicht sein, dass sie selbst einfach vergessen hatte, das Fenster zu schließen, auch wenn sie das nicht glaubte, aber irgendjemand hatte ganz eindeutig ihre Töpfe gestohlen und niemand hatte dazu eine bessere Gelegenheit oder ein stärkeres Motiv als Cole gehabt.

„Du glaubst mir nicht.“

„Sollte ich?“

„Ich bin kein Dieb.“ Sein Blick veränderte sich und er zog eine Augenbraue hoch. „Und warum sollte ich versuchen, ein Haus unter Wasser zu setzen, das mir gehören wird?“

Arroganter, dreister Kerl. PJs Blick verengte sich. „Das werden wir ja sehen.“

„Ich werde dieses Haus bekommen. Aber ich werde es mit fairen Mitteln gewinnen."

„Sei dir da mal nicht so sicher. Das Steakhaus wird Gewinn abwerfen. Dein *Crossroads* hingegen wird Kosten verursachen."

„Vielleicht geht es mir ja nicht nur ums Geld, PJ."

Sie dachte an die Gesichter der Jugendlichen in seiner Präsentation und spürte, wie sie rot wurde. Ihr ging es auch nicht nur ums Geld. Ihr ging es darum, sich zu beweisen. Vor ihrer Familie. Vor der Stadt. Vor sich selbst. Aber das brauchte er nicht zu wissen.

„Vielleicht nicht, aber für Mrs Simmons wird das sicherlich eine Rolle spielen. Und wenn sich noch mehr Zwischenfälle ereignen, kannst du dir sicher sein, dass ich ihr von meinem Verdacht erzähle."

Cole presste die Lippen zusammen. „Tu das."

„Mach ich." PJ drehte sich auf dem Absatz um und verließ den Schuppen, während ihr das Herz bis zum Halse schlug.

Kapitel 13

PJ sprang aus Ryans Pick-up und ging um den Wagen herum, auf dessen Ladefläche sich ihr Hab und Gut türmte. Mit mehr Leuten wäre es schneller gegangen, aber ihre Schwestern und deren Männer waren heute leider verhindert.

„Ich weiß deine Hilfe wirklich zu schätzen", sagte sie.

„Vergiss nicht, dass du mir einen Braten versprochen hast. Und Stampfkartoffeln – selbst gemachte."

„Das Rindfleisch ist schon im Ofen. Ich habe es sogar mit meiner geheimen Marinade eingerieben."

Ryan ließ die Heckklappe herunter und zog eine Kiste heraus. „Ich hoffe, es schmeckt. Du hast eine Menge Krempel."

„Natürlich wird es schmecken. Und es ist kein Krempel. Das ist eine Kücheneinrichtung."

„Wie viele Küchengeräte braucht ein Mensch denn?"

PJ schnappte sich eine Kiste und wandte sich dem Haus zu. Die letzten drei Wochen waren im Trubel von Renovierung, Arbeit und Personalgesprächen wie im Flug vergangen. Der Juli war fast vorbei und PJ hatte die große Eröffnung für den 1. August angesetzt. Inzwischen spielten ihre Nerven völlig verrückt. Diese Woche hatte sie noch zwei Panikattacken gehabt und das hatte sie verunsichert und verängstigt. Sie hoffte, sie würde in Ryans Beisein nicht noch einen Anfall bekommen.

Wenigstens hatte es keine geheimnisvollen Vorkommnisse mehr gegeben. Cole und sie hatten eine Art Waffenstillstand geschlossen. Sie sprachen nur miteinander, wenn es unbedingt nötig war, und duldeten die Geräusche und die Gegenwart des jeweils anderen. Doch PJ hatte das Gefühl, dass das ab jetzt schwieriger werden würde, weil sie unter demselben Dach wohnten.

Eine Stunde später befanden sich ihre Habseligkeiten im Haus und das Bett war aufgebaut. PJ half Ryan, es an die Wand zu schieben.

„Wo ist denn dein Partner heute?", fragte er.

„Er ist nicht mein Partner. Und mir ist auch egal, wo er ist."

Ryan grinste, während er ihren Nachttisch an die richtige Stelle schob.

„Was?"

„Nichts. Madison hat nur was anderes erzählt."

PJ schürzte die Lippen. „Madison ist frisch verheiratet und liebeskrank. Sie bildet sich Dinge ein."

„Ich vertraue ihrem Instinkt. Und das kann ich bei dir nicht sagen."

Es sollte ein Witz sein, aber der Seitenhieb schmerzte trotzdem. Auch wenn es stimmte, dass sie ein Händchen für die falschen Typen hatte. Bei ihrer letzten Beziehung mehr denn je.

Als PJ ihre Lampe auf den Nachttisch stellte, klingelte es. „Das ist Layla."

„Endlich kommt jemand und rettet mich", sagte Ryan.

Sie versetzte ihm einen Klaps auf den Hinterkopf, als sie an ihm vorbeiging, und duckte sich schnell davon, bevor er sich rächen konnte.

Layla war die Schwester ihres Schwagers Beckett. Als jemand, dessen Job es war, Häuser ansprechend zu gestalten, hatte sie angeboten, PJ beim Stellen der Tische zu helfen und dabei, kostengünstige Vorhänge und Dekoelemente zu finden.

PJ umarmte sie an der Tür. Die Frau war schon immer schön gewesen, aber seit sie bei einer Blitzhochzeit vor anderthalb Jahren Seth Murphys Frau geworden war, strahlte sie förmlich.

„Jedes Mal, wenn ich dich sehe, bist du noch hübscher geworden", sagte PJ. „Ich könnte dich beinahe hassen."

„Du musst gerade reden. Hey, dieses Haus ist fantastisch."

„Das sollte es auch sein. Ich habe bis zum Umfallen gearbeitet."

„Seth meinte, du wohnst derzeit praktisch im Baumarkt."

PJ schnitt eine Grimasse. „Das lässt sich mit den Quittungen sogar beweisen."

Ryan kam ins Foyer. „Hallo, Layla."

„Hi, Ryan. Du bist heute der Packesel, habe ich gehört."

„Das kann man wohl sagen."

„Du brauchst gar kein Mitleid mit ihm zu haben. Er wird in Naturalien bezahlt."

„Und ich werde futtern wie ein Scheunendrescher, also koch lieber genug!“ Dann fügte er hinzu: „Wenn wir hier fertig sind, würde ich jetzt fahren, PJ.“

„Willst du nicht bleiben und mit uns Deko aussuchen?“, fragte PJ.

Er warf ihr einen finsteren Blick zu. „Wann gibt es Abendessen?“

„Um halb sechs. Und sei pünktlich.“

„Anders als ich gerade“, sagte Layla. „Tut mir leid, dass ich zu spät bin. Ich habe gerade den Auftrag für das Avery-Haus bekommen und musste auf dem Weg dort vorbeifahren.“

Ryan hielt auf der Türschwelle inne, drehte sich um und sah Layla besorgt an. „Das Avery-Haus? Es steht zum Verkauf?“

Ryans Exfrau hatte das Haus geliebt. Es war nur ein kurzes Stück vom Wishing-Haus entfernt – ein reizendes Steinhaus im Craftsman-Stil mit einer breiten Veranda und einem Rasen, auf den der Schatten von uralten Eichen fiel. PJ wusste, dass Abby und Ryan davon geträumt hatten, das Haus eines Tages zu kaufen und dort Kinder großzuziehen.

„Nächste Woche kommt es auf den Markt und mein Chef will, dass es so bald wie möglich präsentabel ist.“

Alles Spielerische war aus Ryans Miene gewichen und seine Augen wirkten traurig.

„Warum fragst du?“, erkundigte sich Layla.

„Ich wusste nicht, dass sie umziehen“, sagte PJ, während ihr Blick von ihrem Bruder zu Layla wanderte.

„Sie wollen ein kleineres Haus. Eines mit einem Schlafzimmer im Erdgeschoss.“

„Klingt sinnvoll. Aber wo wir gerade von Schlafzimmern sprechen, könntest du kurz einen Blick in meins werfen? Ich glaube, mir gefällt nicht so recht, wie wir die Möbel gestellt haben.“ Sie hakte sich bei Layla unter und zog sie zu ihrem Schlafzimmer. „Bis später, Bruderherz.“

„Bis dann.“

PJ versuchte, sich auf das zu konzentrieren, was Layla sagte, aber ihre Gedanken wanderten zu Ryan zurück und zu der Wunde, die gerade wieder aufgerissen worden war.

Kapitel 14

Cole stellte die Farbdose und ein paar andere Dinge auf den Tresen und begrüßte Seth Murphy, den Inhaber von *Murphys Baustoffe*.

„Schon wieder da?“, fragte Seth.

„Irgendwas braucht man immer. Was machst du denn so spät noch hier?“

„Die Frau meines Marktleiters hat vor zwei Tagen ein Kind bekommen und meine studentische Aushilfe ist im Urlaub.“

Seth gab die Waren in die Kasse ein und Cole legte das Geld auf den Tresen. Die Renovierung kostete mehr, als er vorhergesehen hatte. Auch mehr Zeit. Und zusätzlich musste er eine Genehmigung und eine Lizenz besorgen, Formulare der Behörden ausfüllen und mit dem örtlichen Pflegeelternverband zusammenarbeiten. Der Papierkram schien nie ein Ende zu nehmen.

Seth gab ihm den Kassenbon. „Wie läuft's mit dem Haus?“

„In ein paar Wochen müsste ich so weit sein, dass die ersten Jugendlichen einziehen können.“ Er hatte einen Stapel Anmeldungen von Teenagern, die demnächst aus ihrer Pflegefamilie herauswachsen würden. Wie sollte er entscheiden, wem er eine Absage erteilte?

„Du hast übrigens PJ gerade verpasst. Ich glaube, an diesem Wochenende findet ihre Eröffnung statt. Layla hat das Restaurant mit eingerichtet.“

Cole hatte Seths Frau in den letzten Tagen häufiger gesehen. „Es sieht gut aus.“ Er hatte sich umgesehen, als PJ nicht da gewesen war. Sie würde ihm bestimmt keine Führung anbieten.

„Wenn du Hilfe beim Anschließen des Ofens brauchst, sag Bescheid. Ich habe schon ein paar Herde angeschlossen.“

„Ist das keine Verschwörung mit dem Feind?“

Seth zuckte mit den Schultern. „Kundenservice.“

„Werd ich mir merken. Danke.“

Eine Minute später fuhr Cole vom Parkplatz des Baustoffhandels. Es dämmerte und in den Hügeln um ihn herum zirpten

Heuschrecken. Er folgte der Straße und fuhr immer am Flussufer entlang.

Als er sich der Stadt näherte, sah er PJs Wagen an der Tankstelle stehen. Die Zapfpistole steckte in ihrem Tank und sie selbst saß im Auto. Im Vorbeifahren warf er noch einen Blick zu ihr hinüber. Sie hatte den Kopf auf das Lenkrad gelehnt. Offensichtlich war nicht nur er ziemlich erschöpft.

Hinter dem Ortsschild bremste Cole an der Ampel vor dem Rialto-Theater, die auf Rot stand, obwohl kein Verkehr war. Die Stadt war zu dieser Uhrzeit ziemlich menschenleer. Er musste immer noch an den Anblick von PJ denken, die über das Lenkrad gebeugt in ihrem Wagen saß. Sonst strotzte sie immer vor Energie.

Ruhte sie sich wirklich nur aus? Oder war irgendetwas geschehen? Ihm kam wieder in den Sinn, wie er sie vor mehreren Wochen im Haus angetroffen hatte, blass und zitternd, mit rasendem Herzen. Andere Episoden dieser Art hatte er nicht mitbekommen, aber sie waren ja auch nicht gerade ein Herz und eine Seele. PJ war zwar vor einigen Tagen eingezogen, aber jeder von ihnen achtete darauf, auf seiner eigenen Etage zu bleiben und dem anderen möglichst nicht zu begegnen.

Seit sie ihn beschuldigt hatte, ihre Töpfe gestohlen zu haben, war er ihr aus dem Weg gegangen. Ihre Anschuldigung kränkte ihn immer noch, obwohl er nicht wusste, warum. Sie waren keine Freunde, doch offenbar hatte er so etwas Ähnliches zu denken begonnen; warum sonst hätte es ihn kümmern sollen, was sie von ihm hielt?

Die Ampel wurde grün und Cole gab Gas. Doch sein Blick wanderte zum Rückspiegel und zu PJs Wagen, der immer noch vor der Tanksäule stand. Die Straßenlaternen gingen flackernd an und verdrängten die zunehmende Dunkelheit.

Wenn er nicht nach ihr sah, würde er sich ja doch nur Sorgen machen. Also wendete er den Pick-up bei *Cappys Pizzeria* und fuhr zur Tankstelle zurück. Er würde nur vorbeifahren und sich vergewissern, dass mit PJ alles in Ordnung war. Hoffentlich war es so dunkel, dass sie nicht sah, wie er vorbeischlich.

Aber als Cole langsamer wurde, sah er, dass die Zapfpistole immer noch in ihrem Tank steckte und sie immer noch über ihr Lenkrad gebeugt dasaß. Stirnrunzelnd bremste er noch weiter ab, setzte den Blinker und bog auf das Grundstück der Tankstelle ein.

Die Scheinwerfer, die über ihr Auto schwenkten, hatten keinerlei Wirkung auf PJ. Er hielt direkt neben ihrem Wagen und stieg aus. Dann klopfte er an das Fenster der Beifahrerseite.

Als PJ den Kopf hob, atmete Cole aus. Erst jetzt wurde ihm bewusst, dass er die Luft angehalten hatte. „Alles in Ordnung?"

Sie nickte und wandte den Blick ab. Aber sie sah nicht in Ordnung aus. Ihr Blick wirkte abwesend und sie sah blass aus. Natürlich konnte das auch an dem grellen Licht der Tankstelle liegen. Cole zog die Tür auf, die zum Glück nicht abgeschlossen war.

Mit einer Hand auf dem Wagendach beugte er sich ins Innere des Fahrzeugs. „Bist du dir sicher? Du atmest ziemlich schnell."

„Geh weg, Cole." PJs Brustkorb hob und senkte sich hektisch. Schweiß stand ihr auf der Stirn, was aber vielleicht daran lag, dass es in ihrem Auto unglaublich heiß war.

Cole ging um den Wagen herum und hängte die Zapfpistole ein. Dann schraubte er den Tank zu und stieg auf der Beifahrerseite ein. Anschließend drehte er den Zündschlüssel ein Stück weiter und schaltete die Lüftung hoch.

„Was machst du da?"

Er nahm PJs Handgelenk von ihrem Schoß. Sie versuchte, die Hand wegzuziehen, aber er ließ nicht locker und fühlte ihren Puls.

„Es geht mir gut." Sie schloss die Augen, während er zählte.

„Dein Puls ist bei 130", sagte er kurz darauf. „Ist dir schwindelig?"

„Nein." Sie holte zitternd Luft. „Es geht gleich wieder. Geh einfach. Bitte."

„Warst du beim Arzt?"

Ihre Hand fühlte sich kalt und klamm an und zitterte in seiner, bis PJ sie wegzog. Sie senkte den Kopf und versteckte sich hinter einem Vorhang aus Haaren. Geantwortet hatte sie ihm noch nicht.

„Warst du bei einem Arzt?"

„Ich habe nichts, Cole. Ich … ich mache mich nur manchmal etwas verrückt."

„Das bedeutet wohl Nein." Er stieg aus und stellte seinen Wagen auf einem der Tankstellenparkplätze ab. Dann öffnete er die Fahrertür von PJs Wagen. „Rutsch rüber."

„Warum?“

„Ich bringe dich in die Notaufnahme.“

„Ich habe doch gesagt, dass ich –“

„Wenn du noch einmal sagst, dass es dir gut geht, dann setze ich dich eigenhändig auf den Beifahrersitz. Rutsch rüber.“

„Ich habe keine Zeit für so was. Und Geld schon gar nicht. Ich habe jede Menge zu tun; in drei Tagen ist Eröffnung.“

„Und was machst du, wenn das hier passiert, während du den Laden voller Gäste hast?“

Sie ließ ihre zitternden Hände sinken. Dann presste sie die Lippen aufeinander und ihr Kinn bebte. „Also gut.“ Sie schnallte sich ab und kletterte auf den anderen Sitz.

Cole nahm auf dem Fahrersitz Platz und befestigte erst ihren Gurt und dann seinen eigenen, bevor er von der Tankstelle fuhr. Das *Riverview General* lag nur wenige Kilometer außerhalb der Stadt. PJ schwieg, bis sie auf den Parkplatz des Krankenhauses einbogen.

„Sie werden nichts finden. Ich steigere mich immer in Dinge rein, die gar nichts bedeuten. Du kannst ja meine Familie fragen.“

„Wie wäre es, wenn wir stattdessen einen Arzt fragen? Soll ich jemanden anrufen?“

„Nein.“

Jemand kam an den Bordstein und half ihr hinein, während Cole den Wagen parkte.

Drei Stunden später nahm PJ ihre Sachen und verließ das Untersuchungszimmer. Sie war immer noch etwas unsicher auf den Beinen, aber jetzt lag das am verpassten Abendessen. Die Selbstbeteiligung würde ein Loch in ihr Konto reißen, aber wenigstens wusste sie nun mehr.

Während sie den sterilen Gang hinunterlief, kramte sie in ihrer Handtasche nach ihrem Schlüssel, bis ihr einfiel, dass Cole ihren Wagen hergefahren hatte. Sie würde also ihn oder ihre Eltern anrufen müssen – beides erschien ihr wenig reizvoll.

Zu allem Überfluss hatte sie noch nicht einmal ihr Handy bei sich. Das hatte sie zum Aufladen an den Zigarettenanzünder ihres

Wagens gehängt. Na super. In der Eingangshalle angelangt, steuerte sie geradewegs auf den Empfangstresen zu. Doch dann lenkte eine abrupte Bewegung ihren Blick auf den Wartebereich.

Cole kam auf sie zu. „Fertig?"

„Ich habe nicht gedacht, dass du warten würdest."

„Fühlst du dich besser?"

„Ja."

Er schob sie durch die Tür und führte sie zu ihrem Wagen. Sie ging zur Fahrerseite.

„Ich fahre", sagte Cole.

„Es ist mein Auto."

„Du kommst gerade aus der Notaufnahme." Er hielt den Schlüssel hoch. „Und ich habe den Schlüssel."

PJ warf ihm einen finsteren Blick zu, während er sie zur Beifahrerseite führte und die Tür für sie öffnete.

„Hat dir schon mal jemand gesagt, dass du rechthaberisch bist?"

„Du bist doch das Jüngste von fünf Geschwistern. Da solltest du das gewöhnt sein."

Leider war sie das tatsächlich. Sie versuchte, wütend auf Cole zu sein, aber das war nicht einfach, nachdem er ihretwegen gerade drei Stunden im Wartezimmer der Notaufnahme verschwendet hatte.

„Also, was hast du herausgefunden?", fragte er, als er vom Parkplatz auf die Straße einbog.

PJ zögerte. Sollte sie ihm etwas so Persönliches verraten? Immerhin waren sie nicht gerade beste Freunde. Aber andererseits hatte er sie hergebracht und auf sie gewartet. „Offenbar habe ich eine Überfunktion der Schilddrüse. Das kann Panikattacken auslösen, wie es aussieht."

„Ich habe mich schon gefragt, ob es welche sind. Meine Mutter hatte sie früher."

Cole hatte noch nie über seine Familie gesprochen und trotz ihres angeschlagenen Zustands würde sie diese Gelegenheit nicht ungenutzt verstreichen lassen. „Was ist mit ihr geschehen?"

Die Lampen der Main Street beleuchteten Coles Gesicht, während sie durch die Innenstadt fuhren. Er hatte die Lippen zusammengepresst und sah aus, als fühle er sich verfolgt. Plötzlich tat es PJ leid, dass sie gefragt hatte.

„Autounfall.“

„Tut mir leid.“

„Ist lange her.“

Sie wollte mehr wissen. Was war mit seinem Vater? Wo waren seine Großeltern gewesen? Warum war er in einer Pflegefamilie gelandet und wie alt war er gewesen, als das geschehen war? Aber sie hatte kein Recht dazu, ihm derart persönliche Fragen zu stellen. Immerhin hatte sie ihn der Sabotage bezichtigt und in den vergangenen fünf Wochen kaum ein Wort mit ihm gesprochen.

„Haben sie dir irgendwelche Medikamente gegeben?“, fragte Cole.

„Ich habe einen Termin bei einem Endokrinologen.“ Und in drei Tagen war Eröffnung. In drei Tagen! Sie musste noch Lebensmittel einkaufen, ihre Speisekarten abholen, ihre Mitarbeiter in letzte Dinge einweisen und die Anzeige für die Freitagsausgabe der Zeitung gegenlesen. „Ich habe nicht die Zeit für so was.“

„Du hast nicht die Zeit, es zu ignorieren.“

„Ich weiß. Das Timing ist nur so blöd.“ Jetzt passierten sie die Tankstelle. „He, dein Auto.“

„Das hole ich morgen ab.“

Als sie beim Haus ankamen, stiegen sie schweigend aus. Eine Grille zirpte in der Nähe, verstummte aber, als sie vorbeigingen. Die Veranda lag im Dunkeln und die Tür knarrte, als Cole sie öffnete. In dem großen alten Haus war alles still. In der Luft lag noch immer der Geruch von Farbe und Politur. Cole schaltete das Licht an, während PJ hinter ihnen beiden abschloss.

„Nacht“, sagte er und wandte sich der Treppe zu.

„Gute Nacht.“ PJ sah Cole nach. Inzwischen war ihr sein schlendernder Gang vertraut und sie empfand ihn irgendwie als beruhigend. „Hey“, rief sie leise.

Er drehte sich halb um, die Hand auf dem Mahagonigeländer.

„Danke, dass du mich hingefahren hast.“

Er betrachtete sie einen Moment lang. Im Schatten waren seine Augen dunkel und unergründlich. Es gab so viele Dinge, die sie nicht über ihn wusste. Trotz ihres ursprünglichen Plans, etwas aus ihm herauszubekommen, war er ihr jetzt ein größeres Rätsel als damals, als er eingezogen war.

„Kein Problem."

Er drehte sich wieder um und stieg weiter die Treppe hinauf, während PJ sich fragte, welche Geheimnisse hinter diesen Augen lagen und ob sie ihnen jemals würde auf den Grund gehen können.

Cole drehte sich im Bett um und starrte zur dunklen Decke hinauf. PJs Frage hatte Erinnerungen geweckt, die er lieber vergaß. Und egal, wie sehr er auch versuchte, sie zu verdrängen, stiegen sie nun unerbittlich in ihm auf.

Manche Menschen verloren die Erinnerung an das, was vor einem Unfall geschehen war. Er wünschte, sein Gehirn wäre ebenso gnädig gewesen. Aber nein. Er erinnerte sich an jede Einzelheit. An jedes Wort. An jeden Ausdruck auf dem Gesicht seiner Mutter. Und er erinnerte sich an alles, was zu diesem schrecklichen Abend geführt hatte.

Es war insgesamt eine schlechte Woche gewesen. Am Montag hatte sein Baseballspiel mitten im dritten Inning wegen heftigen Regens abgebrochen werden müssen. Dabei hatte er so gut geworfen und sie hatten 4:0 gegen ihren größten Rivalen geführt. Seine Mutter war auf Geschäftsreise und sein Vater hatte im Büro viel zu tun, also musste er im strömenden Regen nach Hause laufen. Mit zwölf Jahren war er groß genug dazu.

Als er um die Kurve bog, war er froh, den Wagen seines Vaters bereits in der Auffahrt zu sehen. Dann konnte er ihm gleich erzählen, wie gut er geworfen hatte. Es gefiel seinem Dad, wenn er gut spielte, auch wenn er immer etwas fand, was Cole hätte besser machen können. Cole sagte sich, dass er deshalb so gut geworden war. Und drei Jahre hintereinander in die Mannschaft gewählt worden war. In dieser Saison sogar als einer der Ersten.

Im Haus war es dunkel, als er eintrat. Das Licht des Fernsehers flimmerte, aber als Cole sich im Wohnzimmer umblickte, sah er, dass sein Dad nicht die Sportnachrichten auf dem Bildschirm verfolgte. Er hörte das Lachen einer Frau am Ende des Ganges.

Seine Mom war früher nach Hause gekommen. Er hatte ihren Wagen nicht gesehen, aber sie parkte meistens in der Garage. Noelle war sicher noch in der Kita, denn wenn sie zu Hause gewesen wäre, hätte sie sich gleich an sein Bein geklammert und Huckepack reiten wollen.

Er folgte den Stimmen in den Flur. Weil er seine Mutter seit drei Tagen nicht gesehen hatte, wunderte er sich darüber, dass sie nicht sofort zu seinem Spiel gefahren war. Sonst stand sie immer auf der Tribüne und feuerte ihn an.

Die Schlafzimmertür stand einen Spaltbreit offen und Cole war froh darüber, denn wenn sie zu gewesen wäre, hätte er gehen müssen. Er wusste, was seine Eltern taten, wenn sie die Tür abschlossen. Jared Parker hatte es ihm vor zwei Jahren erklärt. Er hatte es nicht glauben wollen, aber seine anderen Freunde hatten es bestätigt. Jetzt wünschte er jedes Mal, wenn seine Eltern die Tür zumachten, Jared Parker hätte seine große Klappe gehalten.

Jetzt hörte er seinen Vater lachen. Seine Stimme klang tief und kehlig. Er war guter Laune. Cole lächelte, als er sich der Tür näherte. Es war eine Weile her, dass er seinen Vater hatte lächeln sehen, geschweige denn lachen. Also war es ein guter Zeitpunkt, ihm von dem Spiel zu erzählen.

Cole stieß die Tür auf und sie öffnete sich lautlos. Sein Blick wanderte zum Bett, auf dem sich zwei Gestalten unter dem Laken wanden. Er blieb wie angewurzelt stehen, als er das Lachen seiner Mutter hörte, und zu spät dachte er, dass er die Augen zumachen sollte. Schnell.

Aber dann sah er die schwarzen Haare auf dem Kopfkissen. Sah die langen, schmalen Finger, die über den nackten Rücken seines Dads fuhren. Die leuchtend roten Fingernägel, die sich in Dads kurzes Haar krallten.

Cole fuhr herum und rannte den Flur hinunter, wobei er darauf achtete, ganz leise zu sein. Seine Haut war heiß und angespannt und sein Magen fühlte sich an wie an Halloween, nachdem er einen ganzen Eimer Süßigkeiten gegessen hatte.

Er ging zur Haustür hinaus, in den Nieselregen, und um das Haus herum, wo niemand ihn sehen würde. Dann kroch er hinter die Klimaanlage und rutschte an der Wand nach unten, bis er ganz zusammengekauert war. Er zog seine Schirmmütze tief in die Stirn, schloss die Augen und begab sich an einen anderen Ort. Auf das Spielfeld, an dessen Rand seine Mutter stand und ihm beim Werfen zusah, und sein Vater war bei der Arbeit, genau dort, wo er sein sollte.

Kapitel 15

„Warum spielst du nicht mit?" Jade setzte sich neben PJ an den Picknicktisch und brach sich ein Stück von den übrig gebliebenen Brownies ab.

„Ich hebe mir meine Energie für morgen auf." PJ zog Ava näher an sich und atmete den süßen Babyduft der Kleinen ein.

In diesem Augenblick trat Joanne McKinley neben den Tisch. Auffordernd streckte sie die Arme nach Ava aus. „Du hast sie jetzt lange genug gehabt. Komm her, Süße."

„Sag Granny Hallo." PJ übergab ihrer Mutter das Baby.

Die acht Monate alte Ava grinste zahnlos und strampelte begeistert mit den Füßen. „Ga, ga, ga!"

„Wo ist Mia?", fragte PJ ihre Schwester, als ihre Mutter mit Ava gegangen war.

„Daniel wechselt ihre Windel. Sie hatte heute Apfelsaft ..."

„Ist das schlecht?"

„Sagen wir mal, es könnte eine Weile dauern. Ich habe übrigens in der Zeitung gelesen, dass Brad Wilshire gestern verhaftet wurde. Ist das nicht der Typ, der bei dir renoviert hat?"

„Er wurde verhaftet? Weswegen denn?"

„Er hat bei Bernadette Perkins ein paar Arbeiten verrichtet und sie hat ihn dabei ertappt, wie er ihren antiken Schmuck stehlen wollte. Du hast Glück, dass er dich nicht ausgeraubt hat. Nicht, dass es bei dir viel zu holen gegeben hätte."

Die Töpfe. Brad hatte ihre Töpfe gestohlen. PJ war sich sicher, dass er sie längst verhökert hatte. Der Diebstahl war anderthalb Monate her. „Da hast du wohl recht."

„Deine Tätigkeit in Fionas Süßigkeitengeschäft hast du also inzwischen beendet?"

„Gestern war mein letzter Tag dort. Das hoffe ich wenigstens. Wenn im Winter nicht viel los ist, werde ich mir einen Teilzeitjob suchen müssen."

„Bist du bereit für die große Eröffnung? Mom sagte, alles sehe ganz toll aus."

„Layla hat Unglaubliches geleistet. Ich habe frische Lebensmittel vom Markt geholt. Der Kühlraum ist voll mit hochwertigem Fleisch und das Personal ist geschult und eingeteilt. Jetzt hoffe ich nur, dass jemand kommt."

„Die Familie kommt auf jeden Fall, das weißt du ja. Und die Anzeige in der Zeitung heute sollte auch eine Menge Kunden anlocken. Sie war klasse."

„Das sollte sie auch sein – bei dem Preis. Hast du das große Eröffnungsbanner gesehen?"

„Das ist ja nicht zu übersehen. Die Stadt wird dich unterstützen. Es wird bestimmt wunderbar ..." Irgendetwas schwang in Jades Stimme mit. Und ihr Blick huschte immer wieder zum Spielfeld, um dann zu ihren Händen zurückzuwandern, die sie auf dem Schoß faltete, sodass ihre vielen Ringe aneinanderklackerten.

„Aber ..."

„Kein Aber." Jade wischte die Kuchenkrümel von der karierten Tischdecke. Die Bank knarrte, als sie sich bewegte.

PJ konnte vielleicht keine Gedanken lesen, aber sie wusste, wenn ihre Schwester ihr etwas verschwieg. „Raus damit."

„Bist du dir sicher?"

„Hat es etwas mit meiner Eröffnung zu tun?"

„Ja."

„Dann schieß los."

Jade ließ die Schultern hängen und seufzte. „Es ist nichts Schlimmes. Ich wollte dich nur nicht nervös machen ... Bist du dir sicher, dass du es wissen willst?"

PJ warf ihr einen eindringlichen Blick zu.

„Daniel hatte heute ein Interview bei der Zeitung. Er hat herausgefunden, dass sie Maeve Daughtry zu deiner Eröffnung schicken."

Ein mulmiges Gefühl machte sich in ihr breit. „Die Restaurantkritikerin?"

„Das ist doch toll, oder? Sie wird ganz beeindruckt sein, eine super Kritik schreiben und die Leute werden in Scharen kommen."

„Oder sie wird schlecht bedient, bekommt ein Steak, das durchgebraten ist, schreibt einen schrecklichen Artikel und die Leute gehen in die Burger-Scheune."

Jade stieß PJ den Ellbogen in die Rippen. „Was ist denn aus unserer kleinen Tigerin geworden?"

„Die haust zusammen mit ihrem Rivalen in einem staubigen alten Haus."

Jade legte den Kopf zurück. In ihren Augen lag ein wissender Blick. „Ahhhh ..."

„Vergiss dein *Ah*. So ist das nicht."

„Da hat Madison mir aber was anderes erzählt."

Über das Spielfeld hinweg warf PJ ihrer ältesten Schwester einen finsteren Blick zu, was diese jedoch nicht bemerkte, weil sie gerade ihrem Vater auswich und einen Korb warf. „Im Ernst? Warum konzentriert ihr eure romantischen Bemühungen nicht auf Ryan? Cole hat eine Freundin. Er ist der letzte Mann, den ich auch nur in Erwägung ziehen würde." Sie hatte ihre Lektion gelernt, was vergebene Männer betraf.

„Er ist aber ziemlich süß."

Süß war nicht das Wort, das PJ gebraucht hätte. Sexy vielleicht. Attraktiv auf jeden Fall. Zum Verzweifeln manchmal. Aber er war auch nett, dachte sie, als sie sich daran erinnerte, wie er an der Tankstelle nach ihr gesehen und sie ins Krankenhaus gefahren hatte.

Und jetzt wusste sie sicher, dass er ihre Töpfe nicht gestohlen hatte. Oder ihren Speisesaal geflutet. Sie musste tatsächlich vergessen haben, das Fenster zu schließen. Es wäre nicht das erste Mal, dass sie mit dem Kopf nicht bei der Sache war. Sie schüttelte diese Gedanken ab. Es war besser, wenn sie nicht darüber nachdachte, wie dreist sie ihn beschuldigt hatte.

Daniel kam aus dem Haus und setzte sich rittlings auf die Bank ihnen gegenüber, Mia auf seinem kräftigen Unterarm.

Das Baby streckte die Arme nach Jade aus. „Ma, ma, ma, ma, ma!"

Jade nahm ihre Tochter entgegen und küsste die Pausbacken des Mädchens.

Daniel sah Jade mit gespielter Grimmigkeit an. „Dafür schuldest du mir was."

„Ich habe ihr keinen Apfelsaft gegeben", sagte sie selbstgefällig.

Daniel schwang das zweite Bein ebenfalls über die Bank und

wandte sich ihnen zu. „Ich habe gehört, dass du diese Woche in der Notaufnahme gelandet bist, PJ. Geht es dir wieder besser?"

„Sie haben mir Ativan gegen die Panikattacken gegeben, aber die machen mich ganz müde. Und das kann ich mir im Moment nicht leisten."

„Und es liegt an der Schilddrüse?"

„Ja, aber sie können die Schilddrüse nicht dazu bringen, weniger Hormone zu produzieren, ohne die Drüse auszuschalten. Wir hoffen, dass sich die Sache von alleine regelt. Bis dahin muss ich damit leben. Jade hat mir übrigens von Maeve Daughtry erzählt. Hast du irgendwelche Tipps, wie ich sie beeindrucken kann?"

„Ich habe gehört, sie liebt es, wenn Speisen toll angerichtet sind, und sie hasst es, lange zu warten."

„Okay. Also schnell und schön. Wenn ich dann noch lecker schaffe, habe ich so gut wie gewonnen."

„Mehr als das", sagte Jade. „Wenn du etwas gut kannst, dann kochen."

„Ga, ga, ga!"

„Siehst du, Mia findet das auch."

PJ hoffte nur, dass Maeve Daughtry das genauso sehen würde.

Kapitel 16

PJ tröpfelte Knoblauchbutter über das Rib-Eye-Steak, streute Petersilie darüber und stellte es in die Durchreiche. „Bestellung fertig! Callie, was macht das Risotto?“

„Alles klar, Chef. Wo ist Ronda? Die Filets sterben.“

Ronda erschien an der Durchreiche und schnappte sich die Teller. „Tut mir leid, ich komme nicht nach. Ich brauche schnell eine Ofenkartoffel.“ Und dann war sie auch schon weg.

„Wie lange brauchen die Fettuccini noch?“, wollte PJ von Nate wissen.

„Zwei Minuten, Chef.“

PJ widmete sich der nächsten Bestellung. Filetsteak, Rinderbrust und Tilapia. Sie arbeitete wie eine Maschine, ganz in ihrem Element. Die Eröffnung hatte vor gut drei Stunden begonnen und das Adrenalin pumpte durch ihre Adern. Alles lief wie am Schnürchen. Na gut, fast alles. Sie hatte ein Sirloin-Steak zu lange gebraten, Nate hatte sich mit einem ihrer neuen Wüsthof-Messer eine kleine Wunde zugezogen und eine Bedienung hatte ein Tablett mit Kaffee verschüttet – zum Glück hatte niemand von den Gästen es abbekommen.

Mit dem Oberarm ihrer behandschuhten Rechten strich PJ sich die Haare aus der feuchten Stirn. Sie hatte ihrem Personal von Maeve Daughtry erzählt, bevor sie das Restaurant aufgeschlossen hatte. Die Kritikerin hatte sich vor einer Viertelstunde an einen Tisch gesetzt und das Filet bestellt, das jetzt im Ofen war.

„Vorsicht“, sagte Callie, die mit einer heißen Bratpfanne vorbeirauschte.

Eine Sekunde später war es in der Küche plötzlich dunkel und still. Das Summen der Kühlschränke – verstummt. Das Sirren der Wärmelampen – nicht mehr zu hören. Die Küchenmaschine – lautlos.

„Chef?“, sagte Callie.

Ein Stromausfall? *Bitte nicht jetzt!*

„Es ist kein Sturm“, sagte Nate. „Die Lampen im Restaurant sind noch an.“ Das einzige Licht kam vom Nachbarraum herein.

„Gott sei Dank.“ PJ zog ihre Handschuhe aus. „Dann muss es eine Sicherung oder so etwas sein. Man legt den Schalter um und der Strom geht wieder, richtig?“

„Mich darfst du da nicht fragen“, sagte Nate. „Ich lebe in einer Mietwohnung und habe noch nie einen Stromausfall erlebt.“

„Es gibt doch irgendwo einen Sicherungskasten, oder?“, schlug Callie vor. „Im Keller vielleicht?“

Mit hämmerndem Herzen rannte PJ zur Kellertreppe, stellte aber fest, dass auch dort das Licht aus war. Sie verschwendete kostbare Zeit damit, eine Taschenlampe zu suchen, während sie die ganze Zeit daran denken musste, dass Maeve Daughtrys dickes Steak im Ofen kalt wurde.

Sie ließ den Kegel der Taschenlampe durch den Keller wandern. „Komm schon, wo bist du?“ Wenn ihr Dad doch noch hier wäre! Dann könnte sie ihn holen und er würde das Problem schnell lösen.

Da in der Ecke! Eine große graue Tür. Sie quietschte, als PJ sie öffnete. Mit einem Stirnrunzeln betrachtete sie die vielen Reihen schwarzer Schalter. Welcher war es?

Ratlos wählte sie die Handynummer ihrer Mutter, aber niemand ging dran. Beim Festnetztelefon ihrer Eltern sprang der Anrufbeantworter an.

Nein.

Sie steckte das Telefon wieder ein und merkte, dass ihr Atem zu schnell ging. Panik stieg in ihr auf wie Nebel über einem Fluss. *Nein. Nicht jetzt. Bitte nicht jetzt.* Sie versuchte, die Angst zurückzudrängen.

Ihr Herz raste und ihre Lunge hatte Mühe mitzuhalten. Der Schweiß stand ihr im Nacken, obwohl es im Keller kühl war. Sie beugte sich vor und stützte die Hände auf ihre mit einer Schürze bedeckten Knie. Warum hatte sie nur die Medikamente nicht genommen?

Konzentrier dich, PJ. Du schaffst das. Du musst atmen.

Sie holte Luft und kämpfte gegen das überwältigende Panikgefühl an. Es würde vergehen. Alles würde gut. Sie konzentrierte sich auf ihre Atmung und versuchte, sich den Schaltern zu widmen, aber sie konnte an nichts anderes denken als an die Angst.

Cole blickte von dem Brett auf, das er gerade abgemessen hatte, als das nächste Paar Scheinwerfer über den Schuppen schwenkte. Bei PJs Eröffnung war einiges los. Der neu gepflasterte Parkplatz neben der Straße war voll. Er vermutete, dass auch am Bordstein entlang Autos standen.

Natürlich betrachtete er PJs Erfolg mit gemischten Gefühlen, aber hauptsächlich freute er sich für sie. Sie war schrecklich nervös gewesen – zwei Tage lang hatte sie kaum still sitzen können, auch wenn alles im Haus vollkommen aussah. Besondere Sorgen machte sie sich wegen ihrer Familie. Das verstand er. Er war auch immer besonders aufgeregt gewesen, wenn sein Dad auf der Tribüne gestanden hatte, während er warf.

Außerdem war PJ nervös gewesen wegen der Kritikerin von der Zeitung. Cole hatte alles daransetzen wollen, ihr an diesem Abend nicht im Weg zu sein, deshalb hatte er sich zum Arbeiten in den Schuppen zurückgezogen. Aber sein Blick wanderte immer wieder zum Küchenfenster hinüber. Er fragte sich, wie es lief. Ob ihr Personal ordentlich arbeitete. Ob ihre Kunden nett waren. Merkwürdigerweise fühlte er sich ein wenig wie PJs Beschützer. Bestimmt würden die Leute verstehen, wenn etwas noch nicht hundertprozentig klappte. Das war bei der Eröffnung zu erwarten.

Aber er hatte lange genug als selbständiger Bauunternehmer gearbeitet, um zu wissen, dass manche Kunden hohe Erwartungen hatten, aber eine niedrige Toleranzschwelle.

Er ließ das Brett auf den Stapel fallen und blickte wieder zum Haus hinüber. Das hell erleuchtete Küchenfenster war verschwunden. Er runzelte die Stirn. Warum war in der Küche das Licht aus?

Besorgt ging er um seine Werkbank herum und machte sich auf den Weg zum Haus, während er sich den Schmutz von den Händen klopfte. Als er die Küche betrat, kitzelte ihn der Duft von gegrilltem Steak und Knoblauch in der Nase.

„PJ?“

„Cole." Callie kam im Dunkeln näher. Ihre Stimme klang panisch. „Der Strom ist ausgefallen. PJ ist in den Keller gegangen, um nachzusehen. Weißt du irgendwas darüber?"

„Er ist nur in der Küche aus", rief jemand anders.

„Ich gehe nachsehen." Das war eine Katastrophe. Und das Schlimmste war, dachte Cole, während er die Kellertreppe hinabeilte, dass PJ wahrscheinlich glaubte, er hätte ihren großen Abend sabotiert.

Er fand PJ vor dem Sicherungskasten, vornübergebeugt, eine Taschenlampe zu ihren Füßen. „Alles in Ordnung?"

„Nein … diese blöden Panikattacken." Sie atmete zu schnell. „Kannst du es reparieren?"

„Wahrscheinlich ist es nur eine Überlastung." Er nahm die Lampe in die Hand und überflog die Schalter. Da. Er schaltete eine Sicherung aus und dann wieder ein. Erleichtert stellte er fest, dass es damit anscheinend getan war.

„Das müsste es sein." Er sah PJ an, die immer noch vornübergebeugt dastand. „Kann ich dir irgendwas holen? Ein Wasser?"

Sie atmete durch die Nase ein, blies dann die Luft langsam aus und schüttelte den Kopf. „Kannst du … vielleicht oben nachsehen?"

„Brauchst du deine Medikamente?"

„Bitte, nur … die Küche … Steaks …"

„Okay." Er rannte hinauf. Das Licht war an. In der Küche herrschte hektisches Treiben. Ein Mann mittleren Alters zerkleinerte etwas wie ein Irrer.

Callie rührte in einem Topf. „Gott sei Dank! Die Bestellungen kommen am laufenden Band rein."

Cole sah nach dem Ofen und entdeckte Steaks darin. „Auf was sollen die hier stehen?"

„Oberhitze. Aber ich weiß nicht, wie lange sie noch müssen. Erst recht nicht, nachdem der Ofen aus war."

Zum Glück hatte er seinem Pflegevater geholfen, tonnenweise Steaks zu grillen. Cole warf einen Blick auf die Bestellungen. Noch eine Minute für das Filet, die Sirloin-Steaks brauchten noch zwei oder drei Minuten.

„Wo ist PJ?", fragte Nate.

„Sie kommt gleich. Was kann ich sonst noch tun?"

„Dir die Hände waschen."

Als er damit fertig war, warf Callie ihm eine Schürze zu. „Hier. Sieh nach den Fettuccini. Sie waren fast fertig, als der Strom ausfiel. Müssten jetzt al dente sein – das bedeutet –"

„Ich weiß, was das bedeutet." Zuerst nahm Cole jedoch das Filet aus dem Ofen und legte es auf einen weißen Teller. Nachdem er auf der Bestellung nachgesehen hatte, fügte er eine Kelle Risotto und einige Spargelstangen hinzu.

„Warte." Nate träufelte Knoblauchbutter über das Fleisch und fügte noch irgendetwas Grünes hinzu. In das Risotto steckte er einen Zweig. Als er fertig war, sah der Teller wie ein Kunstwerk aus. Er stellte ihn in die Durchreiche.

Cole stellte fest, dass die Fettuccini inzwischen tatsächlich gar waren, und nahm sie vom Herd, um sie abzugießen.

Callie trat mit einem Teller neben ihn. „Hier drauf."

Er schüttete die Nudeln auf den Teller und sie ließ eine aromatische weiße Sauce und eine Scheibe Knoblauchbrot folgen. Dann etwas Parmesan. Und noch ein paar Zweige.

Cole sah gerade nach den Sirloin-Steaks, als PJ in die Küche gelaufen kam. „Tut mir leid, Leute." Sie spähte in den Ofen. „Wo ist das Filetsteak?" In ihrer Stimme schwang Panik mit.

„Keine Sorge." Cole nahm die zwei Steaks heraus und legte sie auf Teller. „Ist schon serviert."

PJ rieb sich mit den Fingerspitzen die Schläfe. Ihr Blick war gehetzt. „Das war Maeve Daughtrys Steak. Das der Kritikerin von der Zeitung."

Callie tätschelte ihr im Vorbeigehen die Schulter. „Alles gut. Cole hat sich um das Steak gekümmert. Es war perfekt. Das Risotto war auch auf den Punkt. Und Nate hat die Präsentation übernommen. Es ist alles in Ordnung, versprochen."

PJ sah zwischen ihnen hin und her. Zum Schluss blieb ihr Blick auf Cole liegen. „Ja?"

„Ja", sagte er.

Sie atmete aus und die Anspannung wich aus ihrer Miene. „Also gut. Wir haben jede Menge Bestellungen, gehen wir wieder an die Arbeit."

„Danke, Leute", sagte PJ, als die letzten Mitarbeiter das Haus durch die Hintertür verließen. „Gut gemacht!"

„Bis morgen früh."

Die Tür fiel zu und PJ schloss sie ab. Morgen früh. Es gab noch so viel zu tun, bis sie für den Brunch wieder aufmachten. Aber im Moment konnte sie an nichts davon denken. Sie wollte sich nur im Erfolg des Abends sonnen.

Der Strom hatte den restlichen Abend durchgehalten, aber sie hatte einen Elektriker angerufen, der mit ihrem Vater befreundet war, und er würde am nächsten Tag kommen und sich die Sache ansehen. Bei der ersten Gelegenheit hatte sie eine Ativan eingeworfen. Mit Müdigkeit konnte sie leben. Mit Panikattacken nicht.

PJ sah sich in der Küche um und überzeugte sich davon, dass alles an seinem Platz war. Ihre Töpfe hingen glänzend von ihrem Gitter in der Küchenmitte. Sie waren nicht von Bourgeat, aber sie hatten gute Dienste geleistet.

Eigentlich müsste sie müde sein, so spät wie es war, aber die Aufregung des Abends hielt noch an und machte sie ganz kribbelig vor Energie. Oder vielleicht war es der Kaffee, den sie getrunken hatte, während sie die Abrechnung gemacht hatte. Noch ein Grund, sich zu freuen. Sie hatte an diesem Abend richtig viel eingenommen. Natürlich würde nicht jeder Abend so viel abwerfen, aber es war ein Anlass zur Hoffnung.

Die Düfte von Steak und Knoblauch verzogen sich langsam, gemischt mit dem Geruch von Reinigungsmitteln. Alles war wieder blitzblank, der Fliesenboden sauber und an manchen Stellen noch feucht. Sie schaltete das Licht aus. Daran, jetzt schlafen zu gehen, war nicht zu denken, ganz egal, ob sie im Morgengrauen schon wieder aufstehen musste.

Außerdem gab es noch etwas, das sie tun musste.

PJ stieg die Treppe zum Obergeschoss hinauf und ging den Flur hinunter. Hier oben nahmen die Dinge allmählich auch Gestalt an. Cole war beinahe fertig. Die Wände waren gestrichen, das Bad wieder intakt. Die letzten beiden Räume waren zu einer kleinen Küche mit Esszimmer umfunktioniert worden, das in ein offenes

Wohnzimmer überging. Es war ein kleiner, aber gemütlicher Raum, in dem die Jugendlichen gemeinsam essen oder fernsehen konnten. Allerdings gab es noch keine Möbel.

Oberhalb der Treppe, die zum Dachboden hinaufführte, schien ein Lichtstreifen unter der Tür hervor. PJ stieg hinauf, während ihr das Herz aus irgendeinem albernen Grund bis zum Halse schlug. Es war nur das Koffein, das ihr Herz rasen und ihre Hände zittern ließ.

Sachte klopfte sie an die Tür.

„Herein."

PJ drehte den Knauf und öffnete die Tür. Cole saß auf einem Teppich, den Rücken an die Wand gelehnt.

„Hi", sagte sie.

„Hi."

Er trug nur Jeans. PJ hatte den Eindruck, dass irgendwelche Unterlagen um ihn herum ausgebreitet waren, aber sie konnte den Blick nicht von seinem nackten Oberkörper losreißen. Der perfekte Anblick wurde nur durch eine Narbe getrübt, die von seiner Schulter bis zu seinem Herzen verlief.

„Glückwunsch zu deiner Eröffnung. Scheint ein riesiger Erfolg gewesen zu sein."

Sie zwang sich, woanders hinzusehen, und ließ den Blick schnell durch den Raum wandern. Seit sie das letzte Mal hier gewesen war, hatte er sich ein richtiges Bett und noch ein, zwei weitere Möbelstücke besorgt.

„Abgesehen von der Kleinigkeit, dass der Strom ausgefallen ist und ich mitten im größten Andrang eine komplette Panikattacke hatte."

„Was du beides bewältigt hast."

„Das habe ich dir zu verdanken. Ich hatte keine Ahnung, welchen Schalter ich in der Kiste unten umlegen musste, und außerdem wäre ich sowieso nicht dazu in der Lage gewesen."

„Du hättest es schon hingekriegt."

„Außerdem hast du Maeves Filetsteak gerettet. Du weißt gar nicht, wie viel mir das bedeutet."

Coles Mundwinkel wanderten nach oben. „Du hast ihre Kritik noch nicht gelesen."

„Du kannst das nicht gut."

„Was?“

„Gern geschehen – das sagt man gemeinhin, wenn jemand seinem Dank Ausdruck verleiht.“ Sie lächelte, damit ihre Worte nicht zu kritisch klangen.

Im Licht der Lampe sahen Coles Gesichtszüge wie ein wahres Kunstwerk aus. Sie war sich ziemlich sicher, dass der Lampenschein eine ähnliche Wirkung auf seinen Oberkörper hatte, aber sie wagte es nicht hinzusehen.

Cole rieb sich das Kinn. „Ich hatte schon Angst, du würdest glauben, ich hätte ihn verursacht.“

„Was?“

„Den Stromausfall.“

PJ zuckte zusammen. Das war ihr nicht einmal in den Sinn gekommen. Aber nachdem sie ihn wegen der Töpfe so fertiggemacht hatte, konnte sie ihm nicht verdenken, dass er sich diesbezüglich Sorgen gemacht hatte.

„Ich weiß, dass du es nicht warst. Und ich weiß auch, dass du meine Töpfe nicht genommen hast. Es tut mir leid, dass ich voreilige Schlüsse gezogen habe. Das war ungerecht.“

Er sah ihr ins Gesicht, bis sie spürte, wie ihre Wangen heiß wurden. Offensichtlich schien er zufrieden zu sein mit dem, was er sah, denn er nickte einmal.

„Also … woran arbeitest du?“, fragte sie.

Cole blickte auf die Formulare, die um ihn ausgebreitet waren, und seufzte. „Anträge.“

„Für …?“

„Jugendliche.“

„Jugendliche? Oh. *Jugendliche!*“ Es waren bestimmt fünfzig Anträge. Sie starrte ihn mit offenem Mund an. „Die alle? Das sind alles Kinder, die herkommen wollen?“

„Ja.“

Sie sah den Schmerz über dieses Dilemma in seinen besorgten grünen Augen. In den hängenden Schultern. Die meisten dieser Teenager würden auf der Straße landen. Der Glanz ihrer Restauranteröffnung verblasste ein wenig.

„Wie willst du sie auswählen?“

Er zuckte mit den Schultern. „Das überlege ich auch gerade.“

„Soll ich dir helfen?" Woher war das denn gekommen?

„Musst du nicht früh aufstehen?"

„Ich bin total aufgedreht vom Koffein und Adrenalin."

Wieder starrte Cole sie lange an, bevor er schließlich eine Schulter hochzog. „Wenn das so ist …" Er nahm einen Stapel Anträge und hielt ihr die Unterlagen hin. „Die hier habe ich noch nicht durchgesehen. Leg die vielversprechendsten auf diesen Stapel."

„Vielversprechend bedeutet …"

„Diejenigen, die am meisten gefährdet sind. Keine Familie, in die sie zurückgehen könnten, Lernbehinderungen und so weiter."

PJ nahm den Stapel und ließ sich im Schneidersitz Cole gegenüber auf dem Teppich nieder. Dann fuhr sie mit der Hand über den weichen braunen Flor. „Der ist toll."

„Flohmarkt. Hatte das Preisschild noch dran."

„Gefällt mir."

Sie überflog den ersten Antrag. Ein siebzehnjähriger Junge. Seit acht Jahren war er in Pflege. Keine lebenden Angehörigen.

Keine Familie. Puh. PJ konnte sich nicht einmal vorstellen, wie es war, keine Familie zu haben. Mehr brauchte sie gar nicht zu lesen. Sie legte ihn auf den „Vielversprechend"-Stapel und nahm sich das nächste Formular vor. Ein Mädchen. Leichte Lernbehinderung. Mutter drogenabhängig. Vater im Gefängnis. Acht verschiedene Pflegefamilien. Acht. Vielversprechend.

Junge. Vater unbekannt. Mutter verstorben. War in der ersten Pflegefamilie misshandelt worden. Sie dachte an Coles Narbe und fragte sich, ob sie auch von Misshandlungen stammte. Wie viele Schläge konnte ein Kind aushalten? Sie legte die Akte auf den Stapel mit den vielversprechenden Fällen.

Während sie die nächsten drei Anträge las, blutete ihr das Herz und alle Akten wanderten auf denselben Stapel.

„PJ."

Sie blickte auf.

„Du kannst sie nicht alle auf diesen Stapel legen."

„Aber sie brauchen alle Hilfe."

Coles Miene wurde weicher und ein Schatten legte sich über seine Augen. „Ich kann nur vier von ihnen aufnehmen – und ein Platz ist schon belegt."

In PJs Kehle bildete sich ein Kloß, so elend fühlte sie sich. Es war schrecklich ungerecht. Warum hatte sie eine riesige Familie und diese Kinder hatten niemanden? Sie dachte an Cole und daran, wie stark er gewesen sein musste, um das System zu überleben und sich nicht nur seinen eigenen Lebensunterhalt zu verdienen, sondern auch noch anderen in der gleichen Situation zu helfen.

„Ich muss zehn auswählen", sagte er. „Wenn ich versuche, mit allen siebenundfünfzig Kandidaten Gespräche zu führen, bin ich bis Weihnachten noch nicht fertig."

Siebenundfünfzig.

„Nach dem jetzigen Stand werden sie gerade mal die Highschool fertig machen können."

Weil er ihnen nur bis zum 1. Juni einen Platz garantieren konnte. PJ runzelte die Stirn und widmete sich wieder den Anträgen.

Es war erstaunlich, wie schnell die Müdigkeit einsetzte, sobald Adrenalin und Koffein ihre Wirkung verloren. Sobald sie die Entscheidung traf, Waisenkinder auf die Straße zu setzen.

Nachdem sie eine Weile gearbeitet hatten, bekam PJ einen Gähnanfall. Aber es waren nur noch eine Handvoll Akten.

„Wann musst du aufstehen?", fragte Cole.

„Um fünf."

Er sah auf seine Uhr. „Das ist in vier Stunden. Geh schlafen. Ich mache den Rest allein."

PJ streckte sich, weil ihr Nacken und ihre Schultern enorm schmerzten, nachdem sie so lange vornübergebeugt gesessen hatte. Er hatte wirklich recht. Morgen würde sie völlig fertig sein und sie musste ihren ersten Brunch meistern. Erdbeerpfannkuchen, Frühstücksspeck mit Ahornsirup, Quiche Lorraine und noch vieles mehr.

„Ist gut." Sie reichte ihm die wenigen Anträge, die sie noch nicht gelesen hatte, und ging zur Tür. „Gute Nacht."

„Nacht."

An der Schwelle drehte sie sich noch einmal um. Cole saß schon wieder über die Formulare gebeugt, die Stirn in Falten gelegt. Währenddessen rieb er sich das Kinn mit einem Finger.

Wenn sie aufhörte, ihn als Konkurrenten zu betrachten, konnte sie sehen, was ihre Schwestern sahen – einen sehr attraktiven Mann.

Nicht nur an der Oberfläche, sondern tief im Innern, wo es am wichtigsten war.

Er blickte auf und seine Stirn glättete sich. „Was ist?"

„Nichts, es ist nur …" PJ biss sich auf die Lippe und wählte ihre Worte ausnahmsweise sorgfältig, bevor sie sprach. „Ich finde, was du zu tun versuchst, ist wirklich großartig, das ist alles." Ohne eine Antwort abzuwarten, trat sie durch die Tür. „Nacht."

„Gute Nacht."

Ein Klingeln ließ PJ hochfahren. Was? Wo war sie? Sie schlug die Augen auf und orientierte sich. Das erste Tageslicht drang durch die Vorhänge. Sie brauchte mehr Schlaf!

Ihr Handy. Das war es, was klingelte.

„Hallo?", krächzte sie und ließ sich wieder aufs Kopfkissen fallen.

„‚Es gibt ein neues kleines Juwel in der Stadt und es befindet sich an der Ecke Main Street und Ruby –'"

„Mom?"

„‚Das Restaurant lebt und atmet in dem schönen historischen Wishing-Haus, dem ehemaligen Wohnsitz seiner Besitzerin Evangeline Wishing Simmons.'"

PJ setzte sich mit einem Ruck auf. „Die Kritik!"

„‚*Das Wishing Steakhaus* ist ein Hit mit seiner gehobenen Küche und dem bodenständigen Charme. Am Eröffnungsabend wurde das freundliche Personal nur noch übertroffen von den köstlichen Gerichten der Inhaberin und Köchin Penelope Jane McKinley.'"

PJ jauchzte. „Köstlich!"

Ihre Mutter lachte. „Pst! Ich bin noch nicht fertig." Ihre Mutter las vor, wie Maeve Daughtry die „hervorragende Präsentation", das „zarte Rinderfilet" und die „knackigen Spargelstangen" beschrieb. Als sie am Ende des Artikels angelangt war, trug PJ ein breites Grinsen auf dem Gesicht und lief mit ruheloser Energie in ihrem Zimmer auf und ab.

„Herzlichen Glückwunsch, Liebling. Sieht so aus, als wäre die Eröffnung ein Riesenerfolg gewesen. Dein Dad sagt, ich soll dir sagen, er hätte es dir ja gesagt."

PJ lachte. Wenige Minuten später legte sie auf, vollführte dreißig Sekunden lang einen wohlverdienten Freudentanz und drehte dann die Dusche auf. Sie musste einen Brunch vorbereiten und ein Restaurant führen.

Kapitel 17

Cole ging in die Wohnküche, die er aus zwei Schlafzimmern geschaffen hatte. Er konnte es nicht fassen, dass seine Jugendlichen endlich hier waren. Die letzten paar Wochen waren chaotisch gewesen, voller letzter Arbeiten am Haus und Papierkrieg. Weil er gewusst hatte, dass er bald ans Haus gefesselt sein würde, war er am vergangenen Wochenende nach Fort Wayne gefahren, um Lizzy zu besuchen. Sie hatte niedergeschlagen und schweigsam gewirkt. Er hoffte, die Mädchen in der Schule hatten sie nicht wieder auf dem Kieker. Es konnte gar nicht schnell genug April werden.

PJs Restaurant schien ein Riesenerfolg zu sein und Cole fühlte sich unter Druck. Nicht nur, weil das *Crossroads*, sein Übergangswohnheim, gut aussehen musste, sondern auch, weil er diesen Jugendlichen unbedingt helfen wollte, die sich darauf verließen, dass er sie in ihre Zukunft begleitete.

Als er das Wohnzimmer betrat, sah er, dass sie schon auf ihn warteten. Zac und Shaundra saßen an den jeweiligen Enden der braunen Couch. Josh stand hinter dem Tweedsessel, als wäre er sich nicht sicher, ob er lange genug hier sein würde, dass es sich überhaupt lohnte, Platz zu nehmen. Als Cole gerade im Vorbeigehen einen Blick in sein Zimmer geworfen hatte, waren seine Sachen noch nicht ausgepackt gewesen. Er war häufiger durch die Gegend geschoben worden als die anderen. Acht Pflegefamilien in drei Jahren.

Cole setzte sich auf die Armlehne des Sessels. „Habt ihr euch alle so weit eingerichtet?"

Zac nickte verhalten.

„Ist es in Ordnung, dass ich die Kommode genommen habe?", fragte Shaundra.

„Kein Problem. Du bekommst erst im April eine Mitbewohnerin. Josh?"

Der Junge schob mit skeptischem Blick seine Brille mit dem schmalen Metallrand nach oben. „Wer bezahlt eigentlich für das hier? Ich meine, das kostet doch 'ne Menge, oder?"

„Darüber braucht ihr euch keine Gedanken zu machen. Es gibt Spender, die *Crossroads* finanzieren, aber wie ich euch bei den Vorstellungsgesprächen schon erklärt habe, erwarten wir, dass ihr nebenbei ein paar Stunden arbeitet, solange ihr noch zur Schule geht. Alle leisten einen Beitrag. Betrachtet es einfach als Teamwork."

Cole ging mit den Jugendlichen die Hausordnung durch, die bestimmte Erwartungen in Bezug auf Nachtruhe, Benehmen und Haushalt beinhaltete. Er hatte sich ein Punktesystem überlegt, das persönliche Verantwortung, Sparsamkeit und gutes Verhalten belohnte und schlechtes Benehmen und Faulheit unattraktiv machte.

Er erklärte allen noch einmal, dass sie bis zum 1. Juni eine Arbeit und eine andere Wohnung finden mussten, und versprach, ihnen zu helfen, so gut er konnte. Anschließend zeigte er ihnen die Küche und die Speisekammer und ging mit ihnen die Jobs im Haushalt durch. Nachdem er fertig war, verschwand Josh wortlos aus dem Zimmer.

Zac ergriff Coles Hand und schüttelte sie ausgiebig. „Danke, Mann. Das hier ist echt cool. Ich werde es nicht vermasseln."

„Das weiß ich. Ich bin noch an dem Praktikum in der Autowerkstatt dran, aber ich glaube, das klappt."

„Super." Nachdem sie sich ein paar Minuten unterhalten hatten, sagte der Junge gute Nacht und ging in sein Zimmer.

Shaundra hing noch in der Nähe des Eichentischs herum, den Cole auf einem Flohmarkt gefunden hatte. Sie spielte mit einem der vielen Zöpfe, die ihr über die runden Schultern hingen.

„Willst du mich was fragen?", erkundigte sich Cole.

Shaundras Blick verriet sie immer und sie neigte dazu, ihre Gedanken ehrlich auszusprechen. Das war ihm bei ihrem Auswahlgespräch positiv aufgefallen.

„Meine beste Freundin sagt, das hier ist zu gut, um wahr zu sein."

Er legte den Kopf schief. „Und was meinst du?"

Sie sah ihn lange prüfend an. Ihre großen braunen Augen wirkten älter, als sie war. „Ich hoffe, sie hat unrecht."

„Du hattest es nicht leicht, Shaundra. Es wird eine Weile dauern, Vertrauen aufzubauen, aber ich hoffe, dass du dich hier irgendwann zu Hause fühlen wirst."

„Das hoffe ich auch.“ Sie ging zur Tür, drehte sich dann aber noch einmal um. „Ich wusste nicht, wohin ich gehen sollte.“

Cole nickte. Das Gefühl kannte er.

„Deshalb … danke.“

Etwas stieg in ihm auf – ein Gefühl, für das sich all die harte Arbeit, das Betteln um Geld und die Bürokratie gelohnt hatte.

„Du kannst mir danken, indem du eine selbständige junge Erwachsene wirst.“

Shaundra verdrehte gutmütig die Augen. „Du bist ja schlimmer als meine Sozialarbeiterin – die nervt auch ständig.“

„Darauf kannst du dich verlassen.“ Cole lächelte, als Shaundra in ihr Zimmer ging. Er kannte ihre Sozialarbeiterin und dieser Herausforderung war er auf jeden Fall gewachsen.

PJ nahm sich noch ein Stück Pizza und legte es auf ihren Teller. Zwischen *Cappys Pizzeria* mit der dunklen Holzverkleidung, den roten Kunstledersitzen und der fragwürdigen Salatbar und *Das Wishing Steakhaus* lagen Welten. Trotzdem waren die lauten Fernseher, die Billiardtische und die lebhafte Atmosphäre eine Einladung an Freunde, hier abzuhängen. Da dies ihr freier Abend war und kochen nicht auf dem Plan stand, passte das gut. Sie hatte sich eine Pause von ihrer hektischen Arbeit verdient.

Ihr gegenüber gab Ryan der Bedienung zu verstehen, dass er noch eine Cola wollte. Sie hatte ihre Geschwister ebenfalls eingeladen, aber Jade und Daniel aßen mit dessen Eltern zu Abend und Madison und Beckett waren bei Layla und Seth eingeladen.

„Und wie sind sie so?“, wollte Ryan wissen.

„Die Jugendlichen?“ PJ zuckte mit den Schultern. „Laut. Allerdings muss man fairerweise dazu sagen, dass alles im Obergeschoss laut wäre. Das Mädchen scheint nett zu sein. Sie erinnert mich an einen Posaunenengel, so rund und weich mit den Pausbäckchen, in die man am liebsten hineinkneifen möchte – nicht, dass ich das jemals täte. Und die Jungs machen einen coolen Eindruck. Der eine ist eher still und ich würde sagen, dass ihm nicht viel entgeht. Der andere ist ziemlich extrovertiert.“

Sie biss in ihre Pizza und genoss die säuerliche Sauce mit ihrer Mischung aus Knoblauch, Oregano, Basilikum und einem Hauch Cayennepfeffer.

Die Anträge, die sie mit Cole durchgesehen hatte, fielen ihr wieder ein. Manchmal wünschte sie sich, sie könnte diese Fälle vergessen. Die Informationen über Shaundra hatten sich ihr aus irgendeinem Grund besonders eingeprägt. Das Mädchen war von vier Familienmitgliedern sexuell belästigt worden, bevor sie mit vierzehn Jahren in einer Pflegefamilie gelandet war. Sie hatte eine Lernbehinderung und tat sich in Mathematik schwer. Außerdem hatte sie keine Ahnung, was sie mit ihrem Leben anfangen sollte.

„Wieso guckst du so?"

PJ zuckte mit den Schultern. „Diese Kinder ... ich habe Cole geholfen, die Anträge durchzugehen und –"

„Du hast deinem Rivalen geholfen?"

PJ warf ihrem Bruder einen vorwurfsvollen Blick zu. „Das war das Mindeste, was ich tun konnte, nachdem er mir bei der Eröffnung den Hintern gerettet hat. Jedenfalls ... es ist wirklich traurig, was diese Jugendlichen durchgemacht haben, weißt du? Josh, der ruhige Junge, ist gestern mit einer Mülltüte voller Zeug hier angekommen. Das war alles. Mehr hatte er nicht."

„Wow."

„Und ich meine ..." PJ schüttelte den Kopf. „Man kann es sich nur schwer vorstellen, das ist alles. Die anderen beiden besitzen wahrscheinlich auch nicht viel mehr. Ihre Anträge waren herzzerreißend, und zwar alle. Ich weiß nicht, wie er die Entscheidung getroffen hat."

Sie biss in ihre Pizza, aber irgendwie hatte der Geschmack seinen Reiz verloren. Sie spülte den Bissen mit einem Schluck Ginger Ale hinunter.

„Hast du von Mrs Simmons gehört?"

„Sie ruft regelmäßig an, um zu hören, wie es läuft. Zu der tollen Eröffnung hat sie mir gratuliert. Von Cole bekommt sie bestimmt auch Zwischenmeldungen."

„Was passiert, wenn du gewinnst?"

„Wie meinst du das?"

„Mit den Kids."

„Was glaubst du denn?" Sie hatte nicht zickig klingen wollen, aber wem gefiel schon der Gedanke, benachteiligte Teenager auf die Straße zu setzen?

„Was ich meinte, ist: Wird Cole mit seinem *Crossroads* dann woanders hinziehen?"

„Bitte entschuldige. Nein, die Kosten würden ihn umbringen. Dafür hat er nicht die Mittel."

Dann sind sie beinahe neunzehn und immerhin mit der Schule fertig. Unabhängig.

„Das ist hart", sagte Ryan.

„Wenn ich gewinne, wird *Haus Wishing* Menschen aus dem Ort einen Arbeitsplatz bieten und außerdem die dringend benötigten Unterkünfte."

Ryan hob beide Hände. „Hey, ich bin auf deiner Seite. Du bist meine Schwester, weißt du noch?"

Aber was ist mit all den anderen Jugendlichen?

PJ war erleichtert, als sie das Thema wechselten und sich Ryans Arbeit zuwandten. Doch als sie später die gewundene Straße am Fluss entlang nach Hause fuhr, ging ihr die Frage ihres Bruders immer noch nicht aus dem Kopf.

Kapitel 18

„Ich kann es nicht fassen, dass du mich dazu überredet hast", sagte Ryan.

PJ ging mit ihm durch das Restaurant auf die hintere Terrasse hinaus. Bei ihrer ersten Kochkurseinheit hatte sie sechs Teilnehmer gehabt, darunter auch Ryan – bei ihrem Pizzeriabesuch am Sonntag war es ihr gelungen, ihn zur Teilnahme zu überreden.

„Du wirst mir noch dankbar sein, wenn du demnächst Mahlzeiten für Frauen aus dem Ärmel schütteln kannst und sie dir aus der Hand essen."

„Ich habe doch überhaupt nicht die Fähigkeiten, um hier zu sein."

PJ pikste ihm ihren Zeigefinger in den Bauch. „Das ist der totale Anfängerkurs. Die einzige Voraussetzung dafür ist, dass man gerne isst, und das trifft auf dich eindeutig zu. Außerdem hast du im Voraus bezahlt, und wenn du zur nächsten Einheit nicht mehr auftauchst, werde ich glauben, ich wäre eine lausige Lehrerin."

Ein tiefes Knurren entstieg Ryans Kehle.

Sie tätschelte seine Wange. „Geh nach Hause und leg dich schlafen. Du bist übermüdet und schlecht gelaunt."

Nachdem ihr Bruder gegangen war, sank PJ auf die Schaukelbank auf der Veranda. Es wurde jetzt rasch dunkel. Wahrscheinlich würde sie bei lebendigem Leibe von Mücken aufgefressen werden, aber die kühle Luft fühlte sich unheimlich gut an. Die Blumenbeete rund um die Terrasse strömten ihren Duft aus, eine süßliche Mischung aus Begonien und Phlox. Es war gerade noch hell genug, um zu sehen, dass die Pflanzen ziemlich wucherten. Seit der Eröffnung hatte sie zu viel zu tun gehabt, um ihren Teil der Gartenarbeit zu erledigen.

Und wie willst du das alles hinbekommen, wenn du nächstes Jahr auch noch eine Pension zu führen hast? Sie hatte jetzt schon so viel Arbeit, dass sie sich nicht vorstellen konnte, auch noch für Zimmer und Übernachtungsgäste verantwortlich zu sein. *Das wirst du nicht schaffen, PJ. Damit übernimmst du dich.*

Mit einem leisen Knarren öffnete sich die Tür und Cole kam heraus.

„Da drinnen riecht es lecker."

„Das ist ganz normale Spaghettisauce. Ich hatte heute meinen ersten Kochkurs."

„Wie war es?"

„Niemand hat die Küche abgefackelt und alle wollen nächste Woche wiederkommen – sogar Ryan."

„Du hast deinen Bruder bequatscht mitzumachen?"

„Hey, er muss wirklich mal lernen, wie man in einer Küche zurechtkommt."

„War das deine Idee oder seine?"

Sie schob trotzig das Kinn vor. „Wir waren beide dieser Meinung – nach ein bisschen Überzeugungsarbeit."

Cole setzte sich ihr gegenüber auf einen Stuhl und streckte die langen Beine bis zum Rand der Terrasse aus. Dann ließ er den Blick durch den Garten wandern, wohl um die ersten Glühwürmchen des Abends zu beobachten. Das Licht auf der Veranda verlieh seiner Haut einen goldenen Schein und ein Dreitagebart zierte sein Kinn. Über der sanft geschwungenen Oberlippe hatte er eine kleine Kuhle und seine Unterlippe war angenehm voll und sah so aus, als wäre sie hervorragend zum Küssen geeignet.

Er drehte sich um und ertappte sie dabei, wie sie ihn anstarrte.

PJ wandte den Blick ab und räusperte sich. Der Typ sah aber nun mal auch wirklich besser aus, als ihm guttat. Im Laufe des Abends hatte sie mit angehört, wie zwei Frauen sich flüsternd über ihn unterhalten hatten. Wahrscheinlich hatten sie sich für den Kurs angemeldet, weil sie hofften, einen Blick auf ihn erhaschen zu können, aber er hatte normalerweise mit den Jugendlichen viel um die Ohren.

„Wie läuft es oben?", fragte sie.

„Nicht schlecht. Zac hat diese Woche ein bezahltes Praktikum bekommen und Shaundra hat im Nagelstudio einen Job gefunden."

„Das war auch *mein* erster Job!"

„Dann könnt ihr ja ein bisschen fachsimpeln. Ich glaube, der Job passt zu ihr. Sie scheint all dieses Zeug zu mögen."

PJ betrachtete mit gerunzelter Stirn ihre Finger. „Meine Nägel sahen das letzte Mal gut aus, als ich dort gearbeitet habe."

Ihre Fingernägel waren kurz und hatten keinen Nagellack mehr gesehen, seit … mal sehen … ihrer letzten Verabredung mit Keaton. Wieder kam die peinliche Erinnerung an den Abend hoch, an dem sie sein Geheimnis entdeckt hatte. Doch sie schob den Gedanken beiseite, fest entschlossen, sich nicht von schlechten Erinnerungen herunterziehen zu lassen.

Stattdessen setzte sie die Schaukel in Bewegung und das rhythmische Quietschen der Ketten durchbrach die Stille.

„Ich habe über den Kochkurs nachgedacht", sagte Cole. „Die Kids brauchen ein paar Grundkenntnisse … und ich eigentlich auch. In Zukunft würde ich es ihnen gerne selbst beibringen können."

„Du willst an meinem Kurs teilnehmen?"

„Am liebsten würde ich uns alle anmelden, aber dafür habe ich nicht die finanziellen Mittel. Ich hatte allerdings gehofft, wir könnten eine Art Handel abschließen."

„Was für einen Handel?"

„Keine Ahnung. Ich habe doch bestimmt etwas, das du willst."

Sofort dachte PJ wieder an seine Lippen. Sie verbot ihren Augen, ein paar Zentimeter weiter nach Süden zu wandern, aber gegen die Wärme, die ihren Hals hinaufstieg und ihre Wangen rötete, konnte sie nichts unternehmen. Zum Glück war es jetzt fast dunkel.

„Da fällt mir aber auch gar nichts ein." Sogar sie selbst bemerkte den flirtenden Tonfall in ihrer Stimme.

Er betrachtete sie einige Sekunden lang. „Man hat mir gesagt, es sei ganz nützlich, mich in der Nähe zu haben."

„Wer hat das gesagt?"

„Leute."

„Frauen?"

Seine Augen funkelten im Schein der Lampe. „Bislang gab es keine Beschwerden."

Das konnte sie sich vorstellen. PJ biss sich auf die Lippe. Es gelang ihr beim besten Willen nicht, den Blick von seinen faszinierenden Augen abzuwenden. Diese entspannte, spielerische Seite von ihm hatte sie bisher noch nicht kennengelernt und sie gefiel ihr. Sehr sogar.

„Ich brauche einen neuen Einbauschrank", schlug PJ vor.

„Was stimmt denn mit dem alten nicht?"

„Er ist zu klein! Das war früher ein Dienstmädchenzimmer. Der Schrank ist für drei Uniformen und ein Paar orthopädischer Schuhe gebaut worden."

„Ich bin mir ziemlich sicher, dass sie um die Jahrhundertwende noch keine orthopädischen Schuhe hatten."

„Ich möchte einen begehbaren Kleiderschrank mit Schuhregalen und Drahtkörben. Bist du dieser Aufgabe gewachsen?"

„Du kannst dich selbst davon überzeugen."

„Und Fächer für Handtaschen!"

„Dieser Kleiderschrank versetzt dich ja regelrecht in Verzückung."

PJ zuckte mit den Schultern. „Ich bin ein Mädchen."

Seine Blicke wanderten so schnell über ihre Figur, dass sie sich fragte, ob sie es sich eingebildet hatte. Dann räusperte er sich. „Und wo soll dieser neue Schrank hin?"

„Du weißt doch, wo der jetzige Schrank ist. Links von der Tür? Ich dachte, wir könnten ihn einfach ein Stück breiter machen."

„Wir?"

„Na, ich habe natürlich die Aufsicht."

„Dann ist ja gut."

„Und ich kaufe das Material."

„Nein, das geht auf mich. Du sollst vier Anfängern das Kochen beibringen – also wirst du dir den Schrank redlich verdienen, das kannst du mir glauben."

„Wann wäre denn eine gute Zeit für die Stunden? Sonntags nach dem Brunch wäre eine Möglichkeit oder Montag vor meinem Kurs um sechs Uhr."

„Nach der Schule arbeiten die Kids, aber Sonntag passt gut. Unsere wöchentliche Besprechung ist um drei, also um vier oder fünf?"

„Sagen wir fünf, dann können wir das Ergebnis gleich als Abendessen verwerten."

„Abgemacht."

Plötzlich ertönte laut heulend ein Radio und zerriss die friedvolle Abendstimmung.

PJ zuckte zusammen. „Puh, das ist aber eine laute … äh … Musik."

„Zac mag Screamo. Aber er spielt richtig gut E-Gitarre." Cole erhob sich. „Ich werde ihm sagen, dass er die Musik leiser drehen soll, damit unsere Nachbarn uns nicht rausschmeißen."

Sie sagten einander gute Nacht. PJ sah Cole nach, als er ins Haus ging, und bewunderte dabei seine breiten Schultern. Ein zweiter Kochkurs und sie würde ihren Traumschrank bekommen. Alles in allem ein guter Tag.

PJ wurde von einem Lied aus dem Schlaf gerissen. Sie befreite ihre Arme aus der Bettdecke und griff nach ihrem Handy, während der vertraute Klingelton sie vollständig weckte.

Keaton.

Ihr Atem ging schneller und ihr Herz raste. Sie ließ das Telefon los, als hätte sie sich verbrannt. Es fiel auf den Nachttisch.

Das Lied schien ewig zu gehen und so gerne sie es auch geleugnet hätte, juckte es ihr doch in den Fingern, den Anruf anzunehmen. Krampfhaft ballte sie die Hände zu Fäusten, bis ihre Fingernägel sich trotz der Kürze in ihre Handflächen gruben.

Erst als das Klingeln verstummte, ließ sie sich wieder auf ihr Kopfkissen fallen. Warum rief er an? Sie hatte nichts mehr von ihm gehört, seit sie Indianapolis verlassen hatte. Seit der Woche, in der er ihr das Herz gebrochen hatte.

Die Erinnerungen schlugen über ihr zusammen wie dicker Nebel. Sie hatte Keaton bei einem Fundraising-Event für Essen auf Rädern kennengelernt. Sie hatten hintereinander an der Kasse angestanden und sich über die Schlange unterhalten, die sich gar nicht zu bewegen schien. Er war schrecklich attraktiv in seinem gut sitzenden schwarzen Anzug und den leuchtend blauen Augen und sehr charmant. Das mittelblonde Haar fiel ihm in die Stirn und gab ihm ein jungenhaftes Aussehen. Aber das war auch das einzige an Keaton, was jungenhaft war.

Er arbeitete als Vertreter für eine Druckerei und war jede Woche geschäftlich in Indianapolis. PJ fühlte sich von seiner selbstbewussten Präsenz und seinem Sinn für Humor angezogen. Später verließen sie die Wohltätigkeitsveranstaltung gemeinsam und gingen in ein Café, wo sie sich unterhielten, bis der Besitzer das Licht ausmachte.

Anschließend hörte sie fast zwei Wochen lang nichts von ihm und war entsprechend schlecht gelaunt, bis ihr ihre Freundin Kayla androhte, sie mit einem Pfannenwender zu verprügeln. An einem kalten Dienstagabend dann, als der Schnee sich wie eine weiche Decke auf die Stadt senkte, trat Keaton wieder in ihr Leben.

Sie fingen an, jeden freien Augenblick zusammen zu verbringen, wenn er in der Stadt war. Keaton war klug und ehrgeizig. Er hörte zu, wenn sie redete, und glaubte an ihre Träume und Ziele.

Drei Monate waren sie miteinander ausgegangen, als er sie ins *St. Elmo* einlud. Es war der romantischste Abend, den PJ je erlebt hatte. Sie hatte schon immer in diesem Restaurant essen wollen, konnte es sich aber nicht leisten. Das Essen war genauso himmlisch, wie man ihr gesagt hatte. Und die Gesellschaft … Dort, an einem Tisch, der von Kerzen beschienen wurde und an dem Keatons blaue Augen in die ihren blickten, wurde ihr bewusst, dass sie sich verliebt hatte.

Sie hatte immer über ihre verliebten Freundinnen und ihre Schwestern gespottet, die mit verträumten Blicken und verzücktem Lächeln durch die Gegend liefen, aber später an diesem Abend, als Keaton sie zu ihrem Studentenwohnheim begleitete und sein Körper sie vor der Kälte schützte, wusste PJ mit einem Mal, was es mit all dem auf sich hatte.

Wenn er sie berührte, seufzte ihr Herz. Wenn er sie küsste, schmolz sie dahin. Sie blieben an dem verlassenen Eingang stehen und er stützte die Arme rechts und links von ihr an der Hauswand ab, sodass sie ihm nicht entkommen konnte. Sein Blick begegnete dem ihren und hielt sie in seinem Bann. Ihr Körper flehte nach einem Kuss. Keaton enttäuschte sie nicht. Als er sich schließlich von ihr löste, waren ihre Knie so weich wie zu lange gekochte Nudeln.

„Danke für heute Abend", flüsterte sie. „Es war wunderschön. Und ich wünschte, du müsstest morgen nicht nach Hause fahren."

„Das wünschte ich auch."

„Ich werde dich vermissen, wenn du weg bist." Er rief nur sporadisch an und ihre Termine waren irgendwie schwer zu koordinieren. Es kam ihr vor, als würde sie ständig Nachrichten auf seiner Mailbox hinterlassen. Aber wenn er hier war …

Keaton fuhr mit dem Finger über ihre Wange und sie spürte seine Berührung bis in die Zehenspitzen. „Ich werde dich auch vermissen. Nächsten Dienstag bin ich wieder hier. Wo sollen wir hingehen?"

Sie schob schmollend die Unterlippe vor. „Am Dienstagabend habe ich doch ein Seminar, weißt du noch?"

Eine Gruppe Mädchen kam laut redend zur Tür herausgestürmt.

Keaton richtete sich auf, beugte sich dann aber zu einem weiteren Kuss vor. „Ich rufe dich an. Wir vereinbaren etwas für Mittwoch."

„Ist gut. Nacht."

Sobald er sich umgedreht hatte, zog sie ihr Handy heraus und wählte seine Nummer. Das Telefon klingelte in seiner Tasche ein paar Schritte entfernt und er zog es heraus, sah auf das Display und drehte sich mit einem Lächeln um.

„Ich vermisse dich jetzt schon", sagte sie in ihr Handy.

Er ging auf sie zu, seine Augen wie Magnete. „Es ist ganz schön schwer, dir Auf Wiedersehen zu sagen, PJ." Als er nah genug war, ließ er sein Handy sinken und küsste sie so, dass sie es nicht so schnell vergessen würde. Sie atmete sein würziges Rasierwasser ein und schmiegte sich an seinen warmen Körper. Wenn sie dieses Gefühl doch nur für immer konservieren könnte. Er löste sich erst von ihr, als sie durch und durch bebte.

Als sie die Augen aufmachte, fiel ihr Blick auf das Handy in seiner Hand. „Wo ist denn dein iPhone?"

Er blickte auf das billig aussehende Telefon hinunter. „Mein … äh – das hier benutze ich privat. Das iPhone ist für die Arbeit."

„Oh." Das war merkwürdig. Sie hatte mehr als einmal gesehen, wie er einem Freund damit eine Nachricht geschickt hatte. Wenigstens hatte er gesagt, das sei es, was er tue.

Nachdem sie sich erneut voneinander verabschiedet hatten, war ihr mulmig zumute. Das Telefon machte ihr zu schaffen. Was, wenn er noch eine Freundin in Illinois hatte? Als sie eine Stunde später immer noch darüber nachgrübelte, zog Kayla es ihr aus der Nase.

„Das ist tatsächlich merkwürdig", sagte ihre Mitbewohnerin, als PJ ihr erklärt hatte, was sie beschäftigte. „Und ehrlich gesagt gibt es noch andere seltsame Dinge. Du hast gesagt, dass du ständig seine Mailbox dran hast, wenn du anrufst …"

„Er ist halt beschäftigt."

„Und er ruft zu ungewöhnlichen Zeiten an."

„Er arbeitet lange."

„Hat er deine Freundschaftsanfrage bei Facebook eigentlich angenommen?"

„Nein, aber er sagt, er war schon ewig nicht mehr bei Facebook. Es ist bestimmt nichts. Er ist wirklich ein anständiger Kerl. Wir hatten heute den romantischsten Abend, den du dir vorstellen kannst, Kayla. Ich glaube, ich bin …"

Sie sah ihre Freundin an und war sich sicher, dass sie genauso verträumt guckte wie Jade an dem Abend, als Daniel ihr den Heiratsantrag gemacht hatte. „So habe ich mich noch nie gefühlt."

Kayla betrachtete sie quer durch den dämmrigen Raum. „Sei aber vorsichtig, ja? Ich will nicht, dass du verletzt wirst."

Sosehr PJ auch in dem Glück schwelgen wollte, erstmals richtig verliebt zu sein, konnte sie doch in der nächsten Woche ihre Zweifel nicht abschütteln. Sie hatte in der Vergangenheit nicht immer die beste Wahl getroffen, was ihre Freunde anging. War Keaton auch ein Fehler?

Sein Besuch in der folgenden Woche trug nicht dazu bei, sie zu beruhigen. Mitten im Einkaufszentrum entschuldigte er sich, um einen Anruf entgegenzunehmen – mit seinem iPhone. Sie konnte nicht hören, was er sagte, als er den Anrufer begrüßte, aber seine Stimme klang weich, so wie dann, wenn er mit PJ sprach. Als sie ihn beiläufig fragte, wer das gewesen sei, sagte er, sein Chef.

Auch in den nächsten Wochen wurde ihr Verdacht nicht entkräftet. Stattdessen fielen ihr andere Kleinigkeiten auf. Beim Senden von Nachrichten hielt er das Telefon stets so, dass sie das Display nicht sehen konnte. Und er tätigte immer abends um neun Uhr einen Anruf.

Mehrmals fragte er sie, ob alles in Ordnung sei, und sie wischte seine Frage mit einer Handbewegung fort, weil sie Angst hatte, eine grundlose Anschuldigung könnte ihre Beziehung gefährden. Aber zu Beginn des Frühjahrs schmiedete sie einen kühnen Plan. Sie würde ihm, wenn er das nächste Mal in der Stadt war, zurück nach Illinois folgen. Es war nur drei Stunden entfernt. Am nächsten Morgen würde sie zwar müde sein, aber sie musste es tun, um endlich Gewissheit zu haben. Das war sie ihrem Herzen schuldig, das angesichts des ständigen Misstrauens langsam verrückt spielte.

Sie borgte sich Kaylas Wagen, steckte ihre Haare unter eine Baseballkappe und folgte Keatons silbernem Buick mit einiger Entfernung.

Zwei Stunden später zwang der Verkehr sie viel mehr in seine Nähe, als ihr lieb war. PJ versteckte sich hinter einem Sattelschlepper, während ihr das Herz bis zum Halse schlug. Was sollte sie sagen, wenn er sie dabei ertappte, wie sie ihm folgte? Wenn er nichts zu verbergen hatte, würde er ihr nie verzeihen.

Was dachte sie sich nur dabei, ihm bis nach Hause zu folgen? Wenige Minuten später lichtete sich der Verkehr und sie folgte in einer angenehmeren Entfernung. Vielleicht sollte sie umkehren. Sie benahm sich unmöglich.

Aber dann bog er auf die 57 in Richtung Süden ab. Mount Vernon lag nördlich der 64. Ihre Nerven waren zum Zerreißen gespannt. Sie schaltete das Radio aus und drehte die Heizung herunter, weil ihr plötzlich zu warm war.

Nach einer Weile nahm Keaton die Abfahrt nach Benton. PJ folgte ihm durch eine Kleinstadt und in einen älteren Ortsteil mit schönen, großen Häusern. Sie ließ sich weiter zurückfallen.

Bitte, Gott, mach, dass es irgendeine vernünftige Erklärung hierfür gibt.

Seine Bremsleuchten flammten auf und er bog in eine Auffahrt ein. PJ zog sich die Kappe tiefer in die Stirn und fuhr vorbei. Am Ende der Sackgasse wendete sie.

Ihre Hände zitterten am Lenkrad. Warum hatte Keaton über seinen Wohnsitz gelogen? Keine Minute später fuhr sie langsam wieder die Straße hinauf und parkte so, dass sie das Haus sehen konnte, in dessen Auffahrt er gefahren war. Sie rutschte auf ihrem Sitz nach unten und beobachtete, wie Keaton die freistehende Garage verließ und die Verandatreppe hinaufstieg.

Als er oben angekommen war, flog die Tür auf. Ein kleiner Junge im Schlafanzug rannte auf ihn zu. Keaton schlang die Arme um ihn.

PJ stockte der Atem. Dann erschien eine schlanke Frau im Türrahmen. Der Schein der Lampe fiel auf ihre kurzen blonden Haare.

PJ konnte den Blick nicht abwenden, als Keaton sie in seine Arme zog, sich zu ihr hinunterbeugte und sie innig küsste. Als eine Einheit verschwanden sie im Haus, schlossen die Tür und ließen

PJ draußen in der Kälte zurück, mit gebrochenem Herzen und allein.

Keaton hatte bei allem gelogen. Als ihr das bewusst wurde, verspürte sie eine große Leere. Schlimmer noch, sie war mit einem verheirateten Mann ausgegangen! Hatte einen verheirateten Mann geküsst. Sie war in einen verheirateten Mann verliebt. Sie war die andere Frau. Die Leere in ihrem Innern füllte sich mit Scham, bis das Gefühl sie ganz und gar beherrschte.

Jetzt riss ein Geräusch PJ aus ihrem Albtraum und sie kehrte in die Gegenwart zurück. Auf ihrer Mailbox war eine Nachricht eingegangen. Sie befreite sich von der Scham, griff nach dem Telefon und löschte die Nachricht, um das Handy gleich darauf fallen zu lassen, als wäre es vergiftet. Denn genau das war Keaton für sie – Gift.

Kapitel 19

Montage waren ruhig, weil das Restaurant geschlossen und die Jugendlichen in der Schule waren. Genau der richtige Tag, um PJs Kleiderschrank fertigzustellen.

Cole griff nach dem Regalbord aus Metallgitter und hakte das eine Ende ein.

Der erweiterte Wandschrank war für zwei Personen ziemlich eng, zumal die Borde noch darin gestapelt waren. PJs süßer Blumenduft kitzelte ihn in der Nase. Er hatte eine hellere Lampe angebracht, aber jetzt wurde ihm die Hitze, die sie ausströmte, zu viel.

„Ein bisschen tiefer", sagte PJ. „So komme ich nicht dran."

„Hier?"

PJ schob sich an ihm vorbei, stellte sich auf die Zehenspitzen und reckte die Arme in die Höhe. „Müsste gehen. Die Fächer für die Handtaschen kommen hierhin, oder? Und die Drahtfächer drunter?"

„Mhm." Er hakte die eine Seite ein und begab sich zur anderen Seite. „Entschuldige."

„Tut mir leid." PJ drückte sich in die Ecke. „Brauchst du Hilfe?"

„Nein." Das Regal rastete ein. Er ruckelte ein wenig daran, um sich davon zu überzeugen, dass es fest saß, bevor er sich das nächste Bord vornahm.

„Nicht dahin."

„Warum?"

„Auf die Seite will ich die Kleider hängen."

Er musterte sie von oben bis unten. „Du besitzt Kleider?"

Sie warf ihm einen gespielt finsteren Blick zu. „Mach es einfach weiter unten hin."

„Ich meine ja nur. Ich kann mich nicht daran erinnern, irgendwelche Kleider rausgetragen zu haben." Er dachte an den roten Rock, den PJ bei der Präsentation getragen hatte. Zufällig wusste er, dass ihre langen Beine es verdient hatten, gezeigt zu werden.

„Und wie würdest du das hier nennen?"

Er warf einen Blick über seine Schulter und runzelte die Stirn, als er das rosafarbene Tüllknäuel in ihrer Hand sah. „Explodierte Zuckerwatte?"

„Das ist ein Brautjungfernkleid. Es war eine wunderbare Hochzeit – und das glückliche Paar ist immer noch zusammen."

Cole ging in die Hocke. „Ich kann mir nur schwer vorstellen, dass irgendetwas, das damit beginnt, glücklich enden kann."

„Ehezyniker." PJs Augen funkelten. „Das wusste ich vom ersten Tag an."

Unwillkürlich musste er an seine Eltern denken. „Für manche Leute ist Heiraten das Richtige."

„Für dich nicht?"

Anspannung stieg in ihm auf. Er sehnte sich nach dieser Art Intimität. Manchmal fühlte er sich einsam, trotz eines Hauses voller Teenager. Und manchmal wollte er einfach jemanden in den Arm nehmen und an sich drücken und wissen, dass dieser Mensch zu ihm gehörte. Für immer und ewig. Jemanden wie PJ.

Das hast du nicht verdient, Evans. Nicht nach dem, was du getan hast.

„Das bedeutet wohl ja", sagte PJ.

Er konnte sich nicht einmal daran erinnern, wie die Frage gelautet hatte.

„Wenn ich mal irgendwann heirate", sagte sie, „dann werde ich nicht irgendein hässliches Design in einer abscheulichen Farbe aussuchen."

„Du gibst also zu, dass das Kleid hässlich ist?"

„Es ist … ästhetisch benachteiligt."

Cole suchte nach dem nächsten Bord. „Warum tun Bräute das überhaupt? Wollen sie unbedingt verhindern, dass ihre Freundinnen ihnen die Schau stehlen, indem sie das albernste Kleid aussuchen, das sie finden können?"

„Doraphine würde so etwas nie tun."

„Doraphine? Na, das erklärt natürlich alles." Er blinzelte in Richtung Kleid. „Sind das Federn?"

PJ legte das Kleid beiseite. „Okay, ich werde es nicht noch mal tragen – nie im Leben. Aber trotzdem will ich irgendwann Kleider kaufen und dann brauche ich einen Platz, wo ich sie aufhängen kann."

„Schon gut. Ist es so genehm?“ Er hielt das Regalbrett an die Wand.

„Perfekt. Nein, warte, noch ein bisschen höher. Wieder runter, runter. Genau da.“

„Als du von ‚Aufsicht‘ gesprochen hast, dachte ich nicht, dass du das wörtlich meinst.“

Sie versetzte ihm einen Stoß gegen seine Schulter, brachte ihn damit aber natürlich kein bisschen aus dem Gleichgewicht. Er mochte diese Seite an ihr. Wenn sie nicht so sehr damit beschäftigt war, sich zu beweisen, machte es Spaß, mit ihr zusammen zu sein.

„Das hier ist mein erster richtiger eigener Wandschrank. Als Kind musste ich mir einen mit Jade teilen und dann im College mit meiner Mitbewohnerin. Aber jetzt habe ich endlich einen ganzen großen Kleiderschrank nur für mich – mit Fächern für die Handtaschen!“ Sie klatschte begeistert in die Hände.

Coles Mundwinkel zuckten, während er sich aufrichtete und zum nächsten Bord griff, das er hoch genug anbringen sollte, um gestapelte Blusen und Hosen zu beherbergen. Seine Laune war heute nicht gerade blendend gewesen, aber irgendwie ließ PJ ihn das vollkommen vergessen.

Er versuchte, das Ende des Bords einzuhängen, aber diesmal klappte es nicht auf Anhieb. Die größere Länge des Gitterbords machte es unhandlich.

„Okay, Sonnenschein, jetzt krieg dich mal wieder ein und hilf mir bei der Befestigung hier.“

PJ kam näher. „Wo? Hier?“ Sie griff um ihn herum und fing an, zusammen mit ihm gegen das Metall zu drücken. „Warte, ich habe keinen festen Stand. Lass mich mal vorbei.“

Er trat zur Seite, sodass sie vor ihn schlüpfen konnte. Jetzt stand sie zwischen seinen ausgestreckten Armen. Großer Fehler. Ihr süßer Duft stieg ihm in die Nase und schien sich in Sekundenschnelle in jeder Zelle seines Körpers auszubreiten.

Mit ausgestreckten Armen versuchte sie Druck auf das Bord auszuüben, wobei ihr Rücken seinen Körper berührte. *Das Bord, Evans. Konzentrier dich auf das Regal.*

Aber sie war zu nah. Es fühlte sich gut an, wie sie sich an ihn drückte, und wenn er die Arme sinken ließe, würden seine Hände genau um ihre Taille passen und ihr Rücken sich vollends an seine Brust lehnen. Dann könnte er seine Hände weiter zu ihrem Bauch wandern lassen, sie näherziehen und seine Nase an ihrem Hals vergraben. An der Stelle, die er schon immer hatte küssen wollen.

Seine Arme zitterten, während er gegen das Bord drückte und ihr dabei noch näher kam.

Mit einem Mal rastete das Gitter ein.

„Geschafft!" PJ drehte sich zu ihm um, den Kopf leicht zu ihm erhoben.

Sie war nur wenige Zentimeter entfernt. Seine Lippen berührten fast ihre Schläfe. Eine Haarsträhne, die auf ihrer Wange lag, bewegte sich in seinem Atem.

Ihr Lächeln erstarb.

Sein Blick wanderte über ihr Gesicht und blieb an ihren großen braunen Augen hängen. Er konnte sich nicht daran erinnern, wann eine Frau ihn das letzte Mal so angesehen hatte – so, als würde sie unter seinem Blick schmelzen. Normalerweise ließ er solche Situationen gar nicht erst zu.

Er sollte sich zurückziehen. Gehen. Jetzt. Aber dann beging er den Fehler, erneut ihren Duft einzuatmen, und sein Körper gehorchte ihm nicht mehr.

Stattdessen schob er ihr die Haarsträhne hinters Ohr. Und er konnte seine Finger nicht daran hindern, über ihre langen Haare zu wandern. Sie waren so weich. Wie Seide.

PJ durchlief ein Schauer. „Was … was machst du da?"

Cole schluckte. Leugnen. Leugnen war immer gut, vor allem, wenn er sie dann weiter berühren konnte. „Regale anbringen."

Wenn es sich so gut anfühlte, Regale anzubringen, würde er das jeden Tag tun. Quatsch, jede Stunde.

„Wahrscheinlich sollten wir nicht … du weißt schon."

Bildete er sich das nur ein oder hatte sie sich gerade ein wenig näher an ihn gelehnt? Seine Finger folgten dem wundervollen Seidenpfad ihrer Haare. Ein letztes Mal. Dann trat er einen Schritt zurück. Aber seine Hand fuhr über ihren Rücken und blieb an ihrer Taille liegen. Und er hatte recht gehabt – sie passte dorthin, als wäre die Ausbuchtung genau für ihn geschaffen worden.

Genau für ihn? Was glaubte er eigentlich, wer er war? PJ war nicht für ihn geschaffen worden. Keine Frau war für ihn geschaffen worden. Er hatte einmal eine Familie gehabt und was hatte er getan? Wie konnte er glauben, eine Frau wie PJ verdient zu haben? Oder irgendeine andere Frau?

Cole ließ die Hand sinken. Dann trat er noch einen Schritt zurück und räusperte sich. „Ich … ich muss gehen."

PJ blinzelte. In ihren Augen lag ein Ausdruck, den er nicht sehen wollte.

Hastig trat er aus dem Wandschrank, verließ das Zimmer und floh zur Hintertür hinaus. Jetzt brauchte er dringend frische Luft.

PJ rang nach Luft. Sie fühlte sich so schlaff wie ein welker Salatkopf. Sie konnte Coles Berührung noch immer spüren. Seine Finger in ihren Haaren, die sie bis in jede einzelne Haarwurzel merkte. Sie fühlte noch seine starke Hand in ihrer Taille, als wollte er seinen Anspruch geltend machen. Dieser Gedanke hatte ihr zuvor nie gefallen, aber da hatte sie auch Cole noch nicht gekannt.

Das war gar nicht gut. Sie wollte keine Beziehung. Irgendwann natürlich schon. Aber nicht jetzt. Sie traute sich nicht zu, eine gute Entscheidung zu treffen und hinter das attraktive Äußere und die straffen Muskeln eines Mannes zu schauen. Nicht nach Keaton. Was Männer betraf, schien ihr wirklich das Vernunftgen zu fehlen. Schließlich sah es ganz danach aus, als wäre auch Cole vergeben. Sie hatte ihn am Telefon reden gehört, in der sanften Stimmlage, die für eine Frau reserviert war. Irgendwo hatte er eine Freundin versteckt, die vielleicht nicht einmal ahnte, dass er mit einer anderen Frau im selben Haus wohnte. Dass er mit ihr Regale anbrachte, ihr die Haare hinter die Ohren schob und sie erschauern ließ.

Auf keinen Fall würde sie das noch einmal zulassen. Schlimm genug, dass sie Keatons Anrufe und Textnachrichten vermeiden musste. Sie konnte es nicht gebrauchen, dass Cole alles noch komplizierter machte.

Außerdem war er ihr Konkurrent. In neun Monaten würde einer von ihnen gehen müssen und sie war wild entschlossen, dass er derjenige sein würde. Sie hatten keine Chance auf eine gemeinsame

Zukunft, ob er nun eine Freundin hatte oder nicht. Und so wie Cole gerade davongerannt war, sah er das ganz genauso.

Kapitel 20

Der September ging in den Oktober über und brachte leuchtendes Herbstlaub und kühle Tage mit sich. Abends schalteten sie die Klimaanlage auf Heizung um. Immer weniger Gäste wollten draußen auf der Terrasse essen und PJ machte sich Sorgen hinsichtlich der bevorstehenden langen Wintermonate.

Cole und sie hatten den Kochkurs überstanden, aber seit dem Vorfall im Wandschrank hatte er sich ansonsten nicht mehr oft blicken lassen. Darüber war sie froh. Wirklich. Wenn sie auch ein kleines bisschen gekränkt war, dann lag das allein daran, dass sie ein Mensch war, der andere Menschen brauchte. Sie sehnte sich nach der Gesellschaft eines anderen Erwachsenen.

Der November kam mit kaltem, stürmischem Wind und mit einem Mal waren die Touristen fort. Wie sollte ihr Restaurant außerhalb der Saison überleben? Ihre ersten Kochkurse waren vorbei und die zweite Runde hatte nicht die Teilnehmerzahlen angelockt, die PJ sich erhofft hatte. In ihren dunkelsten Augenblicken, wenn sie die Einnahmen der Woche zusammenrechnete, bekam sie manchmal schreckliche Angst.

Sie würde den Wettbewerb verlieren. Und damit das Haus, ihr Restaurant und all das Geld, das sie hineingesteckt hatte. Hin und wieder reichte dieser Gedanke, um eine Panikattacke auszulösen. Dann biss sie die Zähne zusammen, bis die Angst abebbte, munterte sich auf und machte sich wieder an die Arbeit, und irgendwie gelang es ihr, die negativen Gedanken hinter sich zu lassen.

Im Obergeschoss schienen die Dinge in der Zwischenzeit super zu laufen. Coles Jugendliche hatten Arbeit und sie hatte von Dan in der Werkstatt und Wanda im Nagelstudio nur Gutes gehört. Ja, sie hatte sich eine Maniküre gegönnt. Wahrscheinlich nicht die beste Idee, die sie jemals gehabt hatte.

PJ war froh, dass für die Kinder alles gut lief, aber mit Teenagern das Haus zu teilen, war nicht immer leicht. An einem Tag im September war sie nach Hause gekommen und hatte festgestellt, dass die Hälfte der Blumenbeete niedergemäht worden waren. Sie hatte tief Luft geholt und sich gesagt, dass wenigstens auch das Unkraut weg war.

In der Woche darauf hatte ein riesiger Ölfleck ihren schönen neuen asphaltierten Parkplatz verunziert, nachdem Zac dort Öl gewechselt hatte. Anstatt Cole zur Rede zu stellen – weil sie sich dann hätten unterhalten müssen –, hatte sie zu Spüli und Schrubber gegriffen und sich an die Arbeit gemacht. Der Fleck war weggegangen. Fast ganz.

Josh benutzte ständig ihren Eingang, Shaundra machte während der Restaurantzeiten ihre Tanzübungen über dem Speiseraum und irgendjemand bediente sich offensichtlich aus ihrem Kühlschrank.

Bei all diesen Gelegenheiten biss PJ lediglich die Zähne zusammen und erinnerte sich daran, dass sie in sechs Monaten ausziehen würden. Darüber nachzudenken, was dann aus ihnen werden würde, erlaubte sie sich nicht. Schließlich hatten sie Jobs und bis dahin auch einen Schulabschluss.

Ein zusätzlicher Stressfaktor war, dass Keaton ihr ständig Nachrichten schrieb. Manchmal las sie die SMS, bevor sie sie löschte – das war nicht zu vermeiden, wenn sie nur aus einer oder zwei Zeilen bestand.

MEINE EHE IST AM ENDE. BIST DU DA, PJ? BITTE RUF MICH AN.

Die Nachrichten verhinderten, dass sie ihn endlich vergessen konnte. Außerdem erinnerten sie sie immer wieder an ihre schlechte Menschenkenntnis und breiteten eine Decke der Scham über sie. Ließ er sich wirklich scheiden? Hatte *sie* die Scheidung verursacht?

Doch was das Schlimmste war: Manchmal dachte sie an ihre schönen gemeinsamen Augenblicke, an das Lachen und an den Platz, den sie ihm in ihrem Herzen gegeben hatte. Wenn sie sich besonders einsam fühlte, war sie sogar versucht, ihm zu antworten. Wenn seine Ehe wirklich vorüber war, was konnte es dann schaden? Anschließend fühlte sie sich jedoch immer ganz schrecklich, weil sie überhaupt in diese Versuchung geriet. Was für ein Mensch war sie eigentlich?

Keaton, die Jugendlichen, das Restaurant, Cole – alles köchelte auf kleiner Flamme und drohte überzukochen, als die Zeit für ihren Urlaub kam.

Am Montag vor Thanksgiving ging sie mit ihrer Mutter Weihnachtsgeschenke kaufen. Als sie mit Tüten beladen zum Wagen ihrer Mutter zurückgingen, schwebten die ersten Schneeflocken des Winters vom Himmel.

Mom vergrub das Kinn in ihrem Schal. „Brr, ist das kalt!“

„Ich hoffe, der Schnee bleibt liegen“, sagte PJ, während sie die Tüten im Wagen verstaute.

Ihre Mutter lächelte. „Das dachte ich mir.“

„Er ist so schön …“ PJ drehte sich mit ausgestreckten Armen im Kreis. „Und es ist der erste Schnee in diesem Jahr. Wie kann man ihn nicht mögen?“

„Da hat aber jemand gute Laune.“

„Geld ausgeben versetzt mich immer in gute Laune. Vor allem, wenn das Geld jemand anderem gehört.“ Außerdem war es ihr wieder einmal gelungen, einen Montag nicht zu Hause zu verbringen und damit einen ruhigen Tag mit Cole zu vermeiden.

Ihre Mutter lachte leise, als sie den Motor anließ und die Klänge von „White Christmas“ aus dem Radio drangen.

„Sollen wir irgendwo was essen gehen?“, fragte PJ. „Du kannst Dad doch was mitbringen.“

„Wahrscheinlich sollte ich lieber nach Hause fahren und mich um die Wäsche kümmern.“ Mom setzte rückwärts aus dem Parkplatz. „Schade, dass du es gestern nicht in die Kirche geschafft hast. Wir vermissen dich. Alle fragen nach dir.“

PJ wusste, dass es ihrer Mutter eigentlich um ihr geistliches Wohl ging und nicht um den leeren Platz in der Bank. „Callie sollte den Brunch gestern machen, aber dann ist ihre kleine Tochter krank geworden.“

„Hoffentlich klappt es nächste Woche. Ich weiß, dass das Restaurant wichtig ist, aber wenn du nicht die Prioritäten setzt, übernimmt das Leben das für dich.“

„Ich weiß. Ich werde es versuchen.“

Eine Textnachricht ging ein. PJ spürte das Vibrieren des Handys in ihrer Tasche. Da sie vermutete, dass es Keaton war, ignorierte sie die Benachrichtigung.

Ihre Mutter bog in die Oak Street ein. „Ich glaube, das war deins.“

Andererseits konnte es genauso gut jemand anders sein. Sie litt unter Verfolgungswahn. Als sie das Handy aus ihrer Tasche zog und auf das Display sah, trat ihre Laune auf der Stelle einen Sinkflug an.

„‚Ich vermisse dich‘?“

„Mom!“ PJ zog das Handy weg.

„Tut mir leid, ich wollte nicht neugierig sein. Es geht mich schließlich nichts an.“

PJ gefiel es gar nicht, dass er ihr schon wieder eine SMS geschickt hatte. Und warum gerade jetzt? Es war fast so, als würde er neben ihnen im Auto sitzen. Wenn ihre Mutter wüsste, was sie getan hatte, würde sie vor Scham im Boden versinken.

„Ich weiß, dass es mich nichts angeht, aber diese Nachricht ...“

PJ blickte zum Seitenfenster hinaus, damit ihre Mutter nicht in ihrem Gesicht lesen konnte.

„Liebling, wenn es sich zwischen dir und Cole zuspitzt, sei bitte vorsichtig.“

„Zwischen mir und Cole?“

„Er scheint ein netter Mann zu sein, versteh mich nicht falsch. Aber er hatte es nicht leicht ... und ich weiß, dass es gefühllos klingt, aber so etwas hinterlässt Spuren.“

„Mom, zwischen mir und Cole ist nichts.“ PJ schob die Erinnerung an die Wandschrankszene beiseite.

„Ach so? Die Nachricht war also gar nicht von ihm?“

Es reichte. Das Letzte, was sie brauchte, waren noch mehr neugierige Fragen. „Ich habe alles unter Kontrolle. Du musst dir keine Sorgen um mich machen.“

Die blauen Augen ihrer Mutter sahen PJ so eindringlich an, dass sie sicher war, dass ihre Mom alles sah, auch das Schmetterlingstattoo, von dem sie nichts wusste.

„Er ist ein sehr attraktiver Mann.“

„Du nicht auch noch!“

„Und ich bin mir sicher, er tut dir leid – du hast ein weiches Herz, und das liebe ich an dir. Aber Beziehungen sind auch ohne solche Altlasten schwierig genug. Nach allem, was ich gehört habe, war er lange in einer Pflegefamilie. Ich weiß nicht, warum, aber der Grund kann nicht positiv sein – ganz zu schweigen von dem, was er anschließend in der Pflege erlebt haben könnte.“

„Ich weiß, Mom. Du brauchst dir keine Gedanken zu machen.“

„Zwischen euch ist also nichts?“

„*Mom.*“ Sie dachte an Madisons Mann und seine Altlasten – einen alkoholabhängigen Vater und eine Mutter, die ihn im Stich gelassen hatte. Hatte ihre Mutter sich da auch eingemischt, als sich ihre Beziehung abzeichnete? PJ bezweifelte es.

Ihre Mutter hob eine Hand. „Tut mir leid. Das geht mich nichts an, ich weiß. Versprich mir nur, dass du vorsichtig bist.“

Wenige Minuten später hielt ihre Mutter am Bordstein hinter PJs Wagen. Die Außenbeleuchtung, die an einer Zeitschaltuhr hing, war an und das Wishing-Haus erstrahlte unter einem samtig dunklen Himmel.

„Ach, du liebe Güte, was ist denn da passiert?“

PJ folgte dem Blick ihrer Mutter zum Heck ihres roten Chevrolets, das die Scheinwerfer des Buicks beleuchteten. Zu der verbeulten Stoßstange.

„Was in aller Welt …?“ PJ stieg aus und ging zu ihrem Auto.

Es war kein kleiner Kratzer. Jemand hatte das ganze Heck eingedrückt.

„Das sieht nicht gut aus.“ Mom bückte sich, um den Schaden zu begutachten. „Das war doch bestimmt keine Fahrerflucht. Nicht hier in Chapel Springs.“

Das war es auch nicht. PJ wusste genau, wer das gewesen war. Josh parkte seine alte Karre immer hinter ihrem Wagen. Sie hatte sich schon länger bei Cole beschweren wollen, weil das Teil so ein Schandfleck war, aber sie hatte es nicht getan.

Jetzt würde sie aber etwas sagen. „Ich muss los.“

„Du solltest besser die Polizei anrufen“, rief ihre Mutter ihr hinterher. „Und deine Versicherung.“

„Oh, das werde ich.“

„Und mach Fotos! Was ist mit deiner Einkaufstüte?“

„Die hole ich am Donnerstag.“

Cole ging die Post durch und zog den einen Umschlag heraus, der an ihn adressiert war. Den Rest legte er wieder auf den Tisch. Dann stieg er die Treppe zum ersten Stock hinauf und von dort aus zum Dachboden.

Es war still im Haus, weil die Kids ihren nachmittäglichen Jobs nachgingen, und PJ war früh am Nachmittag fortgegangen.

Sobald er in seinem Zimmer angelangt war, riss er den blauen Umschlag auf. Es war lieb von Lizzy, dass sie daran gedacht hatte. Er lächelte über den lustigen Text auf der Karte und stellte sie neben die leere Suppenschale und die Coladose auf seinen Nachttisch.

Dann warf er sich aufs Bett und schaltete den Fernseher ein. Das Spiel fing zwar erst in einer Stunde an, aber vor dem Anpfiff gab es jede Menge Berichte und Interviews. Er freute sich schon die ganze Woche auf das Footballspiel. Hatte er ein Glück, dass die Colts an seinem Geburtstag spielten.

Cole schob die Kissen zurecht und machte es sich am Kopfende des Bettes bequem. Er hatte überlegt, ob er sich ein billiges Sofa für sein Zimmer kaufen sollte, aber letztlich wäre das Geldverschwendung gewesen. Wenn die Kinder da waren, verbrachte er sowieso so viel Zeit wie möglich in ihrem gemeinsamen Wohnzimmer.

Als die Heizung ansprang, stellte er den Ton lauter. Er liebte das kalte Wetter, obwohl die Heizkosten sein Budget sprengten. Außerdem war einer seiner Sponsoren arbeitslos geworden und hatte seine Zusage, *Crossroads* finanziell zu unterstützen, zurückziehen müssen. Cole würde eine neue Geldquelle auftun müssen, und zwar bald.

Er selbst hatte bereits eine Arbeit bei einer Schreinerei angenommen, für die er Fenster einbaute. Aber es hatte unvorhergesehene Ausgaben gegeben, zum Beispiel eine Versicherung, die ihren Hausrat abdeckte. Und er war sich nicht im Klaren darüber gewesen, wie viel drei Teenager in einer Woche essen konnten.

Plötzlich klopfte es an seiner Tür. Cole drehte den Ton leiser. „Herein."

PJ trat in den Türrahmen. Ihre Wangen waren gerötet, ihre Augen funkelten und in ihren dunklen Haaren hingen Schneeflocken.

„Du musst rauskommen."

„Was ist los?"

„Was los ist? Was *los* ist? Mein Auto hat hinten eine Riesenbeule. Beule ist sogar noch untertrieben – das ganze Heck ist eingedrückt!"

Er beugte sich vor und schaltete den Fernseher aus. „Ich bin mir sicher, es gibt –"

„Du weißt genau, dass es Josh war. Er parkt immer genau hinter mir und sein Auto ist weg."

„Jetzt warte mal. Vielleicht war es –"

„Fahrerflucht? Wolltest du das etwa sagen? Im Ernst?"

Das hatte er, aber jetzt sagte er es nicht, mit Rücksicht auf den Blick, mit dem sie ihn ansah. „Josh war spät dran für die Arbeit. Ich bin mir sicher, wenn er es war, wird er es uns sagen. Er hat eine Versicherung. Die kümmert sich darum."

„Und was ist mit den Blumen? Wer kümmert sich um die? Und das Essen aus meinem Kühlschrank –"

„Warte mal, wovon redest du?"

„– und das Tanzen über dem Speisesaal und dass sie während der Öffnungszeiten durch mein Restaurant marschieren und dass Öl auf meinem Parkplatz ausgelaufen ist? Wer kümmert sich darum?" PJ verschränkte die Arme vor der Brust, die sich in schneller Folge hob und senkte.

„Da hat aber jemand was in sich hineingefressen."

„Schließlich bist du nicht gerade häufig im Erdgeschoss unterwegs. Wenn du dich ab und zu mal blicken ließest, wäre dir vielleicht aufgefallen, dass du immer noch nicht die Haken in meinem Schrank angebracht hast."

Er presste die Lippen aufeinander. „Sonst noch was?"

Sie holte tief Luft und atmete langsam aus, während sie die Schultern sinken ließ. Die Kampflaune verließ ihre Miene, ihren ganzen Körper. Dann senkte sie den Blick zum Teppich. „Nein."

Er hatte keine Ahnung gehabt, dass die Jugendlichen ihr so auf die Nerven gingen. Und sie hatte recht. Er war ihr tatsächlich aus dem Weg gegangen. Wäre er öfter unten gewesen, hätte er vielleicht etwas bemerkt. Vielleicht hätte sie sich dann nicht davor gescheut, ihm das alles zu sagen.

Jetzt war er es, der langsam ausatmete. Dann stand er auf und schlüpfte in seine Schuhe. „Komm, wir sehen uns dein Auto an."

Cole folgte PJ die Treppe hinunter und zur Haustür hinaus. Schneeflocken wirbelten um sie herum und er schob die Hände in seine Hosentaschen. Den Schaden sah er schon lange, bevor sie bei dem Fahrzeug ankamen. Es war nicht so schlimm, wie sie es beschrieben hatte, aber es war eine ordentliche Delle.

Er fuhr mit der Hand über die Stoßstange. An dem roten Lack waren zwei weiße Spuren. Es war tatsächlich Josh gewesen. „Ich rede mit Josh, sobald er nach Hause kommt. Er war spät dran und bestimmt wusste er nur nicht, was er tun sollte. Er ist ein guter Junge."

PJ trat einen Schritt zurück und schlang die Arme um ihren Oberkörper, um sich zu wärmen. Seit ihrem Wutausbruch hatte sie ihn nicht mehr angesehen. „Und er hat wirklich eine Versicherung?"

„Ja. Ich kümmere mich darum."

Die Selbstbeteiligung würde den Jungen wahrscheinlich alles kosten, was er bisher verdient hatte, aber er musste lernen, dass sein Verhalten Konsequenzen hatte.

„Er kommt um kurz nach neun heim. Dann kommen wir runter und du kannst dir alle seine Daten aufschreiben."

Als Cole wieder in sein Zimmer ging, war die Vorfreude auf das Footballspiel verflogen und er war wirklich nicht scharf auf die Veranstaltung in der Halbzeitpause.

Kapitel 21

Im Restaurant war mehr los, als sie für den Samstag nach Thanksgiving erwartet hatte. Wahrscheinlich hatten die anderen ebenso die Nase voll vom Resteessen wie PJ selbst.

Im hinteren Teil des Hauses lief alles prima, während der Abend fortschritt. Vorne konnte man dasselbe leider nicht behaupten. Eine der Bedienungen, die öfter zu spät kam, war diesmal gar nicht erschienen. PJ würde einen Ersatz finden müssen.

Sie dünstete Pilze und Zwiebeln in einer gusseisernen Pfanne, während sie ein Sirloin- und ein Rib-Eye-Steak im Ofen im Blick behielt.

„Zwei schnelle Roquefort-Salate für VIPs!“, rief eine der Bedienungen.

Callie machte sich an den Salat, während Nate die Bruschetta auf dem Teller anrichtete.

PJs Auto war in der Werkstatt. Josh war sofort zu Cole gegangen, als er von der Arbeit nach Hause gekommen war. Bei PJ hatte er sich entschuldigt und er hatte so schuldbewusst dreingesehen, dass sie wegen seiner Selbstbeteiligung ein schlechtes Gewissen hatte.

Cole hatte auch mit den Jugendlichen über ihre Beschwerden gesprochen. Bis jetzt hatte es keine weiteren Ölflecken, keine Tanzeinlagen über dem Speisesaal und keine fehlenden Lebensmittel mehr gegeben. Cole und sie schienen einen provisorischen Waffenstillstand geschlossen zu haben, obwohl sie beide nach wie vor auf der Hut waren.

Sie wischte sich mit dem Oberarm über die Stirn. Sie wünschte, sie hätte ein Heizungssystem, mit dem sie die Küche unabhängig regeln konnte. Das eine Fenster bewirkte kaum etwas und die Ventilatoren schienen die warme Luft nur durcheinanderzuquirlen.

„Ein Sirloin, sofort“, rief eine Servicekraft.

PJ bereitete das Sirloin-Steak zu. „Callie, wie lange braucht der Reis noch?“

„Zwei Minuten, Chef.“

Sie nahm das Rib-Eye-Steak aus dem Ofen und legte es auf einen Teller, bevor sie die Pilze und Zwiebeln darauf verteilte. Dann übergab sie Callie den Teller.

„Chef?“ Barbie, eine ihrer Bedienungen, streckte den Kopf zur Tür herein. „Hier will dir jemand ein Kompliment machen.“

Nichts machte sie glücklicher als ein zufriedener Kunde. PJ zog ihre Handschuhe aus und drehte sich mit einem Lächeln um. Doch das Lächeln erstarrte in ihrem Gesicht, als Keaton sich an Barbie vorbeischob.

Dann verging ihr das Lächeln ganz. Ihr Herzschlag beschleunigte und sie hatte Mühe zu atmen. Was machte er hier? In ihrem Restaurant? In ihrer Küche? In ihrer sicheren kleinen Welt?

„Hallo, PJ.“

Sie konnte den Blick nicht von seinen lächelnden blauen Augen abwenden. Nicht einmal, als ihr bewusst wurde, dass Callie neben ihr stehen geblieben war. Ein Dutzend Erinnerungen jagten durch ihren Kopf.

Ihre Kehle war wie zugeschnürt. „Keaton“, brachte sie krächzend heraus.

Seine Haare waren kürzer, sodass sie sich am Kragen seines Hemdes nur ganz wenig lockten, und der Pony, den sie so geliebt hatte, berührte nur gerade so seine Stirn. Seine Schultern waren nicht so breit, wie sie sie in Erinnerung hatte, und seine Gestalt wirkte insgesamt kleiner.

„Das Essen war köstlich“, sagte er. „So gut habe ich seit Monaten nicht mehr gegessen.“

„Danke.“

„Das Restaurant ist umwerfend, PJ. Herzlichen Glückwunsch.“

„Danke.“

Sie musste ihn dazu bringen zu gehen, bevor er sie wieder mit diesen faszinierenden Augen in seinen Bann zog. Mit der jungenhaften Locke und der Art und Weise, mit der er ihr das Gefühl gab, die einzige Frau im Raum zu sein.

Sie zwang sich zu lächeln. „Schön, dich zu sehen. Danke, dass du vorbeigekommen bist.“

PJ wandte sich wieder dem Herd zu und arbeitete auf Autopilot, während ihr nur zu bewusst war, dass Keaton im Raum war. Und dass Callie sich ungewohnt langsam bewegte. Und dass Nate sie neugierig ansah.

„Können wir reden?"

„Tut mir leid … ich habe heute Abend ziemlich viel zu tun." Und morgen und übermorgen auch. Wenn er einfach ging, könnte sie vergessen, dass er überhaupt hier gewesen war. Sie würde sich eine neue Telefonnummer zulegen und all seine sanften Berührungen und zärtlichen Küsse vergessen.

Und die Lügen, PJ. Denk an die Lügen. Die Frau. Das Kind. Die Ehe.

„Bitte, PJ."

Es war untypisch für ihn zu betteln. Wenn sie sich weigerte, würde er dann das, was er sagen wollte, hier in der Küche sagen? Vor ihren Angestellten? Dieses Risiko konnte sie nicht eingehen.

PJ schluckte und nahm ihre Schürze ab. „Kannst du übernehmen, Callie?"

„Klar, Chef."

Sie verließ die Küche durch die Hintertür und trat auf die Terrasse hinaus. Keaton folgte ihr stehenden Fußes. Eiskalte Luft schlug ihr ins Gesicht und unter ihrer gestärkten weißen Jacke überzog eine Gänsehaut ihre Arme. Sie drehte sich um, während sie wünschte, sie könnte sich verstecken; wünschte, sie hätte keine Hundertwattlampe angebracht.

Ein Schatten legte sich auf die Fältchen um seine Mundwinkel, als er lächelte – diese halbmondförmigen Beinahegrübchen, die sie so gerne gehabt hatte.

Sie blieb in sicherer Entfernung stehen und schlang die Arme um ihren Bauch. „Du hast hier nichts zu suchen, Keaton."

Er hob entschuldigend die Hände. „Du beantwortest meine Nachrichten und Anrufe ja nicht."

„Also tauchst du einfach in meiner Küche auf, während das Restaurant geöffnet hat?"

„Ich vermisse dich."

Da war es wieder. Dieses Talent, sie auf dem falschen Fuß zu erwischen.

„Du vermisst nicht mich. Du vermisst nur das gutgläubige Mädchen, das dir das Gefühl gegeben hat, wieder jung zu sein."

Er machte einen Schritt auf sie zu. „Das ist nicht wahr."

Abstand. Sie brauchte jede Menge Abstand. PJ trat einen Schritt zurück.

„Meine Ehe ist vorbei. Es tut mir leid, was passiert ist. Es war falsch und damit muss ich leben. Aber ich will dich zurück, PJ, mehr als alles in der Welt. Was muss ich tun? Sag es mir einfach. Ich tue alles, was du willst."

Ihr Herz zog sich zusammen, als sie daran dachte, wie sie sich in seinen Armen gefühlt hatte. Geborgen und geliebt. Er hatte die Worte nie ausgesprochen, jedenfalls nicht mit dem Mund, aber er hatte sie immer wieder durch seine Berührung, mit seinen Blicken gesagt. Und jetzt sagte er sie wieder und es war verlockend, so verlockend, einfach ein paar Schritte zu machen und sich wieder in seine Umarmung zu schmiegen.

Nein, PJ. Das sind nur Lügen. Er ist ein Lügner.

Aber was, wenn es stimmte? Was, wenn seine Ehe wirklich Geschichte war?

Dann ist es deine Schuld. Sie drehte sich um, weil sie den Bann seines Blickes brechen musste. Mehr konnte sie nicht tun. Ihr Herz und ihr Verstand lieferten sich ein teuflisches Tauziehen.

Ihr Atem ging schneller und Panik stieg tief aus ihrem Innern auf. Mit einem Mal wurde PJ bewusst, dass sie an diesem Nachmittag vergessen hatte, ihre Medikamente zu nehmen. Ausgerechnet heute.

Sie schloss die Augen und konzentrierte sich auf ihre Atmung. Mit aller Macht versuchte sie dagegen anzukämpfen, aber die Angst kam immer näher und würgte PJ mit ihren kalten Fingern.

„Können wir ein Fenster aufmachen oder so?", fragte Zac.

„Ja, es ist bestimmt bald dreißig Grad hier drinnen." Josh fächelte sich mit dem Sportteil der Zeitung Luft zu.

Das Wohnzimmer über der Restaurantküche einzurichten, war wohl keine so gute Idee gewesen.

Cole ging zum Essbereich und schob das Fenster hoch, woraufhin die kalte Novemberluft über seine Haut strich. Die Jungs hatten beschlossen, einen Fernsehmarathon mit ihrer Lieblingscomedyserie zu veranstalten. Shaundra hatte sich mit einer Schulfreundin verabredet und war nicht da.

Eine Stimme drang von der Terrasse herauf. Eine unbekannte, männliche Stimme.

„Warum hast du auf meine Nachrichten nicht geantwortet?"

„Das weißt du nicht?" Das war PJs Stimme.

Cole wusste, er sollte sich vom Fenster zurückziehen, aber irgendetwas ließ ihn wie angewurzelt stehen bleiben. Etwas in ihrer Stimme. Es sah ihr nicht ähnlich, die Küche mitten im größten Trubel zu verlassen.

„Ich habe dir doch gesagt, dass meine Ehe vorbei ist. Wirklich. Komm, wir drehen eine Runde. Wir müssen reden."

„Geh, Keaton. Bitte." Sie klang atemlos. Aufgebracht.

Cole straffte die Schultern. Zac und Josh lachten, sodass er den nächsten Satz nicht hörte.

„Ich kann das jetzt nicht." Panik schwang in ihrer Stimme mit.

„Ich gehe nirgendwohin, bis wir geredet haben, PJ."

Der scharfe Ton der Männerstimme gefiel Cole gar nicht. Er ging zur Tür. Wahrscheinlich würde PJ ihm nicht danken, wenn er sich einmischte. Es ging ihn nichts an, aber irgendetwas stimmte da nicht, es klang nicht gut. Und der Typ, ein ehemaliger Freund – und verheiratet noch dazu – schien den Wink mit dem Zaunpfahl nicht zu verstehen.

Nachdem er die Dienstbotentreppe hinuntergelaufen war, die er und die Kids benutzten, ging er nach draußen und blieb er ein paar Meter von der Terrasse entfernt stehen. Der Mann und PJ hatten ihm den Rücken zugekehrt.

„Geh weg, Keaton." PJs Schultern hoben und senkten sich schnell. Sie hatte die Arme um ihren Oberkörper geschlungen und sah in ihrer Kochuniform irgendwie klein aus.

„Nein. Wir reden jetzt." Der Typ machte einen Schritt auf sie zu.

„Hey!", sagte Cole. „Es reicht."

Der Kerl fuhr herum und runzelte die Stirn, als Cole auf die Terrasse sprang.

„Wer sind Sie?"

„Sie haben gehört, was sie gesagt hat. Es wird Zeit, dass Sie gehen."

Der Fremde drehte sich wieder zu PJ um. „Wer ist der Typ?“

PJ schüttelte den Kopf, ganz offensichtlich bemüht, ihre Panik in den Griff zu bekommen, aber der Idiot schien es nicht einmal zu bemerken.

„Ist er der Grund dafür, dass du nicht auf meine Nachrichten und Anrufe reagierst? Das ist nicht dein Ernst, oder?“

„Geh bitte, Keaton“, keuchte PJ zwischen zwei Atemzügen.

„Okay, Freundchen.“ Cole packte den Mann am Kragen und zog ihn zur Treppe.

Dort schüttelte dieser ihn ab und zog sein Hemd zurecht.

Cole baute sich breitbeinig und mit geballten Fäusten vor PJ auf.

„Wir sind noch nicht fertig, PJ“, sagte der Typ und sah erst PJ und dann Cole lange an. Einige Sekunden später ging er die Verandatreppe hinunter und verschwand um die Hausecke.

Cole folgte ihm, um sich zu vergewissern, dass er wirklich ging. Dann kehrte er zur Terrasse zurück, auf der PJ auf und ab lief und tief ein- und ausatmete.

„Wo ist deine Medizin?“

„In meiner Handtasche. In meinem Zimmer.“

Keine Minute später war Cole wieder da und PJ schluckte die Tablette mit dem Glas Wasser, das er ihr mitgebracht hatte. Ihre Wangen hatten jetzt wieder etwas Farbe und ihr Atem ging ruhiger.

„Besser?“

Sie nickte. „Ist er weg?“

Cole hätte gerne gefragt, wer der Kerl war. Es erschien ihm unmöglich, dass sie eine Beziehung mit einem verheirateten Mann gehabt hatte. Nicht PJ. Bei dem Gedanken zog sich sein Magen zusammen und das hatte nur zum Teil mit dem Verheiratetsein zu tun. Er wollte sich PJ mit gar keinem Mann vorstellen.

„Ich muss wieder in die Küche.“ Sie wandte sich zum Gehen, blieb aber an der Tür noch einmal stehen. Als sie sich umdrehte, sah sie ihm zum ersten Mal, seit er aufgetaucht war, in die Augen.

Er sah Erleichterung und Dankbarkeit darin. Von dem Blick wurde ihm ganz schwindelig und er fühlte sich, als könnte er mit einer Handbewegung alle ihre Drachen töten. Er wollte lieber nicht darüber nachdenken, warum er sich bei diesem Gedanken so gut fühlte.

„Danke“, sagte sie.

„Kommt er wieder?“

Ein halbes Dutzend Emotionen huschten über ihr Gesicht. „Ich weiß es nicht.“

Wenn, dann würde sie nicht mit ihm allein sein, falls Cole es verhindern konnte.

„Ich hoffe nicht. Er wohnt nicht in der Gegend. Irgendwann muss er schließlich nach Hause.“

„Ist vielleicht besser, wenn du ein paar Tage hier in der Nähe bleibst. Sag deinem Personal, dass er hier nicht willkommen ist. Und wenn du Hilfe brauchst, sag Bescheid.“

„Ist gut“, flüsterte sie. Und dann war sie verschwunden.

Cole sagte den Jungs gute Nacht und zog sich in sein Zimmer zurück, während das Adrenalin noch durch seine Adern strömte. Er war froh, dass er zu Hause gewesen war und genug mit angehört hatte, um zu wissen, dass PJ Hilfe brauchte. Er wusste nicht, ob der Typ ihr wehgetan hätte, aber er hatte nicht vorgehabt, es darauf angekommen zu lassen.

Er streckte sich auf seinem Bett aus und schaltete den Fernseher ein. Vielleicht wäre PJ auch allein klargekommen, aber es war ein gutes Gefühl gewesen, sie zu retten. Sie zu beschützen. Sofort musste er an die Zeit zurückdenken, als er der Situation nicht gerecht geworden war, und er fragte sich, ob er sein Versagen jemals wiedergutmachen könnte …

In den letzten zwei Wochen war nichts nach Plan gelaufen und an allem war seine Mutter schuld gewesen. Er hatte im Halbjahreszeugnis eine einzige schlechte Note bekommen und sie hatte darauf bestanden, dass er die ganze Woche um neun zu Bett ging. Er hatte das Spiel der Cubs verpasst und alle seine Freunde hatten über das großartige Comeback gesprochen.

Er fragte sich, was sie Dad antun würde, wenn sie von der Frau mit den schwarzen Haaren und den roten Fingernägeln wüsste. Dad sollte Moms Wut abbekommen, nicht er. Es war so ungerecht. Schließlich war es nur Sozialkunde, und wen kümmerten schon die blöden Halbjahresnoten?

Er lehnte sich zurück und zog an seinem Sicherheitsgurt. Auf der anderen Seite des Wagens spielte Noelle mit ihrem kleinen Pony. Ihr Geplapper ging ihm auf die Nerven.

Seine Eltern verlangten, dass er mit zu Moms Freundin fuhr, einer alten Frau, die in einem winzigen, langweiligen Haus ohne Garten und ohne Kinder wohnte. Ihr alter Röhrenfernseher hatte nicht mal einen Kabelanschluss oder Satellitenempfang. Und was noch schlimmer war: Es war eine lange Fahrt und seine Mutter hörte Countrymusik.

Autos rasten vorbei. Es gab zu viele Kurven und Berge und ihm wurde flau im Magen.

Noelle zog ein zweites Pony aus ihrer Tasche und plapperte noch lauter als vorher.

Cole lehnte sich zurück, die Hand auf dem Bauch. „Sei mal ein bisschen leiser, Noelle."

Sie schien ihn nicht zu hören.

Sein Vater warf ihm im Rückspiegel einen Blick zu.

Jetzt bekam er auch noch Kopfschmerzen. Wahrscheinlich hatte er zu viel geschlafen. Oder es lag an dem ganzen Gerede. „Pferde können gar nicht sprechen, das weißt du doch, oder?"

„Hör auf, Cole", sagte Mom.

„Aber sie hält nicht den Mund."

Mom drehte sich um und runzelte die Stirn. „*Cole.*"

Offensichtlich durfte er das nicht sagen, aber in letzter Zeit kam es ihm vor, als dürfe er gar nichts. „Sind wir bald da?"

„Du weißt ganz genau, dass es noch dauert", sagte seine Mutter. „Und du musst dich heute Abend besonders gut benehmen. Mavis geht es nicht gut."

Sie bogen um eine Kurve und sein Magen drehte sich um.

Noelles Stimme klang immer nasaler bei ihrem Pony-Gequatsche.

„Mensch, Noelle, jetzt halt mal die Klappe!"

Dad warf ihm wieder einen Blick im Spiegel zu.

„Warum konnte ich nicht zu Hause bleiben?"

„Das haben wir doch schon besprochen", sagte Mom. „Es ist ein Familienausflug und Mavis tut es gut, Kinder um sich zu haben."

Wahrscheinlich wollte sie nur nicht, dass er zu Hause den Computer benutzte. Deshalb kam Dad sicher diesmal auch mit, damit er sich nicht davonschleichen und die schwarzhaarige Frau treffen konnte. Er hatte gehört, wie sein Vater eines Abends leise telefoniert hatte, als er aufgestanden und ins Bad gegangen war und seine Mutter geschlafen hatte. An den Dingen, die sein Vater sagte, hatte Cole erkennen können, dass es jemand von der Arbeit war.

„Du kannst rausgehen und nachsehen, ob die Katze der Nachbarin da ist", schlug Mom vor. „Ich glaube, sie hat kleine Kätzchen."

„Ich bin keine vier, Mom, und die Katzen sind mir egal. Kann ich meinen Game Boy haben?" Seine Mutter hatte das Gerät im Handschuhfach versteckt, als sie dachte, er würde es nicht sehen.

„Du weißt doch, dass alle Elektronikgeräte im Moment gestrichen sind."

„Das ist ungerecht! Ich wollte sowieso nicht mitkommen."

Mom drehte sich auf ihrem Sitz um. „Aber du bist das Kind und du tust, was ich sage. Deine Haltung gefällt mir überhaupt nicht, Cole. Wenn du so weitermachst, wird Baseball auch noch gestrichen."

„Ist doch egal! Ich hab im Moment doch sowieso kein Leben."

Seine Mutter spitzte die Lippen. „Dann rufe ich Trainer Nick morgen früh an und sage ihm, dass du morgen Nachmittag nicht spielen kannst."

„Ich soll aber werfen! Dad!"

Sein Vater sah ihm im Rückspiegel nicht einmal in die Augen.

„Tut mir leid, Cole", sagte Mom, „aber ich dulde dein Benehmen nicht."

„*Mein* Benehmen! Und was ist mit Dads?" Die Worte waren heraus, bevor sein Gehirn sie überhaupt verarbeitet hatte, aber sie taten ihm nicht leid. Mom war so gemein! Und Dad half ihm nicht einmal, obwohl er morgen zum allerersten Mal gleich am Anfang der Werfer sein sollte!

Dad sah ihn im Rückspiegel an. Cole wandte den Blick ab.

Mom blickte zwischen ihnen hin und her. „Was meinst du damit: Dads Benehmen?"

„Ich meine die Frau, die vor zwei Wochen in eurem Zimmer war."

Seine Mutter wandte sich Dad zu. „Matt?" Ihre Stimme zitterte, als sie seinen Namen sagte.

Dad umklammerte das Lenkrad fester.

Als sein Vater schwieg, drehte Mom sich wieder zu Cole um. Bei der Panik, die er in ihren Augen sah, regten sich die ersten Schuldgefühle.

„Wovon redest du?“ Ihre Stimme klang tief und ruhig, aber unter der Oberfläche brodelte etwas, das ihm Angst machte.

Cole presste die Lippen zusammen. Jetzt hatte er es verbockt. Er und seine große Klappe. Er fühlte den bohrenden Blick seines Vaters im Rückspiegel, wagte aber nicht hinzusehen. Selbst Noelle sah ihn mit gerunzelter Stirn an, ein rosafarbenes Pony in ihrer pummeligen Hand.

„Was für eine Frau, Matt? Wovon redet er?“

Er konnte Moms Blick spüren, aber er wollte sie nicht noch einmal ansehen. Sein Herz hämmerte so, als würde er bei einem Turnier beim Gleichstand der beiden Mannschaften den letzten Wurf ausführen. Sein Hals und Gesicht glühten.

Dad drehte sich zu Mom um. „Ich weiß nicht, wovon er redet. Er ist nur sauer, Liebling.“

„Es ist Elaine, nicht wahr?“ Die Stimme seiner Mutter klang jetzt höher und zittrig.

„Komm schon, Dee, das ist doch lächerlich.“ Er streckte die Hand nach ihr aus.

Mom zuckte zurück. „Was geht hier vor sich, Matt?“

„Komm schon, Liebling, er ist nur sauer. Stimmt doch, oder, Cole?“

„Halte ihn da raus und antworte mir! Ist es –“

Plötzlich brach der Wagen aus. Ein Schrei ertönte und das war das Letzte, was Cole hörte, bis er die Augen im Krankenhaus aufschlug.

Sein Kopf dröhnte. Seine Kehle war ganz trocken und er konnte kaum die Augen aufmachen. Sein Arm lag in einer Schlinge und Schläuche hingen an seiner Hand. Er hörte ein Piepsen und das Geräusch von Schuhen auf dem Boden vor der Tür.

Dann schlief er wieder ein. Als er später wieder aufwachte, beugte sich eine Krankenschwester über ihn. Sie war nett, auch wenn sie in Babysprache mit ihm redete. Aber er hatte zu viel Angst, um sich darüber zu ärgern.

Er war auch zu müde, um viel zu sagen, aber als er das nächste Mal wach wurde und nach seiner Mutter fragte, verhielt sich die Schwester ganz komisch. Das machte ihm nur noch mehr Angst und später fand er heraus, warum. Seine Mutter war am Unfallort gestorben und sein Vater auch. Noelle hatten sie im Krankenwagen wiederbelebt und sie hatte noch fast einen ganzen Tag durchgehalten, aber als Cole aufwachte, war sie auch schon tot.

Er hätte sie beschützen sollen. Das hatte sein Dad immer gesagt. Und er hatte sie im Stich gelassen. Hatte sie alle im Stich gelassen.

Die Stunden verstrichen wie im Nebel. Eine Frau kam und besuchte ihn. Als er drei Tage später das Krankenhaus verlassen konnte, brachte sie ihn zu einem gelben Haus in einem Stadtviertel, das er noch nie gesehen hatte. Dort wohnten eine Mutter und ein Vater und zwei kleine Kinder – eine Familie. Aber sie waren nicht seine Familie. Seine Familie gab es nicht mehr. Er würde sie nie wiedersehen.

Cole konnte sich erst Tage danach an den Unfall erinnern. An den Unfall und den Streit, der vorher stattgefunden hatte. Als er sich schließlich erinnerte, als ihm seine gedankenlosen Worte wieder einfielen, wollte er auch sterben. Seine Familie war tot und es war alles seine Schuld. Dieses schreckliche Geheimnis behielt er für sich. Das und die Wahrheit, die sich damit in ihm festsetzte: Er hatte keine Familie verdient. Er hatte niemanden verdient.

Kapitel 22

PJ stand auf der Leiter und befestigte eine Girlande über der Tür zum Speisesaal. Sie hatte sich ein paar Dekomaterialien von Mom und Layla ausgeliehen, um das Restaurant festlich zu schmücken. Dazu einige duftende Tannenzapfen und rote Kerzen, und mit Lichterketten konnte man sowieso nichts falsch machen.

Das Wochenende war verstrichen, ohne dass sie noch mal etwas von Keaton gehört hatte. An diesem Morgen war sie mit einem Seufzer der Erleichterung aufgewacht, weil sie wusste, dass er zur Arbeit woanders sein musste.

Sie band die letzte Schleife an ihre Girlande und stieg von der Leiter, um ihr Werk zu begutachten. Nicht schlecht.

„Miss McKinley?“ Shaundra erschien am Fuß der Treppe in engen Jeans und einem braunen T-Shirt, das ihren Teint vorteilhaft unterstrich. „Kann ich Sie mal was fragen?“

„Nur, wenn du mich PJ nennst.“

Das Mädchen lächelte. „Okay. Also, wir nehmen in der Schule gerade den Nahen Osten durch und ich muss morgen dieses Projekt abgeben. Und dazu soll ich Baklava backen.“

„Das kenne ich.“

„Ich soll die Zutaten kaufen, aber dazu gehört auch was, das Filo heißt.“ Sie zog die Nase kraus.

„Das ist ein ganz dünner Teig, den man in Schichten mit der Nussmischung abwechselt. Den findest du in der Tiefkühlabteilung bei den Kuchen und Desserts.“

„Oh, danke. Das finde ich dann bestimmt.“ Sie zögerte. „Außerdem habe ich mich gefragt …“

„Was denn?“

Shaundra zog an ihren Zöpfen. „Haben Sie, äh – hast du vielleicht eine Backform, die ich mir ausleihen könnte? Ich verspreche auch, dass ich sie gleich anschließend zurückbringe.“

„Natürlich. Brauchst du Hilfe beim Backen?“

„Nee, das geht nicht. Du hast doch sicher viel zu tun und heute ist schließlich dein freier Tag."

„Ich mache total gerne Baklava. Und ich habe ein super Rezept, falls du eins brauchst."

Shaundras braune Augen leuchteten auf. „Wirklich? Du würdest mir helfen? Ich hab nämlich noch nie was gekocht, außer bei dem Kurs bei dir, und das war richtiges Essen."

„Das mache ich gerne."

„Danke, Miss – ich meine PJ. Ich würde übrigens gerne dein Rezept benutzen. Meins habe ich aus dem Internet und ich weiß nicht, ob es gut ist. Und ich könnte bei diesem Projekt gut eine Eins gebrauchen."

„Dann suche ich das Rezept raus. Treffen wir uns doch gegen sieben in der Küche."

Als die Zeitschaltuhr piepste, sah PJ durch das Fenster des Backofens. Das Baklava war oben schön golden.

Shaundra rührte am Herd in der Honigmischung. Sie war ein Naturtalent in der Küche – voll konzentriert befolgte sie die Anweisungen ganz genau.

„Das sieht super aus", sagte PJ. „Was macht der Sirup?"

„Noch eine Minute."

PJ reichte ihr den Ofenhandschuh und Shaundra zog das Baklava heraus. Ein Aroma aus Zimt und gebackenem Teig zog durch die Küche. Das Gebäck sah golden und knusprig aus und duftete himmlisch. PJ lief das Wasser im Mund zusammen.

„Mmmm, ich würde am liebsten jetzt schon was davon essen", sagte Shaundra.

„Wir hätten eine Extraportion für uns machen sollen."

„Gut, und jetzt?"

„Lies im Rezept nach." PJ gab es ihr.

„Hier steht, dass man die Honigmischung mit einem Löffel darüber verteilt und es dann abkühlen lässt."

PJ schaltete Herd und Ofen aus. „Nur zu."

Als Shaundra die Honigmischung über dem Gebäck verteilte, sickerte diese in den Teig und die Nussfüllung. „Mensch, riecht das gut."

„Es schmeckt auch gut, das kannst du mir glauben. Ich habe dafür eine Eins plus im Backkurs bekommen und mein Professor hat nicht so leicht gute Noten vergeben." Sie hatte den Teig selbst hergestellt.

„Das ist gut, denn durch den letzten Test ist meine Note in Geschichte auf eine Drei abgesackt. Meine Freundinnen sagen, nach der Bewerbung fürs College interessiert sich keiner mehr für die Noten, aber ich will lieber auf Nummer sicher gehen."

„Wo hast du dich denn beworben?"

„Ball State, Vincennes University und Ivy Tech. Ich hoffe, ich kriege einen Platz an der Ball State, aber ich brauche auf jeden Fall ein paar Stipendien, und das ist mit meinem Notendurchschnitt eh schwierig."

„Vielleicht klappt es ja. Was willst du denn studieren?"

„Ich bin mir noch nicht sicher. Wahrscheinlich fange ich mit allgemeinen Kursen an, bis ich weiß, was ich machen will." Shaundra legte den Löffel in den Topf zurück und lächelte, als sie das Ergebnis betrachtete. „Das ist richtig gut geworden."

„Stimmt. Bravo."

„Und es hat Spaß gemacht. Viel mehr Spaß als ein Test."

PJ lachte. „Wenn du Koch lernst, *ist* das Backen der Test."

Während sie aufräumten und das Geschirr wuschen, fing Shaundra an, über Cole zu reden. Sie schwärmte förmlich davon, wie nett und großzügig er sei. „Und er sieht ziemlich gut aus, findest du nicht auch?"

„Wenn du auf diesen Typ stehst."

Shaundra zog eine Augenbraue hoch. „Du meinst den total genialen Typ?"

PJ lachte. Das Mädchen war nicht gerade subtil. „Weißt du, ich habe zwei Schwestern. Ich erkenne einen Kuppelversuch, wenn ich ihn sehe."

Shaundra zuckte mit den Schultern. „Ich meine nur, dass du es schlechter treffen könntest."

Als sie fertig waren, stellte PJ das Baklava beiseite. „Du kannst morgen auf dem Weg zur Schule vorbeikommen und es abholen."

„Ich hoffe, dass es den anderen in der Klasse schmeckt. Sollten wir es nicht in den Kühlschrank tun oder wenigstens abdecken?“

„Baklava bewahrt man am besten bei Zimmertemperatur auf, und wenn man etwas drübertut, wird es weich. Glaub mir, deine Klasse wird vor Begeisterung ausrasten.“ PJ zog eine Schublade auf und holte Muffinförmchen aus Papier heraus. „Servieren kannst du es in denen hier.“

Das Mädchen schlang die Arme um PJs Hals. „Danke, PJ!“

Den Bruchteil einer Sekunde lang fühlte PJ sich überrumpelt, aber dann erwiderte sie die Umarmung. „Du hast das super gemacht, Shaundra.“

„Danke für deine Hilfe.“

„Gern geschehen“, sagte PJ zu Shaundras Rücken, als diese davoneilte.

Kapitel 23

PJ hatte bereits auf Keatons Anruf gewartet. Ihr war klar, dass sie drangehen musste, weil sie sonst eine Wiederholung seines Auftritts riskierte. Sie hatte gedacht, der Anruf würde kommen, wenn im Restaurant gerade großer Andrang herrschte – nicht, dass das im Moment überhaupt mal der Fall war – oder wenn sie mitten in einem Kochkurs steckte.

Aber nein, es kam noch besser. Das Telefon klingelte bei einem Mittagessen mit ihrer Familie am nächsten Sonntag nach der Kirche. Sie wollte gerade zum Braten greifen, als „The Time of My Life" in ihrer Tasche ertönte.

„Na, na, na!" Jade gab Ava ein Stück Süßkartoffel. „Keine Handys am Tisch."

PJ schaltete das Telefon aus und bemerkte den wissenden Blick ihrer Mutter.

„Und wer ist das, mit dem du die beste Zeit deines Lebens hattest?", fragte Ryan.

PJ schnitt eine Grimasse in Richtung ihres Bruders und nahm sich eine Scheibe Schmorbraten.

„Ich wette, es war Tom Brady II.", sagte Madison.

Jade gab Daniel Avas Löffel. „Keiner wettet dagegen."

„Ich dachte, er hätte eine Freundin."

„Wenn ich mit ihm reden soll, sag Bescheid", sagte Ryan.

„Ich habe gehört, er hätte mit jemand anderem geredet." Madisons Augen funkelten.

PJ sah ihre Schwester mit gerunzelter Stirn an.

„Bernadette Perkins hat gesagt, dass letztens ein Typ im Restaurant aufgetaucht sei und mit dir sprechen wollte und Cole habe ihn verscheucht."

„Stimmt das?", schaltete Dad sich ein.

„Ich weiß nicht, wo sie so etwas gehört hat." PJ schob sich eine Gabel Kartoffelpüree in den Mund.

„Von Dottie Meyers, die es von Peggy Golan gehört hat, und die hat es von Callie Owens."

„Das klingt nach einer zuverlässigen Quelle", sagte Ryan.

PJ würde mit Callie reden müssen. Was in der Küche geschah, blieb in der Küche.

„Das sind doch nur Gerüchte", sagte Mom.

„Mama Jo hat recht", warf Daniel ein. „Erinnert ihr euch noch an das Gerücht über Jade und mich?"

„Ich hoffe aber, diesmal ist an dem Gerücht was dran", sagte Jade. „Wir könnten mal ein bisschen Romantik brauchen."

„Hey …", protestierte Daniel. „Ich bin doch romantisch."

„Ich meine ja auch nicht uns beide. Ich meine PJ." Sie strich Daniel über die Wange. „Du bist natürlich der Inbegriff von Romantik, Liebling."

Es stimmte. Schon lange, bevor Daniel Jade seine Gefühle gestanden hatte, war er ein äußerst romantischer Verehrer gewesen, der ihr anonyme Nachrichten und Gedichte geschickt hatte.

„Das will ich doch meinen." Daniel gab Jade einen schnellen Kuss auf die Lippen und sah sie an, als wären sie nicht gerade dabei, ihre beiden Babys zu füttern. Ganz zu schweigen von der Tatsache, dass sie vom restlichen McKinley-Clan umgeben waren.

„Kommt schon …", knurrte Ryan. „Bitte keine öffentlichen Liebesschwüre am Esstisch."

„Ich muss mein Image pflegen", sagte Daniel.

Mia schlug mit ihrer kleinen Faust auf den Tisch. „Da da da!"

„Genau, Erdnuss. Sag du ihnen, wo es langgeht."

PJ erwiderte Keatons Anruf sofort, als sie in ihrem Auto saß, und ihr Atem bildete in der kalten Luft Wölkchen. Während ihre Scheinwerfer die mit Schnee bestäubte Straße beleuchteten, drehte sie die Heizung auf.

Das Telefon klingelte an ihrem Ohr und das Herz schlug ihr bis zum Hals. Nur ein Teil von ihr wollte, dass er abnahm – der Teil, der die ganze Sache endlich abschließen wollte. Der Teil, der ihn immer noch vermisste. Der andere Teil betete, seine Mailbox möge anspringen, damit sie nicht in Versuchung geführt wurde.

Einige Klingeltöne später schaltete sich die Mailbox ein und seine vertraute Stimme drang tief und selbstbewusst an ihr Ohr. Sie würde keine Nachricht hinterlassen. Trotzdem hörte sie sich die Ansage bis zum Ende an und legte erst dann auf. Gleichzeitig ärgerte sie sich darüber, dass sie seine Stimme hören wollte. Was war nur mit ihr los?

Sie dachte an letzten Samstag zurück, als Keaton plötzlich vor ihr gestanden hatte. Aber zu ihrem Erstaunen stellte sie fest, dass sie in Gedanken zu der Stelle vorspulte, als Cole aufgetaucht war. Als er auf die Terrasse gesprungen war und Keaton gewarnt hatte, er solle sich zurückhalten. Als er sich zwischen sie und Keaton geschoben hatte, als stelle dieser eine Gefahr dar.

Er hatte ihr nie Anlass gegeben, ihn zu fürchten, aber es war ein gutes Gefühl gewesen, beschützt zu werden. Cole gab ihr das Gefühl, in Sicherheit zu sein. Ironisch, wenn man bedachte, dass er sie zu Tode erschreckt hatte, als er in ihr Leben gestolpert war.

Als PJ zu Hause ankam, ging sie in ihr Schlafzimmer und las ein Buch über Marketing zu Ende, das sie in der Bücherei ausgeliehen hatte. In ihrem Zimmerchen eingesperrt wünschte sie sich, sie hätte ein eigenes Wohnzimmer, in dem sie sich ausbreiten konnte. Bald, dachte sie, und gleich darauf hatte sie ein schlechtes Gewissen, weil ihr bewusst wurde, dass sie nur dann ein Wohnzimmer haben würde, wenn sie Cole und die Kids auf die Straße setzte.

Aus übrig gebliebenen Zutaten machte sie sich einen überbackenen Toast mit Räucherlachs und Gruyère zum Abendessen und anschließend sah sie einige Werbeblättchen durch, die sie erhalten hatte. Sie konnte die Teenager im Obergeschoss hören. Es klang, als würden sie auf der Tischtennisplatte, die Cole besorgt hatte, eine Partie Pingpong spielen. Ihre Schritte und Stimmen waren laut, aber PJ brachte es einfach nicht über sich, verärgert zu sein, wenn sie so glücklich klangen.

Sie war gerade in ihren Schlafanzug geschlüpft und hatte sich die Zähne geputzt, als die vertraute Melodie auf ihrem Handy ertönte. Sie holte tief Luft und nahm das Gespräch an, während sie sich gegen seine Stimme wappnete.

„Hören Sie auf, meinen Mann anzurufen."

PJ erstarrte. „Wie bitte?"

„Sie haben mich genau verstanden." Die Stimme der Frau bebte. „Wir haben ein Kind – bedeutet Ihnen das gar nichts?"

„Ich …"

„Wir versuchen, unsere Probleme zu lösen, und das Letzte, was wir gebrauchen können, ist, dass Sie sich in unsere Ehe hineindrängen! Haben Sie eigentlich eine Ahnung, welchen Schaden Sie angerichtet haben? Welchen Kummer?"

„Es tut mir so –"

„Ich will es gar nicht hören! Sie sind nichts als eine Schlampe. Glauben Sie etwa, er würde etwas für Sie empfinden? Sie waren für ihn nur eine Ablenkung und Sie halten sich besser von ihm fern, hören Sie? Ich weiß, wo Sie wohnen. Und ich komme und ruiniere Sie, daran sollten Sie keine Sekunde zweifeln. Ich werde dafür sorgen, dass Sie bereuen, ihn jemals kennengelernt zu haben!"

Es klickte in der Leitung. PJ ließ das Handy auf ihr Bett fallen. Sie spürte, wie ihr Atem stockte, bevor sie zitternd Luft holte.

Er war ein paar Tage zu spät dran, seinen Teil der Rechnungen zu bezahlen, aber endlich hatte einer seiner Spender Geld überwiesen. Cole riss den Scheck vom Block und ging die Treppe vom Dachboden hinunter. Als er am Wohnzimmer vorbeikam, sah er, dass Josh und Zac sich eine erbitterte Partie Tischtennis lieferten.

Eigentlich hatte er sich die Platte nicht leisten können, aber als er im Trödelladen darüber gestolpert war, hatte er einfach nicht widerstehen können. Und jetzt, wo er das Lachen der Jungs hörte, wusste er, dass die Tischtennisplatte jeden Cent wert gewesen war.

Cole lief die zweite Treppe hinunter, bog um die Ecke und ging durch die dunkle Küche auf PJs Tür zu. Sie stand einen Spaltbreit offen, sodass ein schmaler Lichtstreifen zu sehen war.

Als er anklopfte, ging die Tür weiter auf. „PJ?"

Von der Bettkante sah sie zur Tür, wandte dann aber gleich den Blick ab, bevor sie sich mit der Hand übers Gesicht fuhr. „Ja?"

Er runzelte die Stirn und stieß die Tür ganz auf. „Hier ist der Scheck für meine Hälfte der Rechnungen."

Sie räusperte sich. „Leg ihn einfach auf die Kommode."

Entweder hatte sie die schlimmste Erkältung aller Zeiten oder sie weinte. Da sie ihn nicht ansah, vermutete er Letzteres.

„Ist alles in Ordnung?"
„Klar."
Sie klang aber nicht so. Cole zögerte. Sollte er eintreten? Oder lieber draußen bleiben? Er wusste nie so recht, wie er mit Tränen umgehen sollte.
Machte sie sich Sorgen in Bezug auf das Haus? Das Restaurant? Ihm war natürlich aufgefallen, dass es in letzter Zeit ruhig geworden war. Und er hatte nicht gerade geholfen, indem er nicht pünktlich gezahlt hatte.
„Tut mir leid, dass das Geld so spät kommt."
PJ wischte seine Entschuldigung mit einer Handbewegung beiseite und schüttelte den Kopf. Ein Schniefen entfuhr ihr, dann ein zweites.
Über ihnen musste Josh einen Punkt gemacht haben, denn sein Triumphgeschrei erschütterte quasi das ganze Haus. Und die Schritte. Es klang, als würde da oben eine ganze Büffelherde herumtrampeln.
„Sind es die Kids? Ich sage ihnen, sie sollen leiser sein."
PJ schüttelte den Kopf. „Nein, die sind in Ordnung." Beim letzten Wort zitterte ihre Stimme.
Er hatte geglaubt, sie würden sich an die Regeln halten. Und bei Shaundra hatte PJ großen Eindruck gemacht. Er hörte ständig „PJ hier" und „PJ dort".
Zögerlich ging er einen Schritt auf sie zu. „Wenn alles in Ordnung ist … wieso dann die Tränen?"
Irgendwas an seiner Bemerkung schien den Damm zum Bersten zu bringen. PJ schlug die Hände vors Gesicht und fing an zu schluchzen. Selbst er wusste, dass er jetzt nicht gehen konnte. Und merkwürdigerweise wollte er das auch gar nicht.
„Hey …" Sekunden später war er an ihrer Seite. Er sank auf die Bettkante, sodass ihr Bein seines berührte. „Was ist denn? Ist es das Restaurant? Ich weiß, dass im Moment nicht so viel los ist, aber bald ist Frühling und die Kochkurse laufen doch gut, oder?"
Sie schüttelte den Kopf und ließ die Hände auf den Schoß sinken. „Das Restaurant ist es nicht."
„Was dann?"
Sie ließ den Kopf hängen und ihre Lippen bebten. Seine Fin-

ger hätten sie so gerne getröstet. Tränen rannen über ihre geröteten Wangen und tropften eine nach der anderen von ihrem Kinn.

„Keaton", sagte sie schniefend.

Das hatte er nicht erwartet. Deshalb fühlten sich ihre Worte an wie ein Schlag in die Magengrube.

„Wir haben uns letzten Winter kennengelernt. Er hat mir irgendwie ... den Kopf verdreht, verstehst du?"

Wenn auch dies wie ein Schlag in den Magen war, dann nur, weil er ihren Kummer nachempfinden konnte.

„Ich dachte, er wäre der Richtige. Zum ersten Mal hatte ich mich verliebt ..." Sie wischte sich mit der Hand übers Gesicht. „Aber dann geschahen Dinge – schlimme Dinge."

Wenn Keaton die Hand gegen sie erhoben hatte, würde Cole den Mann eigenhändig in die Mangel nehmen.

Er berührte PJs Kinn und hob es an, sodass sie ihn ansehen musste. „Was für Dinge?"

„Kleinigkeiten. Dass ich ihn nicht erreichen konnte, wenn er weg war, dass er meine Freundschaftsanfrage auf Facebook nicht beantwortet hat und immer zu komischen Zeiten anrief."

Cole neigte den Kopf ein wenig. Allmählich dämmerte ihm, was geschehen war.

„Eines Abends bin ich ihm nach Hause gefolgt." Ihre Miene verzog sich zu einer schmerzhaften Grimasse. „Er hat eine Frau ... und einen kleinen Jungen ... Ich hatte mich in einen verheirateten Mann verliebt."

„Ach, du Arme ..."

Sie schloss die Augen. „Ich kann nicht fassen, dass ich dir das alles erzähle. Aber mit meiner Familie kann ich nicht darüber reden. Sie würden sich so schämen. Und das sollten sie auch. Ich hätte nie gedacht, dass ich so was tun würde. Ich dachte, ich wäre ein besserer Mensch."

„Hey – warte mal. Was genau hast du denn getan?"

„Ich bin mit einem verheirateten Mann ausgegangen!"

„Mit einem Mann, von dem du nicht wusstest, dass er verheiratet ist."

Sie durchbohrte ihn mit einem Blick ihrer tränennassen braunen Augen. „Irgendwie hat seine Frau davon erfahren und ich habe eine

Familie zerstört! Sie lassen sich scheiden – wenigstens hat Keaton das gesagt. Seine Frau sagt was anderes – jede Menge hat sie gesagt. Sie hat mich gerade angerufen."

„Du wusstest es nicht, PJ. Er hat dich angelogen. Bist du mit ihm zusammengeblieben, nachdem du erfahren hattest, dass er verheiratet ist?"

„Natürlich nicht."

„Dann hast du nichts Falsches getan. Es ist *seine* Schuld. Wenn seine Ehe zerbricht, dann liegt das an ihm."

Sie starrte ihn an und wieder traten Tränen in ihre großen braunen Augen. Ihre Unterlippe bebte und sie vergrub das Gesicht erneut in den Händen, während ihr Körper von Schluchzern erschüttert wurde.

Was tat ein Mann in dieser Situation? Cole legte einen Arm um ihre Schulter und mehr war gar nicht nötig. PJ drehte sich zu ihm und warf sich an seine Brust. Er schlang die Arme um sie und atmete langsam aus.

Er fühlte ihren Kummer bei jedem Zucken ihres Körpers. Und während sie weinte, flackerte die alte Erinnerung an die Frau mit den schwarzen Haaren und den roten Fingernägeln wieder auf. Die Frau, die sich zwischen seine Eltern gedrängt hatte und an ihrem Tod mitschuldig war. Er verdrängte den Gedanken. Die Frau musste doch gewusst haben, dass sein Dad verheiratet war, oder? Sie hatte schließlich im Bett seiner Eltern gelegen!

PJ schniefte und er wandte seine Aufmerksamkeit wieder ihr zu.

Mit dem Daumen strich er über ihre Schulter. „Das wird schon wieder."

„Eben nicht!" Ihre Stimme klang durch ihre Hände und seine Brust gedämpft. Er spürte, wie ihre Tränen sein T-Shirt durchnässten. „Ich bin ein schrecklicher Mensch."

Er hielt sie auf Armlänge, sodass er ihr in die Augen sehen konnte. Dann legte er die Hände um ihr Gesicht. „Hey. Du bist kein schrecklicher Mensch."

„Doch, das bin ich."

„Du hast es nicht gewusst."

Sie blinzelte und erneut kullerte eine Träne über ihre Wange, der vorgezeichneten Spur folgend. „Aber jetzt weiß ich es … und ich sehne mich manchmal immer noch nach ihm." Sie sprach die Worte aus, als hätte sie sie sich aus einem geheimen Teil ihres Herzens gerissen.

Cole wünschte, er könnte die Scham wegwischen, die er in ihren Augen sah. Ihre Verletzlichkeit packte ihn auf allen Ebenen. Er zog sie wieder an seine Brust.

PJ wehrte sich nicht, sondern schob die Arme um seine Taille und lehnte ihre Wange an seine Brust.

Ob sie hören konnte, wie sein Herz bei der Berührung hämmerte? Ihr süßer Blumenduft stieg ihm in die Nase und er senkte den Kopf, um den Duft tief einzuatmen.

Ihre Schultern bebten, während sie weinte, und sofort bekam er ein schlechtes Gewissen. Was fiel ihm eigentlich ein, den Augenblick zu genießen, während sie litt?

Du bist echt ein Schuft, Evans.

„Ich fühle mich so schuldig. Ich sollte nicht so denken, ihn nicht vermissen. Irgendwas stimmt mit mir einfach nicht."

„Es ist keine Sünde, in Versuchung zu geraten. Du handelst richtig, darauf kommt es an."

„Es ging mir schon viel besser. Ich dachte, ich wäre über ihn hinweg, aber dann fing er an, mir Nachrichten zu schicken und anzurufen, und sagte, er wolle mich zurück. Ich habe ihn ignoriert, aber –"

„Ändere deine Telefonnummer."

„Aber vielleicht muss er die Sache irgendwie für sich abschließen. Vielleicht versteht er, wenn ich noch ein letztes Mal mit ihm spreche –"

„Du schuldest ihm nichts, PJ. Er wusste genau, was er tat. Er hat dich da reingezogen und dich manipuliert. Du musst jetzt tun, was für dich das Beste ist."

Sie löste sich von ihm und wischte sich die letzten Tränen ab. Endlich wurde sie ruhiger und ihre geröteten Wangen blieben trocken. „Und was ist, wenn er noch mal herkommt?"

„Dann bekommt er es mit mir zu tun."

Etwas huschte über ihr Gesicht. Erleichterung? Ihre Augen sahen hoffnungsvoller aus und ihre Mundwinkel wanderten nach oben. „Danke."

Sie brauchte ihn. Und er fand, das war das beste Gefühl, das er je gehabt hatte. Irgendwie war es ihm sogar gelungen, sie zu beruhigen. Ihm. Einem Typen, der beim Anblick von Tränen völlig hilflos war.

„Morgen lege ich mir eine neue Telefonnummer zu. Allerdings weiß ich nicht, was ich meiner Familie sagen soll."

„Sag einfach, dass du lästige Anrufe bekommen hast."

Sie nickte. „Das mache ich. Gute Idee."

Oben war die nächste wilde Tischtennispartie im Gange. Man hörte stampfende Schritte und einen Freudenruf.

Mit einem Mal war ihm PJs Oberschenkel an seinem Bein ganz bewusst, so warm und fest. Und wie nah sie war, nur einen Atemzug entfernt. Er musste hier raus, bevor irgendwelche Gelüste in ihm wach wurden.

Gelüste wach wurden? Ach ja, Evans?

Das Bettgestell knarrte, als er aufstand. „Es ist spät. Ich sage ihnen, dass sie für heute aufhören sollen."

„Danke, Cole", sagte PJ, als er ging.

„Jederzeit."

„Das mit deinem T-Shirt tut mir leid." Als er sich umdrehte, wirkte sie verlegen. Sie war so süß mit ihrem rosafarbenen Pyjama und den nackten Füßen, die über dem Boden baumelten.

„Das wäscht sich wieder raus", sagte er. „Gute Nacht."

„Nacht."

Er zwang sich, ihr den Rücken zuzukehren, die Tür zu schließen und zu gehen. Es kostete ihn unsagbar viel Kraft. Dabei sollte er das eigentlich gewohnt sein. Sein ganzes Leben lang übte er das schon.

Kapitel 24

Der Dezember verging mit zahlreichen Vorbereitungen für die Feiertage, mit Kochen und Familienbesuchen. Wegen der zahlreichen Weihnachtsfeiern und der Touristen, die organisierte Reisen durch die Winterlandschaft machten, hatte PJ viel zu tun. Und in all der Hektik fragte sie sich, was sie nächstes Jahr tun sollte, wenn sie zusätzlich noch eine Pension führte. Bei dem Gedanken drehte sich ihr Kopf wie ein Rührgerät.

Keaton hatte keinen Kontakt mehr zu ihr aufgenommen, seit seine Frau angerufen hatte, aber Cole blieb, wenn möglich, in der Nähe und zeigte sich auch während der Öffnungszeiten des Restaurants häufiger. Nach ein paar Wochen fing PJ an, sich zu entspannen. Es schien so, als hätte Keaton aufgegeben. Sie konnte nur hoffen, dass er und seine Frau ihre Probleme in den Griff bekamen.

Für die Weihnachtszeit gab sie Shaundra einen Job in der Küche und das Mädchen war flink und effizient, sobald sie etwas gelernt hatte. PJ ertappte sich dabei, wie sie dachte, sie könnte Shaundra im nächsten Sommer ganz einstellen. Dann fiel ihr ein, dass eine von ihnen beiden nach dem 1. Juni nicht mehr hier sein würde.

An Heiligabend hatten die Jugendlichen schon seit einer knappen Woche schulfrei und fingen an, sich zu langweilen. Das konnte man an dem lauten Fernseher und der schlechten Laune merken. Zusätzlich hatten sie durch einen Schneesturm die letzten zwei Tage im Haus festgesessen.

PJ zog sich an und setzte sich dann aufs Bett, um das Januarheft von *Master Chef* zum dritten Mal durchzublättern. Das Restaurant war wegen des Unwetters geschlossen und würde wegen der Feiertage auch die nächsten beiden Tage nicht öffnen. Es war nur eine Frage der Zeit, bis ihr die Decke auf den Kopf fiel.

Sie musste sich einen Sessel kaufen und den irgendwie noch hier reinquetschen. Sie konnte es kaum erwarten, bis sie ein eigenes Wohnzimmer hatte.

Aber dann würde Cole weg sein.

Wegen Keaton war er in letzter Zeit häufiger vorbeigekommen. Und wenn sie ehrlich war, hatte sie auch gelegentlich einen Vorwand gesucht, um ihn zu besuchen. Es hatte nichts mit seinem guten Aussehen zu tun oder mit dem guten Gefühl, als er sie in den Arm genommen hatte. Sie brauchte jetzt einfach nur einen guten Freund. Vielleicht war er nicht die klügste Wahl für diese Rolle, aber bei ihm fühlte sie sich gut. So als könnte sie diese Sache hier schaffen – selbst in Wochen, in denen es finanziell mehr als eng war.

Über ihr liefen die Jugendlichen herum. Kurz darauf begann eine Tischtennispartie und wenige Minuten später drang der Klang wütender Stimmen durch die Decke. So viel zu einem ruhigen freien Tag.

Sie musste hier raus. Weihnachtsluft schnuppern, mit den Flügeln schlagen. PJ warf die Zeitschrift zur Seite und schlüpfte in ihre Stiefel. Gerade zog sie ihren Mantel an der Haustür über, als Cole mit finsterer Miene die Treppe herunterkam. Der Streit zwischen Zac und Shaundra drang aus dem Wohnzimmer bis zu ihnen herunter.

„Willst du abhauen?“, neckte sie ihn.

„Bitte rette mich. Wo gehst du hin?“

„Raus. Willst du mitkommen?“

„Ja.“

PJ zog sich ihren Schal übers Kinn, während Cole und sie den Schnee von der Windschutzscheibe fegten. Widerwillig sprang der Wagen an und PJ fuhr los.

Cole lehnte den Kopf an die Kopfstütze. „Wann fängt die Schule wieder an?“

„Du klingst wie eine gestresste Mutter.“

„Ich fühle mich wie eine gestresste Mutter. Und es ist gerade erst Heiligabend. Wie soll das erst an den Weihnachtsfeiertagen werden? Wohin fahren wir?“

PJ dachte einen Augenblick nach. „Schlittschuhfahren“, beschloss sie.

Cole drehte den Kopf zu ihr. „Bring mich wieder nach Hause.“

Sie lachte. „Läufst du nicht gerne Schlittschuh?“

„Das habe ich noch nie gemacht. Deshalb mein Rückzieher.“

„Es wird dir einen Riesenspaß machen. Männer sind wegen ihrer kräftigen Fußgelenke Naturtalente. Nach ein paar Minuten wirst du locker an mir vorbeiziehen."

Zwanzig Minuten später schob PJ ihre Füße in Schlittschuhe und fing mit dem Schnüren an. An diesem Nachmittag war auf der Eisbahn nicht viel los, nur ein paar Teenager kreisten auf dem zugefrorenen Teich. Der Schnee war weggefegt worden, sodass die glatte Oberfläche eisig schimmerte.

Nachdem PJ ihre Schuhe geschnürt und ihre Handschuhe wieder angezogen hatte, blickte sie sich um. Pinien, deren Äste halb unterm Schnee begraben waren, ragten in der Nähe auf und unbelaubte Eichenäste rieben über ihr aneinander. Bunte Lichterketten leuchteten blass im Tageslicht und die Klänge von „Santa Baby" schwebten aus den Lautsprechern.

Sie sog die kalte Luft tief ein. „Es ist ein gutes Gefühl, draußen zu sein. Ist die frische Luft nicht toll?"

„Es ist eisig."

„Wir haben praktisch vier Grad."

Cole band seine Schuhe zu. „Wenn du mit ‚praktisch' minus vierundzwanzig Grad meinst."

Sie grinste ihm zu und half ihm, sich aufzurichten. „Komm schon, Mister Glas-halb-leer, es wird Zeit, dass du Schlittschuhlaufen lernst."

Sie hielten sich an den aufgestellten Absperrgittern fest und machten erste vorsichtige Schritte aufs Eis. Nachdem beide Füße aufgesetzt waren, stieß Cole sich ab, die Arme ausgestreckt, um das Gleichgewicht zu halten. Dann ahmte er PJs Bewegungen nach. Sie hatte viele Winterabende auf diesem See verbracht, normalerweise mit ihren Geschwistern.

Cole stellte sich recht geschickt an. Er stand immer noch aufrecht und bewegte sich vorwärts, wenn auch ein bisschen wackelig.

PJ drehte sich anmutig um und lief rückwärts.

Er warf ihr einen gespielt finsteren Blick zu.

„Was ist? Du machst das super. Siehst du, ist gar nicht so –"

In diesem Moment blieb Cole mit einem Fuß hängen und fiel nach vorne, die Arme vorgestreckt.

PJ griff nach ihm und ihre Schlittschuhe verhakten sich ineinander. Er hing schwer in ihren Armen und sie hatte Mühe, sein

Gewicht zu stemmen. Irgendwann kamen ihre Füße zum Stehen und ein Kichern stieg in ihrer Kehle auf.

Coles Mundwinkel zuckten.

Mit einer Hand hielt sie seinen Unterarm, den anderen Arm hatte sie um seine Taille gelegt. Sein muskulöses Bein war gegen ihres gepresst. Etwas flatterte in ihrem Bauch.

„Du hast ein tolles Lächeln", sagte er.

Sie blickte auf und versank in seinen grünen Augen und ihr Lächeln erstarb.

Während sein Blick den ihren hielt, bildete sein Atem feine Wölkchen zwischen ihnen.

„Danke."

Geh auf Abstand zu diesem heißen Typen, PJ.

Sie löste sich von ihm und schüttelte das Gefühl ab.

„Du hättest mich fallen lassen sollen", sagte er. „Ich hätte dir wehtun können."

„Nicht unter meiner Regie, Großer." Sie drehte sich um und stieß sich ab. „Bereit für ein kleines Wettrennen?", rief sie über die Schulter zurück.

„Sehr witzig."

Cole sah zu, wie PJ davonsegelte, als würde sie nicht auf zwei dünnen Metallkufen fahren. Wie machten die Leute das? Sie vollführte eine kleine Pirouette, sodass ihr Schal im Kreis flatterte. Es war gut, sie so glücklich zu sehen. Während des letzten Monats hatte sie viel zu tun gehabt und er wusste, dass sie sich Sorgen machte, ihr Exfreund könnte noch einmal ihr Leben durcheinanderbringen. Cole hatte sich extra in Reichweite aufgehalten, wenn das Restaurant geöffnet hatte. Schon bei dem Gedanken an das, was der Kerl PJ angetan hatte, hätte er den Typen am liebsten niedergestreckt.

Sie wendete und erschien gerade rechtzeitig an seiner Seite, um mitzuerleben, dass er wie ein Elefant auf Stelzen wackelte. Er ruderte mit den Armen und PJ hielt ihn fest.

„Hast du nicht gesagt, ich wäre ein Naturtalent?", sagte er, als er das Gleichgewicht wiedergefunden hatte.

PJ ließ ihn los. „Du machst das großartig. Ehe du dichs versiehst, stehen die Olympischen Spiele vor der Tür. Ich glaube, du solltest es mal mit Schnelllauf versuchen."

Cole warf ihr einen düsteren Blick zu, aber eigentlich dachte er daran, wie es sich angefühlt hatte, als er gestolpert war und sie ihn in den Armen gehalten hatte. Bei allem Stolz könnte dieses Gefühl einen Mann dazu bringen, einen Sturz vorzutäuschen.

„Ich werde noch eine Runde drehen", sagte PJ. Und dann war sie fort, mit wehendem Schal, bevor er seinen schändlichen Plan in die Tat umsetzen und noch einmal in ihren Armen landen konnte.

Eine Stunde später ließen sie sich in einer Nische in *Cappys Pizzeria* nieder, weil sie Hunger bekommen hatten und noch nicht nach Hause zurückkehren wollten. Bunte Weihnachtsbeleuchtung hing an glitzernden Bändern von der Decke und ein silberner Weihnachtsbaum stand in der Ecke. Die Deckenlampen warfen ein sanftes Licht auf Coles attraktive Züge. Er hatte noch ein paar Schneeflocken im Haar und es juckte PJ in den Fingern, sie wegzuwischen.

„Das ist besser", sagte Cole. „Feste Bänke, ein warmer Raum, weiche Oberflächen."

„Hör auf. Du hast dich tapfer geschlagen."

„Dann erklär mir bitte mal, warum mein Hintern völlig durchnässt ist."

PJ reichte ihm eine Speisekarte und zog eine Augenbraue hoch. „Klingt so, als hättest du ein persönliches Problem."

Wenige Minuten später nahm die Bedienung ihre Bestellung auf. Nachdem ihr endlich wieder warm war, zog PJ Mantel und Schal aus und stopfte sie in die Ecke der roten Sitzbank aus Kunstleder. Auf einem Fernseher in der Nähe lief eine Werbung für das Footballspiel des Abends und aus dem Billiardzimmer drang das Geräusch von klickenden Kugeln herüber.

„Tut mir leid, dass die Kids in letzter Zeit so nervig sind. Ich glaube, ihnen fällt die Decke auf den Kopf. Und die Feiertage können schwierig sein, wenn man keine Familie hat.

Sie hatte die Teenager für den nächsten Tag zu ihrer Familie eingeladen, aber Cole wollte den Tag mit den Jugendlichen im Haus verbringen. Es sei eine Chance, ihre Beziehung zu vertiefen. Jedenfalls hatte er es so begründet. Jetzt fragte sie sich, ob noch mehr dahintersteckte.

„Was hast du bisher an Weihnachten gemacht?", fragte sie.

„Unterschiedlich. Manchmal war ich bei meinen Pflegeeltern oder jemand aus der Gemeinde hat mich eingeladen. Für mich sind die Feiertage nicht mehr so wichtig."

PJ sah zu, wie Cole an seiner Cola nippte, und fragte sich, ob das stimmte oder ob er sich das nur selbst einredete.

„Ich bin seit neun Jahren nicht mehr in einer Familie. Wahrscheinlich habe ich mich dran gewöhnt."

PJ rechnete im Kopf nach. „Ich dachte, du wärst sechsundzwanzig."

„Siebenundzwanzig. Hatte Geburtstag."

„Wann?"

„Kurz vor Thanksgiving. Am 23. November."

Ungefähr zu dem Zeitpunkt, als Josh ihr Auto angefahren hatte. Sie fragte sich, ob er es den Jugendlichen überhaupt erzählt hatte. Von einem Kuchen oder einer Party hatte sie jedenfalls nichts mitbekommen.

„Warum hast du nichts gesagt?"

Er zuckte mit den Schultern. „Geburtstage sind mir wohl auch nicht so wichtig."

In ihrer Familie waren sie das. Selbst jetzt, wo alle Kinder erwachsen waren, gab es an den Geburtstagen eine Party, Kuchen und Geschenke. Sie dachte daran, wie Cole allein in seinem Dachzimmer gesessen hatte, während sein Geburtstag verstrichen war, und verspürte sofort Gewissensbisse.

Die Bedienung kam und stellte eine Portion frisch gebackenen Stangenbrots auf den Tisch. Gleich darauf stieg ihnen der Duft von Knoblauch und Hefe in die Nase.

„Ich habe tierischen Hunger." Cole nahm sich ein Brotstück.

Mit schwerem Herzen bediente PJ sich ebenfalls. Sie kannte Cole jetzt seit mehr als sechs Monaten und wusste noch immer kaum etwas über ihn. Unwillkürlich musste sie an das denken, was ihre Mutter über seine Vergangenheit gesagt hatte. Eins stand fest:

Altlasten trugen sich leichter, wenn man sie mit jemandem teilen konnte.

„Ich hoffe, du hast nichts dagegen, wenn ich frage … Du hast mir vom Unfall deiner Mutter erzählt, aber was ist mit dem Rest deiner Familie?“

Cole schluckte und trank von seiner Cola. „Sie sind alle bei demselben Unfall gestorben.“

„Alle …?“

„Mom, Dad und meine kleine Schwester Noelle.“

PJ schnürte es das Herz zusammen. Seine ganze Familie, in einem Augenblick ausgelöscht. Wie fühlte es sich wohl an, der einzige Überlebende zu sein?

„Das tut mir so leid. Wie alt warst du damals?“

„Zwölf.“

Der Gedanke an den kleinen Jungen, der allein mit der Tatsache fertig werden musste, dass seine Familie nicht mehr existierte, tat ihr in der Seele weh.

„Es ist lange her.“

„Hattest du keine Großeltern? Oder Tanten und Onkel?“

Er nahm noch etwas von dem Brot. „Moms Familie hatte sie verstoßen, als sie meinen Vater geheiratet hatte, und er war Einzelkind. Seine Eltern waren bei seiner Geburt schon ziemlich alt und sie starben, als ich noch klein war.“

„Das heißt sie … haben dich in irgendeine Pflegefamilie gesteckt?“

Cole lächelte. „Das waren gute Leute. Im Rückblick weiß ich, dass es nicht einfach war mit zwei kleinen Kindern und einem mürrischen Fast-Teenager, aber sie hatten immer Zeit für mich.“

Mürrischer Fast-Teenager? Er hatte alles verloren und war einfach in eine andere Familie verpflanzt worden.

„Das heißt, sie haben dich praktisch großgezogen?“

„Dort war ich nur ein Jahr. Wegen der Arbeit musste mein Pflegevater in einen anderen Bundesstaat ziehen.“

„Und das bedeutete, dass du woandershin musstest?“

„So in der Art. Aber ich bedauere es nicht. Greg und Becky waren toll und dort habe ich Lizzy kennengelernt.“

Lizzy. Das Mädchen, mit dem er telefoniert hatte. Er hatte ihr gesagt, dass er sie liebe.

PJ trank einen Schluck Wasser. „Lizzy?"

„Auch ein Pflegekind in derselben Familie."

„Ist sie deine … Freundin?"

„Was? Nein, sie ist neun Jahre jünger als ich. Sie ist wie meine kleine Schwester."

„Oh." Warum entspannte sich der Knoten in ihrem Magen mit einem Mal?

„Sie ist diejenige, für die ich einen Platz im Haus freihalte. Im April wird sie achtzehn." Cole räusperte sich. „Aber erzähl mir von deiner Kindheit. Wie war es, hier aufzuwachsen? Ihr seid vier Geschwister?"

Sie legte ihr Brot hin und faltete die Hände auf dem Tisch. „Na ja, plus Michael, der Zwilling, der gestorben ist. Und Ryans Freund Daniel gehörte praktisch auch zur Familie, weil er so oft da war. Er ist unser Bruder ehrenhalber – deshalb kann ich nachvollziehen, was du meinst, wenn du von Lizzy sprichst."

„Hat er nicht deine Schwester geheiratet?"

„Genau. Jade. Letzten Dezember."

Cole zog eine Augenbraue hoch. „Offenbar war er nicht für alle ein Bruder ehrenhalber."

„Wohl nicht. Sie passen wirklich gut zueinander."

„Deine Familie hält zusammen."

„Stimmt. Manchmal ist es ein bisschen chaotisch, aber auf gute Weise."

„Und du bist das Nesthäkchen?"

„Ja, leider."

„Warum leider? Ich fand immer, dass meine kleine Schwester es leicht hatte. Ich habe sie beschützt und meine Eltern haben sie verwöhnt. Sie haben ihr viel mehr durchgehen lassen als mir."

„Du klingst wie Ryan. Aber das Nesthäkchen muss damit leben, dass die anderen sich in alles einmischen und ihm die Entscheidungen abnehmen wollen. So hat man das Gefühl, gar nichts selbst zu können. Und für den Fall, dass man die subtile Botschaft nicht bemerkt, scheuen sie sich auch nicht, sie in Worte zu fassen, indem sie ständig kritisieren, was man tut, oder sich einen Plan B überlegen für den Fall, dass man etwas nicht schafft. Ich meine, ich habe sie wirklich lieb, aber sie glauben ernsthaft, ich könnte ohne sie nicht atmen."

Cole beugte sich vor und ließ die Hände nur wenige Zentimeter von ihren entfernt auf dem Tisch ruhen. „Und manchmal fragst du dich, ob sie recht haben.“

PJ öffnete den Mund. Dann presste sie die Lippen wieder aufeinander und straffte die Schultern.

„Es stimmt nicht“, sagte er. „Aber manchmal glaubst du es trotzdem.“

Sein Blick war direkt und aufmerksam, so als könnte er in ihr Innerstes sehen, das niemand sonst sich die Mühe machte zu erforschen. Sie war sich nicht sicher, ob es ihr gefiel, dass er all ihre Probleme ausbuddelte, aber andererseits wusste er das Schlimmste schließlich schon.

„Woher weißt du das?“, fragte sie.

Cole streckte den kleinen Finger aus und fuhr damit über ihren Handrücken. „Du bist einer der fähigsten Menschen, die ich kenne.“

„Sie dachten, ich würde nicht mal das Kochstudium schaffen.“

„Aber das hast du.“

„Jedes Mal, wenn ich am Wochenende zu Hause war, kamen die Fragen mit den unterschwelligen Andeutungen. Als glaubten sie, ich würde das Interesse verlieren und etwas anderes anfangen oder bei den Prüfungen durchfallen, sodass ich das Studium abbrechen müsste. Ich glaube, sie sind immer noch ganz baff, dass ich meinen Abschluss gemacht habe.“

„Dann müssen sie wirklich überrascht sein, dass dein Restaurant ein solcher Erfolg ist.“

PJ schnaubte. Er hatte ihr Bankkonto nicht gesehen. Vielleicht war der Dezember okay, aber der November war eine Katastrophe gewesen und sie ging davon aus, dass die nächsten beiden Monate auch nicht besser wurden.

„Jetzt stell dein Licht nicht unter den Scheffel. Du hast gleich nach deinem Abschluss ein eigenes Restaurant aufgemacht. Weißt du eigentlich, wie viel Mumm dazu gehört?“

„Mumm oder Dummheit? Ich glaube nämlich, dass meine Familie Letzteres denkt.“

„Und warum waren sie dann ständig im Haus und haben dir beim Renovieren geholfen?“

„Oh, sie wollen mir helfen, versteh mich nicht falsch. Und ich habe ein ganz schlechtes Gewissen, weil ich mich über meine Familie beklage, wo du …"

„Hey, das brauchst du nicht. Meine Probleme machen deine nicht weniger wichtig. Das heißt also, sie unterstützen dich bei dem Restaurant nicht?"

„Das ist es eigentlich nicht. Es ist nur, dass es von Anfang an hieß: ‚Versprich dir nicht zu viel davon, PJ.' ‚Du mutest dir aber eine Menge zu, PJ.' ‚In der Burger-Scheune ist eine Stelle frei, für den Fall, dass es nicht funktioniert, PJ.'"

Er runzelte die Stirn. „Burger-Scheune?"

„Na gut, vielleicht war es das *Candlelight Café*, aber trotzdem. Seit Monaten weisen sie mich auf Alternativen hin, so als würden sie davon ausgehen, dass ich scheitere." PJ blickte auf das halb gegessene Brotstück hinunter und dachte an ihren Kontostand und daran, wie viele Wochen Winter noch vor ihr lagen. „Vielleicht haben sie ja recht."

„Egal, was passiert: Du hast dir wirklich ein Bein ausgerissen, damit das Restaurant ein Erfolg wird. Am Ende solltest du darauf stolz sein, egal, ob du gewinnst oder verlierst."

Vielleicht. Aber wenn sie gewann, war das ein Beweis dafür, dass sie es schaffen konnte. Und allmählich wurde ihr klar, dass sie das nicht nur ihrer Familie beweisen musste.

Kapitel 25

Weihnachten und Neujahr verstrichen und die Kinder gingen wieder zur Schule. Und im Restaurant war nach den Feiertagen gar nichts mehr los.

PJ hatte gerade beim Metzger frische Steaks eingekauft, als sie Ryan entdeckte, der vor dem Haus der Averys saß. Aus dem Auspuff seines Pick-ups stiegen Abgase auf und ab und zu bewegten sich die Scheibenwischer und wischten Schneeflocken fort.

Das Haus lag im Schnee da wie ein faules Murmeltier. Das „Zu-Verkaufen"-Schild ragte schief aus dem vereisten Boden.

PJ parkte hinter ihrem Bruder am Bordstein, stieg aus und klopfte mit kalten Händen an das Beifahrerfenster seines Wagens.

Er erschrak und schloss gleich darauf die Tür auf.

Sie stieg ein und schüttelte sich. „Also gut, es ist offiziell Winter."

„Merkst du das jetzt erst?"

„Es fällt schwer, das weiterhin zu leugnen, wenn die Temperatur unter minus fünfzehn Grad fällt und ein halber Meter Schnee auf dem Boden liegt."

„Ich verstehe."

PJ atmete in ihren Schal und beobachtete ihren Bruder aus dem Augenwinkel. Er stellte die Heizung höher, lehnte sich auf seinem Sitz zurück und stützte eine Hand auf das Lenkrad.

Ryan war eher der schweigsame Typ und redete nicht gern über Persönliches, aber diese Sache konnte sie nicht auf sich beruhen lassen. „Also … du sitzt vor dem Haus der Averys."

„Stimmt."

Sekunden vergingen. PJ musterte das Haus. Der Weg war geräumt worden, aber auf der Verandatreppe lag frischer Schnee. Die Fensterläden waren geschlossen, sodass das Haus verlassen wirkte. Aber sie wusste, dass Ryan eigentlich nicht des Hauses wegen hier war.

„Was machst du hier, Ryan?"

Ein wehmütiger Ausdruck lag auf seinem Gesicht, während er die Immobilie musterte. Endlich wandte er den Blick ab und jetzt war seine Miene McKinley-typisch stur.

„Ich werde es kaufen."

„Was?"

„Ich kaufe das Haus."

Na gut, vielleicht ging es doch um das Haus. Ein richtig großes Haus mit mindestens vier Schlafzimmern und einem Garten, der für große Familiengrillfeste gemacht war.

„Aber … warum?"

Ryan nahm die Hand vom Lenkrad und schaltete die Heizung herunter. Dann räusperte er sich, was ein klares Zeichen dafür war, dass seine Emotionen mit ihm durchgingen. „Ich wollte es schon immer haben, das weißt du ja."

Genau genommen hatte Abby es immer haben wollen, aber das würde PJ nicht sagen. Sie fragte sich, ob ihr Bruder sich das Haus leisten konnte, entschied dann aber, dass sie das nichts anging. Sie würde seine Entscheidungen nicht kritisieren, so wie alle das bei ihr immer taten.

„Trotzdem … es ist eine Menge Haus für eine Person."

„Bald ist Frühling. Wenn ich noch länger warte, macht jemand ein Angebot und dann war's das mit meiner Chance."

PJ fragte sich, ob sie immer noch von dem Haus sprachen. Jemand musste ihm die Sache ausreden. „Hast du Mom und Dad davon erzählt?"

„Nee. Ich reiche heute Abend mein Angebot ein. Es ist ein fairer Vorschlag. Sie werden annehmen."

Unwillkürlich fragte PJ sich, wie es für ihn wäre, Nacht für Nacht allein in Abbys Traumhaus zu leben. Eigentlich sollte sie nichts sagen, es ging sie schließlich nichts an, und Ryan war einer der vernünftigsten Menschen, die sie kannte. Andererseits war er kurz davor, eine riesige Entscheidung zu treffen, und was war, wenn sie sich als Riesenfehler entpuppte? Was, wenn er sie dann nur noch mehr vermisste?

„Ryan … davon kommt sie nicht wieder … das weißt du doch, oder?"

Als er sie ansah, wusste sie, dass sie zu weit gegangen war. Sie wand sich auf ihrem Sitz.

„Weißt du, PJ, als du dir die Sache mit dem Restaurant in den Kopf gesetzt hast, habe ich da versucht, dir deinen Traum kaputt zu machen? Nein. Ich bin gekommen und habe dir beim Streichen geholfen, die Klempnerarbeiten für dich übernommen und deinen Umzug gemacht."

„Es tut mir leid. Ich mache mir nur Sorgen um dich."

„Brauchst du nicht."

„Ich will nur nicht, dass du einen Fehler machst und hinterher vielleicht denkst, ich hätte dich davon abhalten sollen."

„Keine Angst. Wenn es schiefgeht, wird mir klar sein, dass es allein meine Schuld ist."

Wieder war sie sich nicht sicher, ob sie noch von dem Haus sprachen. Ausnahmsweise einmal wusste sie nicht, was sie sagen oder tun sollte. Er war der große Bruder, der mit den Antworten. Der immer wusste, was zu tun war.

Ryan wandte sich ab. „Vielleicht solltest du gehen. Der Makler kommt jede Minute und ich will das hier allein machen."

Wenn das kein Rausschmiss war, was dann? PJ streckte die Hand nach dem Türgriff aus. „Okay. Bis später." Sie stieg aus und schloss langsam die Tür, während der Wind an ihren Haaren zerrte. Ryan sagte nicht mal Tschüss.

Kapitel 26

Cole klappte das Scheckbuch zu und schob den Stapel Rechnungen zusammen. Jeden Monat so knapp bei Kasse zu sein, machte wirklich keinen Spaß. Die Aufträge von der Fensterfirma waren wegen der kalten Witterung versiegt und er fragte sich, wie er bis zum Frühling durchhalten sollte, wenn wieder mehr Leute ihre Häuser renovierten.

Bislang war es ihm nicht gelungen, einen anderen Job oder zusätzliche Geldgeber zu finden. Wie es schien, hatten zurzeit alle Mühe, selbst über die Runden zu kommen. Wenn Mrs Simmons anrief und wissen wollte, wie es lief, konzentrierte er sich auf die positiven Dinge wie Shaundras Entscheidung, an der Vincennes Universität zu studieren, Zacs besser werdende Noten oder die Tatsache, dass Josh sich den anderen gegenüber allmählich öffnete. Aber am Ende würde er Rechenschaft über seine Finanzen ablegen müssen und es würde nicht gut aussehen.

Cole schaltete den Fernseher ein und wählte den Sportsender, auf dem über das bevorstehende Superbowl-Spiel zwischen den Broncos und den Packers gesprochen wurde.

Die Jugendlichen waren in ihren Zimmern. Durch die Wand waren leise die Klänge von Zacs Gitarre zu hören. Coles viele Unterrichtsstunden machten sich endlich bemerkbar. Nach einem hektischen Tag voller Besorgungen war er froh, zu Hause zu sein.

Zu Hause.

Das war ein Ausdruck, den er lange nicht mehr gebraucht hatte. Kein Ort hatte diese Bezeichnung verdient gehabt, nicht einmal das Haus von Greg und Becky. Dass er jetzt in diesen Worten dachte, machte ihm Angst. Dieses Haus gehörte ihm nicht, jedenfalls noch nicht. Und vielleicht nie. Er hatte besser als die meisten anderen Menschen gelernt, sich nicht zu sehr an Menschen oder Orte zu gewöhnen.

Hinter dem Haus wurde ein Motor angelassen. Wahrscheinlich war PJs Kochkurs zu Ende. Dienstags war das Restaurant geschlossen, weil die Kurse mehr Geld einbrachten. Ein süßer, schokoladiger Duft durchzog das Zimmer und ließ Cole das Wasser im Mund zusammenlaufen.

Er fragte sich, ob PJ heute Abend heraufkommen würde. Das hatte sie seit ihrem Ausflug zu *Cappys* vor ein paar Wochen schon öfter getan. Er verstand sie jetzt besser, nachdem sie sich ihm anvertraut hatte. Es erstaunte ihn, dass sie nicht sah, welche Fähigkeiten sie hatte. Wie umwerfend sie war. Ihr Lächeln erhellte einen ganzen Raum. Ihre Persönlichkeit war wie Helium, leichter als Luft, und ließ alles schweben.

Er genoss ihre Unterhaltungen und Neckereien. Sie hatte eine spielerische Ader und brachte ihn zum Lächeln. Aber er war sich völlig im Klaren darüber, welche Wirkung sie auf ihn hatte. Wenn sie nach oben kam, achtete er deshalb stets darauf, ihr gegenüber im Sessel zu sitzen, sie nicht zu berühren oder ihr so nahe zu kommen, dass er einen Hauch von ihrem süßlichen Blumenduft einatmen konnte. Er war ihr jetzt schon völlig verfallen und es hatte keinen Sinn, sich selbst noch mehr in Versuchung zu führen.

Ihre Unterhaltungen blieben auf einer lockeren Ebene. PJ schien viele Bekannte zu haben, aber keine engen Freundinnen. Das wunderte ihn. Dass sie seine Freundschaft suchte, gab ihm ein gutes Gefühl – ein Gefühl, das er in Schach halten musste. Manchmal ertappte Cole PJ dabei, wie sie ihn so ansah, dass er den Eindruck hatte, auch sie könnte mehr empfinden. Er musste aufpassen. Das hier hatte keine Zukunft. Sie verdiente jemanden, der viel besser war als er, auch wenn sie selbst das nicht zu sehen schien.

„Klopf klopf."

Seine Laune hob sich beim Klang ihrer Stimme augenblicklich.

Mit einem Teller voller himmlischer Köstlichkeiten in der Hand kam sie hereingerauscht. „Will jemand Schokoladenkuchen mit Trüffelfüllung?"

„Für mich?" Cole setzte sich auf und nahm den Teller entgegen.

Sie sank neben ihm aufs Sofa – nah, aber ohne ihn zu berühren. „Wir hatten was übrig."

„Danke, das duftet wunderbar." Cole aß einen Bissen und ließ die Aromen auf seiner Zunge zergehen. „Mmm, noch warm", sagte er genießerisch.

„Wo sind die Kids?"

„Im Bett, außer Zac."

„Ich kann ihn hören." Sie neigte den Kopf ein wenig. „‚Sweet Child of Mine'?"

„Zum tausendsten Mal."

„Das ist viel zahmer als einige seiner anderen Stücke. Wenigstens ist er gut."

„Apropos gut." Er aß noch einen Bissen. „Wie machst du das?"

„Freut mich, dass es dir schmeckt. Ich habe das Rezept in der Uni kreiert. Es ist Kaffee drin, um den Schokoladengeschmack zu unterstreichen. Ich mache für mein Leben gern Desserts. Leider esse ich sie auch für mein Leben gern. Wenn ich so weitermache, passe ich bald nicht mehr in meine Kochkluft."

„Irgendwie glaube ich, dass du genug Energie hast, um mehr Desserts abzuarbeiten, als du jemals essen kannst."

Er aß seinen Nachtisch zu Ende, während sie ihn mit Geschichten über ihren Kochkurs unterhielt. Eine Gruppe Damen vom Jachtklub hatte sich für einen Kurs angemeldet. PJ hatte den Eindruck, dass sie ihr nur helfen wollten, aber wenn sie lernten, solche Desserts zu zaubern, waren sie die wahren Gewinner.

Im Fernsehen lief leise ein Interview mit John Fox, dem Trainer der Broncos. Sie sahen eine Weile zu und PJ verdrehte die Augen, als Fox zuversichtlich behauptete, die Broncos würden die Green Bay Packers auf jeden Fall schlagen.

Cole stellte seinen leeren Teller beiseite. Er sollte ihn in die Küche bringen und die Gelegenheit nutzen, um auf Distanz zu PJ gehen, aber das Interview und PJs Kommentare dazu waren fesselnd. Er würde aufstehen, wenn es vorbei war.

„Ich bitte dich!", sagte PJ. „Die haben doch keine Chance."

„Hast du was gegen die Broncos?"

„Hast du den Angriff der Packers gesehen?"

„Sie sind gut, aber die Broncos sind auch nicht zu verachten. Hast du von Peyton Manning gehört?"

„Als er noch für die Colts gespielt hat, hat er mir viel besser gefallen."

„Das geht uns allen so." Er grinste zu ihr hinüber. Es war ein Genuss zu sehen, wie leicht sie sich für etwas begeistern konnte. „Du magst die Football-Saison, was?"

Sie zuckte mit den Schultern. „Football-Saison, Basketball-Saison, Baseball-Saison … das liegt in der Familie."

„Diese Saison ist auf jeden Fall eine äußerst interessante in meinem Leben, das steht fest."

„Wie meinst du das?"

„Dieses Haus, die Kids, das alles … es ist eine extrem spannende Zeit."

„Für mich auch, mit dem Restaurant. Es ist wie … meine Wunschzeit, weißt du? Da passt es doch, dass das Haus sogar so heißt: Wishing-Haus."

„Ich weiß, was du meinst."

Sie sahen fern, bis das Interview zu Ende war, dann brachte er seinen Teller in die Küche und wusch ihn ab. Während er das Geschirr abtrocknete, kam PJ herein und lehnte sich an die Küchenzeile. Die Frau konnte einfach nicht lange still sitzen.

„Ich vermisse Shaundra in der Küche", sagte sie. „Ich wünschte, ich könnte sie mir das ganze Jahr über leisten."

„Da, schon wieder ein Wunsch." Er erwiderte ihr Lächeln. „Hat sie dir erzählt, dass sie Köchin werden will?"

„Nein! Das ist ja toll. Sie hat mir eine Menge Fragen gestellt – deshalb wahrscheinlich."

„Sie hat es mir auch erst die Tage erzählt."

„Ich setze mich gerne mit ihr zusammen, um verschiedene Möglichkeiten durchzugehen. Sozusagen eine Mini-Berufsberatung. Es gibt ein paar gute Schulen, die nicht weit weg sind und auch Stipendien vergeben."

Er liebte es, wenn PJs braune Augen so leuchteten. Emotional war sie ein bisschen wie eine Achterbahnfahrt, aber das machte ihm nichts aus. Sie war voller Leben und das war gut.

„Ich glaube, sie hat sich bereits für die Vincennes entschieden, aber ich bin mir sicher, sie würde sich gerne mit dir darüber unterhalten. Du hast großen Eindruck auf sie gemacht."

„Sie auf mich aber auch."

PJs Handy vibrierte, als sie ihm den gespülten Teller abnahm, und sie sah aufs Display.

Er fragte sich, ob sie noch einmal etwas von Keaton gehört hatte. Soweit er wusste, war der Kerl nicht mehr hier aufgetaucht, und Cole hatte die Augen den ganzen Dezember über offen gehalten.

Nachdem sie eine SMS beantwortet hatte, schob sie das Handy wieder in ihre Tasche. „Das war Jade. Wir treffen uns morgen früh zum Kaffee."

„Hast du deine Nummer eigentlich geändert?"

„Das habe ich. An dem Tag, nachdem ich … du weißt schon … in meinem Zimmer die Nerven verloren und dein T-Shirt vollgeheult habe."

„Du hast nicht die Nerven verloren."

„Irgendwie schon."

„Na gut, hast du."

Sie lächelten einander zu. Sie hatte das hübscheste Lächeln, das er je gesehen hatte. Breit und strahlend. Als es erstarb, versetzte es ihm einen Stich.

„Er hat nicht angerufen oder so, also hoffe ich, dass ich nie wieder was von ihm hören werde."

Cole warf das Handtuch auf die Arbeitsplatte und lehnte sich PJ gegenüber an die Spüle. Er fragte sich, ob sie immer noch Entzugserscheinungen hatte. Sie hatte gesagt, sie habe den Kerl geliebt, und er hatte ihr ganz offensichtlich das Herz gebrochen. Der Gedanke schmerzte Cole – weil er nicht wollte, dass jemand ihr wehtat, sagte er sich.

Ja, das war der Grund.

„Es ist schon viel leichter geworden", sagte sie. „Manchmal frage ich mich, ob wirklich er es ist, den ich vermisst habe. Vielleicht habe ich nur vermisst, in einer Beziehung zu sein, weißt du? Dass ich mich wie etwas Besonderes gefühlt habe."

Er stieß ihren Fuß an. „Du bist etwas Besonderes. Du bist doch mein kleiner Sonnenschein, weißt du nicht mehr?"

PJs Augen lächelten, bevor ihre Lippen es taten. „Du brauchst gar nicht so zu tun, als wäre das ein Kompliment gewesen."

„Ich weiß nicht, wovon du redest."

Sie lachte. „Klar. Du hast mich für eine nervige Labertante gehalten."

„Und du hast mich natürlich viel mehr gemocht. Du hast mir eine Gehirnerschütterung verpasst!"

„Das war ein Unfall!“

„Du meinst, du hast mir den Blumentopf nicht absichtlich über den Schädel gezogen?“

Jetzt stupste sie seinen Fuß an. „Du bist in mein Haus eingebrochen.“

„Mit einem Schlüssel.“

Mann, was für ein Anblick ihr Gesicht jetzt war. Ihre Augen leuchteten, ja sprühten fast vor Leben. Nein, nicht fast. Die Gefühle in Coles Innerm rührten sich, als würden eine Million Glücksgedanken durch seine Adern summen. Dieses Gefühl wollte er genießen. Nur ein paar Minuten lang. Es war zu lange her, dass er sich so gut gefühlt hatte.

Das Leuchten in PJs Augen erlosch, ganz sicher verscheucht von seinem Gesichtsausdruck. Er wünschte, er hätte mit dem Geplänkel weitergemacht, anstatt zu schweigen. Obwohl der Blick, mit dem sie ihn jetzt ansah, auch nicht schlecht war. Ihre braunen Augen begegneten seinen offen und ihre Lippen waren halb geöffnet. Eine Spur ihres Lächelns lag noch darauf.

„Ich sollte besser gehen“, sagte sie. „Morgen muss ich früh aufstehen.“

Na gut. Das war es dann wohl. „Ich glaube, ich gehe auch schlafen.“ Cole schaltete das Licht aus und folgte ihr zur Tür.

Nachdem Cole auch den Fernseher im Wohnzimmer ausgemacht hatte, wurde es still im Haus. Zacs Gitarre schwieg und überließ PJ ihren Gedanken. Der Augenblick in der Küche hatte sie überrumpelt. Alle möglichen Gefühle stiegen in ihr auf, während sie den Raum durchquerte. Bei Cole fühlte sie sich gut. Sicher. Geborgen. Fähig. Sie fragte sich, ob er das wusste. Ob er eine Ahnung hatte, wie selten das war.

Voller Dankbarkeit drehte sie sich auf der Schwelle um. Das Licht im Treppenhaus tauchte Coles Gesichtszüge in einen goldenen Schein. Da es bereits spät war, hatte er einen leichten Bartschatten und es juckte ihr in den Fingern, sein stoppeliges Kinn zu berühren.

„Ich glaube, ich habe dir überhaupt noch nicht für Dezember gedankt – dafür, dass du immer da warst …" Sie erinnerte sich daran, wie es sich angefühlt hatte zu wissen, dass er in der Nähe war, vor allem, wenn das Restaurant geöffnet hatte. Das Gefühl, Rückendeckung zu haben. Ihre Augen brannten. Hastig blinzelte sie die Tränen zurück. Es war ihr unangenehm, in seiner Gegenwart wieder einmal so emotional zu reagieren. Er hielt sie bestimmt schon jetzt für nicht ganz zurechnungsfähig.

Peinlich berührt schluckte sie den Kloß in ihrem Hals hinunter. „Tut mir leid. Du weißt nicht, wie viel mir das bedeutet hat … also danke." Sie streckte die Arme aus, um ihn zu drücken, und schlang sie um seinen Hals.

Eine kurze Sekunde verstrich, bevor er die Umarmung erwiderte. „Gern geschehen."

Sie spürte seinen Atem in ihrem Nacken und ein Schauer lief ihr über den Rücken, der alle möglichen Wohlfühlstoffe in ihr auslöste.

„Mein Angebot steht nach wie vor." Seine Stimme klang tief in ihren Haaren. „Ich weiß, dass du nichts mehr von ihm gehört hast, aber wenn doch, brauchst du mich nur zu rufen."

„Danke."

Die Wärme seiner Hände an ihrer Taille brannte sich durch ihren dünnen Pullover. Sie wünschte, er würde die Arme ganz um sie legen und sie näher ziehen. War sie ein Dummkopf, weil sie das hoffte?

„Du gibst mir das Gefühl, in Sicherheit zu sein", sagte sie.

Coles Brustkorb dehnte sich aus und seine Körperwärme drang in ihre Haut ein.

„Du bist in Sicherheit."

Sie drehte das Gesicht zu seinem Hals, nur wenige Zentimeter von der nackten Haut über seinem Kragen entfernt. Sie sog ihn ein. Er roch himmlisch.

Der Augenblick dehnte sich aus, zu lange – nicht lange genug. Das musste er ebenso merken, aber auch er zog sich nicht zurück.

Als wollte er ihre Gedanken bestätigen, ja gutheißen, wandte er das Gesicht ihren Haaren zu. Sein Atem war federleicht auf ihrer Haut und aus der freundschaftlichen Umarmung wurde etwas anderes.

Ihr Herz hämmerte so heftig und schnell, dass er es spüren musste, aber es war ihr egal. Noch einmal atmete sie ihn ein, während sie mit der Nase seinen Hals berührte.

Sie hörte, wie sein Atem stockte.

Vermutlich sollte sie den Bogen nicht überspannen. Nicht, das sollte sie wirklich nicht. Aber dann bewegten seine Daumen sich an ihrer Seite und strichen vor und zurück. Die Berührung, die so subtil war, und doch so provokant, ließ einen Schauer des Verlangens durch ihre Adern strömen.

Sie konnte nicht anders. Es war ja nur sein Hals. Nur ein winziger Kuss. Ein Danke-Kuss. Ihre Lippen berührten ganz leicht die Kuhle zwischen seinem Hals und seiner Schulter. Seine Haut war warm und weich und ein wenig salzig. Zum Süchtigwerden. Seine Hände krallten sich in ihre Taille. „PJ …“, warnte er sie.

„Was?“, fragte sie, nicht weil sie eine Antwort wollte, sondern um erneut das heisere Timbre seiner Stimme zu hören. Als er nicht antwortete, hob sie den Kopf von seiner Schulter.

In den warmen, wirbelnden Gewässern seiner meeresgrünen Augen braute sich ein Sturm zusammen. Sie waren faszinierend, durchdringend, sodass sie den Blick nicht abwenden konnte. Ihr Herz schlug einen zeitlosen Takt, der Tausende Generationen alt war und doch irgendwie neu und anders.

Ihr Blick huschte über sein Gesicht und blieb auf seinen Lippen liegen. Plötzlich sehnte sie sich mehr nach diesen Lippen, als sie sagen konnte. Sie wollte sie spüren. Schmecken. Ohne dass es ihr bewusst war, fanden ihre Finger die Stoppeln an Coles Kinn. Es kitzelte, sie zu berühren.

Dann wanderte ihr Blick wieder zu seinen Augen. Am liebsten hätte sie sich hineinfallen lassen, um in ihren stürmischen Tiefen zu ertrinken.

Cole beugte sich weiter herunter, bis sein Atem ihre Lippen streifte. Ihr Herz stieß einen hoffnungsvollen Seufzer aus. Und dann küsste er sie.

Seine Lippen waren warm und weich und voll. Er bewegte sie langsam, ließ sich Zeit. Nicht gelangweilt … sondern genussvoll. Sie spürte den Unterschied deutlich und genoss ihn.

Seine Arme schoben sich um sie und zogen sie näher.

Endlich.

Sie drückte sich an ihn, während der Kuss intensiver wurde. Ihr Herz sang eine wundervolle Melodie, als ihre Arme sich um seinen Hals schlangen und ihre Finger sich in seine weichen Haare gruben, während er ihre Lippen verzauberte. Er schmeckte nach Schokolade, roch wie der Himmel und fühlte sich an wie Heimat.

Wie konnte es sein, dass er die ganze Zeit da gewesen war, nur ein Stockwerk über ihr? Warum hatte es so lange gedauert, bis sie den Weg in seine Arme gefunden hatte?

Sein Kuss wurde langsamer und sie spürte, dass er sich emotional entfernte, bevor er sich körperlich von ihr löste.

Ihre Lippen trennten sich und sie atmeten beide schwer, nur Zentimeter voneinander entfernt.

Dann schob er sie von sich weg, damit er ihr in die Augen sehen konnte. „Es tut mir leid."

Diese einfachen Worte ließen PJs Herz von seinem Höhenflug abstürzen. Der bedauernde Blick in Coles Augen half auch nicht. „Das sagt man aber nicht, wenn man gerade ein Mädchen geküsst hat." Nicht, wenn die Lippen dieses Mädchens noch vor Verlangen kribbelten.

Er zog seine Arme fort und nahm alles, was er gegeben hatte, wieder weg, sodass sie sich leer und bloß fühlte. Unvollständig.

„Das ist keine gute Idee, PJ."

Ein flaues Gefühl breitete sich in ihrem Magen aus. „Weil …"

In seinen Augen flackerte etwas auf, was sofort wieder verschwunden war. Ein Schatten fiel über sein Gesicht, als er die Lippen aufeinanderpresste. „Du willst das nicht. Letztlich wird nur einer von uns das Haus bekommen. Wenn du es bist, werde ich gehen."

„Und wenn du gewinnst?"

Sein Blick wanderte über ihr Gesicht. Er schob die Hände in die Hosentaschen. „Wie würdest du mich dann sehen? Nachdem ich dir deinen Traum gestohlen habe?"

Könnte sie damit leben? Mit ihm? Er gab ihr nicht die Möglichkeit, es herauszufinden. Bei dem Gedanken zog sich PJs Herz zusammen. Sie konnte den Gedanken, dass ihr erster Kuss auch ihr letzter gewesen sein könnte, nicht ertragen.

„Und?", fragte sie. „Heißt das, wir können keine Freunde sein?"

Gut, sie küsste ihre Freunde normalerweise nicht auf den Hals.

Oder auf die Lippen. Und sie schmiegte sich auch nicht so sehr an sie, dass sie ihr Herz an ihrem Herzen schlagen fühlte.

„Ich glaube, wir sollten lieber einen großen Schritt zurück machen."

Jetzt fiel ihr Herz bis auf den Boden, durch zwei Stockwerke, und schlug mit einem dumpfen Aufprall im Keller auf.

„Einen Schritt zurück ..."

Coles Augen, die gerade noch so stürmisch und voller Verlangen gewesen waren, schienen jetzt verbarrikadiert und erinnerten sie an die erste Zeit mit ihm. Wollte er dorthin wieder zurück? Zu dem steifen Schweigen und den Förmlichkeiten, unterbrochen von gelegentlichen Streitereien?

„Ich glaube, das wäre das Beste", sagte er und machte tatsächlich einen Schritt zurück in Richtung Dachboden.

Etwas an seiner Bewegung löste ein Lodern in ihr aus. Sie hätte ihn nie für einen Feigling gehalten, aber genau so verhielt er sich jetzt. Wie konnte er sie einfach aufgeben, bevor er ihr überhaupt eine Chance gegeben hatte? Offenbar hielt er sie doch nicht für so fähig ...

Sie schob das Kinn vor. „Dann gibt es wohl nichts mehr zu sagen."

„PJ ..."

„Nein, ich habe schon verstanden", sagte sie und drehte sich um, bevor er ihre feuchten Augen sehen konnte. „Keine Sorge."

Sie zwang sich, aufrecht den Flur entlang und die Treppe hinunterzugehen. Erst, als sie bei ihrem Zimmer angekommen war, hörte sie das Knarren, das seine Bewegung verursachte, und sie schloss die Schlafzimmertür hinter sich so mühelos, wie Cole ihr die Tür vor der Nase zugeschlagen hatte.

Cole starrte zur dunklen Decke hinauf, während der Schmerz sich in seinem Inneren ausbreitete, bis ihm alles wehtat. Er war so ein Idiot! Warum hatte er sie geküsst? Bisher war er so gut darin gewesen, Grenzen zu ziehen; eine Freundschaft zu ihr aufzubauen und trotzdem seine Mauern intakt zu lassen.

Aber er hatte auch noch nie ihren Atem an seinem Hals gespürt, ihre Lippen auf seiner Haut. Er schloss die Augen, um die Erinnerung zu verdrängen, und sofort stand ihm wieder ihr Blick vor Augen, als er die Mauer zwischen ihnen entschlossen wieder aufgerichtet hatte.

Sie hatte ihm gesagt, sie fühle sich bei ihm sicher. Was für ein Witz. Schon da hätte er auf Abstand gehen sollen. Er war der letzte Mensch, der irgendwem Sicherheit bot. Dieser Aufgabe war er bei den Menschen, die er am meisten liebte, nicht gerecht geworden. Besser, wenn PJ die traurige Wahrheit jetzt klar wurde, bevor er sie ihr bewies, indem er sie noch mehr verletzte.

Kapitel 27

Das *Coachlight Café* wimmelte vor morgendlichen Besuchern und ein schwerer Kaffeegeruch lag in der Luft. Die Leute huschten herein, in dicke Mäntel gehüllt, und gingen dann wieder, die Hände um dampfende Becher gelegt. Einige wenige, so wie PJ und Jade, setzten sich an die kleinen Tische und unterhielten sich oder lasen die *Gazette*.

Ein kalter Windstoß wehte über PJs Schulter, als die Tür hinter ihr aufging. Ein Schluck von ihrem schwarzen Kaffee wärmte sie.

Sie fragte sich, was Cole wohl gerade tat. Auf dem Weg hinaus war sie ihm begegnet, da er in diesem Moment die Zeitung hereingeholt hatte. Er hatte steif genickt und gezwungen gelächelt. Es war eine eiskalte Begrüßung gewesen nach dem Kuss des vergangenen Abends.

„Also, was ist los?" Jade stellte ihren Tee ab und durchbohrte PJ mit ihren intelligenten grünen Augen. „Du hast kein Wort von dem mitbekommen, was ich gesagt habe."

„Doch … Daniel hat heute ein Interview mit der *Gazette* … Ava bekommt Zähne …" PJ überlegte krampfhaft, aber sonst fiel ihr nichts mehr ein.

„Das war vor fünf Minuten."

Also gut, sie war abgelenkt gewesen. Nach Coles unverhohlener Zurückweisung hatte sie gerade mal fünf Stunden geschlafen. „Ich habe momentan einfach viel um die Ohren, das ist alles."

Jade faltete die Hände auf dem Tisch, sodass ihre Ringe klackerten. „Mit dem Restaurant?"

„Eigentlich nicht."

„Was denn dann?" Jades prüfender Blick ruhte weiter auf PJ.

PJ blickte auf den Holztisch hinunter. Sie zeichnete mit ihrem kurzen Daumennagel einen Kratzer in der Tischplatte nach. „Ich will nicht darüber reden."

„Das ist ja mal was ganz Neues."

PJ warf ihr einen Blick zu.

„Es ist ein Kerl", sagte Jade.

„Was? Nein."
„Weißt du, das mit der Stimme machst du immer, wenn du lügst."
„Was mit der Stimme?"
„Dass du am Ende des Satzes hoch gehst. ‚Was? Nein'", ahmte sie PJ nach, während sie ihren Zopf über die Schulter nach hinten warf.

PJ schürzte die Lippen.

„Ist es Cole? Denn Madison hat normalerweise recht, was diese Dinge betrifft. Sie wusste längst, dass Daniel etwas für mich empfindet, als ich noch keine Ahnung hatte. Und sie hat es mir nicht einmal gesagt, habe ich das schon mal erwähnt?"

„Nur ein oder zwei Mal."

„Schließlich sind wir Schwestern. Man hätte doch wirklich erwarten können, dass sie es mal beiläufig erwähnt."

„Und wenn sie es dir erzählt hätte, wärst du jetzt viel glücklicher."

Nun war es an Jade, die Lippen zu schürzen. „Na gut. Ich bin mit der Liebe meines Lebens verheiratet und habe zwei wundervolle Töchter. Ich habe mein Happy End bekommen – du kannst mich ja verklagen."

„Ich sag ja nur."

„Aber jetzt zurück zu Cole."

„Soweit ich weiß, haben wir nicht über ihn gesprochen."

„Du wolltest mir gerade erzählen, warum er dich so durcheinanderbringt."

„Er bringt mich nicht durcheinander." Ihre Stimme wurde am Ende des Satzes höher. Mist.

Jade zog eine Augenbraue hoch und lehnte sich abwartend zurück.

„Na gut. Er hat mich geküsst."

Jade beugte sich vor und ein Lächeln umspielte ihre Lippen. „Wirklich?"

„Und dann hat er sich entschuldigt."

Das Lächeln ihrer Schwester erstarb. „Oh."

Wieder zog sich PJs Magen zusammen, während Coles Worte in ihrem Herzen nachklangen. Dafür, dass er ihr so viel Mut gemacht, sie unterstützt und ihr versichert hatte, wie fest er angeblich an sie glaubte, hatte er sich ziemlich schnell aus dem Staub gemacht.

„War es wenigstens ein schöner Kuss?"

„Schön ist nicht das richtige Wort. Ich habe die ganze Nacht wach gelegen und abwechselnd den Kuss noch mal durchlebt und das ätzende Gefühl, als er mich abserviert hat. Seither fahren meine Gefühle Achterbahn. Es geht immer auf und ab zwischen himmelhoch jauchzend und zu Tode betrübt."

„Und wo liegt das Problem? Warum hat er sich entschuldigt?"

„Offenbar findet er, dass es keinen Sinn hat. Wir sind Konkurrenten, was das Haus betrifft ... einer von uns wird dem anderen seinen Traum stehlen ... bla bla bla."

„Na ja, das ist schon ein Argument."

PJ sah ihre Schwester finster an.

„Stimmt doch. Nicht unbedingt unlösbar –"

„Das sieht er offensichtlich anders. Er hat mir unmissverständlich klargemacht, dass wir die Zeit zurückdrehen und wieder ganz an den Anfang gehen sollen." Bei dem Gedanken an sein gequältes Lächeln an diesem Morgen war PJs Kehle wie zugeschnürt.

„Wenn ich mich recht erinnere, gehörte da eine Menge Geknister und Stichelei dazu."

„Ich kann es kaum erwarten. Als ob ich in meinem Leben noch mehr Stress bräuchte."

„Hast du ihm gesagt, was du empfindest?"

„Natürlich nicht!"

„Das wollen wir ja auch auf keinen Fall, oder?"

„Ich glaube, der Kuss hat für sich gesprochen. In seinem Fall aber offenbar nicht. Können wir jetzt über was anderes reden? Hast du gehört, dass Ryan das Haus der Averys kauft?"

„Ja, was hat es denn damit auf sich? Ich wusste nicht einmal, dass er nach einer Immobilie sucht – und ich lasse dich nur deshalb das Thema wechseln, weil ich dich liebe."

„Weißt du noch, wie Abby immer davon gesprochen hat? Sie liebte die riesige Veranda und den großen Garten mit der Reifenschaukel."

Jades Miene wurde traurig. „Warum macht er das?"

„Ich glaube, er trauert ihr immer noch nach. Er hat mir fast den Kopf abgerissen, als ich ihn darauf angesprochen habe. Soweit ich weiß, hat Abby noch Kontakt zu Amy von der Zeitung. Vielleicht sollte ich –"

„Mach jetzt bloß keinen auf Madison."

PJ seufzte. „Du hast recht."

„Sie hat mich und Daniel beinah auseinandergebracht. Ich war noch nie so wütend auf sie. Außerdem bin ich kein Fan von Abby, nachdem sie Ryan so das Herz gebrochen hat."

PJ nippte an ihrem Kaffee. Sie wusste nicht genau, was zwischen Ryan und Abby geschehen war. Sie war damals ein Teenager gewesen und zu sehr mit sich selbst beschäftigt, um viel mitzubekommen.

„Komm, wir gehen Kleider kaufen", sagte Jade.

„Wofür brauchst du denn ein Kleid?"

„Nirgendwofür. Du aber."

„Äh, gibt es demnächst irgendein Ereignis, von dem ich nichts weiß?"

„Wir machen am Valentinstag einen Mädelsabend, Madison, du und ich."

„Woher willst du wissen, dass ich keine Verabredung habe?"

Jade schnitt eine Grimasse. „Daniel ist nicht da und Beckett besucht seinen Vater. Deshalb haben Madison und ich gestern Abend eigene Pläne gemacht. Vermutlich ungefähr zu der Zeit, als du und Du-weißt-schon-Wer geknutscht habt." Sie blinzelte unschuldig.

„Ich muss arbeiten. Die große Werbekampagne, die ich für den Valentinstag gestartet hatte, hat sich ausgezahlt. Wir sind an dem Abend komplett ausgebucht." Und sie brauchte die Einnahmen dringend.

„Dann fangen wir halt später an. Du könntest doch ein bisschen eher Schluss machen, oder? Deinen Angestellten das Aufräumen überlassen?"

„Ich denke schon."

Jade leerte ihren Becher und nahm ihre Handtasche vom Stuhl. „Es gibt eine neue Boutique in Louisville, nicht weit von der Bäckerei, in der du dein Praktikum gemacht hast. Wir suchen etwas aus, das deine tollen langen Beine so richtig zur Geltung bringt, und ich bezahle."

Kapitel 28

Ende Januar gab es die nächsten Schneestürme. PJ kroch unter ihrem Deckenberg hervor, um sich der kühlen Luft und dem kalten Fußboden zu stellen. Dem Lärm von oben nach zu urteilen war die Schule jetzt schon den zweiten Tag geschlossen und die Kids saßen wieder einmal fest.

Nur würde es diesmal keinen Ausflug zur Eisbahn und zur Pizzeria geben. Diesmal würden Cole und sie sich jeder auf dem eigenen Stockwerk aufhalten und sie würden einander höchstens im Vorbeigehen sehen. Sie fragte sich, ob die Jugendlichen ihn schon wahnsinnig machten. Gestern waren sie ziemlich laut gewesen und Shaundra schien rund um die Uhr an irgendeiner Tanznummer zu üben.

Als sie den Postboten hörte, duschte PJ und zog sich an. Dann ging sie ins Foyer. Oben kreischte Zacs Gitarre in maximaler Lautstärke, Shaundras Countrymusik hallte durchs ganze Haus und irgendjemand, wahrscheinlich Josh, spielte eine Solopartie Tischtennis an der hochgeklappten Platte. Die Kakophonie ging ihr auf die Nerven.

Als sie den Eingangsbereich betrat, rutschten ihr die Füße weg und sie landete mit einem dumpfen Aufprall auf dem Boden.

Ihr Hintern protestierte. „Autsch …“

Dann merkte sie, dass Wasser durch ihre Jeans drang. Was in aller Welt? Sie folgte der nassen Spur vom Teppich zur Treppe. Wenn sie schon den Haupteingang benutzten, konnten sie sich dann nicht wenigstens die Füße abtreten?

Sie setzte sich aufrecht und zog vor Schmerzen eine Grimasse. Dann holte sie ein paar Blätter Küchenrolle und wischte das Wasser fort, bevor sie die Post aufhob.

Sie blätterte durch den Stapel. Die Telefonrechnung, die Stromrechnung … oh. Die wollte sie heute nicht aufmachen. Ein Angebot für eine Kreditkarte. Ein handbeschrifteter Umschlag. Als sie auf die linke obere Ecke blickte, drehte sich ihr der Magen um.

Der Umschlag bebte in ihrer Hand und die andere Post war schlagartig vergessen.

Warum, nach zwei Monaten? Warum konnte er sie nicht einfach in Ruhe lassen? Der Mann hatte vielleicht Nerven! Sie hatte seine Anrufe und Nachrichten ignoriert; sie hatte ihre Nummer geändert. Warum konnte er nicht verschwinden? Wieso waren Männer so? Dass sie immer dachten, sie wüssten, was PJ wollte?

Sie riss den Umschlag in der Mitte durch, dann noch einmal und wieder und wieder, bis nur noch ein Haufen Papierschnipsel auf dem Tisch lag.

„Ich hoffe, das war nicht die Stromrechnung." Plötzlich stand Cole am Fuß der Treppe. Er trug einen Mantel, sah aber aus, als wäre er gerade erst aufgewacht. Seine Haare waren leicht zerzaust, sein Gesicht unrasiert. In seiner Hand klirrte ein Schlüsselbund.

PJ riss sich von dem Anblick los, sammelte die Briefreste zusammen und warf sie in den Papierkorb.

Er steckte die Schlüssel in die Hosentasche. „Der war nicht von –"

„Kann ich dir irgendwie helfen, Cole?"

Es ging ihn nichts an. Er wollte Abstand und den würde er reichlich bekommen. Sie wischte den restlichen Abfall vom Tisch. Zwei Bonbonpapiere, einen zerbrochenen Buntstift, einen abgekauten Bleistift.

„Alles in Ordnung?"

„Alles bestens." Sie wandte sich ihm zu, während sie sich gegen den besorgten Blick in seinen grünen Augen wappnete. „Aber es wäre nett, wenn du der Gang sagen würdest, dass sie sich die Füße abtreten sollen, damit sie den Schneematsch nicht durch mein Foyer tragen, und wenn sie den Lärm auf etwas weniger ohrenbetäubende Dezibel reduzieren könnten, wäre das auch prima."

Coles Unterkiefer zuckte. „Sonst noch etwas?"

„Ein bisschen Hilfe wäre nicht schlecht. Die Wege müssen geräumt werden und die letzten drei Male habe ich das gemacht."

„Ich kümmere mich gleich darum."

„Danke."

„Gern geschehen." Er schob sich an ihr vorbei und ging zur Tür hinaus. Eine Minute später hörte sie das Kratzen der Schneeschaufel auf dem Weg.

Cole öffnete den obersten Knopf seines Hemdes und legte sein Gottesdienstprogramm auf den Tisch. Dann öffnete er den Kühlschrank und betrachtete dessen Inhalt, während er sich fragte, was er daraus zum Mittagessen basteln könnte. Vom Restaurant stieg der himmlische Duft belgischer Waffeln mit Speck herauf und quälte ihn.

Die Woche hatte sich endlos gezogen. Aber wem machte er hier eigentlich etwas vor? Seit dem Kuss hatte sich jeder Tag quälend lang hingezogen. Es war unfassbar, dass noch keine Woche verstrichen war, seit er PJ im Arm gehalten hatte. Cole runzelte die Stirn, als er an ihre Unterhaltung über die Rechnungen an diesem Morgen zurückdachte. Sie hatte ihn kaum angesehen. Ihre Fröhlichkeit war düsteren Blicken gewichen. Aus großen, dunklen, wütenden Augen. Es war kaum zu glauben, dass sie ihn nahe genug an sich herangelassen hatte, dass er sie berühren konnte, geschweigen denn küssen.

Aber genau das wolltest du doch, Evans.

„Was machst du?" Shaundra griff an ihm vorbei nach einer Dose Cola light.

„Ich überlege, was ich essen soll."

„Ich habe gestern einen Auflauf gemacht – Hähnchen Tetrazzini. Ist noch was von da."

„Super." Er nahm die Auflaufform, die mit Alufolie abgedeckt war. „Willst du auch was?"

„Ich habe unten ein spätes Frühstück gegessen. Hast du schon mal PJs Quiche Lorraine probiert? Hmmm." Sie nickte in Richtung Auflauf. „Du musst mir ehrlich sagen, was du davon hältst. Ich habe mir das Rezept selbst ausgedacht. Übrigens hat PJ mit mir über die Kochschule gesprochen. Blöd, dass ich mir das nicht eher überlegt habe. Für die meisten Stipendien ist es jetzt zu spät."

Cole löffelte eine Portion Auflauf auf einen Teller und warf die Mikrowelle an. „Du bekommst auf jeden Fall einen 5000-Dollar-Gutschein von der Regierung."

„Die reichen aber nicht mal für das erste Semester."

„Es gibt auch Studienkredite. Viele machen es so."

„Ich weiß. Und PJ hat gesagt, dass sie mir bei den Bewerbungen hilft und mir sogar ein Zeugnis schreibt. Das finde ich total nett von ihr."

„Ich schreibe dir gerne auch eine Empfehlung, wenn du noch eine brauchst. Und vergiss nicht das Pell-Stipendium. Beim Ausfüllen des Antragsformulars kann ich dir helfen."

„Danke. PJ hat mir bei dem Rezept geholfen. Sie bringt mir das mit den Zutaten bei – was zusammenpasst und warum. Zac hat gesagt, so einen guten Auflauf hätte er noch nie gegessen. Aber er mag eigentlich keine Aufläufe, deshalb heißt das nicht so viel."

„Ich bin mir sicher, es wird super schmecken."

„Was glaubst du, wer das Haus bekommt?"

Coles Magen zog sich zusammen – wie immer, wenn er an diese Frage dachte.

„Ich weiß es nicht."

„Ich drücke dir die Daumen, weil ich will, dass du gewinnst. Aber ich will auch nicht, dass PJ verliert."

„Tja, beides kannst du nicht haben."

„Ich weiß. Also, wie findest du den Auflauf?", fragte sie, als er den ersten dampfenden Bissen gegessen hatte.

„Wow. Sehr gut."

„Wirklich? Und das sagst du nicht nur so?"

„Das ist total lecker. Die beste Mahlzeit, die ich seit Wochen gegessen habe." Auch wenn Butterbrote und Fertiggerichte Shaundras einzige Konkurrenz waren.

Sie lächelte glücklich. „Den Parmesan habe ich frisch gerieben."

„Das ist so gut wie im Restaurant – ehrlich."

„Danke! Ich kann es gar nicht erwarten, das PJ zu erzählen. Heute Abend zeigt sie mir, wie man Crème brûlée macht. Sie singt übrigens, wenn sie kocht, wusstest du das?"

Coles Lippen zuckten. „Nein, das wusste ich nicht."

„Sie sollte sich unbedingt bei American Idol bewerben."

„Was?"

„Sie würde es bestimmt ins Fernsehen schaffen. Auch wenn sie total unmusikalisch ist. Sie ist voll hübsch, findest du nicht auch?"

Er gab einen vagen Laut von sich.

„Sie sollte wirklich einen Freund haben. Da ist dieser coole Typ in ihrem Kochkurs, der ständig mit ihr ausgehen will. Ich habe ihr gesagt, sie soll es machen."

Seine Brust zog sich zusammen. „Was für ein Typ?"

„Alec irgendwas. Er ist bei der Feuerwehr." Shaundra wedelte mit der Hand, als stünde sie in Flammen.

„Und er ist in ihrem Kochkurs?"

„In dem für Junggesellen am Montagabend. Okay, jetzt muss ich aber los und für heute Abend einkaufen. Bis später!"

Am liebsten hätte Cole sie zurückgerufen und mit Fragen gelöchert. Wer war dieser Alec? Ging PJ tatsächlich mit ihm aus? Mochte sie ihn?

Aber viel wichtiger war eine Frage, die er nur selbst beantworten konnte: Warum zog der Gedanke, dass ein anderer Mann sich für PJ interessierte, den ganzen Geschmack aus dem Auflauf?

Irgendwann später war draußen ein dumpfer, sich wiederholender Laut zu hören und Cole trat ans Fenster. Im Laufe des Tages war es überraschend warm geworden und der Schnee war komplett geschmolzen. Josh und PJ warfen Körbe an dem Ring, den Cole am Schuppen befestigt hatte.

PJ versenkte einen langen Wurf und Josh warf begeistert die Arme in die Höhe. Als Josh ebenfalls einen Korb legte, klatschte PJ ihn ab. In dem dicken weißen Mantel und den Jeans, die ihre langen Beine betonten, die mit dem Spielfeld kurzen Prozess machten, sah sie süß aus.

Sie legte einen weiteren Treffer vor, während Josh seinen anschließenden Wurf vergab. PJ vollführte einen Siegestanz, woraufhin Josh den Kopf schüttelte, aber er grinste dabei. Es war kaum zu glauben, dass das derselbe Junge war, der einen Monat lang seine Sachen nicht ausgepackt hatte. Cole wusste, dass diese Veränderung nicht allein sein Verdienst war. Sie alle hatten etwas damit zu tun, dass Josh sich inzwischen zu Hause fühlte – sogar PJ.

Er sah zu, wie sie den Jungen spielerisch von der Wurflinie schubste. PJ konnte zwar keinen geraden Ton singen und keine zwei Sekunden am Stück still sitzen, aber sie hatte ein weiches Herz und war die Großzügigkeit in Person. Noch ein Grund mehr, sich ganz, ganz fern von ihr zu halten.

Kapitel 29

Je wütender PJ auf Cole war, desto weniger würde sie ihn vermissen. Das redete sie sich wenigstens ein, als sie in der Woche darauf die Soupe au pistou abschmeckte.

„Gute Idee mit den Nelken, Callie."

„Danke, Chef."

„Ein Sirloin, ein Hackbraten und insgesamt dreimal Lachs", rief eine der Bedienungen.

PJ zog das Filet aus dem Ofen. Perfekt. Sie verteilte die Sauce béarnaise darauf. „Callie, was ist mit dem Reis?"

„Eine Minute, Chef."

„Beth, sag vorne Bescheid, dass der Hackbraten spezial aus ist."

„Ja, Chef."

PJ beförderte das Sirloin-Steak in den Ofen und ging zum Kühlraum, um den Lachs zu holen.

Wo war er denn? Sie hatte ihn gerade gekauft und genau hier hingelegt. „Callie, hast du den Lachs gesehen?"

„Nein, Chef."

„Unter dem Kabeljau", rief Nate. „Sorry, Chef, habe ich verlegt."

Alles war an der falschen Stelle. Schnell räumte PJ sämtliche Lebensmittel wieder an den richtigen Platz. Es war nicht viel los, aber sie waren in der Küche unterbesetzt, weil Ella die Grippe hatte.

„Chef!"

In dem Augenblick, in dem Callie aufschrie, ertönte der Feueralarm.

PJ drehte sich um und sah Flammen von einem Topf auf dem Herd fast bis zur Decke auflodern. Nate schnappte sich den Feuerlöscher, aber die Flammen hatten bereits ein Handtuch in der Nähe erfasst und breiteten sich jetzt an der ganzen Wand aus. Sie konnte nicht fassen, wie schnell das ging. Vielleicht reichte der Feuerlöscher, vielleicht aber auch nicht. Das Risiko konnte sie nicht eingehen.

„Ich räume das Haus", rief sie Nate zu. „Wenn du merkst, dass du es nicht unter Kontrolle kriegst, geh raus!" PJ wählte den Notruf, während sie in den Speisesaal rannte, in dem die Gäste sich verwirrt umsahen.

„Bring alle raus", sagte sie leise zu ihrem Oberkellner. „Schnell und ruhig."

Am anderen Ende der Leitung ging die Vermittlung dran und sie nannte die Adresse, während sie die Treppe hinaufrannte. Waren die Kids zu Hause? Und Cole? Bei dem ohrenbetäubenden Alarm wären sie doch sicher heruntergekommen, um nachzusehen, was los war. Sie riss alle Türen auf, als sie den Flur hinunterlief, aber die Zimmer waren leer.

„Cole!", rief sie, während sie immer zwei Stufen auf einmal nahm, um zum Dachboden hinaufzugelangen. Sie riss seine Tür auf, aber auch sein Zimmer war leer. Als sie wieder nach unten kam, hatte der Rauch bereits den jetzt menschenleeren Gastraum gefüllt.

Nate und Callie kamen ins Foyer gelaufen, die Schürzen schützend vor Mund und Nase gedrückt.

PJ hustete. „Schnell raus." Dann eilte sie an ihnen vorbei in Richtung Küche. Sie konnte nicht zulassen, dass ihr Traum in Flammen aufging.

„Was machst du?", rief Nate, aber sie hatte keine Zeit zu antworten.

Die Partie Billard bei *Cappys* war eine willkommene Abwechslung gewesen. Cole winkte Seth Murphy zum Abschied und stieg in die kalte Fahrerkabine seines Pick-ups. Zweimal hätte er fast etwas über PJ gesagt, aber so gut kannte er Seth einfach nicht. Außerdem war der Mann mit Layla verheiratet, die Becketts Schwester war. Und der hatte PJs Schwester geheiratet. Er lebte inzwischen lange genug hier, um zu wissen, wie so etwas lief.

Außerdem, was sollte das schon bringen? Es war so, wie es war. Er empfand nun einmal etwas für PJ. Und dieses Gefühl schien immer stärker zu werden, trotz des Abstands, den er zu ihr hielt.

Nur noch vier Monate, Evans. Dann ist es vorbei, so oder so.

Aber würde es wirklich vorbei sein? Was, wenn er gewann? Dann konnte er das Haus behalten, aber er würde mit ansehen müssen, wie PJ auszog. Wohin würde sie gehen? Was würde sie tun? Wieder in dem Süßigkeitengeschäft arbeiten? Was war mit den Krediten, die sie aufgenommen hatte?

Das ist nicht dein Problem. Er bog vom Parkplatz und seine Scheinwerfer schnitten einen Weg in die Dunkelheit.

Du musst diese Sache irgendwie hinbiegen, Gott. Er jedenfalls war mit seinem Latein am Ende.

Er musste sich einfach zusammenreißen. Schließlich kannte er sie erst seit neun Monaten. Hatte sie erst einmal geküsst. So schlimm konnte es um ihn doch gar nicht bestellt sein.

Oder doch?

Erst zehn Tage waren vergangen, doch die kamen ihm vor wie eine gefühlte Ewigkeit. Wie sehr vermisste er ihr strahlendes Lächeln und die leuchtenden Augen! Sie hatten ihn schon eine Weile nicht mehr angesehen. Überhaupt hatte er nicht viel von ihr gesehen, was ja auch Sinn der Sache war. Aber er vermisste sie. Abends lag er im Bett und sehnte sich danach, ihr von seinem Tag zu erzählen. Es juckte ihm in den Fingern, ihre seidigen Haare zu berühren, und seine Lippen kribbelten vor Verlangen nach ihr.

Und das alles wegen einem Kuss.

Einem Kuss? Was für ein Unsinn. Seit Monaten ging sie ihm unter die Haut. Er hatte zugelassen, dass sie ihm nahekam, und jetzt merkte er, was er angerichtet hatte.

Du bist wirklich ein Idiot, Evans.

PJ brauchte jemanden, der sie beschützte. Jemanden, der für sie da war, der sie anfeuerte, und nicht jemanden, der sie enttäuschte.

Jemanden, der besser ist als du.

Cole bog in die Main Street ein und regelte die Heizung runter. Vor ihm erhellten rote Warnblinkleuchten das Viertel. Sobald sein Blick auf das rote Feuerwehrfahrzeug fiel, das in der Nähe ihres Hauses geparkt war, fing sein Herz an, wild gegen seine Rippen zu hämmern. Er trat das Gaspedal durch und raste an den Autos vorbei, die am Bordstein standen.

Vor dem Wishing-Haus tummelten sich Menschen, die in kleinen Grüppchen zusammenstanden. Aus dem hinteren Teil des Hauses, in dem sich die Küche befand, stieg Rauch auf.

PJ.

Er hielt am Bordstein und sprang aus dem Wagen, um zum Garten zu laufen. Seine Augen suchten die Menschenansammlung ab. Die Kids waren an diesem Abend nicht da, aber wo war PJ?

Er entdeckte Callie, Nate und die anderen aus der Küche. „Wo ist PJ?"

Nate schüttelte den Kopf. „Sie ist noch mal reingegangen."

Cole durchbohrte Nate mit seinem Blick. „Und ihr habt sie gelassen?"

„So schlimm ist es nicht." Callie fuhr sich mit der Hand durchs Gesicht. „Jedenfalls noch nicht. PJ versucht das Feuer zu löschen. Die Feuerwehr ist gerade rein."

Der Wind verschluckte ihre letzten Worte fast, während er auf das Haus zulief.

Ein Feuerwehrmann mittleren Alters hielt ihn an der Verandatreppe zurück. „Hey, Sie können da nicht rein, Freundchen."

„PJ McKinley ist da drin."

Der Feuerwehrbeamte blieb breitbeinig vor ihm stehen. „Ich weiß. Wir holen sie raus."

„Das ist mein Haus."

„Bitte treten Sie zurück."

Cole wollte gerade einen Haken um den Mann schlagen, als er aus dem Augenwinkel eine Bewegung wahrnahm.

PJ.

Ein Feuerwehrmann trug sie. Ihr Gesicht war rußverschmiert und ihre Kleider waren nass.

Schnell streifte Cole seinen Mantel ab und versuchte, zu ihr zu gelangen, aber der stämmige Aufpasser packte ihn am Arm. Cole erstarrte und wartete ungeduldig, bis der andere Feuerwehrmann und PJ näher kamen.

PJ hustete zweimal. „Lass mich runter, Alec."

„Bist du in Ordnung?" Cole legte seinen Mantel um ihre Schultern, kaum dass ihre Füße den Boden berührt hatten.

„Mir geht es gut. Die Kids sind nicht zu Hause. Alle sind draußen." Sie sah zum Haus zurück und Tränen traten ihr in die Augen. „Aber das Haus …"

„Das haben wir in null Komma nichts gelöscht", sagte Alec. „Es ist jetzt schon fast aus."

PJ hustete. „Bist du dir sicher?“

„Das Haus ist mir egal“, sagte Cole. „Bist du dir sicher, dass dir nichts fehlt?“

„Die Sanitäter müssen sie untersuchen“, sagte Alec. „Treten Sie bitte zur Seite.“

Cole ließ sie gehen. Gott sei Dank, dass ihr nichts passiert war. Gott sei Dank. Der Adrenalinstoß ließ nach und er fühlte sich mit einem Mal ganz schwach und zittrig.

PJ zog die Schultern hoch, als sie in der kalten Dämmerung die Verandatreppe hinaufstieg. Ryan hatte am Abend zuvor als Erster von dem Feuer erfahren, weil er freiwilliger Feuerwehrhelfer war, und danach hatte die Nachricht schnell die Runde in der Familie gemacht. Sie hatte einen aufgeregten Anruf nach dem anderen erhalten, bis ihre Eltern schließlich vorbeigekommen waren, um sich zu vergewissern, dass es ihr gut ging.

Die Nacht hatte sie bei ihren Eltern verbracht, aber geschlafen hatte sie nicht. Da kein Wagen vor dem Haus stand, ging sie davon aus, dass auch Cole und die Jugendlichen eine andere Bleibe gefunden hatten.

Sie schloss die Tür auf und trat ein. Sofort musste sie husten. Der beißende Geruch von Rauch drang in ihre Lunge und ließ ihre Augen tränen. Das Herz schlug ihr bis zum Hals, als sie durch den Speiseraum in die Küche ging. Alecs Worte vom vergangenen Abend hallten ihr noch in den Ohren. *Sie haben es gelöscht. Es ist nur die Küche.*

Nur die Küche. Das Herz ihres Restaurants. Sie trat durch die Tür und ließ sie hinter sich zuschwingen.

Dann blieb sie stehen. Ihr Atem stockte. Überall stand Wasser in Pfützen – auf dem Boden, auf den Arbeitstischen. Hinter dem Herd war der Ruß die Fliesen hinaufgeklettert und klebte an den Tellerstapeln darüber. Die gestrichene Decke warf Blasen und blätterte ab. Ein Schneebesen aus Draht lag in grotesker Verzerrung auf dem nassen Boden vor der Spüle. Ihr Blick wanderte zu der verbrannten Herdplatte, an der sie gearbeitet hatte. Ruiniert.

Was für ein Durcheinander. PJs Augen brannten erneut, diesmal aber nicht vom Rauch. Wie lange würde es dauern, bis sie weitermachen konnte? Bis sie einen neuen Herd hatte, würde mindestens eine Woche vergehen. Zum Glück hatte sie eine Versicherung! Ohne die hätte sie alles verloren, auch das Haus. So würde die Zeit, die sie brauchte, um alles wiederherzustellen, ihr vermutlich das Genick brechen. PJ dachte an all die Einnahmen, die ihr verloren gehen würden, und kämpfte gegen die aufsteigende Panik an.

Der Valentinstag! Sie würde die Küche niemals bis zum nächsten Wochenende hinbekommen. Wahrscheinlich würde nicht einmal der starke Rauchgestank bis dahin verflogen sein. Das konnte sie sich nicht leisten; ihr Geschäft hing ohnehin am seidenen Faden. Seit drei Wochen hatte sie sich selbst schon kein Gehalt mehr gezahlt und sie hatte sich darauf verlassen, dass das nächste Wochenende ihr helfen würde, die Zeit bis zum Frühling zu überbrücken. Außerdem war das Geld für die Valentinstagwerbung verschwendet.

Warum geschieht das, Gott? Warum kann ich nichts richtig machen?

Jetzt würden ihre Zahlen schlecht aussehen und Mrs Simmons würde sie für verantwortungslos halten. Sie hätte beinahe das Haus ihrer Vorväter niedergebrannt!

PJs Blick wanderte durch die verkohlte Küche, während Wasser in ihre Turnschuhe drang. Vielleicht hatte ihre Familie recht. Als ihr die Realität so richtig bewusst wurde, konnte sie einen Moment lang nicht atmen. Sie würde das Haus und ihren Traum verlieren und sie konnte niemandem die Schuld dafür geben außer sich selbst.

Sie hörte, wie jemand zur Haustür hereinkam, und dann das Rascheln von Tüten und Stimmen.

„Mach die Fenster auf, Zac, und dann räum die Tische ab. Shaundra, du fängst damit an, die Gardinen abzuhängen."

„Und was ist mit mir?"

„Hol den Nasssauger von der Ladefläche des Wagens und sammele dann die Tischtücher ein. Leg sie auf einen Haufen neben der Tür. Wir bringen das Zeug später zum Waschsalon."

PJ verließ die Küche und sah, wie Cole mehrere Tüten im Eingangsbereich abstellte. „Was machst du da?"

Er richtete sich auf. „Wie sieht die Küche aus?"

„Als hätte eine Bombe eingeschlagen." Sie sah die Tüten mit Material an. Es war noch nicht einmal sieben Uhr. „Woher hast du das alles?"

„Wir haben bei Seth übernachtet. Er hat den Laden für uns aufgemacht." Cole fing an, die Sachen auszupacken: Handschuhe, Natriumphosphat, Schrubberbürsten. „Er hat mir erklärt, was wir zum Saubermachen brauchen. Wenn wir uns ranhalten, kannst du am nächsten Wochenende wieder aufmachen."

PJ schluckte den Kloß in ihrem Hals hinunter. Cole war bei Tagesanbruch auf – sie alle waren das –, um ihr zu helfen. Trotz der Spannungen zwischen ihnen. Trotz ihrer Rivalität. Trotz der Tatsache, dass sie in letzter Zeit launisch und ihm gegenüber ziemlich biestig gewesen war.

„Warum machst du das?"

Auf dem Boden hockend sah er auf und seine Miene wurde weich.

Genau in diesem Augenblick kam Josh mit dem Sauger durch die Tür gestürzt.

„Hi, PJ." Er stellte das Gerät ab. „Tut mir leid mit deiner Küche. Echt doof."

„Danke für eure Hilfe. Ich …" Wieder schluckte sie, um das Zittern in ihrer Stimme in den Griff zu bekommen. „Das weiß ich wirklich zu schätzen." Ihr Blick huschte zu Cole, um ihn mit einzuschließen.

„Kein Problem. Wo soll ich den hintun?"

„Den nehme ich", sagte PJ. Mit einem zaghaften Lächeln zog sie den Nasssauger in Richtung Küche. Vielleicht würde sie die Sache ja doch überstehen.

Kapitel 30

Am nächsten Samstag wachte Cole spät auf und suchte seine Laufsachen zusammen. Sie hatten die Reinigungsarbeiten gestern beendet und PJs neuer Herd war angeschlossen. Ihre Versicherung war sehr entgegenkommend gewesen. Zur Feier des Tages hatte PJ darauf bestanden, gestern Abend ein Festmahl für alle im Haus zu kochen: Jakobsmuscheln in Buttersauce, Hähnchen Cordon bleu, Kartoffelpüree und Spargel. Als Dessert hatte sie einen Käsekuchen mit einem knusprigen Teig aus Grahamkräckern und einer Schicht Beeren oben drauf gebacken. Er war immer noch satt.

Cole zog die Jogginghose an. Diese Woche hatten sie alles andere für PJ zurückgestellt, aber sie konnte heute aufmachen und hatte alle angerufen, um die Reservierungen zu bestätigen. Ihr strahlendes Lächeln und die funkelnden Augen gestern Abend zu sehen, war alle Mühe wert gewesen.

Die ganze Woche hatte er darauf geachtet, die Grenzen zu wahren, obwohl sie ständig zusammen gewesen waren. Aber es war nicht einfach gewesen. Ihren Blumenduft einzuatmen. Zu sehen, wie sie mit den Kids lachte und Tränen wegblinzelte, als Shaundra sie umarmte.

PJs Familie hatte auch geholfen. Ihre Eltern waren nett, aber er spürte, dass ihre Mutter etwas gegen ihn hatte. Vielleicht war es nur die Tatsache, dass er PJs Traum im Weg stand, oder vielleicht glaubte sie immer noch, er versuche, ihre Tochter zu sabotieren. Er war sich nicht sicher, wie viel PJ den anderen erzählt hatte.

Während er sich die Schuhe zuband, klingelte es an der Haustür. Er ging die Treppe hinunter, obwohl er annahm, dass PJ sowieso schneller sein würde, aber dann fiel ihm wieder ein, dass sie Ryan half, in sein neues Haus zu ziehen, trotz der hektischen Woche, die sie gehabt hatte.

Ein pickeliger Teenager stand auf der Veranda, in der Hand eine Vase mit roten Rosen, sein Atem eine blasse Wolke in der kalten Luft. Am Bordstein, wo sonst PJs Wagen parkte, stand mit laufendem Motor der Lieferwagen eines Floristen.

„Lieferung für PJ McKinley."

Ein Gefühl der Leere machte sich in Cole breit. Er musterte die Blumen mit Abscheu.

„Ist sie da?" Der Junge blickte über Coles Schulter, ein bisschen zu begierig darauf, eine Frau zu sehen, die deutlich älter war als er.

„Nein, aber ich sorge dafür, dass sie die Blumen bekommt."

„Sicher? Ich hatte gehofft, mit ihr sprechen zu können."

„Stell dich hinten an." Cole nahm die Vase und schloss die Tür.

Der schwere Rosenduft stieg ihm in die Nase. Rote Rosen. Offensichtlich und unoriginell. Er warf einen Blick auf den schlichten weißen Umschlag, der in dem Strauß steckte, und fragte sich, ob die Blumen von Feuerwehrmann Alec stammten. War sie vielleicht mit ihm zusammen?

Und wenn Alec ein solches Interesse hatte, wo war er dann die ganze Woche über gewesen, während PJ sich abgemüht hatte, ihre Küche wieder auf Vordermann zu bringen?

Aber vielleicht war es auch jemand anders. Was wusste Cole schon über ihr Privatleben? Sie hatten einander ja in letzter Zeit nicht gerade das Herz ausgeschüttet – und das war seine eigene Idee gewesen. Während er jetzt den Blumenstrauß betrachtete, fragte er sich allerdings, ob er einen Fehler gemacht hatte. Ob er seine Ängste abschütteln und den Sprung ins kalte Wasser hätte wagen sollen.

Nein. Er sollte froh darüber sein, dass jemand anderes sich für PJ interessierte. Sie hatte das verdient. Sie verdiente es, dass jemand sie liebte und schätzte. Sie verdiente Blumen zum Valentinstag oder auch ohne jeden Anlass.

Er trug die Rosen durch die Küche in PJs Zimmer und kämpfte trotz der kleinen Rede, die er sich gerade gehalten hatte, gegen den Drang an, den Strauß in den Müll zu werfen. Ihr Zimmer war leer, wie erwartet. Er stellte die Vase auf ihre Kommode und zwang sich, das Haus zu verlassen. Er musste mit einem ordentlichen Dauerlauf etwas gegen das Abendessen von gestern tun – und gegen eine ganz neue Sorge.

PJ schob die Füße in die schwarzen Stiefel und zog den Reißverschluss hoch. Dann sah sie sich im Spiegel an. Ihr neues rotes Kleid umspielte ihre Figur und endete ein Stück über dem Knie. Sie zog den schwarzen Gürtel gerade und legte ein wenig Lippenstift auf.

Nach der hektischen Essenszeit begann das Restaurant sich allmählich zu leeren und Callie und Nate hatten ihr versichert, dass sie alles im Griff hatten.

Wegen der verrückten Woche hatte sie ihren Schwestern eigentlich absagen wollen, aber die beiden hatten darauf bestanden, dass sie jetzt erst recht einen freien Abend brauchte. Vielleicht hatten sie recht, dachte PJ, als ihr Blick auf die Blumen im Mülleimer fiel.

Als sie von Ryan zurückgekommen war, hatte sie den Strauß auf ihrer Kommode vorgefunden. Ihr Herz hatte gestockt. Es war nicht der Gedanke an Alec gewesen, der Hoffnungen in ihr geweckt hatte. Und an Keaton hatte sie erst recht nicht gedacht.

Aber die Worte auf der Karte waren in ihr Gedächtnis eingebrannt. *Ich vermisse dich. Bitte ruf mich an, PJ. Bitte. In Liebe, Keaton.*

Der Mann, den sie nicht wollte, ließ sie nicht in Ruhe, und der Mann, den sie wollte, wollte sie nicht. Sie brauchte eindeutig einen schönen Mädelsabend.

PJ nahm ihren Mantel und verließ das Zimmer. Im Flur prallte sie mit Cole zusammen. Er hielt sie an der Schulter fest.

„Oh."

„Tut mir leid."

Er trat zurück und musterte sie. Sein Blick blieb an ihren Beinen hängen, woraufhin PJ froh war, dass sie die Stiefel mit den Absätzen angezogen hatte.

„Du gehst aus", sagte er.

Sie schob den Riemen ihrer Handtasche über ihre Schulter. „Ja. Callie und Nate haben alles im Griff. Sie schließen auch ab."

„Du siehst …", sein Adamsapfel hüpfte, „gut aus."

Sie sah ihm in die Augen, die eine Farbe wie Moos hatten und doppelt so weich waren. „Danke."

Er schob die Hände in die Hosentaschen. „Hast du … äh … die Blumen gefunden?"

„Habe ich."

„Sie sind heute Morgen gekommen, als du weg warst. Ich dachte, auf der Kommode siehst du sie gleich."

„Danke."

Irgendwie konnte sie den Blick nicht von ihm abwenden. Und ihr fiel beim besten Willen nicht ein, was sie sagen sollte. Sie atmete nur und selbst das war anstrengend. Ihre Gedanken wanderten zu ihrem Kuss zurück, zu dem Gefühl seiner Arme, dem Geschmack seiner Lippen. Ihr Puls stolperte.

Sie musste damit aufhören. „Ich … ich gehe besser."

Cole trat langsam zur Seite und lächelte wehmütig. „Ja, klar … du willst ja nicht zu spät kommen."

„Bis später."

„Tschüss."

PJ schob sich an ihm vorbei und ging zur Hintertür hinaus, ohne den Mantel anzuziehen. Mit der Hitze, die sie spürte, hätte sie schon jetzt das ganze Haus heizen können.

Kapitel 31

Der Februar ging allmählich in den März über. Im Restaurant war so wenig los, dass PJ nur noch das Kernpersonal beschäftigte. Sie fürchtete, dass ihre Angestellten nicht bleiben würden, bis die Touristensaison begann. Ihre beste Bedienung hatte schon gekündigt, weil sie mehr Stunden arbeiten wollte. PJ konnte es ihr nicht verübeln.

Anfang März kam wieder ein Brief von Keaton. Diesmal verzichtete sie auf eine theatralische Einlage und warf den Umschlag einfach in den Müll. Wenn er nichts von ihr hörte, würde er doch sicherlich irgendwann aufgeben und seine Energie in seine Ehe stecken. Oder?

Mitte März willigte PJ endlich ein, sich mit Alec zu verabreden. Warum nicht – da Cole kein Interesse zeigte. Jedes bemühte Lächeln und jede höfliche Antwort von ihm weiteten den Riss in ihrem Herzen.

Alec ging mit ihr ins Kino und dann beendeten sie den Abend bei *Cappys*, wo sie sich gemeinsam das erste Spiel der Basketballsaison anschauten. Er war sportbegeistert und ganz nett. Seine Augen hatten nicht ganz das richtige Grün, sein Kinn war nicht gespalten und er war ein bisschen zu dünn, aber das war ja nicht seine Schuld.

Deshalb sagte sie zu, als er am nächsten Wochenende wieder mit ihr ausgehen wollte.

Cole versetzte dem Sandsack einen schnellen linken Haken, gefolgt von einer Geraden mit der Rechten. Er atmete die feuchte Luft im Schuppen ein und ließ sie langsam wieder ausströmen, sodass sein Atem vor ihm eine Wolke bildete.

Er konnte nicht fassen, dass PJ schon wieder mit diesem Typen ausging. Was hatte dieser Alec, was so anziehend war? Er war Feuerwehrmann, na und? Er hatte dünne Arme und eine Tolle, die so hochstand, dass eine Krähe darin nisten konnte.

Er fragte sich, was sie wohl gerade taten. Wohin er mit ihr gegangen war. Ob der Kerl sich einen Gute-Nacht-Kuss holen würde, wenn er sie nach Hause brachte.

Als er glaubte, ein Auto auf der Straße zu hören, hielt er inne und lauschte.

Das Brummen des Motors wurde lauter. Er hielt den Sandsack mit den Boxhandschuhen fest, damit das rhythmische Quietschen aufhörte. Das Motorengeräusch wurde leiser, als der Wagen weiterfuhr.

Er führte noch eine Gerade mit der Schlaghand aus und stellte sich dabei vor, der Sandsack wäre Alecs Kopf. Dann ließ er eine Gerade mit der Linken folgen, nur so zum Spaß. Er konnte genauso gut aufhören, denn es half sowieso nicht dabei, nicht an sie zu denken. Und auf keinen Fall wollte er Zeuge dessen werden, was sich vielleicht auf der Terrasse abspielen würde.

Missmutig zog Cole die Handschuhe aus und ging ins Haus, wo er nach einer anderen Ablenkung suchte. Normalerweise saßen die Kids samstagabends vor dem Fernseher oder spielten Tischtennis, aber an diesem Abend waren Zac und Shaundra nicht da und Josh war früh schlafen gegangen.

Nach einer schnellen Dusche schlüpfte Cole in Jogginghose und T-Shirt. Er beschloss Lizzy anzurufen, erreichte aber nur ihre Mailbox und hinterließ keine Nachricht. Das geschah in letzter Zeit häufiger. Wahrscheinlich war sie mit ihrem neuen Freund beschäftigt – sie schien ziemlich verknallt zu sein. Oder sie hatte sich in sich selbst zurückgezogen, wie sie es tat, wenn sie Probleme hatte. Er sollte sie mal wieder besuchen, aber er konnte diese weite Strecke nicht fahren, ohne zu übernachten. Und außerdem dauerte es nur noch einen Monat, bis sie hierherzog. Er zählte schon die Tage.

Cole setzte sich aufs Sofa und schaltete den Fernseher an. Notre Dame spielte in der zweiten Runde gegen Xavier. Das Basketballspiel lag in den letzten Zügen, aber Cole sah mehr auf die Uhr als auf den Bildschirm.

Was machten sie überhaupt an einem Sonntagabend? Da wurden die Bürgersteige doch schon um fünf Uhr hochgeklappt. Vielleicht war Alec mit ihr nach Louisville oder Cincinnati gefahren. Oder zu seinem Haus.

Oh, nein.

Cole sprang von der Couch und lief im Wohnzimmer auf und ab, während ihn der Gedanke quälte, dass Alecs Hände an Stellen liegen könnten, auf die er keinen Anspruch hatte. PJ hatte an diesem Abend ihre engen Jeans mit den hohen schwarzen Stiefeln getragen, in denen ihre Beine schier unendlich waren. Er hatte gesehen, wie Alec ihr die Beifahrertür seines ollen Nissans aufgehalten hatte.

Gnade ihm, wenn er sie anfasste …

Vielleicht wollte PJ von ihm angefasst werden. Vielleicht wollte sie, dass er sie küsste, so wie Cole sie geküsst hatte. Der Gedanke ließ ihn erstarren. Immerhin ging sie mit dem Feuerwehrheini aus. Es war ihre zweite oder dritte Verabredung. Wahrscheinlich hatte er sie schon geküsst. Cole knirschte mit den Zähnen.

Und du stehst hier und wünschst dir, du wärst an seiner Stelle.

Draußen erklangen Wagengeräusche und Cole spitzte die Ohren. Gerade rechtzeitig schaltete er den Fernseher auf lautlos, um zu hören, wie der Motor ausgestellt wurde. Eine Autotür schlug zu, gleich darauf eine zweite. Endlich. Er sah auf die Uhr. Viertel vor elf.

Sein Blick wanderte zum Fenster. Nein. Er würde nicht zusehen. Wenn Alec sie berührte, würde er wahnsinnig werden, und weswegen? Wegen etwas, das er niemals haben konnte?

Er schaltete den Ton am Fernseher wieder ein und zwang sich, auf dem Sessel Platz zu nehmen, die Ellbogen auf die Knie gestützt. Eine kontroverse Schiedsrichterentscheidung wurde in Zeitlupe wiederholt, aber Cole konnte sich nicht genug konzentrieren, um die Sache zu beurteilen. Nicht mit Alec und PJ auf der Veranda, quasi genau unter seinem Fenster, die wer weiß was taten. Er stellte erneut den Ton aus und lauschte, ob der Wagen angelassen wurde, obwohl er wusste, dass es zu früh dafür war. Aber er hoffte trotzdem.

Was hatte die Frau nur an sich, dass sie ihm so unter die Haut ging? Er konnte kaum zehn Sekunden verbringen, ohne an sie zu denken. Manchmal spürte er, wie sie ihn beobachtete, und dann kostete es ihn alle Selbstbeherrschung, sie nicht zu packen und in seine Arme zu ziehen. In letzter Zeit trat oft ein gekränkter Blick in ihre Augen, wenn er im Vorbeigehen mit ihr sprach, und trübte sie. Bei dem Gedanken zog sich Coles Brustkorb zusammen.

Er wollte PJ nicht wehtun. Er wollte derjenige sein, der sie zum

Lächeln brachte. Zum Lachen. Er wollte der Mann sein, der ihre Augen strahlen ließ.

Stattdessen saß er alleine hier oben, während jemand anders diese Dinge tat. Wieso dauerte das überhaupt so lange? Er warf die Fernbedienung aufs Sofa und lief wieder im Wohnzimmer auf und ab, während er überlegte, ob er nach draußen gehen und die beiden auf der Veranda stören sollte. Aber welche Ausrede ließe sich dafür finden, so spät noch hinauszugehen?

Außerdem hatte er kein Recht, PJ im Weg zu stehen, wenn sie Alec wollte. Die Frau durfte ausgehen, mit wem sie wollte, und küssen, wen sie wollte.

Mehrere unendlich lange Minuten später sprang der Wagen an. *Endlich.* Cole atmete erleichtert aus. Dann ließ er sich aufs Sofa fallen, völlig kraftlos. Das Spiel war zu Ende und der Trainer von Notre Dame wurde interviewt.

Cole schaltete den Fernseher aus und lauschte, aber von unten drangen keine Geräusche herauf. Vielleicht war sie zu Bett gegangen. Die Haustür schlug zu und Schritte kamen die Treppe hinauf. Er erkannte Zac, der immer zwei Stufen auf einmal nahm. Dann wurde am anderen Ende des Flures eine Tür geschlossen.

Wenig später kam Shaundra heim, gerade noch rechtzeitig vor der Sperrstunde, und unterhielt sich ein bisschen mit ihm, bevor sie sich in ihr Zimmer zurückzog.

Er sollte auch schlafen gehen. Am nächsten Tag musste er früh aufstehen, weil er ein Dutzend Fenster einbauen musste, und dafür würde sein Team den ganzen Tag brauchen. Aber so müde sein Körper auch war, rotierten seine Gedanken weiter um PJ.

Coles Blick wanderte durch den Raum zu dem Türrahmen, in dem sie vor beinahe zwei Monaten gestanden hatte. Zwei Monate, und er konnte sich noch immer an den Duft ihrer Haut erinnern, daran, wie ihre seidigen Haare sich anfühlten, an den Geschmack ihrer süßen Lippen. Bei dem Gedanken schlug sein Herz automatisch schneller. Wie konnte er etwas, das er nur einmal erlebt hatte, so vermissen?

Er holte tief Luft, als ein neuer Geruch seine Aufmerksamkeit erregte. Schokolade. PJ backte. Das Restaurant war die nächsten drei Tage geschlossen, also konnte es nur einen Grund für ihre nächtliche Backorgie geben: Sie war gestresst. Cole fragte sich, ob der Abend mit Alec nicht gut gelaufen war. Bei dem Gedanken hob sich seine Laune augenblicklich, doch er tadelte sich sofort deswegen.

Wieder atmete er ein. Schon dadurch, dass er den Duft ihres schokoladigen Meisterwerks einsog, hatte er das Gefühl, ihr näher zu sein.

Aber nicht nah genug. Er schloss die Augen und stellte sich vor, wie sie in ihrer Küche arbeitete, wie ihre langen Beine mit dem Raum kurzen Prozess machten und ihre geschickten Hände schnell und effektiv zu Werke gingen. Um ihre schmale Taille würde sie eine Schürze tragen und die Haare waren wahrscheinlich zu einem unordentlichen Knoten hochgebunden, sodass ihr langer Hals zu sehen war.

Er rammte eine Faust in das Sofakissen. Leise Geräusche drangen von der Küche herauf. Wahrscheinlich holte sie gerade den Kuchen aus dem Ofen. Die Glasur würde sie erst morgen hinzufügen, um ihn dann höchstwahrscheinlich zu verschenken.

Bestimmt räumte sie jetzt auf. Er fragte sich, ob sie sich inzwischen wieder besser fühlte. Ob das Backen sie beruhigt hatte. Er wollte hinuntergehen und sie fragen. Er wollte sie sehen. Er wollte sie in seine Arme ziehen und küssen. Sein ganzer Körper schmerzte vor Sehnsucht.

Bevor er es sich ausreden konnte, warf Cole das Kissen beiseite und verließ den Raum. Schnell liefen seine Füße die Treppe hinunter, getrieben von seiner Sehnsucht. Dann ging er durch den dunklen Speiseraum und stieß die Tür zur Küche auf.

Ein Blech mit Cupcakes kühlte auf einem Rost ab, aber das war es nicht, was Cole fesselte. PJ stand mit dem Rücken zu ihm. Er hatte recht gehabt mit der Schürze, aber was ihre Haare betraf, hatte er sich geirrt. Sie fielen wie ein Strom aus brauner Seide über ihren Rücken und schrien danach, berührt zu werden.

Sie trocknete eine Schüssel ab und stellte sie auf ein hohes Regal, wobei ihr langer, schlanker Körper sich streckte, dann trocknete sie ihre Hände an dem Geschirrtuch ab. Als Nächstes schaltete sie die Lampe aus, griff nach dem Band ihrer Schürze und wandte sich dem Ofen zu, in dem noch eine einsame schwache Glühbirne brannte.

Als sie ihn in der Tür stehen sah, erstarrte sie.

PJ drückte eine Hand auf ihre Brust und lehnte sich an die Arbeitsplatte. „Cole."

Was machte er hier? Die Frage blieb ihr im Hals stecken, als sie in seine Augen sah. Sie spürte die Hitze seines Blickes quer durch den Raum. Seine grünen Augen zogen sie in ihren Bann und hielten sie fest.

Ein Schatten fiel über sein Gesicht, während sein brennender Blick sie durchdrang. „Ich muss immerzu an dich denken."

Ihr Atem stockte, als sie das heisere Timbre seiner Stimme hörte. Seine Worte.

Er kam langsam, aber zielstrebig näher. Seine Augen, unverwandt auf ihre eigenen gerichtet, waren voller Begierde.

„Wirklich?" War das ihre atemlose Stimme? PJ umklammerte hastig die Kante der Tischplatte, bevor sie etwas Unvernünftiges tun konnte, wie zum Beispiel die Arme um ihn zu schlingen und seinen Hals zu küssen.

„Ja, wirklich."

Als er nah genug war, um ihren Körper vibrieren zu lassen, blieb er stehen und legte die Hände um ihr Gesicht. Dann senkten seine Lippen sich auf die ihren. Nicht langsam, wie beim letzten Mal, sondern fordernd, voller Leidenschaft.

Endlich.

PJ legte die Arme um seine breiten Schultern und vergrub die Finger in seinen Haaren. Endlich.

Dies hatte sie gewollt. Nicht Alec. Nicht Keaton. Nur Cole.

Er schmeckte ein wenig nach Pfefferminz. Sein sauberer, männlicher Duft füllte ihre Lunge. Sein Shirt war unter ihren wandernden Händen so weich wie Butter und bildete einen angenehmen Kontrast zu der eisernen Stärke darunter.

Dann beendete er den Kuss.

Ein leises Wimmern entstieg ihrer Kehle.

Mit einem Blick in ihre Augen zog er ihr die Schürze über den Kopf und hob sie mühelos auf die Arbeitsplatte, sodass sie auf gleicher Höhe waren. Und dann berührten seine Lippen wieder ihren Mund, während seine Arme sie näher zogen.

Ihr ganzer Körper seufzte ihm entgegen. Die Bartstoppeln an seinem Kinn kratzten in ihrer Handfläche. Die Hitze seiner Hände brannte durch ihren dünnen Pullover. Und seine Lippen waren so weich, dass sie ihr gebrochenes Herz ganz öffneten und mit etwas Berauschendem und Köstlichem füllten.

Wieder endete der Kuss und Cole öffnete langsam die Augen. Sie atmeten beide keuchend und eine Schlacht wütete zwischen PJs Herzen und ihren Rippen. Es war ihr egal, wer gewann.

Jetzt, wo Cole einige Zentimeter entfernt war, erwachten die Neuronen in ihrem Gehirn wieder zum Leben. Was war geschehen? Was hatte sich geändert? Warum küsste er sie jetzt wie ein Verhungernder, der sich auf ein All-inclusive-Buffet stürzte, wo er sie doch vor zwei Monaten eiskalt abgewiesen hatte? PJ zögerte, ihn zu fragen, aber sie musste wissen, dass es nicht wieder so enden würde wie beim letzten Mal, mit einer Entschuldigung, einer Zurückweisung und wochenlangem Herzschmerz.

Ihre Hand glitt seinen Hals hinunter und blieb dort liegen. „Ich … ich dachte, das sei keine gute Idee."

Coles Finger kraulten die Haare in ihrem Nacken und sein Daumen strich über ihre Wange. Jede Zelle ihres Körpers stand in Flammen.

„Offenbar kann ich mich nicht beherrschen."

PJ wollte die wenigen Zentimeter zwischen ihnen überbrücken, aber seine Zurückweisung war ihr noch zu gut in Erinnerung. Noch eine Entschuldigung konnte ihr Herz nicht verkraften. Genauso wenig wie noch zwei Monate Distanz.

Ihr Blick fiel auf seine Lippen, noch feucht und ein wenig geschwollen. So weich.

„Warum gehst du mit Alec aus?"

„Tue ich ja gar nicht."

„Er hat dich doch gerade nach Hause gebracht."

„Ich habe ihm gesagt, dass ich nicht mit ihm zusammen sein kann."

Cole schloss kurz die Augen. „Warum nicht?"

Sollte sie es wagen, ihr Herz aufs Spiel zu setzen? Sie wünschte es sich mehr, als sie sagen konnte, mehr als sie selbst es fassen konnte. Cole hatte sich in ihr Herz geschlichen, schnell und tief. Aber es gab Dinge, die das Risiko wert waren.

„Er ist nicht du."

In Coles Augen flackerte etwas auf. Seine Blicke wanderten über ihr Gesicht, als wollten sie sich jedes Detail einprägen, und blieben schließlich an ihren Lippen hängen.

Dann küsste er sie wieder, diesmal sanft und zärtlich, bevor er ihre beiden Mundwinkel, ihre Wangen und ihre Stirn küsste.

Er lehnte sich an sie. „Er hat dich heute Abend nicht geküsst?"

PJ fuhr mit den Fingern durch die Haare in seinem Nacken und genoss, wie sich das anfühlte. „Nein. Nur eine Umarmung."

Cole knurrte.

Sie unterdrückte ein Lächeln. „So ein Geräusch habe ich von einem menschlichen Wesen noch nie gehört. Aber es gefällt mir irgendwie."

„Du wirst es wieder hören, wenn seine Hände auch nur in deine Nähe kommen."

Dann umschloss er ihr Gesicht mit seinen Händen und sah sie lange an mit einem Blick, der immer weicher wurde. Trotz seiner männlichen Züge hatte Cole unglaublich lange Wimpern, die sie verzauberten, wenn er blinzelte.

Doch seine Augen waren voller Sorge. „Ich weiß, dass wir noch nicht einmal die erste offizielle Verabredung hatten, aber ich will dich nicht teilen."

Ihr Herz seufzte. „Das sollst du ja auch gar nicht."

Noch einen langen, zärtlichen Kuss später lösten sie sich voneinander. PJs Herz hämmerte und ihr Atem ging schnell. Was er mit ihr anstellte …

„Ich kann einfach nicht genug von dir bekommen", sagte Cole. Offenbar konnte er Gedanken lesen.

„Dann ist es ja gut, dass wir im selben Haus wohnen und du dadurch die Chance hast, mich täglich zu sehen."

Das Haus. Sie hatte es eigentlich nicht erwähnen wollen. Was würde geschehen, wenn sie gewann? Sie würde nicht nachfragen. Nicht jetzt, wo sich die Dinge endlich in die richtige Richtung entwickelten. Wo ihre Liebe so frisch und zerbrechlich war wie ein Neugeborenes.

Entweder fiel Cole nicht auf, dass sie das Haus erwähnt hatte, oder er wollte nicht darauf eingehen. „Es ist schon spät. Ich muss früh aufstehen."

Er hob sie von der Arbeitsplatte und küsste sie dann noch einmal sanft auf die Lippen. „Ich möchte nächstes Wochenende mit dir ausgehen."

„Ich glaube, das lässt sich einrichten."

Cole belohnte sie mit einem langsamen, schiefen Lächeln. „Nacht, Sonnenschein."

„Nacht." Selbst als PJ in ihr Zimmer ging und in ihren Schlafanzug schlüpfte, berührten ihre Füße noch nicht den Boden. Sie war sich nicht sicher, ob sie es jemals wieder tun würden.

Kapitel 32

PJ verabschiedete sich von ihren Kursteilnehmern und trat auf die Veranda hinaus. Der Tag war für diese Jahreszeit ungewöhnlich warm gewesen und selbst jetzt, wo die Dunkelheit die Landschaft verschluckte und die Grillen zum Leben erwachten, war es mild genug für kurze Ärmel.

Sie sank auf die Hollywoodschaukel und winkte noch ein letztes Mal. Der Kurs war gut gelaufen, aber sie war froh, dass er zu Ende war. Als sie an diesem Morgen die Augen aufgeschlagen hatte, war Cole schon bei der Arbeit gewesen und bei seiner Rückkehr hatte sie Unterricht gegeben.

Er hatte nicht angerufen und auch keine SMS geschickt und sie hatte Angst, er könnte es sich anders überlegt haben. Vielleicht bereute er den Kuss. Oder die Emotionen, die ihm letzte Nacht so deutlich ins Gesicht geschrieben gestanden hatten, waren Zweifeln gewichen.

Sie sollte ihm einen Teller von dem Boeuf bourguignon bringen, das sie im Kurs gekocht hatten. Aber vermutlich hatte er schon gegessen und vielleicht war sie nicht willkommen.

Die Fliegengittertür öffnete sich mit einem leisen Knarren und Cole kam nach draußen. Im Licht der Veranda sah sie nur seine Silhouette, seine Miene war nicht zu erkennen.

„Hi", sagte er und kam auf sie zu.

PJ wünschte, sie könnte ihn besser sehen, aber es war dunkel und das eine Wort verriet nicht viel.

Sie rutschte ein wenig zur Seite, um ihm Platz zu machen. „Hi."

Ihr Herzschlag beschleunigte sich, als er sich neben sie setzte und sein Bein das ihre berührte. Er streckte den Arm über die Rückenlehne der Bank.

„Das war ein langer Tag", sagte er.

„Ach ja? Warum?"

Cole sah sie lange an und beugte sich dann näher, sodass PJ seine Wärme spürte und seinen Duft wahrnahm. „Weil ich es kaum erwarten konnte, das hier wieder zu tun."

Seine Lippen berührten die ihren ganz sacht, vorsichtig, wie Schmetterlingsflügel. Es war eine ganz sanfte Berührung, die sie aber völlig umwarf.

Sein Arm legte sich um sie und ihr Herz überschlug sich. Wie hatte sie es den ganzen Tag ohne ihn ausgehalten? All die Jahre? Sie hatte nicht gewusst, was ein Kuss ist, bis Cole gekommen war. Ein Sternenhimmel in einer Sommernacht. Ein Glas Eistee nach einem langen Lauf. Ein warmes, weiches Bett am Ende eines anstrengenden Tages.

Er küsste ihre Wange, ihr Kinn, die empfindliche Stelle an ihrem Hals. Jedes Molekül Luft verließ PJs Lunge und sie vermisste sie nicht einmal.

„Du riechst so gut", flüsterte er und berührte mit den Lippen ihren Haaransatz. „Das ist das Erste, was mir an dir aufgefallen ist."

Als sie seine Lippen spürte, stockte PJ der Atem. „Das Erste?"

„Meine Augen waren zu. Jemand hatte mich bewusstlos geschlagen."

„Das werde ich wohl noch öfter zu hören bekommen, oder?"

Sie fühlte, wie er lächelte. „Es macht zu viel Spaß, dich daran zu erinnern."

Der Gedanke an ihre erste Begegnung erinnerte sie an den Wettbewerb. Sie wollte nicht darüber nachdenken, aber sie hatte schon jetzt das Gefühl, dass sie so viel in diese Liebe, in ihn investiert hatte. Diesmal musste sie klug sein. Und mit offenen Augen in die Zukunft gehen.

„Wir sollten wahrscheinlich reden, findest du nicht? Ich meine, angesichts unserer Situation."

Cole stöhnte und hob den Kopf. Seine Nase streifte dabei ihre Wange und jagte ihr einen Schauer über den Rücken.

„Wirst du Chapel Springs verlassen, wenn ich das Haus bekomme?", fragte sie.

Er seufzte und malte Kreise auf ihren Arm. „Wahrscheinlich."

Sie schluckte. „Es gibt andere Häuser ... Vielleicht könntest du hier etwas anderes finden."

„Immobilien sind hier nicht gerade billig, Sonnenschein. Das weißt du. Deshalb wirst du auch nicht losziehen und ein anderes

Haus kaufen, wenn ich gewinne. Die Kosten würden alle deine Einnahmen auffressen."

Er hatte recht. In Touristengebieten waren Häuser teuer. Es gab andere Orte, wo er einen besseren Deal bekam und eine Chance hatte, es zu schaffen. Sie hatte diese Option eigentlich nicht. Ihr Traum war hier, in Chapel Springs. Es war ihr Zuhause, der Ort, an dem sie Wurzeln schlagen und irgendwann heiraten und eine Familie gründen wollte.

Cole schob ihre Haare hinter ihr Ohr. „Ich will nicht, dass du jetzt daran denkst. Alles ist so neu, und weißt du was? Ich will schon so lange mit dir zusammen sein, dass ich das jetzt einfach nur genießen möchte."

Seine Worte strömten warm durch ihren Körper. Er hatte recht. Sie hatten noch jede Menge Zeit und mussten jetzt nicht alles bis ins letzte Detail planen. Die Dinge würden sich schon fügen, wie sie sollten. *Bitte, Gott.*

PJ schmiegte sich an Coles Seite und er zog sie fester an sich und drückte einen Kuss auf ihren Kopf. Die Schaukel quietschte rhythmisch, als er sie in Bewegung setzte.

Sie wollte ihn auch genießen, so lange sie konnte.

Bei dem letzten Gedanken runzelte sie die Stirn. Dann schob sie ihn beiseite und versank in Coles warmer Umarmung.

Kapitel 33

Am letzten Wochenende im März fand das Frühlingsfest statt, mit dem die Touristensaison begann. PJ hatte einen Stand, an dem sie ihren Käsekuchen mit Waldbeeren und Blaubeerauflauf anbot. Das Restaurant hatte sie übers Wochenende geschlossen, weil sie wusste, dass der Stand mehr einbringen würde, und weil sie hoffte, dass die Leckereien die Leute dazu verlocken würden, demnächst einmal in *Das Wishing Steakhaus* einzukehren.

Das Wetter spielte an diesem ersten Tag des Festes mit und bot einen blauen Himmel und Temperaturen um die fünfzehn Grad. Stände von Gastronomiebetrieben aus der ganzen Stadt säumten das Flussufer und Einwohner und Touristen tummelten sich dort gleichermaßen. Auf einer Bühne am Wasser spielte eine einheimische Band Countrymusik. Die Leute schlenderten gut gelaunt über den Rasen, aßen etwas und unterhielten sich mit ihren Nachbarn. In der Luft lag der Duft von gegrillten Hamburgern.

PJ übergab einem Kunden zwei Portionen mit dampfendem Auflauf und kassierte das Geld von ihm, während Shaundra hinter ihr den nächsten Käsekuchen anschnitt. Callie und Nate würden sie bald ablösen, denn Cole wollte sich hier um sieben mit ihr treffen, also in zehn Minuten. An diesem Abend hatten sie ihre erste richtige Verabredung.

PJ hatte sich vor einer halben Stunde kurz davongestohlen, um Frisur und Make-up zu richten und sich umzuziehen. Wenn sie an den heutigen Abend dachte, bekam sie Herzflattern. Sie hatten beschlossen, durch die Stadt zu laufen, an den Ständen etwas zu essen und um neun Uhr zum Konzert der Hauptband zu gehen.

Als die Schlange sich endlich aufgelöst hatte, half PJ Shaundra mit den Kuchen und füllte Gabeln und Teller auf.

„Der Laden brummt“, sagte Shaundra.

„Ich hoffe, wir haben genug Käsekuchen gemacht. Ich dachte, der Auflauf würde bei den kühlen Temperaturen besser gehen.“

„Kann gut sein, dass uns beides ausgeht, bevor der Abend zu Ende ist. Meine Füße tun weh.“

PJ warf einen Blick auf ihre Uhr. „Callie und Nate kommen gleich.“

Shaundra verteilte die nächsten Kuchenstücke auf Teller und deckte sie mit Frischhaltefolie ab. „Und dann ist es Zeit für das große Date.“ Sie wackelte mit den Augenbrauen.

„Woher weißt du denn davon?“

„Ich habe meine Quellen.“ Shaundra packte einen Stapel Servietten aus und legte sie neben die Teller. „Na gut, Cole hat es mir erzählt. Er konnte sich nicht entscheiden, was er anziehen sollte. Gestern Abend hat er alle seine Hemden rausgekramt und finster angestarrt.“

Cole machte sich Sorgen, was er anziehen sollte? PJ musste lächeln.

„Ja, süß, nicht? Er ist ein bisschen streng, was die Regeln betrifft, mit Sperrstunde und so, aber er ist ein guter Typ. Ihr seid so ein süßes Paar. Oh, Kundschaft.“

PJ drehte sich lächelnd um und hätte beinahe den großen Vorlegelöffel auf den zertretenen Rasen fallen lassen. Ihr gegenüber stand Keaton in einem Button-down-Hemd und Baumwollhosen.

Ein hoffnungsvolles Lächeln zierte seine Lippen. „Hallo, PJ.“

Ihr Herz pochte wie wild. Nicht so wie früher. Sie wollte ihn hier nicht sehen. Die Locke in seiner Stirn erschien ihr nicht mehr jungenhaft. Sie bewegte sich kaum im Wind, so als hätte er sie mit Haarspray befestigt.

Sein Lächeln erstarb.

„Hi. Möchtest du einen Auflauf? Mit Blaubeeren, warm serviert mit einer Knusperkruste aus Haferflocken und Pekannüssen. Oder es gibt Käsekuchen, frisch gebacken mit einem Boden aus Grahamkräckern und mit einer Beerenmischung obendrauf.“

Er runzelte die Stirn.

„Dann eben nicht.“ Sie presste die Lippen aufeinander.

„Ich bin nicht gekommen, um etwas zu essen. Wir müssen reden.“

„Wie hast du mich gefunden?“

Keaton zuckte mit den Schultern. „Kleinstadt. Alle sind stolz auf ihre erfolgreiche Köchin.“ Seine Mundwinkel wanderten nach oben. „Das bin ich auch.“

PJ spürte Shaundras Blick und sah auf die Uhr. Cole würde in sechs Minuten hier sein. „Das ist kein guter Zeitpunkt.“

Seine Miene verdüsterte sich. „Es scheint nie ein guter Zeitpunkt zu sein, PJ. Ich brauche nur zehn Minuten. Nach allem, was wir einander bedeutet haben, ist es das Mindeste, was du tun kannst."

Nach all deinen Lügen schulde ich dir überhaupt nichts. PJ presste die Lippen zusammen, um die Worte zurückzuhalten. Ihn aufzuregen, würde niemandem etwas bringen.

„Fünf Minuten." Vielleicht konnte sie ihn abwimmeln, bevor Cole kam. Sie zog ihre Latexhandschuhe aus und quetschte sich aus dem Stand. „Ich bin gleich wieder da, Shaundra."

„Ich habe alles unter Kontrolle."

PJ fühlte, wie Shaundras Blick ihr folgte, als sie Keaton zu einem Hartriegelbaum in der Nähe führte. Die Bank ein paar Meter weiter ließ sie absichtlich links liegen. Es gab keinen Grund, warum er es sich bequem machen sollte. Dann drehte sie sich um und verschränkte die Arme.

Keaton blieb stehen und schob die Hände in die Hosentaschen. „Du hast deine Telefonnummer geändert."

„Du hast mich nicht in Ruhe gelassen."

„Was meinst du, woran das liegt, PJ?"

Sie sah in die dunkelblauen Augen, die sie so faszinierend gefunden hatte. Jetzt wirkten sie auf sie nur kalt und berechnend.

„Du solltest versuchen, deine Ehe zu retten, Keaton. Du hast einen kleinen Jungen, der dich braucht, und eine Frau, die –"

„Ich liebe sie nicht. Du weißt nicht, wie das ist. Wir führen seit Jahren keine richtige Ehe mehr. Sie redet nicht mit mir wie du und sieht mich nicht so an, wie du es tust. Unsere Ehe ist längst beendet."

„Eine Ehe ist beendet, wenn die Scheidungspapiere unterschrieben sind, und ich hoffe, dass du es nicht so weit kommen lässt. Ich gehöre nicht zwischen euch, Keaton."

Er legte eine Hand auf ihren Arm. „Du gehörst dahin, wo ich bin."

Sie trat zurück, sodass seine Hand abrutschte, und stieß dabei gegen den Baumstamm. „Das ist nicht wahr. Es ist vorbei, Keaton. Du musst nach vorne blicken und mich in Ruhe lassen. Bitte. Ich will dich nicht hierhaben." Sie wandte sich zum Gehen.

Keaton packte ihren Arm „Sie liebt mich nicht einmal. Sie will nur den Lebensstandard, den ich ihr biete."

„Das hat nichts mit mir zu tun.“ Sie versuchte sich loszureißen, aber sein Griff war wie eine Fessel.

Plötzlich wurde er nach hinten gezogen. Er ließ aber nicht los, sodass PJ vorwärtsstolperte.

Coles Stimme klang drohend. „Lass die Finger von ihr.“

„Du schon wieder. Das hier geht dich nichts an, Kumpel.“

„Sie geht mich was an und ich sage es nicht noch einmal.“

Keaton blickte zu PJ. „Ist das dein neuer Freund? Du hast also schon einen Ersatz gefunden – ist das der Grund?“ Seine Hand drückte so fest zu, dass es schmerzte. „Ja?“

Cole packte Keaton und holte aus. Seine Faust traf Keaton mitten ins Gesicht. PJ wich zurück gegen den Baum.

Als Keaton sein Gleichgewicht wiederfand, war seine Miene finster. Aus seiner Nase rann etwas Blut, das er mit dem Handrücken fortwischte.

Die Menschen um sie herum waren stehen geblieben und beobachteten die Szene.

„Ich rede nur mit ihr. Das hat mit dir gar nichts zu tun.“ Keaton machte einen Schritt auf PJ zu.

Cole trat zwischen sie. „Sie will aber nicht mit dir reden.“

„Geh mir aus dem Weg.“ Keaton versuchte, sich an ihm vorbeizuschieben, woraufhin Cole ihm einen kräftigen Stoß versetzte. Keaton wankte rückwärts und kollidierte mit einer Mülltonne. Cole setzte zum nächsten Angriff an.

Hastig hielt PJ ihn am Arm fest. „Nein, Cole. Das reicht.“

Er hielt inne. Die Muskeln in seinem Unterkiefer zuckten und er funkelte Keaton an. „Lass sie in Ruhe.“

Ein hässlicher Blick huschte über Keatons Gesicht, als er sich aufrappelte. Er zeigte auf Cole. „Ich werde dich anzeigen, Junge. Du weißt nicht, mit wem du es zu tun hast.“

Coles Arm zuckte unter PJs Griff.

In diesem Augenblick trat Sheriff Simmons zwischen zwei Ständen hervor und kam näher. „Okay, das reicht jetzt.“

Keaton machte wieder einen Schritt auf PJ zu. Sofort riss Cole den Arm aus PJs Umklammerung und stieß Keaton zurück.

„Es reicht, habe ich gesagt.“

Cole stieg auf der Beifahrerseite in PJs Wagen. Nachdem er gestern vor den Augen der halben Stadtbevölkerung abgeführt worden war, hatte er das Vergnügen gehabt, eine ganze Nacht im Gefängnis zu verbringen, während er darauf wartete, dass die Bank aufmachte.

Er war durchsucht worden, die Beamten hatten eine Anzeige aufgenommen, man hatte seine Fingerabdrücke genommen und ihn anschließend in eine Zelle gesperrt. Jetzt brauchte er eine Dusche und eine Rasur, aber vor allem wollte er seine Würde wiederhaben.

Er spürte PJs Blick, als sie den Wagen anließ, aber er brachte es nicht über sich, sie anzusehen.

„Ist alles in Ordnung?"

„Mir geht es gut."

„Was passiert ist, tut mir schrecklich leid."

Sie bog vom Parkplatz auf die Straße ab. „Ich fand es schrecklich, dich die ganze Nacht dort zu lassen. Die Kinder haben sich Sorgen um dich gemacht."

„Ich habe schon an schlimmeren Orten geschlafen."

„Zac hat daran gedacht, gestern Abend den Müll rauszustellen, und heute Morgen sind alle pünktlich aufgestanden und zur Schule gegangen."

„Gut."

Die Straßen waren bereits voll an diesem zweiten Festivaltag. An einem Zebrastreifen mussten sie anhalten. Es war kaum zu glauben, dass die Leute immer noch Schmalzgebäck aßen und Bootstouren machten.

Wahrscheinlich stand seine Verhaftung wegen Ruhestörung heute in der *Gazette*. Die andere Hälfte der Stadt würde also bald auch über den Vorfall Bescheid wissen. Und Mrs Simmons würde ebenfalls davon erfahren, weil ihr Neffe derjenige war, der ihm die Handschellen angelegt hatte. Niemand würde ihn jetzt noch für geeignet halten, ein Heim für Jugendliche zu leiten.

„Bist du mir böse?", fragte PJ mit leiser Stimme.

Ihre feuchten braunen Augen zu sehen, erweichte Coles Herz. „Warum sollte ich dir böse sein, Sonnenschein? Du hast doch nichts getan."

„Aber Keaton –"

„Ist für sein Verhalten selbst verantwortlich. So wie ich für meins."

Deshalb war sein Bankkonto jetzt komplett leer. Alles, was er noch gehabt hatte, war für die Kaution draufgegangen. Und deshalb würde er in ein paar Wochen vor einem Richter seine Schuld eingestehen. Er konnte nur hoffen, dass er mit einem Bußgeld davonkam.

„Ich werde mit Keaton reden, damit er die Anzeige zurückzieht."

Cole sah PJ eindringlich an. „Nein, das wirst du nicht."

„Du hast mich doch nur verteidigt und jetzt steckst du in Schwierigkeiten. Das ist ungerecht."

Es hatte sich eindeutig ungerecht angefühlt, dass er gestern auf den Rücksitz des Streifenwagens verfrachtet worden war, während Keaton selbstgefällig zugesehen hatte.

„Hat er dich gestern Abend noch weiter belästigt? Ist er jetzt weg?" Cole hatte an nichts anderes denken können, als er sich die ganze Nacht auf seiner Pritsche hin und her gewälzt hatte.

„Er ist in einem Hotel in Scottsburg. Nachdem ich dich nach Hause gebracht habe, fahre ich hin und rede mit ihm. Ich glaube, ich kann ihn dazu bringen, dass er die Anzeige –"

„Nein, PJ. Ich möchte nicht, dass du in seiner Nähe bist. Und schon gar nicht allein mit ihm in irgendeinem Hotelzimmer."

„Und ich will nicht, dass du eine Vorstrafe hast und eine Haftstrafe absitzen oder ein Bußgeld bezahlen musst, nur weil du mich beschützt hast."

„Du fährst nicht alleine dorthin. Ich würde ja gerne mitkommen, aber dann lande ich bestimmt wieder im Knast."

PJ bog in ihre Straße ein, wo der Verkehr nachließ, sodass sie schneller fahren konnten. „Du kennst Keaton nicht. Sein Vater ist Anwalt. Er hat Kontakte. Du kannst weder ein heftiges Bußgeld noch eine Vorstrafe gebrauchen. Lass mich ihn zumindest anrufen."

Bei dem Gedanke, dass PJ mit dem Mistkerl auch nur sprach, zog sich Coles Magen zusammen. Ihm gefiel ganz und gar nicht, wie der Typ PJ gepackt hatte, wie rabiat er geworden war und wie besitzergreifend er sie angesehen hatte.

PJ parkte vor dem Haus und stellte den Motor ab. Als sie die Hand nach dem Türgriff ausstreckte, nahm er behutsam ihre Hand.

Sein Blick wanderte ihren Arm hinunter zu den blauen Flecken, die Keatons Finger hinterlassen hatten, und seine Miene wurde grimmig. Er wünschte, er hätte gleich mit voller Wucht zugeschlagen. Wozu war der Kerl noch fähig?

„Du brauchst eine einstweilige Verfügung."

Etwas huschte über PJs Gesicht, war aber gleich wieder verschwunden. „Ich glaube, er wird mich ab jetzt in Ruhe lassen. Ich war gestern Abend ziemlich direkt zu ihm, nachdem du weg warst."

Und Cole erinnerte sich daran, wie direkt Keaton bei PJ gewesen war. „Ruf ihn nicht an. Fahr nicht zu ihm." Er fuhr mit dem Daumen über ihr Handgelenk und genoss den Schauer, der sie durchfuhr. „Versprich es mir."

Ihr Blick wich seinem nicht aus und es war deutlich, wie hin- und hergerissen sie war. Schließlich seufzte sie und lächelte leicht. „Also gut."

Erleichtert atmete er aus.

„Danke, dass du mich gerettet hast", sagte sie.

„Es war mir ein Vergnügen."

„Tut mir leid wegen unserer Verabredung."

Cole lächelte sie an. „Es wird noch viele andere geben."

„Versprochen?"

Mehr als alles andere wollte er die vergangenen vierzehn Stunden aus seiner Erinnerung verbannen. Er wollte sich auf die Kids und auf PJ konzentrieren. Vor allem auf PJ.

Er küsste die Innenseite ihres Handgelenks und schob seine Finger zwischen ihre. „Versprochen."

Kapitel 34

Die Woche war derart vollgepackt mit Kochkursen und der Zubereitung von Mahlzeiten für die zahlreichen Restaurantgäste, dass sie wie im Flug verging. Keaton hatte nicht mehr versucht, Kontakt mit ihr aufzunehmen, und PJ glaubte, dass er die Botschaft endlich verstanden hatte.

Cole und sie hatten sich zwischendurch immer wieder kurz gesehen. Einmal hatten sie mit den Jugendlichen Tischtennis gespielt, ein anderes Mal mit Josh und Shaundra Basketball. Doch am meisten genoss PJ ihre langen Unterhaltungen auf der Veranda – und natürlich die Küsse. Jeden Abend fiel es ihr schwerer, gute Nacht zu sagen.

Eine Woche später hatten sie dann endlich ihr erstes Date. Sie trug das rote Kleid, das Jade ihr zum Valentinstag gekauft hatte, und dazu die schwarzen Stiefel mit den Absätzen. Als Cole sie von oben bis unten ansah, war sein Blick voller Bewunderung.

„Du gefällst mir in dem Kleid. Das letzte Mal habe ich das nicht gesagt, weil du mit einem anderen verabredet warst, aber deine Beine sind dazu geschaffen, dass du sie zeigst. Und diese Stiefel …“

PJs Haut wurde unter seinem prüfenden Blick ganz warm. „Es war keine Verabredung. Ich bin mit meinen Schwestern ausgegangen.“

Cole schnaubte. „Und ich habe mir die ganze Nacht wegen nichts und wieder nichts Sorgen gemacht?“

„Sieht so aus.“

Er nahm ihre Hände, zog PJ zu sich und führte ihre Hände auf ihren Rücken, so wie er es gerne tat.

„Jedenfalls gehörst du heute Abend ganz mir“, flüsterte er ihr ins Ohr. „Und ich werde jede Minute genießen.“

Er fuhr mit ihr zu einem Open-Air-Konzert im Waterfront Park von Louisville. Sie aßen auf dem Rasen ihr Picknick und tanzten zu langsamen Countryballaden. PJ wünschte, dieser Abend könnte ewig dauern. Der Blick in Coles Augen, während sie sich im Takt der Musik wiegten, fesselte sie. Und er hielt sie so zärtlich im Arm, dass sie sich geliebt und beschützt fühlte.

Sie erzählte ihm Geschichten aus ihrer Kindheit, und als sie einmal zehn Sekunden am Stück den Mund hielt, berichtete Cole ihr von seiner Pflegefamilie. Er erzählte ihr von Greg und Becky und Lizzy, die in zwei Wochen zu ihnen stoßen würde.

Seine Liebe zu Lizzy und zu Josh, Zac und Shaundra wurde an dem warmen Tonfall deutlich, in dem er von ihnen sprach. Cole mochte still und manchmal zurückhaltend sein, aber wenn er jemandem sein Herz öffnete, dann stieß er die Tür weit auf und liebte von ganzem Herzen.

Auf dem Heimweg hielt er PJs Hand, und als sie sich im Foyer voneinander verabschiedeten, war es schon nach Mitternacht. Im Haus war es still, die Kinder schliefen bereits.

PJ lehnte sich an den Durchgang zu dem Flur, der zu ihrem Zimmer führte. Coles Blick wanderte über ihr Gesicht und ihr Herz machte einen kleinen Satz. Seine Lippen hatten ihre Wange berührt, als sie getanzt hatten. Sie hatten ihre Schläfe gestreift und ihr Haar, aber er hatte sie den ganzen Abend nicht geküsst und sie hatte das Gefühl, aus der Haut fahren zu müssen, wenn er es nicht bald tat.

„Danke für den Abend", sagte sie. „Es war wunderschön. Ich hoffe, ich habe nicht zu viel geredet. Ich rede immer, wenn ich nervös bin."

„Habe ich nicht bemerkt."

Sie warf ihm einen Blick zu.

Er legte die Hände um ihre Taille. „Warum warst du denn nervös?"

Ihre Hände wanderten seinen kräftigen Bizeps hinauf und blieben am Kragen seines Hemdes liegen. „Es war unsere erste Verabredung." Sie biss sich auf die Unterlippe. „Und ich mag dich irgendwie." Mehr als das, wenn sie ehrlich war. Aber sie wollte ihn nicht verjagen. Wahrscheinlich hatte sie schon zu viel gesagt.

Seine Augen leuchteten. „Ich mag dich auch. Sogar sehr." Er beugte sich ganz langsam vor und küsste sie lange auf den Mund.

Ihr wurde ganz warm, als er zu einem Nachschlag ansetzte. Sie waren den ganzen Abend um diesen Augenblick herumgeschlichen, aber das Warten hatte sich gelohnt. Wenn sie die Zeit doch nur anhalten und ewig in diesem Moment leben könnte! Dann könnte sie auch vergessen, wie schnell der 1. Juni kommen würde.

Coles Hand wanderte auf ihren Rücken, während sie sich an ihn schmiegte.

Seine Schultern fühlten sich kräftig und muskulös an und die Haare in seinem Nacken federweich zwischen ihren Fingern. Seine Lippen waren fest und geschmeidig zugleich und das Feuer in ihrem Bauch loderte. Sie wollte nicht, dass der Kuss endete. Denn das würde bedeuten, dass ihr Date zu Ende und der Abend vorbei war.

Einen Augenblick später löste Cole sich von ihr, die Augen halb geschlossen. „Gute Nacht."

„Nacht."

„Treffen wir uns um neun im Garten?" Sie hatten verabredet, dass sie am nächsten Morgen das Unkraut in den Blumenbeeten jäten wollten.

„Auf jeden Fall."

Er gab ihr einen Kuss auf die Stirn. „Schlaf gut."

Sie bebte innerlich noch immer, als er längst aus ihrem Blick verschwunden war. An Schlaf war erst einmal nicht zu denken.

Bis zum Mittag hatten sie das tote Winterlaub zusammengerecht und die Beete vom Unkraut befreit. Rote und orangefarbene Tulpen blühten in stolzen kleinen Gruppen, die schweren Köpfe geneigt. Überall wuchsen Osterglocken und setzten sonnig gelbe Akzente.

Die Sonne stieg übers Dach und wärmte ihnen mit einer Intensität den Rücken, die so früh im Jahr ungewöhnlich war. PJ hatte sich längst die Haare zu einem Pferdeschwanz gebunden und die Sweatshirtjacke ausgezogen, die sie über ihrem „Köchinnen-haben-das-Sagen"-T-Shirt getragen hatte.

Trotz der anstrengenden Arbeit hatte sie den Vormittag mit Cole genossen. Ihr Geplauder bei der Arbeit schien ihm nichts auszumachen. Oft zupfte er sie im Vorbeigehen am Zopf oder wischte ihr etwas Erde von der Wange. Ihr gefiel, dass er sie immer wieder berührte, dadurch fühlte sie sich mit ihm besonders verbunden. Es störte sie nicht einmal, dass er sie wegen ihres Singens neckte oder einen Bereich, den sie schon gejätet hatte, noch einmal unter die Lupe nahm.

Sie schnitt die Hecke, während er losfuhr, um Mulch zu holen. Die Beete brauchten dringend eine neue Schicht und Seth überließ ihnen den Rindenmulch zum Selbstkostenpreis.

Nachdem sie mit der Hecke fertig war, belegte PJ für sie beide ein Baguette und stellte einen der Terrassentische auf. Gerade als sie es sich mit einem Glas Eistee auf der vorderen Veranda gemütlich gemacht hatte, hielt Cole am Bordstein, die Ladefläche voll mit duftendem Rindenmulch.

Er stieg aus, ließ die Heckklappe herunter und warf ihr ein Lächeln zu, das ihr durch Mark und Bein ging. „Ach, so läuft das, wenn ich nicht da bin."

„Hey, ich habe uns was zu essen gemacht!"

„Dann ist alles vergeben." Er ließ den Mulch Mulch sein und setzte sich zu ihr auf die Veranda.

Cole inhalierte das Baguette praktisch. PJ machte noch zwei Äpfel im Schlafrock warm, die vom Brunch gestern übrig geblieben waren, und anschließend machten sie sich wieder an die Arbeit.

Eine Stunde später lief PJ der Schweiß den Rücken hinunter. Ihr Rücken schmerzte, ihre Arme brannten, und seit wann hatten sie im April eigentlich sechsundzwanzig Grad?

„Allmählich wünsche ich mir den Winter zurück", sagte sie. „Ich glaube, ich gebe gleich auf."

Cole stellte die volle Schubkarre in der Nähe ab. „Dann hättest du ein halb leeres Restaurant und Geldsorgen. Aber du hast recht, es ist wirklich unerträglich warm."

Eine Antwort kam ihr nicht über die Lippen, da er auf diese Aussage hin sein Hemd auszog. Ein feiner Schweißfilm bedeckte seinen muskulösen Oberkörper. Als er die Schubkarre wieder anhob und den Inhalt ablud, spannte sich sein Bizeps an.

Vielleicht würde sie doch noch eine oder zwei Stunden durchhalten.

Sie arbeiteten in wortloser Geselligkeit und PJ blickte immer wieder verstohlen zu Cole hinüber. Als er sich zu ihr umdrehte, sah sie die Narbe an seiner Schulter und ihr fiel wieder ein, dass sie sich vor Monaten gefragt hatte, was es damit auf sich hatte. Die Narbe war ungefähr zwanzig Zentimeter lang und verlief von der Schulter über die Brust in Richtung Herz.

Er lud die letzte Karre unter einem Busch ab und nahm den Rechen, um den Mulch auszubreiten.

„Woher hast du eigentlich die Narbe?“ Als sie eine Trinkpause einlegten, deutete PJ mit dem Kinn auf seine Schulter.

In Coles Augen flackerte etwas auf und sie fragte sich, ob sie besser nichts gesagt hätte. Sie bezweifelte, dass er sich die Verletzung bei einem Sturz von der Schaukel oder der Mutprobe mit einem Freund zugezogen hatte.

Er ließ die Wasserflasche sinken und schraubte sie zu. „Die ist von dem Autounfall ... irgendetwas ist durch die Gegend geflogen. Hab nie rausgefunden, was es war.“

Ihr war nicht klar gewesen, dass er auch in dem Wagen gesessen hatte. „Der, bei dem deine Familie umgekommen ist?“

Coles Unterkiefer zuckte. „Ja.“

PJ hatte gedacht, er wäre vielleicht in einer Pflegefamilie misshandelt worden. Aber war die Wahrheit nicht beinahe ebenso schlimm? Die Narbe war eine ständige Erinnerung an den Tag, an dem er seine Familie verloren hatte. Den Tag, an dem er im zarten Alter von zwölf Jahren zum einzigen Überlebenden geworden war.

„Wie ist es dazu gekommen?“, fragte sie leiser. „Zu dem Unfall ...“

Cole nahm den Rechen und verteilte Mulch unter einem Hartriegel. „Ich rede nicht gerne darüber.“

„Manchmal hilft es.“

Seine Muskeln waren angespannt, als er an dem Rechen zog. Ein Schweißtropfen rann seine Schläfe hinunter.

Sie erinnerte sich daran, wie weh es getan hatte, als ihr Bruder gestorben war. „Ich weiß, wie es ist, jemanden zu verlieren, den man liebt.“

Sein Blick begegnete dem ihren. „Ich weiß.“

„Ich glaube, es ist schlimmer, wenn es plötzlich kommt. Man hat keine Zeit für den Abschied, keine Zeit zu sagen: ‚Hey, ich weiß, dass ich manchmal eine Nervensäge bin, aber ich hab dich wirklich lieb.‘ Ich hoffe, Michael wusste das.“

„Das wusste er bestimmt.“

„War es für dich auch so?“

Cole nahm den nächsten Mulchhaufen in Angriff. „Nicht ganz.“

„Ich kann mir gar nicht vorstellen, wie es ist, seine ganze Familie zu verlieren. Wahrscheinlich bist du deshalb so stark. Du hast so viel überlebt."

„Ich bin kein Held, PJ."

„Für mich schon."

Cole lachte gequält und schüttelte den Kopf.

„Du stellst dein Licht unter den Scheffel. Was du durchgemacht hast, hätte die meisten Menschen vernichtet. Und du bist hier, so viele Jahre später, und kommst nicht nur gut klar, sondern hilfst auch noch anderen."

Sein Unterkiefer zuckte. „Hör auf."

„Ist doch wahr. Ich hatte keine Ahnung, was für eine glückliche Kindheit ich hatte, bis ich dich kennengelernt habe. Wenn ich diese Jugendlichen sehe, denen du hilfst, die so Schlimmes erlebt haben, werde ich ganz dankbar. Dann möchte ich auch etwas Gutes tun. Du inspirierst mich."

Plötzlich hielt er inne und durchbohrte sie mit seinem Blick. „Es war meine Schuld, okay? Ich verdiene deine Bewunderung nicht. Ich verdiene überhaupt nichts." Mit grimmiger Miene wandte er sich dem nächsten Haufen zu und verteilte den Mulch mit schnellen, ungehaltenen Bewegungen.

„Was meinst du damit: deine Schuld?"

Cole arbeitete weiter, den Blick starr auf den Boden gerichtet, während er in dem Mulch stocherte. Der Rechen blieb an einer Wurzel hängen und er zerrte daran, bis das Gerät sich losriss.

PJ legte eine Hand auf seinen verschwitzten Arm. „Was ist passiert?"

Sein Arm zuckte bei ihrer Berührung zusammen. Mit keuchendem Atem stand er reglos da, während sein Brustkorb sich hob und senkte. Sein Blick war noch immer unverwandt auf den Boden gerichtet.

Sie hätte ihm so gerne geholfen. Seinen Schmerz mit ihm geteilt. „Was ist, Cole? Du kannst mir alles sagen." PJ fragte sich, ob er jemals darüber geredet hatte oder ob er seinen Kummer die ganze Zeit in sich hineingefressen hatte.

Er schluckte. „Zwei Wochen vor dem Unfall fand ich heraus, dass mein Vater ein Verhältnis hatte." Er zögerte. Seine Nasenflügel bebten.

Sie drückte seinen Arm und wartete geduldig, bis er fortfuhr.

„Ich habe ihn und eine andere Frau zusammen erwischt – er hat mich aber nicht gesehen."

„Wusste deine Mutter davon?"

Cole schüttelte den Kopf. Dann fing er wieder an zu rechen. PJ ließ die Hand sinken.

„Wir waren unterwegs zu einer Freundin meiner Mutter. Ich wollte nicht mit. Mein Dad fuhr und ich habe mich mit Mom gestritten und mich über Noelle geärgert. Es war alles so dumm. So egoistisch."

Es tat ihr in der Seele weh, den Schmerz in seinem Gesicht zu sehen.

„Ich war sauer auf meine Mutter und ich wollte sie verletzen. Da habe ich ihr von der anderen Frau erzählt. Mein Vater hat mich im Rückspiegel angefunkelt. Ich sehe den Blick noch vor mir. Meine Mutter fing an, ihm Fragen zu stellen, und sie haben sich gestritten. Ich weiß nicht mehr, was danach geschehen ist. Ich vermute, dass Dad nicht auf die Straße geguckt hat. Er ist über die Mittellinie geraten – jedenfalls wurde mir das hinterher erzählt. Ein anderes Auto kam über die Bergkuppe."

Jetzt spürte PJ den Schmerz, als wäre es ihr eigener. „Das ist schrecklich. Es tut mir so leid."

Coles Hand krallte sich um den Rechen. „Ich bin derjenige, dem es leidtut. Wenn ich nicht gewesen wäre, dann wären sie noch am Leben."

„Du warst erst zwölf."

Er schüttelte den Kopf und verteilte weiter mit schnellen Bewegungen den Mulch. „Meine kleine Schwester … Ich sollte sie beschützen."

PJ griff nach seinem Arm und hielt ihn zurück. Dann wartete sie, bis er sie ansah. Sein Blick war gehetzt und seine Miene angespannt.

Sie wünschte, sie könnte eine Zeitreise machen und die Arme um seine zwölfjährigen Schultern legen und ihm sagen, dass es nicht seine Schuld war. Fünfzehn Jahre lang hatte er diese Schuldgefühle mit sich herumgeschleppt. Jetzt fühlte sich alles, was sie sagen könnte, so nutzlos an wie ein Tropfen Wasser bei einem lodernden Feuer.

Trotzdem legte sie die Hände um sein Gesicht und drehte es zu sich um. „Vielleicht hat dir das noch niemand gesagt, aber es war nicht deine Schuld, Cole. Du warst ein Kind. Unfälle geschehen und manchmal gibt es keinen Schuldigen."

Cole starrte sie an und in seinen Augen flackerte etwas auf. Abwehr vielleicht. Ein Widerwille, ihr zu glauben.

„Wenn Zac oder Josh das Gleiche passiert wäre, was würdest du ihnen sagen?"

Er wandte den Blick ab, doch sie ließ sein Gesicht nicht los, bis er sie wieder ansah.

„Was würdest du ihnen sagen?"

Cole blinzelte zweimal mit diesen langen Wimpern, die so jungenhaft über seinen kummervollen Augen flatterten. Dann schluckte er.

„Du würdest ihnen sagen, dass es nicht ihre Schuld war. Denn genau so wäre es. Du warst ein Kind und du hast dich kindisch verhalten. Das gibt dir nicht die Schuld. Deine Eltern haben dich geliebt. Sie würden nicht wollen, dass du in Schuldgefühlen untergehst."

Als sie die Hände sinken ließ, machte Cole sich wieder an die Arbeit. PJ fragte sich, ob irgendetwas von dem, was sie gesagt hatte, sein stures Herz erreicht hatte. *Bitte hilf ihm, Gott. Mit was für einer schrecklichen Last er all die Jahre gelebt hat! Heile ihn tief im Innern. Mach ihn frei.*

Sie wusste, wie Schuld sich anfühlte. Wegen ihrer Beziehung zu Keaton hatte sie sich ebenfalls von Schuldgefühlen beherrschen lassen. Erst jetzt, so viele Monate später, fing sie allmählich an zu verstehen, dass Keaton der Schuldige war. Sie konnte sich höchstens vorwerfen, naiv gewesen zu sein.

„Wir haben uns wohl beide die Schuld an etwas gegeben, das nicht unsere Schuld war", sagte sie.

Die einzige Antwort waren ein kurzer Blick und ein gequältes Lächeln. Er glaubte das noch nicht, aber sie betete, dass er es irgendwann tun würde.

Kapitel 35

Am Freitag darauf zog der Duft von Hamburgern durch den Garten von PJs Elternhaus. Die Dämmerung hatte bereits eingesetzt und die weißen Lichterketten in den Büschen waren wie tausend Glühwürmchen, die die Nacht erhellten. Ein warmer Wind fuhr über PJs Arme, als sie sie auf dem Picknicktisch verschränkte.

Ihr Dad beaufsichtigte den Grill, während Grandpa daneben stand. Bestimmt sprachen sie über den ersten Anbau und den zu erwartenden Ertrag der diesjährigen Maisernte.

Ihr Blick wanderte zum Spielfeld, auf dem Ryan und Cole gegen Beckett und Daniel antraten. Cole hatte eigentlich nicht mitkommen wollen. PJ fragte sich, ob es zu früh gewesen war, ihn mit herzunehmen, aber sie hatte das Gefühl, dass er eine Familie brauchte. Einen Ort, an dem er angenommen wurde, den er Zuhause nennen konnte.

Die vergangene Woche war nicht leicht für ihn gewesen, da in der Presse tatsächlich über seine Verhaftung berichtet worden war. Die Buschtrommeln hätten ansonsten aber auch von allein dafür gesorgt, dass die Nachricht verbreitet wurde. Sie hatte besorgte Anrufe von sämtlichen Mitgliedern ihrer Familie erhalten. Dabei hatte sie es vermieden, konkrete Aussagen über Keaton zu machen. Aber heute hatte Cole erfahren, dass Keaton die Anzeige zurückgezogen hatte. Vielleicht wollte sein Vater diese Publicity nicht oder vielleicht wollte Keaton nicht, dass seine Frau von seinem Besuch hier erfuhr. PJ war es egal, solange Cole aus dem Schneider war.

„Also, was genau ist eigentlich am Sonntag passiert?“ Madison setzte Ava ab und das kleine Mädchen wackelte mit ausgetreckten Ärmchen zu seiner Großmutter. „Dein Exfreund ist bei deinem Stand aufgetaucht und Cole war da? Ist er eifersüchtig geworden?“

„Es gibt jede Menge Gerüchte“, sagte Jade. „Da ist es gar nicht so einfach, Tatsachen und Tratsch auseinanderzuhalten.“

„Cole hat mich verteidigt. Keaton wollte mich nicht in Ruhe lassen.“

Mom hob Ava hoch. „Keaton ist so ein netter junger Mann. Ich bin mir sicher, er wollte dir nichts tun.“

„Ist er aus Indianapolis?“, fragte Jade.

„Weißt du nicht mehr?“, sagte Madison. „Sie ist im vergangenen Frühling mit ihm ausgegangen, aber kurz vor dem Abschluss haben sie sich getrennt.“

„Warum war er dann in Chapel Springs?“, wollte Mom wissen.

PJ zuckte mit den Schultern. „Ich vermute, er wollte eine zweite Chance.“

„Und du hast kein Interesse?“, fragte Mom.

„Mom, ich bin jetzt mit Cole zusammen.“ Wenn ihre Mutter wüsste, dass Keaton verheiratet war, würde das alle Einwände für immer abblocken, aber PJ würde lieber Leberwurstbrote und Käsebrötchen in ihrem Restaurant servieren, als ihr das zu erzählen.

„Liebling, wenn Keaton nur mit dir reden wollte, warum hatte Cole dann das Gefühl, dass er gewalttätig werden musste? Ich mache mir schon etwas Sorgen wegen seiner Reaktion.“

„Mom, Keaton hat mich seit Monaten angerufen und mir Nachrichten geschickt – er hat mich ständig belästigt. Weißt du noch, dass ich mir im Dezember eine neue Telefonnummer zugelegt habe?“

„Das war der Grund?“ Jade hob Mia hoch und gab ihr einen Kräcker.

„Er hat mir Briefe geschrieben und Blumen geschickt und mich einfach nicht in Ruhe gelassen. Cole wusste, dass mich das belastet hat.“

„Na gut, vielleicht hat er es ein bisschen übertrieben“, gab Mom zu. „Aber Cole ist derjenige, der verhaftet wurde.“

„Und die Anzeige wurde zurückgezogen.“

„Hat er dir schon was über seine Kindheit erzählt?“, wollte Madison wissen. „Manche dieser Kinder haben einen ziemlich üblen Hintergrund.“

PJ warf ihr einen bösen Blick zu.

„Stimmt doch.“

Madison roch an Avas Windel und rümpfte die Nase. „Ich glaube, die hier muss gewickelt werden.“

„Und manche sind nur Opfer ihrer Umstände“, sagte PJ.

Die Männer klatschten einander ab, als das Spiel zu Ende war.

„Cole war immer gut zu mir. Er ist ein guter Mann.“

„Ach Liebling, wir behaupten doch gar nichts anderes. Wir machen uns nur Sorgen um dich. Seine erste Reaktion war Gewalt. Lässt das nicht wenigstens deine Alarmglocken läuten?“

PJ stand auf und nahm Ava von Madisons Arm. „Ich werde sie wickeln.“

Sie brauchte dringend ein paar Minuten für sich. Sie wünschte, die anderen könnten ausnahmsweise mal an sie glauben. Sie würden Coles Reaktion sofort verstehen, wenn sie wüssten, wie Keaton sie belogen hatte – aber es würde sie nur darin bestärken, dass sie PJ für naiv hielten.

Cole reichte PJs Bruder den Teller mit den Burgern und machte sich über den Kartoffelsalat her. Das Talent zum Kochen lag offenbar in der Familie. Er hatte sich schon zweimal nachgenommen.

Die Tischgespräche waren laut und munter, wobei mindestens vier Unterhaltungen gleichzeitig geführt wurden, unterbrochen von „Kannst du bitte mal den Kartoffelsalat rübergeben?“ und „Wo ist das Salz?“ Die Zwillinge machten die Runde noch lebhafter mit ihrem Quietschen und Lachen auf den Hochstühlen.

Nach den unschönen Ereignissen am letzten Wochenende hatte er Sorge gehabt, wie PJs Familie ihn aufnehmen würde. Ein Bankangestellter hatte ihn diese Woche ignoriert und an der Kasse im Lebensmittelladen war er misstrauisch angesehen worden. Aber PJs Familie war sehr freundlich. Er spürte nach wie vor ein Misstrauen vonseiten ihrer Mutter, aber vielleicht war Mrs McKinley bei allen potenziellen Partnern ihrer Kinder am Anfang skeptisch. Er würde sich ihr Vertrauen verdienen. Es lohnte sich, für PJ zu kämpfen.

Zu Beginn der Mahlzeit hatten die übrigen Familienmitglieder PJ ausgequetscht, wie es im Restaurant lief. Als sie ehrlich berichtet hatte, hatte Ryan angeboten, sich ihre Finanzen anzusehen, um herauszufinden, wo die Probleme lagen. Ihr Vater hatte zweimal das Feuer in der Küche erwähnt, was ein wunder Punkt für PJ war, weil sie an dem Herd gearbeitet hatte, an dem das Feuer ausgebrochen war. Ihre Mutter hatte vorsichtig die teuren Anzeigen zum Valentinstag in der *Gazette* hinterfragt, obwohl es für das Restaurant ein sehr einträgliches Wochenende gewesen war.

Bei jeder Frage war PJs Lächeln steifer geworden. Cole wusste, dass ihre Familie es gut meinte. Es war offensichtlich, dass ihre Eltern und Geschwister sie liebten und ihr allen Erfolg wünschten, aber sie hatten keine Ahnung, wie demoralisierend diese Verhöre für PJ waren. Jeder Angriff auf ihr Selbstbewusstsein tat ihm weh. Zweimal hätte er beinahe etwas gesagt, aber dann drückte PJ sein Bein und er biss sich auf die Zunge.

Außerdem glaubte er nicht, dass sie etwas zu befürchten hatte, nachdem er diese Woche einen Anruf von Mrs Simmons erhalten hatte. Die Nachricht von seiner Verhaftung war bis nach Colorado vorgedrungen. Sie hatte Einzelheiten wissen wollen und schien sich ein abschließendes Urteil offen zu halten, aber er war kein Narr. Er sollte für die ehemaligen Pflegekinder ein Vorbild sein. Ein helles Licht in der Gesellschaft. Und auch wenn die Anzeige nun fallen gelassen worden war, stand die Verhaftung in seiner Akte. Trotzdem konnte er nicht bedauern, dass er für PJ eingestanden war.

Seine Gefühle für sie waren in den vergangenen Wochen exponentiell gewachsen. PJ glättete seine rauen Kanten. Ihr galt sein erster Gedanke am Morgen und sein letzter Gedanke am Abend. Sie war der Mensch, mit dem er jede freie Minute verbringen wollte. Den er in seine Arme ziehen und nie mehr loslassen wollte. Allmählich fragte er sich, was er gemacht hatte, bevor sie in sein Leben getreten war, mit einem Tontopf und falschem Gesang.

„Sie hat dir ganz schön den Kopf verdreht, was, mein Junge?“, sagte PJs Grandpa.

Cole wurde bewusst, dass er die Enkelin des Mannes unverhohlen angestarrt hatte, wahrscheinlich mit dem sehnsüchtigen Blick eines Schülers, der zum ersten Mal verliebt ist.

„Hör auf, Grandpa.“ Ein zartes Rosa erblühte auf PJs Wangen.

„Junge Liebe … so war das bei deiner Großmutter und mir auch.“

„Das stimmt nicht“, sagte Madison. „Ihr wart noch nicht einmal verliebt, als ihr geheiratet habt.“

„Ihre Liebe ist aus Freundschaft heraus gewachsen“, erklärte PJ Cole und sah dann ihren Großvater an. „*Nach* den Hochzeitsglocken.“

„Und dann hat sie mir ganz schön den Kopf verdreht – wie ich gesagt habe."

Cole rutschte unbehaglich auf der Bank hin und her. Er war es nicht einmal gewohnt, solche Gefühle zu haben, geschweige denn sie mit der ganzen Familie der betreffenden Frau zu diskutieren.

„Wie geht es mit dem neuen Haus voran, Ryan?", fragte Beckett. Er aß den letzten Bissen von seinem Hamburger und wischte sich mit seiner karierten Serviette das Kinn ab.

Cole hätte dem Mann um den Hals fallen können.

„Alles ausgepackt."

Madison warf ihm einen Blick zu.

„Na gut, fast alles ausgepackt."

„Seine Wände sind so öde und leer wie eine Wüste." Madison stieß ihrem Mann den Ellbogen in die Rippen. „Wie es bei jemand anderem war, den ich kenne. Und er hat noch Bettlaken vor den Fenstern."

„Das klingt vertraut." Jade und Daniel sahen sich an.

„Ich habe dir doch gesagt, dass ich dir bei diesen Dingen helfe, Liebling. Am Sonntag komme ich vorbei und sehe, was wir machen können. In dem großen alten Haus gibt es viele Wände zu füllen."

„Danke, Mom."

„Weißt du, was du brauchst, Ry?", sagte Madison. „Einen Hund. Im Tierheim gibt es einen total süßen Basset, der ist zwei Jahre alt, hat alle Impfungen und schokoladenbraune Augen."

„Ich liebe Bassets", sagte PJ. „Die haben diese großen Hängeohren. Du solltest ihn unbedingt nehmen, Ry."

„Oder eine Katze", sagte Jade. „Er könnte auch eine Katze haben. Unsere Nachbarn haben gerade einen Wurf. Willst du eine?"

„Er ist doch gegen Katzen allergisch, weißt du nicht mehr?", wandte Mrs McKinley ein.

„Ach ja." Jade presste die Lippen aufeinander, konnte aber ein Grinsen nicht verbergen.

„Ja, ja, ihr habt gut lachen", sagte Ryan.

„Wieso denn?", fragte Cole.

Beckett zuckte mit den Schultern. Offenbar war er der einzige andere in der Runde, der den Witz nicht verstand.

Mom warf Jade einen tadelnden Blick zu. „Als er acht oder neun war, fand er das kleine Mädchen von gegenüber ganz toll –"

„Tallulah Franklin", warf Madison ein.

„Sie war ein hübsches kleines Ding mit roten Haaren und Ryan war bis über beide Ohren verliebt."

„Mom hat ihn mit einem Kuchen rübergeschickt und er dachte, er könnte Tallulah beeindrucken, indem er ihrer Katze einen Trick beibrachte. Aber als er nach Hause kam, war sein Gesicht leuchtend rot."

„Er hatte einen schrecklichen Ausschlag überall im Gesicht und an der Brust und seine Augen waren ganz geschwollen. Der arme Kerl ..."

„Sie sagte, er sähe aus wie ein Knetgummikopf, und der Name ist irgendwie hängen geblieben", sagte Madison. „Er ist nie wieder rübergegangen und das war das Ende der Liebesgeschichte von Ryan und Tallulah."

Ryan runzelte die Stirn. „Danke für die Erinnerung. Ich will keinen Hund und auch keine Katze. Ich bin zu viel unterwegs, um mich um ein Haustier zu kümmern." Drohend ließ er den Blick in die Runde schweifen. „Also kommt an meinem Geburtstag nicht auf dumme Gedanken."

„Wie wäre es mit einem Vogel?", erkundigte sich Mrs McKinley.

„Oder einem Kaninchen", schlug Jade vor. „Sie haben so süße Mümmelnasen."

Ryan sah sie mit finsterem Blick an. „Keine Haustiere."

PJs Mutter legte ihre Serviette auf den leer gegessenen Teller. „Cole, erzähl uns doch ein bisschen was von dir. Wie sah dein Leben aus, bevor du nach Chapel Springs kamst?"

Ryan blickte zum Himmel auf. „Danke."

„Die letzten Jahre habe ich in Fort Wayne für eine Firma gearbeitet, die Renovierungen durchführt."

„Er war dort Teamleiter", warf PJ ein. „Deshalb wusste er auch so viel über Renovierung."

„Wie bist du denn zum Baugewerbe gekommen?", wollte Mr McKinley wissen.

„Mein Pflegevater hat nebenbei solche Arbeiten gemacht. Im Sommer habe ich immer mit ihm zusammengearbeitet."

„Hattest du Pflegegeschwister?“, fragte Mrs McKinley.

„Ja. Die meisten kamen und gingen, aber mit einer Pflegeschwester habe ich immer noch eine enge Verbindung.“

„Sie heißt Lizzy“, sagte PJ. „In einer Woche wird sie achtzehn, dann zieht sie bei uns ein.“

„Ach, wie toll“, sagte Madison. „Ich finde es klasse, was du für diese Kids tust.“

Es wurde still am Tisch. Sicher dachten alle daran, dass er darauf aus war, PJ ihren Traum zu stehlen.

Schließlich ließ Daniel seine Serviette auf den Teller fallen und legte den Arm um Jade. „Ich bin pappsatt. Das Essen war wie immer super.“

„Sag mal, Mom, kann ich das Rezept von Grandmas Kartoffelsalat haben?“, erkundigte sich PJ. „Ich möchte ihn gerne beim Sonntagsbrunch anbieten.“

„Natürlich, Liebling. Das Rezept ist in meinem Ordner über dem Herd. Sie wäre sehr stolz, wenn sie wüsste, dass ihr Salat in deinem Restaurant serviert wird.“

PJ drückte Coles Bein. „Ich bin gleich wieder da.“

„Der Toner im Kopierer ist alle“, rief ihr Vater ihr hinterher. „Oben im Schrank ist eine neue Kartusche.“

Die restliche Familie ging zum Basketballkorb, um eine Runde zu spielen, während Mrs McKinley anfing, das Geschirr abzuräumen.

Cole beschloss, diesmal nicht mitzuspielen, und stand auf, um PJs Mutter zu helfen. Er musste sich ihr Vertrauen verdienen und am besten fing er direkt damit an.

„Ach lass nur, das brauchst du nicht.“

„Es ist das Mindeste, was ich tun kann, nachdem ich mich schon nicht an den Vorbereitungen beteiligt habe. Wobei es für alle besser ist, wenn ich nicht koche.“

Ihr Lächeln erinnerte ihn an PJ, aber damit endeten die Ähnlichkeiten auch schon. PJ hatte dunkle lange Haare und die ihrer Mutter waren kurz und blond. Mrs McKinley hatte hellblaue Augen, keine schokoladenbraunen, und PJ war groß und schlank wie ihr Vater, während ihre Mom durchschnittlich groß und ein bisschen kräftiger war.

Mit Geschirr beladen folgte er ihr ins Haus. Sie luden alles ab und gingen wieder hinaus, um den Rest zu holen. Inzwischen war es dunkel geworden, doch das Spielfeld wurde von Lampen erhellt. Die Partie war bereits in vollem Gange und die ersten spielerischen Auseinandersetzungen waren zu hören.

Während sie das Geschirr einsammelten, wirkte die Atmosphäre zwischen ihm und Mrs McKinley auf Cole zunehmen angespannt. Jetzt wünschte er, er hätte sich wie die anderen vor dem Aufräumen gedrückt.

„Wie es aussieht, hast du eine Menge Pech im Leben gehabt, Cole. Um solche Schwierigkeiten zu überwinden, muss man stark sein."

Cole lächelte halbherzig. „Man muss das Leben nehmen, wie es kommt. Etwas anderes bleibt uns sowieso nicht übrig."

Mrs McKinley nahm das Besteck und zögerte.

Er hatte das deutliche Gefühl, dass sie Zeit schinden wollte.

„Du scheinst ein netter junger Mann zu sein …"

Cole biss sich von innen auf die Wange, während er den Deckel auf den Bräter setzte und ihn zu sich zog. „Aber …"

Mrs McKinley warf ihm ein ertapptes Lächeln zu und stapelte die restlichen Teller auffallend umständlich aufeinander. „PJ ist unser Nesthäkchen, wie du ja sicherlich weißt, und wir haben sie sehr lieb …"

Cole würde ihr nicht helfen. Er richtete sich mit dem Bräter im Arm auf und sah ihr direkt in die Augen.

„Aber sie hat nicht immer die besten Entscheidungen getroffen, vor allem, was Männer betrifft. Du liebe Güte, einige der Jungs, die sie in der Highschool mit nach Hause gebracht hat …!" Ihr leises Lachen raubte Cole den letzten Nerv.

„Zuerst dachten ihr Vater und ich, es wäre eine rebellische Phase. Ich meine, ihr erster Freund wurde wegen Drogen von der Schule geworfen, ihr zweiter prügelte sich ständig in der Schule, der nächste hatte noch eine andere Freundin und so weiter. Jeder schien schlimmer als der Vorangegangene. Wahrscheinlich sah sie in jedem von ihnen etwas Liebenswertes. Oder vielleicht dachte sie, sie könnte sie retten, ich weiß nicht."

Cole folgte Mrs McKinley ins Haus. „Und Sie glauben, dass ich der Nächste in einer langen Reihe schlechter Entscheidungen bin."

Sie drehte sich auf der untersten Verandastufe um und sah ihn an. „Ich habe nichts gegen dich, mein Junge. Ich weiß, dass du viel durchgemacht hast." Sie sah kurz zu Boden, hob dann aber wieder den Blick. „Doch PJ braucht jemanden, der beständig ist. Jemanden, der die Stimme der Vernunft sein kann. Jemanden, der besonnen ist." Ihre Augen durchbohrten ihn förmlich.

Sie bezog sich auf seine Verhaftung. Zum x-ten Mal wünschte er sich, er hätte den Kerl nur noch einmal kräftig geschubst, anstatt seine Fäuste einzusetzen. Doch dass er etwas unternommen hatte, konnte er nicht bedauern. „Am Sonntag habe ich PJ verteidigt. Ich werde nicht tatenlos zusehen, wie irgendein Kerl sie grob behandelt."

„Wir haben Keaton einmal kennengelernt, als wir PJ am College besucht haben. Er schien ein sehr netter junger Mann zu sein, und wenn ich mich recht an die Unterhaltungen mit PJ im letzten Frühjahr erinnere, hatte er sein Leben gut im Griff. Er hatte seinen Collegeabschluss mit Auszeichnung gemacht und einen guten Job. Sie war glücklich mit ihm. Er hat sie gut behandelt."

Abgesehen von der Frau und dem kleinen Kind war Keaton eine richtig gute Partie. Aber das konnte Cole natürlich nicht sagen. Es war PJs Geheimnis. Außerdem würde es nur bestätigen, was ihre Mutter über ihr schlechtes Urteilsvermögen gesagt hatte. Cole spürte, wie Hitze seinen Hals hinaufkroch, und biss die Zähne zusammen.

„Ich dachte wirklich, sie würden zusammenbleiben, und ich glaube, wenn PJ frei wäre, würde sie ihm vielleicht noch eine Chance geben. Offensichtlich hat er immer noch Interesse an ihr."

„Das ist PJs Entscheidung."

„Da hast du recht, das ist es." Mrs McKinley sah ihn mit einem Blick an, der ihm deutlich zu verstehen gab, dass er dieser Entscheidung im Weg stand.

PJ kam durch die Tür gestürzt und schwenkte ein Blatt Papier. „Ich hab's!"

„Oh gut, du hast den Toner ersetzt. Ich weiß immer nicht, wie das geht."

PJ faltete den Zettel und steckte ihn in ihre Tasche. Dann nahm sie Cole den Bräter ab. „Geh spielen. Mom und ich machen den Rest. Es klingt so, als bräuchten die anderen einen Schiedsrichter."

Cole willigte bereitwillig ein, mehr als erpicht darauf, von Mrs McKinley wegzukommen und all die hässlichen Gedanken zu vergessen, die sie in ihm gesät hatte.

„Alles in Ordnung?“, fragte PJ, nachdem ihre Mutter ins Haus gegangen war.

„Alles gut.“ Er drückte einen sanften Kuss auf ihre Lippen. „Geh und hilf deiner Mutter.“

Kapitel 36

Irgendetwas stimmte nicht mit Cole. In den letzten beiden Tagen hatte er abgelenkt und irgendwie leicht distanziert gewirkt. Als PJ ihn darauf angesprochen hatte, hatte er gesagt, das liege vielleicht an seiner Müdigkeit oder daran, dass er sich wegen Lizzys Ankunft Sorgen mache, aber sie wurde einfach das Gefühl nicht los, dass noch mehr dahintersteckte.

Vielleicht war bei ihren Eltern zu Hause etwas vorgefallen. Aber abgesehen von den unangenehmen Fragen beim Essen hatte ihre Familie sich benommen. Sie war froh drüber. Cole brauchte Menschen, eine Familie, und zwar mehr, als ihm selbst bewusst war.

Aber heute war Sonntag und wieder musste sie sich auf die Suche nach ihm machen. Sie entdeckte ihn oben in Shaundras Zimmer, wo er gerade das zweite Bett machte.

„Klopf klopf", sagte sie.

Das Lächeln, mit dem Cole sich zu ihr umdrehte, ließ ihr Inneres schmelzen. „Hallo, Sonnenschein."

Ihre Stimmung hob sich. „Bereitest du alles für Lizzy vor?"

„Ja. Diese Bettdecke habe ich im Secondhandladen gefunden. Was meinst du? Wird einem Mädchen in ihrem Alter so etwas gefallen?"

Die Decke war türkis und gelb mit riesigen Gänseblümchen drauf. „Die ist klasse. Lizzy wird begeistert sein. Ich bin schon ganz gespannt darauf, sie kennenzulernen."

Cole richtete sich auf. Als er sich im Zimmer umsah, erstarb sein Lächeln. An beiden Wänden stand je ein Einzelbett mit Nachttisch und dazwischen war ein schmaler Gang. Eine kleine Kommode hatte an der gegenüberliegenden Wand Platz gefunden.

„Es ist ziemlich klein für zwei Personen, oder?", sagte er.

„Das Zimmer, das ich mir früher mit Jade geteilt habe, war auch nicht größer. Die beiden werden schon klarkommen. Shaundra ist eine nette Mitbewohnerin und sie wird ja nicht mehr lange hier sein."

Shaundra hatte beschlossen, direkt mit dem Kochstudium zu beginnen und bereits im Sommer an der Vincennes den ersten Kurs zu belegen. Sie hatte sogar ein ordentliches Stipendium ergattert.

„Das stimmt."

Aber er würde Shaundras Platz bald neu besetzen – wenn er das Haus bekam. Der 1. Juni rückte stetig näher.

Cole schwieg und PJ fragte sich, ob seine Gedanken in die gleiche Richtung wanderten wie ihre. Bislang hatten sie nicht besprochen, was dann geschehen würde. Und jetzt wollte PJ nicht darüber reden. Sie wollte nicht einmal darüber nachdenken.

Cole setzte die Hollywoodschaukel in Bewegung und legte den Arm um PJ. Als sie sich an ihn schmiegte, legte er das Kinn auf ihren Kopf. Ihre Haare rochen nach italienischem Essen und einem Hauch des süßen Blumendufts.

Als sie in der kühlen Abendluft fröstelte, rieb er ihre nackten Arme. Sie erzählte ihm von einer Schülerin in ihrem Kochkurs, die Oregano und Basilikum verwechselt und dadurch ihr Pesto ruiniert hatte.

Während er ihrer Stimme lauschte, musste er an die Worte von Mrs McKinley denken, wie so oft in den vergangenen vier Tagen. War er nur der Nächste in einer langen Reihe Versager? Wäre PJ ohne ihn besser dran?

Mit Keaton wäre sie es definitiv nicht. Das wusste er, auch wenn ihre Mutter es nicht wusste. Aber würde er sie im Stich lassen, so wie er seine Familie, seine Schwester im Stich gelassen hatte?

Sein Telefon vibrierte in seiner Tasche und er lächelte, als er auf das Display sah. Lizzy.

„Was dagegen, wenn ich drangehe? Es ist Lizzy."

„Klar, mach nur." PJ löste sich von ihm und sah ihn mit ihrem lieben Lächeln an. Sie hatte ihm geholfen, Lizzys Zimmer den letzten Schliff zu geben. Jetzt war alles fertig für ihren Einzug Ende der Woche.

„Hi, Lizzy-Lou."

Schweigen schlug ihm entgegen. Dann hörte Cole ein Schniefen.

„Lizzy?"

„Cole, hier ist Becky." Ihre Stimme war von Tränen ganz belegt.

Angst kroch sein Rückgrat hinauf. „Was ist los?"

„Ist jemand bei dir?"

Er spürte Panik. „Ja, was ist passiert, Becky?"

„Ich weiß nicht, wie ich es sagen soll, Liebling …"

Er erstarrte und sah PJ in die Augen. Angst durchflutete ihn. „Ist Lizzy in Ordnung?"

Wieder ein Schniefen. „Nein, Liebling, ist sie nicht. Sie … Greg und ich sind heute Abend nach Hause gekommen und … sie lag in ihrem Zimmer auf dem Boden. Sie hat Gregs Tabletten genommen, die von seiner Operation übrig waren – alle." Becky brach in Tränen aus.

PJ legte eine Hand auf sein Bein und Cole merkte da erst, dass es auf und ab zuckte. „Ist sie okay? Haben sie ihr den Magen ausgepumpt?"

„Sie … sie war schon tot, als wir nach Hause kamen. Wir haben den Notarzt gerufen, aber er konnte nichts mehr tun. Warum habe ich sie heute nur allein gelassen? Wir waren mit den Kindern Pizza essen und wir wollten, dass sie mitkommt, aber sie sagte, sie habe noch Hausaufgaben zu machen …"

Sie war tot? Lizzy war tot? Coles Augen brannten und seine Kehle war wie zugeschnürt. Sein Herz hämmerte wie verrückt und der Schmerz riss in seinem Innern ein so großes Loch, dass er darin hätte versinken können.

„Dieser Junge hat gestern mit ihr Schluss gemacht. Sie war ganz außer sich, aber heute Morgen schien es ihr besser zu gehen und ich hätte nicht im Traum gedacht …" Becky schluchzte ins Telefon.

„Ist sie in Ordnung?", flüsterte PJ.

Cole versuchte, sich an ihre letzte Unterhaltung zu erinnern. Das war erst vor ein paar Tagen gewesen. Sie schien sich nicht mehr so darauf zu freuen, dass sie zu ihm zog, aber er hatte gedacht, es liege daran, dass sie Braden zurücklassen musste. Sie waren allerdings noch nicht so lange ein Paar gewesen. Und sie hatte gesagt, Braden könne ja ebenfalls nach Chapel Springs ziehen, wenn er im Juni mit der Highschool fertig sei.

Aber jetzt würde sie nicht herkommen. Sie würde niemals herkommen. Sie war tot.

„Liebling, bist du noch da? Bist du in Ordnung? Ich weiß, wie nahe ihr zwei euch gestanden habt …"

„Ich bin hier." War das seine tonlose Stimme? „Ich … ich muss Schluss machen."

„Wir sagen dir Bescheid, wie es weitergeht. Bist du in Ordnung? Kommst du nach Hause?"

Er schluckte. „Ja. Ja, mache ich. Ich muss nur … ich muss jetzt Schluss machen."

Er wartete nicht, bis sie sich verabschiedet hatte. Er schaltete das Telefon aus und ließ die Hand auf seinen Schoß sinken. Es konnte nicht wahr sein. Lizy konnte nicht tot sein.

PJ nahm seine Hand. „Cole? Sprich mit mir."

Er sah zu, wie die Blumenampel auf der anderen Seite der Veranda sich im Wind bewegte, während er versuchte, sich an das letzte Mal zu erinnern, als er Lizzy gesehen hatte. Er war nach Fort Wayne zurückgefahren, um sie zu sehen und die restlichen Sachen zu holen, kurz bevor die Kids eingezogen waren. Sie hatte geweint, aber er hatte ihr gesagt, dass er das für sie tue und dass es kein Jahr dauern würde, bis sie bei ihm leben konnte.

Sie hatte ihn mit diesen traurigen blauen Augen angesehen, die Brille schief wie immer. „Versprochen?", hatte sie gefragt.

„Versprochen. Ich werde für dich sorgen."

Bei der Erinnerung zog sich sein Magen schmerzhaft zusammen. Er hatte Mühe zu atmen.

„Cole?"

Er wandte sich PJ zu. Ein Stein steckte in seiner Kehle und er versuchte, ihn hinunterzuschlucken. „Sie ist tot."

PJ schnappte nach Luft. „Oh nein." Dann legte sie die Hände um sein Gesicht. „Es tut mir so leid."

Er musste etwas tun. Cole sprang auf und lief auf der Veranda auf und ab. „Ich sollte hinfahren. Ich muss Becky helfen."

„Becky?"

„Unsere Pflegemutter."

„Ich komme mit."

Musik ertönte aus dem Fenster über ihnen und er erinnerte sich an seine jugendlichen Schützlinge. Die Beerdigung würde erst in einigen Tagen sein. So lange konnte er nicht fortbleiben. Er rieb sich den Nacken.

„Was denke ich mir eigentlich? Ich kann die Kids doch nicht alleine lassen."

„Ich bleibe bei ihnen. Oder fahre mit dir – was dir lieber ist. Meine Familie kann einspringen."

Sie ist tot. Sie ist tot und ich habe sie nicht beschützt. Ich habe es versprochen, aber ich habe sie im Stich gelassen.

Genau wie Noelle.

Genau wie Mom und Dad.

„Cole? Soll ich meine Mom bitten, herzukommen? Ich kann das Restaurant ein paar Tage schließen."

Als PJ ihre Mutter erwähnte, schüttelte er den Kopf. „Nein. Mir wäre es lieber, wenn du bei den Kids bleibst. Dann kannst du auch das Restaurant aufmachen. Ich sollte packen gehen."

Er ging ins Haus und stieg wie betäubt die Treppe hinauf. Erst als er in seinem Zimmer angekommen war und seine leere Reisetasche herauszog, merkte er, dass PJ ihm gefolgt war.

„Du kannst heute Abend nicht mehr fahren. Es ist spät und es ist eine lange Strecke. Außerdem kannst du vor morgen sowieso nichts unternehmen."

Sie hatte recht. Es wäre weit nach Mitternacht, bis er in Fort Wayne ankäme. Cole warf die Tasche aufs Bett und setzte sich daneben.

Die Matratze gab nach, als PJ sich an seiner Seite niederließ. Sie legte den Arm um ihn und er spürte ihren Blick. Am liebsten hätte er den Kopf auf ihren Schoß gelegt und sich die Augen ausgeheult, aber irgendetwas hielt ihn davon ab. Etwas hielt die Tränen zurück und ließ seine Arme wie erstarrt an seiner Seite hängen.

„Was kann ich tun? Kann ich dir irgendetwas bringen?"

„Versprochen?", fragte Lizzy.

„Ja, versprochen. Ich werde für dich sorgen."

Coles Augen brannten.

„Willst du reden?"

Er stand auf, weil er Abstand brauchte, ohne zu wissen, warum. „Nein, ich bin nur … ich glaube, ich muss jetzt allein sein", brachte er mit Mühe heraus. Dabei sah er zu Boden, weil er nicht sehen wollte, dass PJ gekränkt war, und das musste sie sein.

„Bist du dir sicher? Ich … ich kann bei dir bleiben und dich einfach im Arm halten, wenn du willst.“

Er bemühte sich zu lächeln, aber das Lächeln erstarb, bevor es überhaupt begonnen hatte. „Ich bin mir sicher. Ich brauche einfach … etwas Zeit.“

Kapitel 37

Der Tag der Beerdigung war trüb und verhangen. Eine kleine Gruppe versammelte sich um Lizzys Sarg. Die Worte des Pastors drangen monoton an sein Ohr, aber Cole hörte nicht, was er sagte. Er stand neben Greg und Becky, ihren Angehörigen und ihren drei aktuellen Pflegekindern. Lizzys Mutter, eine Drogenabhängige, die sich bereits kaum für ihre Tochter interessiert hatte, als sie noch am Leben gewesen war, hatte sich bei der Beerdigung gar nicht erst blicken lassen. Und von Braden, wegen dem Lizzy so unglücklich gewesen war, war auch weit und breit nichts zu sehen.

Cole spürte etwas Bedrohliches und Schwarzes in sich aufsteigen, als er den kleinen Rosenstrauß auf dem Sarg anstarrte. Er hatte weiße Rosen mit einem türkisfarbenen Rand gewählt, Lizzys Lieblingsfarbe. Der Sarg war das billigste Modell, das es gab, aber er war weiß mit rosafarbenem Futter und er glaubte, Lizzy hätte er gefallen.

Als die Beerdigung vorbei war, gingen sie zum Haus zurück. In den vergangenen drei Tagen war es dort unheimlich still gewesen. Gregs Augen waren die ganze Zeit blutunterlaufen, während er sich um die Kinder kümmerte. Becky schluchzte mehrmals am Tag leise in ihrem Zimmer vor sich hin. Als sie jetzt nach Hause kamen, schickten sie die Kinder zum Spielen in ihre Zimmer, sprachen kurz mit Cole und zogen sich dann in ihr eigenes Schlafzimmer zurück.

Cole starrte aus dem Küchenfenster in den Garten, während die dunklen Wolken endlich aufbrachen und Regen auf den Boden trommeln ließen. Er dachte an Lizzys Sarg am Grab und fragte sich, ob sie ihn schon in die Erde hinuntergelassen hatten.

Wohin er auch blickte, sah er Erinnerungen an sie wie ein gespenstisches Hologramm. Wie sie ihn sonntagmorgens aus dem Bett gezerrt hatte: *„Aufdehen, Cole! Will getz Tickfilm kucken!“* Wie sie vor Vergnügen gekreischt hatte, als er sie auf der Schaukel im Garten angestoßen hatte. Wie sie mit den Mathehausaufgaben gekämpft hatte, den Ellbogen auf dem Tisch, das Kinn auf die Faust gestützt. *„Ich schaff das nicht! Ich bin zu blöd!“*

Zu viele Erinnerungen.

Und doch nicht genug.

Warum, Gott? Ich hätte hier sein sollen. Ich hätte einen Weg finden müssen, sie mitzunehmen. Ich hätte wissen müssen, dass etwas nicht stimmte. Ich habe sie im Stich gelassen.

Sein Telefon vibrierte, weil ein Anruf einging. Wahrscheinlich von PJ. Sie hatte jeden Tag zweimal angerufen oder ihm eine Nachricht geschickt, aber er hatte insgesamt nur zweimal geantwortet. Er war zu erschöpft, um sich mit seinen Gefühlen für sie zu befassen. Zu müde, nachdem er die letzten drei Nächte kaum geschlafen hatte.

Und er wusste, dass das Dunkle, was in ihm aufgestiegen war, in erster Linie sie betraf. Sosehr er dieses Haus auch verlassen und vor den Erinnerungen fliehen wollte, so sehr fürchtete er seine Rückkehr nach Chapel Springs.

PJ würde dort sein, doch die Dunkelheit in seinem Innern erinnerte ihn daran, dass er sie nicht verdiente. Dass er ihre Liebe nicht verdiente – falls sie welche für ihn empfand. Er zerstörte alle, die er liebte. Er war eines Menschen wie PJ nicht würdig.

Sein Handy hörte auf zu brummen und Cole seufzte schwer.

PJ. Die Jugendlichen. Das Haus. Lizzy. In seinem Kopf drehte sich alles, als wären seine Gedanken von einem Tornado erfasst worden. Und er wusste nicht, was er tun sollte. Aber eins war sicher: Von hier aus würde er es auch nicht herausfinden.

Kapitel 38

Das Restaurant war trotz des Gewitters rappelvoll. Da eine von PJs Bedienungen nicht erschienen war, hatte Shaundra eine Weile ausgeholfen, doch sie hatte um sieben gehen müssen.

„Chef, wir kommen hier draußen nicht nach", rief eine Servicekraft durch die Durchreiche. „Kann nicht noch jemand helfen kommen?"

PJ wandte sich am Herd um. „Ich hab alles versucht. Sorry. Haltet durch. Das Schlimmste haben wir gleich hinter uns."

„Zweimal Jakobsmuscheln gedämpft, möglichst schnell", rief eine andere Bedienung.

„Miesmuscheln sind fertig", rief jemand aus der Küche. „Fang mit den Calamari an."

Callie kehrte von ihrer Toilettenpause zurück und reihte sich in die Kette ein, als wäre sie nie fortgewesen. Ein paar Minuten später kam sie mit einer Schüssel Pilze zu PJ. „Ich glaube, Cole ist wieder da."

Er hatte ihr eine Nachricht geschickt, dass er an diesem Abend heimkommen würde, aber PJ hatte gedacht, er würde zu ihr kommen, sobald er eintraf. Natürlich war sie beschäftigt gewesen und wahrscheinlich hatte er sie nicht stören wollen.

„Warum glaubst du das?"

„Ich bilde mir ein, dass ich seinen Wagen hinter dem Haus gesehen habe. Und das Licht im Schuppen ist an."

Dann war er definitiv wieder da. Niemand sonst ging in den Schuppen. Am liebsten hätte sie alles stehen und liegen gelassen, um zu ihm zu gehen, aber sie konnte sich nicht einfach davonstehlen, während in der Küche Land unter herrschte.

PJ dünstete die Pilze und frittierte die Calamari. Sie fragte sich, wie lange Cole schon da draußen war. Sie konnte es kaum erwarten, ihn in die Arme zu nehmen. Sie hasste den Gedanken, dass er all das allein hatte durchmachen müssen.

Nicht allein, PJ.

Er hatte seine Pflegeeltern gehabt. Trotzdem bedauerte sie, dass sie nicht bei ihm gewesen war, während er litt. Cole hatte nicht viel von sich hören lassen, während er weg war, aber sicherlich hatte er viel zu tun gehabt mit der Beerdigung, dem Trauern – und das tat er offenbar lieber allein.

Sie fragte sich, ob das daran lag, dass ihm nie etwas anderes übrig geblieben war. Vielleicht hatte Cole einfach gelernt, den Schmerz hinunterzuschlucken und allein damit fertig zu werden. PJ fand diese Vorstellung schrecklich. Jeder hatte den Trost einer liebevollen Familie verdient.

Zwanzig Minuten später war es deutlich ruhiger. PJ legte ihre Schürze ab. „Ich mache fünf Minuten Pause", rief sie.

„Lass dir Zeit", rief ihr Souschef. „Alles unter Kontrolle."

Bevor sie ging, sprach sie noch kurz mit dem Oberkellner und löste ein Problem mit dem Kartenlesegerät. Der Speiseraum leerte sich allmählich und ihre Servicekräfte wirkten nicht mehr so gestresst.

Erleichtert trat PJ zur Hintertür hinaus und lief durch den Regen in Richtung Schuppen. Wahrscheinlich sah sie mit ihrer verschmierten Kochjacke und dem Pferdeschwanz völlig wild aus und bestimmt roch sie nach Zwiebeln und Knoblauch, aber sie freute sich zu sehr darauf, Cole wiederzusehen, um noch länger zu warten. Vier Tage ohne ihn waren vier zu viel.

Die Tür quietschte leise in ihren Angeln, als sie sie aufzog. Coles Schläge trafen mit Wucht auf den Sandsack, während seine Füße über den Betonfußboden tänzelten und seine Rückenmuskeln sich unter dem schwarzen T-Shirt abzeichneten. Das Licht von der nackten Glühbirne an der Decke ließ sein dunkles Haar glänzen. Er führte die nächste Serie von Schlägen aus.

Mensch, wie hatte sie ihn vermisst.

Sie legte die wenigen Schritte zwischen ihnen zurück und schob zwischen zwei Schlägen die Arme um ihn.

Cole zuckte zusammen.

„Ich bin es nur. Es tut so gut, dich zu sehen." PJ legte die Hände auf seinen straffen Bauch. Sein Rücken fühlte sich warm und fest an, als sie die Wange darauflegte. Es störte sie nicht, dass sein T-Shirt ein wenig feucht war. „Wann bist du zurückgekommen? Du hättest reinschauen und Hallo sagen sollen."

Cole zog die Handschuhe aus. „Ich bin noch nicht so lange wieder da."

PJ genoss den tiefen Klang seiner Stimme.

Er roch nach der Seife, die er immer benutzte, erdig und männlich. Genüsslich atmete sie den Duft ein. Herrlich. Dann wurde ihr mit einem Mal bewusst, dass er sich nicht zu ihr umgedreht hatte und sie überhaupt nicht berührte.

Jetzt trat er einen Schritt zurück. „Ich bin ganz verschwitzt."

„Und ich bin nass vom Regen."

„In der Küche ist bestimmt viel los." Coles Blick wanderte überall hin, aber sie sah er nicht an. „Draußen stehen viele Autos."

Warum sprachen sie über das Restaurant, wo sie sich doch so viel zu erzählen hatten? „Wie war die Beerdigung? Du hast in deinen Nachrichten nicht viel geschrieben."

Er zuckte mit den Schultern und warf die Boxhandschuhe auf den Betonboden. „Gut."

PJ konnte sich nicht vorstellen, dass die Beerdigung einer Achtzehnjährigen gut gewesen sein konnte. Als sie Cole prüfend ansah, bemerkte sie die dunklen Ringe und einen leeren Blick in seinen Augen, den sie noch nie darin gesehen hatte.

Angst kroch ihr Rückgrat hinauf. Sie hatte ihn nur kurz umarmen und küssen und sich den Rest für später aufheben wollen. Aber plötzlich verspürte sie das Bedürfnis, bei ihm zu bleiben.

„Wie ist es den Kids ergangen?", fragte er. „War irgendwas, während ich weg war?"

„Nein, sie waren super. Haben sich Sorgen um dich gemacht. Sie sind inzwischen wirklich selbständig."

„Das ist ja auch das Ziel. Danke für deine Hilfe."

„Kein Problem. Du musst unglaublich müde sein. Und hungrig. Komm rein, dann mache ich dir was zu essen. Das Tagesgericht sind Meeresfrüchte in einer Tomaten-Butter-Sauce – eine neue Kreation von mir. Du wirst begeistert sein."

Cole wischte sich mit dem Saum seines T-Shirts den Schweiß von der Stirn. „Ich habe auf dem Heimweg was gegessen. Aber danke."

Ein Donnerschlag ertönte so nah, dass das Gebäude erbebte. Der Regen trommelte aufs Dach. Cole blickte mit grimmiger Miene zur Tür.

„Alles in Ordnung?"
„Es schüttet."
Sie hatten beide zur selben Zeit gesprochen. „Mir geht es gut. Ich bin nur müde, wie du gesagt hast."
Sie sah seine steife Haltung, die Hände, die er inzwischen in die Taschen seiner Basketballshorts geschoben hatte. „Es scheint mir mehr zu sein als das."
Cole lächelte verkrampft. Draußen wurde der Regen stärker und immer lauter. „Du solltest besser wieder in die Küche gehen. Wir können uns später unterhalten."
Jetzt krallte sich die Angst in ihr Herz. „Was ist los, Cole?"
Sein Seufzen schien ganz tief aus seinem Körper zu kommen. „Es war ein langer Tag, PJ."
„Hat sich etwas geändert?" Sie zuckte zusammen. *Natürlich hat sich etwas geändert, PJ. Lizzy ist gestorben.* „Ich meine, natürlich hat sich etwas geändert. Aber hat sich auch zwischen uns etwas geändert? Ist mit uns alles in Ordnung?"
Cole rieb sich den Nacken. „Ich will das wirklich nicht jetzt tun."
Sie trat näher. „Habe ich etwas falsch gemacht?"
„Nein."
„Sprich mit mir!"
„Das kann warten, bis das Restaurant zumacht."
„Sag es mir einfach."
„Du bist mitten im Geschäft."
„Sag es mir."
„Also gut. Ich komm damit nicht klar!", platzte es aus ihm heraus. Sogleich presste er die Lippen aufeinander, als wünschte er, er könnte seine Worte zurücknehmen.
Das wünschte PJ auch. Sie wünschte, sie wäre geduldiger gewesen. Wünschte, sie hätte ihn einfach nur geküsst und ihn vergessen lassen, was auch immer ihn belastete.
„Womit kommst du nicht klar?" Sie hasste den mickrigen und schwachen Klang ihrer Stimme.
„Können wir das nicht vertagen?"
„Diese Unterhaltung, meinst du?"
„Lass es sein, PJ."
„Das hier? Uns? Ist es das, womit du nicht klarkommst?" *Bitte*

nicht. Sag mir, dass ich mich irre. Sag mir, dass du müde und launisch bist und es nicht so gemeint hast, wie es klang. Sie sehnte sich danach, dass er sie in die Arme nahm und einen Kuss auf ihre Stirn drückte, wie er es schon so oft getan hatte, und ihr sagte, sie brauche sich keine Sorgen zu machen.

Stattdessen wandte Cole sich ab und faltete die Hände in seinem Nacken. Mehrere lange Sekunden verstrichen. Sekunden voller hämmernder Herzschläge und flacher Atemzüge.

Als er sich schließlich umdrehte und sie ansah, wünschte PJ, er hätte es nicht getan, so hart war sein Blick.

„Ich habe viel nachgedacht, während ich weg war." Coles Stimme war bestimmt und ruhig. „Ich glaube, wir müssen unsere Beziehung abkühlen lassen."

„Abkühlen ..."

Draußen donnerte es. Und drinnen.

„Das mit uns beiden funktioniert nicht."

„Du bist ... du trauerst. Du hattest eine traumatische Woche und bist aufgebracht und das ist verständlich. Lass dir ein paar Tage Zeit und –"

„Das ist es nicht."

PJs Augen brannten und sie hatte einen Kloß in der Kehle. „Warum tust du das?" Ihre Stimme zitterte. „Was ist passiert?"

In Coles Augen flackerte etwas auf, bevor er mit steinharter Miene den Blick abwandte. „Nichts ist passiert. Wie gesagt, ich hatte ein paar Tage Zeit, um nachzudenken und die Dinge aus einem anderen Blickwinkel zu betrachten. Wir sind nicht gut füreinander, PJ. Es kann nicht funktionieren. Wir müssen einfach unsere Zeit hier hinter uns bringen und dann getrennte Wege gehen."

Sie wusste nicht, wer dieser Mann war. Dieser Fremde, der da vor ihr stand, ohne jede Wärme im Gesicht, in der Stimme. Und sie wollte ihn auch gar nicht kennen. Sie wollte, dass ihr Cole wiederkam. Der sie nicht vorbeigehen lassen konnte, ohne sie zu berühren, der ihr Gesicht mit herzzerreißender Zärtlichkeit liebkoste, der sie so fest im Arm hielt, dass sie sich sicher und geborgen fühlte.

Was war geschehen? Sie schluckte den Kloß in ihrem Hals hinunter und kämpfte gegen die aufsteigenden Tränen an. Gab es eine andere? Jemanden zu Hause, von dem er ihr nichts erzählt hatte? Eine Beziehung, die wieder aufgelebt war?

Eifersucht brannte in ihrem Bauch. „Gibt es eine andere?"

Er warf ihr einen Blick zu. „Nein."

Weder in seinem Gesicht noch in seiner Haltung konnte sie Anzeichen für eine Lüge entdecken. Andererseits hatte sie die bei Keaton auch nicht gesehen und er hatte sie monatelang angelogen.

Vielleicht hatte ihre Familie recht. Vielleicht besaß sie wirklich keine Menschenkenntnis. Vielleicht traf sie schlechte Entscheidungen. Vielleicht würde sie einen guten Mann nicht einmal erkennen, wenn er ihr vor die Füße fiel.

PJ lachte freudlos auf, als ihr bewusst wurde, dass Cole ihr ja tatsächlich buchstäblich vor die Füße gefallen war, als sie ihm zum allerersten Mal begegnet war. Sie verspürte den unwiderstehlichen Drang, die Szene von damals zu wiederholen.

Waren sie also wieder dort angelangt? Bedeuteten die vergangenen vier Wochen ihm gar nichts?

Sie schob das Kinn vor und sah ihm in die Augen. „Wie du meinst, Cole. Ich habe zu tun."

Dann schob sie sich an ihm vorbei und stieß die Tür mit voller Wucht auf, sodass diese ungehindert aufflog. Anschließend stapfte sie zum Haus zurück, wobei sie den prasselnden Regen kaum spürte. Und sie spürte auch kaum den Schmerz, der in ihr aufstieg und sie zu ersticken drohte.

Die Schuppentür knallte gegen die Wand und Regen prasselte herein. Cole musste all seine Selbstbeherrschung aufbringen, um PJ nicht zu folgen. Das Glänzen in ihren Augen hätte ihn fast umgebracht. Er hatte sich danach gesehnt, sie in den Arm zu nehmen und ihren Kummer wegzuküssen. Ihr zu sagen, dass er nichts von alledem so gemeint hatte.

Stattdessen ballte er nun die Fäuste und zwang seine Füße, sich nicht von der Stelle zu rühren. Möglich, dass PJ ihn jetzt hasste, aber langfristig war es besser für sie. Es fiel ihm schwer zu atmen und der Druck in seiner Brust ließ nicht nach.

Wie konnte sie glauben, es gebe eine andere Frau? Wusste sie nicht, dass er bei dem Gedanken, ihr wehzutun, innerlich starb? Dass er sich selbst dafür hasste, weil er es zwischen ihnen so weit hatte kommen lassen, obwohl er doch die ganze Zeit gewusst hatte, wer er war und was er verdient hatte?

Die Schwärze stieg aus seinem Innern auf und umfing ihn wie ein dicker Nebel. Sein Atem beschleunigte sich und ihm war, als würden seine Schultern von einem ungeheuren Gewicht niedergedrückt. Er trat zu dem Sandsack und schlug mit der bloßen Hand dagegen. Dann noch einmal und noch einmal, bis der Schmerz in seinen Händen dem in seinem Herzen entsprach.

Kapitel 39

Am nächsten Morgen musste PJ sich dazu zwingen aufzustehen. Sie hatte sich die ganze Nacht hin und her gewälzt und allmählich siegte die Wut über die Erschöpfung. Warum war es immer Cole, der die Ansagen machte? *Wir sollten einen Schritt zurückmachen … Wir müssen unsere Beziehung abkühlen lassen …* Spielten ihre Gefühle denn gar keine Rolle?

Als sie im Foyer ihre Jacke überzog, kam Cole die Treppe herunter. Mit jeder Faser ihres Wesens war sie sich seiner Anwesenheit bewusst. Der vertrauten Schritte, der Art, wie er in der Hosentasche mit seinen Schlüsseln klimperte, und des frischen Morgenduftes, der ihn umgab.

Coles Schritte wurden zögerlich, als er sie sah. Er lächelte knapp, seine Augen so distanziert wie die aufgehende Sonne. „Guten Morgen."

Sie hatte kaum Zeit zu antworten, als er auch schon einen Bogen um sie herum machte und zur Hintertür ging. Einen Augenblick später fiel die Tür ins Schloss und dann hörte sie den Motor seines Wagens.

PJs Körper fiel in sich zusammen wie ein zerstochener Luftballon. Irgendwie hatte sie sich bei allem Hin- und Herwälzen eingeredet, dass seine Entscheidung eine Reaktion auf den Verlust von Lizzy gewesen war. Dass er müde und verletzt war und dass er seine Meinung ändern würde, wenn er erst einmal darüber geschlafen hatte.

Aber diese Hoffnung verließ ihren Körper jetzt in einem großen Schwall.

Sie ging zum Frühgottesdienst und saß bei ihrer Familie, ein aufgesetztes Lächeln im Gesicht. Als sie nach Hause kam, half sie ihrem Personal, alles für den Brunch zu richten. Der Tag verging quälend langsam, und mit jeder Stunde, die verstrich, wurde sie zorniger. In der nächsten Nacht schlief sie wieder schlecht und am Tag darauf kochte sie jede Menge Essen, das sie am Ende einer alleinerziehenden Mutter aus ihrer Gemeinde schenkte.

An den darauffolgenden Tagen hatte sie mit Kochen und Kursen viel zu tun. Cole arbeitete bis Sonnenuntergang und schlich sich unbemerkt ins Haus. Sie waren wieder Fremde, nur dass sie seine Abwesenheit jetzt so viel stärker spürte.

Eine Woche verstrich, dann noch eine. Als die Wut schließlich nachließ, wünschte PJ sie sich zurück, weil an ihre Stelle der Schmerz getreten war.

Cole war völlig deprimiert, seit Lizzy gestorben war. Selbst die Kids hatten es bemerkt. Sie versuchten ihn abzulenken, indem sie ihn zu einer Partie Tischtennis oder Basketball aufforderten. Er machte mit, aber er vermisste Lizzy so sehr, dass er sich innerlich wie tot fühlte. Er konnte sich nicht daran erinnern, dass er sich nach dem Unfall, der seine Familie das Leben gekostet hatte, so verloren gefühlt hätte. Manchmal wachte er nachts mit keuchendem Atem und rasenden Gedanken auf.

Und dann war da noch PJ. Alles in ihm sehnte sich danach, die zwei Treppen hinunterzulaufen, sie in seine Arme zu schließen und ihr zu sagen, dass es ihm leidtat. Dass er sich geirrt hatte.

Aber er irrte sich nicht. Dies war die richtige Entscheidung für sie. Irgendwann würde sie über ihn hinweg sein und in die Zukunft blicken und dann konnte sie jemanden finden, der ihrer würdig war. Jemanden, der sie beschützen konnte und der sie nicht im Stich ließ. Cole tat, was das Beste für PJ war, weil man das tat, wenn man einen Menschen liebte. Und er liebte sie. Unendlich.

Er musste das Ganze nur überstehen. *Bitte hilf mir, Gott. Hilf mir, sie loszulassen.*

Während Cole Fenster einbaute, wanderte er gedanklich ein paar Monate in die Zukunft und schmiedete Pläne. Wenn PJ das Haus bekam, würde er nach Fort Wayne zurückkehren und sich eine Arbeit suchen. Zac, Josh und Shaundra würden bis dahin auf eigenen Füßen stehen. Er hatte zwar seine ganzen Ersparnisse auf den Kopf gehauen, aber er konnte noch einmal von vorne anfangen. Irgendwann könnte er so ein Projekt woanders noch einmal beginnen.

Und die Jugendlichen enttäuschen, so wie du Lizzy enttäuscht hast?

Cole schüttelte den Gedanken ab. Wenn er das Haus bekam, würde er die Anträge, die er erhalten hatte, durchgehen und sortieren. Vier Kinder könnte er sofort aufnehmen, aber weitere würden warten müssen, bis er das Erdgeschoss renoviert und aus dem Speisesaal weitere Schlafzimmer gemacht hatte. Er würde mehr Spenden brauchen, aber er konnte bei den Kirchen in der Gegend vorsprechen und versuchen, so weitere Unterstützung zu bekommen.

Aber der Gedanke, PJs ganze fleißige Arbeit ungeschehen zu machen und ihr ihren Traum zu rauben, fühlte sich an wie ein Schlag auf den Solarplexus. Wenn sie verlor, würde sie vor ihrer Familie wie eine Versagerin dastehen. Vielleicht würde sie sogar selbst glauben, dass sie versagt hatte. Es würde nur die Dinge bekräftigen, die sie ohnehin über sich selbst dachte – Dinge, die nicht stimmten.

Und zu allem Überfluss würde er ihr in der Stadt begegnen. Er würde sie im Supermarkt treffen oder bei *Cappys*. Irgendwann würde sie anfangen, mit einem anderen Mann auszugehen, eine ernsthafte Beziehung zu führen, und dann würde er die beiden zusammen sehen, wie sie Händchen hielten und einander in die Augen sahen. Er würde mit ansehen müssen, wie sie ihr Herz einem anderen schenkte und mit ihm ihr Leben gestaltete.

Diesen Gedanken konnte Cole kaum ertragen. Aber er wusste nicht, was er sonst tun sollte.

Die Antwort kam ihm zwei Wochen vor der Präsentation mitten in der Nacht. Er riss die Augen auf und wusste mit einem Mal, was er tun musste. Wenn er PJ liebte, bedeutete es, dass er loslassen musste. Seinen Traum und sie. Ganz und gar. Er würde sie verlassen, damit ihr Traum heil blieb. Dies war ihre Heimat. Hier lebte ihre Familie, hier gehörte sie hin. Er war der Außenseiter. Er konnte überall hingehen.

Am nächsten Tag dachte er gerade über die Details nach, als Zac ins Wohnzimmer gestürzt kam.

„Ich habe den Job!“, rief er.

Josh, der an der Spüle stand und abwusch, drehte sich um und klatschte Zacs Hand mit nassen Fingern ab. „Glückwunsch, Bruder.“

Cole schüttelte Zac die Hand und zog ihn in eine Männerumarmung. „Ich wusste, dass du es schaffst.“ Nachdem der Junge das Praktikum in der KFZ-Werkstatt gemacht hatte, war es ihm jetzt gelungen, eine richtige Stelle als Mechaniker beim Buick-Händler im Ort zu ergattern.

„Sie wollen, dass ich gleich nach meinem Schulabschluss anfange."

„Perfekt."

Josh war letzte Woche befördert worden. Wenn die Schule in zwei Wochen vorbei war, bekam er die Stelle als stellvertretender Leiter der Obst- und Gemüseabteilung. Er und Zac hatten über die Zeitung eine Wohnung gefunden, die sie sich gemeinsam leisten konnten, und sie würden in der letzten Maiwoche ausziehen. Shaundras Umzug nach Vincennes würde schon ein paar Tage vorher stattfinden.

Cole sah zu, wie Zac etwas aus dem Kühlschrank holte und Josh einen Topf schrubbte, und einen Moment lang dachte er über all das nach, was sie in den letzten acht Monaten erreicht hatten. Sie waren keine Kinder mehr. Jetzt waren sie junge Erwachsene und in zwei Wochen würden sie auf sich allein gestellt sein. Ihr eigenes Leben beginnen.

Eigentlich müsste er stolz darauf sein. Aber der Gedanke an Lizzy erstickte jeden Anflug von Stolz, bevor der auch nur eine Chance hatte, sich zu entwickeln. Cole schüttelte den Gedanken ab, weil er nicht an Lizzy denken wollte.

Nachdem er es sich auf dem Sofa bequem gemacht und den Fernseher eingeschaltet hatte, lenkte er sich mit einem Baseballspiel der Cincinnati Reds ab. Eine Stunde später, als die Jungs bereits schlafen gegangen waren, schaltete er den Fernseher aus und beugte sich vor, die Ellbogen auf die Knie gestützt. Eigentlich sollte er auch ins Bett gehen. Schließlich musste er früh aufstehen. Aber sein Bett war ein Ort der Qual geworden, an dem er unentwegt an PJ dachte und jeden schönen Moment mit ihr noch einmal erlebte.

Obwohl das Restaurant bereits geschlossen war, zogen köstliche Gerüche herauf. PJ schien in letzter Zeit nur noch zu kochen und inzwischen bekam er keine Kostproben mehr gebracht.

Er hatte sie seit Tagen nicht gesehen, weil er bewusst darauf achtgab, dass ihre Wege sich nicht kreuzten. So war es besser. Besser für sie. Es spielte keine Rolle, dass er jede Nacht im Bett lag und versuchte, sich an ihren süßlichen Blumenduft zu erinnern. An das seidige Gefühl ihrer Haare zwischen seinen Fingern, die weiche Zartheit ihrer Haut.

Mit ihr im gleichen Haus zu leben, war eine neue Form der Folter. Doch in nur zwei Wochen würde er für immer gehen und dann würde es einfacher werden. Wenigstens redete er sich das ein.

Kapitel 40

PJ hockte sich hin und suchte in den Bücherregalen in ihrem Zimmer nach einem ihrer Kochbücher. Wo war ihr Exemplar von *Gourmet*? Sie wollte am Wochenende Coq au Vin als Tagesgericht anbieten und das Rezept, das sie gerade ausprobiert hatte, genügte ihren Ansprüchen nicht.

Bis die Sauce richtig eingedickt war, war das Hühnchen zäh gewesen. In *Gourmet* gab es ein Rezept, bei dem man zuerst die Sauce herstellte und dann das Huhn darin garte. In der Kochschule hatte sie das einmal gemacht und es war ein Riesenerfolg gewesen. Das Fleisch wurde in Cognac flambiert und die Sauce mit Mehlbutter angedickt. Das Gericht war nahrhaft und lecker und das Hühnchen viel zarter als bei dem Rezept, das sie gerade versucht hatte.

PJ zog die Stirn kraus. Wo steckte das Buch nur? Allein bei dem Gedanken, dass all die tollen Rezepte, die sie verändert und perfektioniert und mit Randnotizen versehen hatte, womöglich verloren gegangen waren, hätte sie heulen können.

Sie überlegte und versuchte sich daran zu erinnern, wann sie das Buch zum letzten Mal gesehen hatte … mit Shaundra! Und die hatte gefragt, ob sie sich das Buch ausleihen könne, um einige Rezepte zu kopieren.

Shaundra war noch bei der Arbeit, aber das Buch war bestimmt in ihrem Zimmer. Zumindest hoffte PJ das. Sie würde einfach hinauflaufen und es holen. Cole schlief sicher schon. Es war ziemlich spät, aber sie konnte morgen ausschlafen. Außerdem würde sie sowieso nicht schlafen können.

Eigentlich müsste sie an ihrer Präsentation für Mrs Simmons arbeiten, anstatt mit Rezepten zu experimentieren. Sie hatte nur noch knapp zwei Wochen Zeit und noch viele Stunden Arbeit vor sich. Aber daran wollte sie heute Abend nicht einmal denken.

PJ verließ ihr Zimmer und blieb im Foyer stehen, um zu lauschen. Oben war alles ruhig. Keine Schritte, kein Fernseher, keine kreischenden Gitarren. Die Lichter waren aus.

Also schlich PJ die Treppe hinauf und ging auf Zehenspitzen den

Flur entlang. Im Bad warf ein Nachtlicht einen schwachen Schein auf das Waschbecken. Der Boden knarrte, als sie an der Tür der Jungs vorbeiging. Im Wohnzimmer war es dunkel und still.

Shaundras Tür quietschte. PJ klopfte leise, nur für den Fall, dass doch jemand da war, dann öffnete sie die Tür und schaltete das Licht an. Ihr Blick wanderte durch den aufgeräumten Raum. Auf Lizzys unbenutztem Bett lag immer noch die türkisfarbene Decke mit den Gänseblümchen. Traurigkeit stieg in ihr auf und drohte sie zu überwältigen.

Nein. Sie würde jetzt nicht daran denken. Sie wollte nicht über Lizzy oder Cole nachdenken oder darüber, dass sie ihn gar nicht mehr sah, obwohl sie immer noch unter demselben Dach lebten. Es war unglaublich, wie viele Stunden sie damit verbringen konnte, an jemanden zu denken, den sie nicht sah. Jemanden, der sie nicht wollte.

PJ schob den Gedanken beiseite und schlüpfte in das Zimmer, während sie sich umsah. Da. Auf dem Nachttisch. Puh! Nachdem sie das Kochbuch an sich genommen hatte, löschte sie das Licht und zog die Tür wieder hinter sich zu. Beim Quietschen der Angeln zuckte sie zusammen.

Als sie sich umdrehte, versperrte ihr jemand den Weg. Überrascht schnappte sie nach Luft. Dann erkannte sie die dunkle Gestalt. Sie presste sich eine Hand aufs Herz.

„Cole. Du hast mich erschreckt."

„Ich dachte, du wärst Shaundra."

Sie hatten beide gleichzeitig gesprochen.

„Ich wollte nur … die Zeitung holen", sagte er.

PJ hielt das Buch hoch, während ihr das Herz bis zum Halse schlug. „Mein Kochbuch. Shaundra hatte es sich ausgeliehen. Ich mache für Freitag Coq au Vin, aber mein Rezept ist nicht gut, das Hühnchen ist zäh und da dachte ich, ich …"

Halt die Klappe, PJ! Sie presste die Lippen aufeinander.

Obwohl es dunkel war, spürte sie Coles Blick, hörte, wie er tief und leise Luft holte, als wollte er sie einatmen.

Sie erstarrte und bekam plötzlich keine Luft mehr. Vermisste er sie? Bereute er, dass er Schluss gemacht hatte? Lag er auch nachts wach und dachte an ihre Küsse?

„Cole …"

„Ich sollte schlafen gehen … gute Nacht." Er stieg die Treppe zum Dachboden hinauf. Die Zeitung hatte er, wie es schien, vergessen.

PJ atmete langsam wieder aus. Nach Coles plötzlichem Abgang fühlte sie sich ausgelaugt und müde.

Kapitel 41

Am nächsten Tag war PJ rastlos. Immer wieder spielte sie die Begegnung auf dem Flur gedanklich durch und fragte sich, ob sie sich Coles tiefes Einatmen nur eingebildet hatte. So musste es sein. Schließlich war er es gewesen, der ihre Beziehung beendet hatte. Wenn er sie tatsächlich vermisste, hätte er außerdem nicht rund um die Uhr gearbeitet und sich oben vor ihr versteckt.

Den größten Teil des Vormittags arbeitete sie an ihrer Präsentation. Mrs Simmons hatte eine E-Mail geschickt und ihnen mitgeteilt, welche Informationen sie mitbringen sollten und wie der Tag ablaufen würde. Sie würden sich im Rathaus treffen und der Kommission ihre Präsentationen getrennt voneinander vortragen. Diesmal sollte Cole anfangen, anders als beim letzten Mal. Und am Tag darauf wollte Mrs Simmons dann den Gewinner verkünden. Sie hatte für den Sieger des Wettbewerbs ein Interview mit der *Gazette* und einen Bericht in der überregionalen Zeitschrift *Southern Indiana* arrangiert.

PJs Zahlen sahen vielversprechend aus. Auf dem Papier standen all die richtigen Dinge. Das Restaurant war nach dem ruhigen Winter wieder in Schwung gekommen und sie hatte Empfehlungen von mehreren VIPs, unter anderem vom Bürgermeister, und Maeve Daughtrys überschwängliche Kritik fügte sie ebenfalls hinzu. Zusätzlich gab es einen Zeitungsartikel über neu geschaffene Arbeitsplätze in der Stadt, in dem auch ihr Restaurant lobend erwähnt wurde.

Was die Frühstückspension betraf, so hatte sie Aussagen vom Fremdenverkehrsamt, wonach zusätzliche Unterkünfte dringend benötigt wurden. Sie hatte gute Argumente und die nötigen Fakten und Zahlen, um sie zu belegen.

Warum fühlte sie sich dann so niedergeschlagen? Warum begeisterte sie die Vorstellung, das Haus zu bekommen, nicht mehr so wie früher? Warum fühlte sie sich innerlich ganz leer, obwohl sie doch genau das erreicht hatte, was sie sich vorgenommen hatte?

Sie war es leid, weiter darüber nachzudenken, deshalb klappte sie ihren Laptop zu und legte ihn auf ihren Nachttisch.

Zehn Minuten später betrat PJ das Antiquitätengeschäft ihrer Mutter. Die Glocke läutete zum Gruß und ihr schlug der vertraute muffige Geruch von *Grandmas Dachboden* entgegen.

Ihre Mutter kam aus dem Büro und ihre Miene erhellte sich. „PJ! Was für eine schöne Überraschung."

PJ umarmte sie. „Hi, Mom."

Ihre Mutter erwiderte die Umarmung und fuhr dann mit den Händen über PJs Schultern und Arme. „Du hast abgenommen. Isst du denn?"

„Ich bin Köchin, Mom. Natürlich esse ich." Nur vielleicht nicht genug.

„Komm in mein Büro, ich esse gerade zu Mittag."

Das Büro ihrer Mutter sah eher aus wie ein Wohnzimmer aus der Zeit der Jahrhundertwende, mitsamt Ohrensesseln und Kamin. Ein türkischer Teppich bedeckte den Holzfußboden. PJ hockte sich auf die Kante des rosafarbenen Sofas gegenüber von ihrer Mutter.

Diese schob die eine Hälfte ihres Hühnchen-Sandwiches über den Couchtisch. „Iss."

PJ hatte keinen Hunger, aber sie war klug genug, nicht zu widersprechen. „Das schmeckt lecker", sagte sie nach einem Bissen. „Weintrauben, Mandeln ... schöne Kombination." Sie hätte noch etwas Curry und eine Prise Salz hinzugefügt. Und weniger Sellerie reingetan.

„Das Rezept ist von Deb Tackett – sie hat es zum letzten Rotary-Treffen mitgebracht."

„Nett. Ist viel los im Geschäft?"

„Es läuft ganz gut. Ich habe endlich den französischen Kleiderschrank verkauft, der vorne neben der alten Telefonzelle stand."

„Das grüne Monstrum?"

Mom schürzte die Lippen. „Er hat nur auf den richtigen Käufer gewartet. Und ich habe einen ordentlichen Gewinn gemacht. Wie sieht es bei dir aus? Wie geht es dir? Ist die Sache mit den Panikattacken besser?"

„Ich hatte seit Wochen keine mehr. Meine Laborwerte von der letzten Untersuchung sind gekommen und Dr. Lewis sagt, meine Schilddrüse habe sich stabilisiert."

„Das ist wunderbar, Liebling. Das heißt, du wirst keine Attacken mehr bekommen?“

PJ zuckte mit den Schultern. „Ich muss regelmäßig zur Kontrolle, um es im Blick zu behalten, aber er wirkte sehr zuversichtlich.“

„Ich habe dich seit mehr als einer Woche nicht gesehen. Im Restaurant ist bestimmt viel zu tun.“

„Es war viel los. Wenn wir nicht so dicht vor der Entscheidung stünden, hätte ich schon vor ein paar Wochen zusätzliches Personal eingestellt.“

Sie aß noch einen Bissen von ihrem Sandwich. Unter den gegebenen Umständen konnte sie kaum erwarten, dass sich jemand um eine Stelle bewarb. Immerhin standen die Chancen, den Job am 1. Juni wieder zu verlieren, fifty-fifty. In wenigen Tagen könnte sie alles verlieren, wofür sie das letzte Jahr gearbeitet hatte. Bei dem Gedanken müsste sie eigentlich in Panik ausbrechen, aber die Attacke blieb aus, selbst als sie sich an den Kredit erinnerte.

Stattdessen wanderten ihre Gedanken zu Cole und sie fragte sich, wie es ihm wohl ging. Ob er die nächsten Kinder schon ausgesucht hatte, für den Fall der Fälle? Sie fragte sich, wer sie waren und woher sie kamen – und was mit ihnen geschehen würde, wenn Cole das Haus nicht bekam.

„Wo wir gerade von der Entscheidung sprechen …“, sagte Mom. „Was macht deine Präsentation?“

Und da war es wieder. Woher wusste ihre Mutter immer genau, was ihr zu schaffen machte?

PJ legte den Rest des Sandwiches auf den Teller und wischte sich den Mund mit einer Serviette ab. „Ich glaube, ich habe sehr gute Argumente. Ich mache einen Gewinn, die Reaktion in der Stadt ist super und alle wissen, dass wir hier mehr Unterkünfte brauchen.

„Aber …“

PJs Lächeln erstarb. Was war nur mit ihr los? Dies war doch ihr innigster Wunsch gewesen. Sie hatte den Winter zwar nur mit Mühe überstanden, aber in Zukunft würde sie auf eine ganze Touristensaison mit entsprechendem Profit zurückgreifen können, der sie über die flauen Monate brachte. Und eine Pension würde noch einträglicher sein als das Restaurant.

„Ich weiß nicht, Mom. Irgendetwas fehlt.“

„Bei deiner Projektbeschreibung?“

Wenn es nur so einfach wäre. Sie warf ihrer Mutter einen Blick zu. „Bei mir.“

Mom legte ihr Brot ab, neigte den Kopf ein wenig zur Seite und sah sie fragend an.

„Vor einem Jahr wollte ich das hier unbedingt. Und je mehr ich dafür getan habe, desto mehr wollte ich es. Ich wollte euch allen beweisen, dass ich es schaffe, weißt du? Der Familie und vielleicht auch mir selbst.“

„Uns?“

PJ seufzte. „Ich weiß, dass ihr mich alle liebt, Mom, aber alle kritisieren oder hinterfragen ständig meine Entscheidungen und glauben, ich bräuchte Hilfe und könnte nichts alleine fertigbringen. Da wollte ich wohl einfach beweisen, dass ich fähig bin. Aber dadurch war ich nach meinem Abschluss so damit beschäftigt, mich zu beweisen, dass sich die Perspektive verschoben hat. Es ging immer nur darum und nicht darum, was ich möchte.“

„Du willst das Restaurant und die Pension nicht?“

„Doch, natürlich will ich die.“ Aber auf Kosten von Coles Traum? „Ich habe fleißig gearbeitet und das Restaurant ist wirklich überlebensfähig. Ich habe mein Bestes gegeben, um zu gewinnen und … und ich dachte, es würde sich anders anfühlen. Es gefällt mir nicht, wie ich mich selbst sehe. Als könnte ich nichts, obwohl ich gerade das Gegenteil beweise.“

Mom legte eine Hand auf PJs. „Oh Liebling, das tut mir schrecklich leid. Ich wollte nie, dass du dich so fühlst. Wahrscheinlich … du bist eben unser Kleines … wir wollen für dich sorgen. Aber wir wollten doch nicht, dass du an dir selbst zweifelst. Natürlich kannst du etwas. Gott hat dich zu einer intelligenten, kompetenten jungen Frau gemacht.“

„So fühlt es sich aber nicht an.“

„Gefühle können täuschen. Erinnerst du dich an den Bibelvers, in dem es darum geht, dass das Herz vor allem arglistig ist? Wenn dein Herz dir sagt, dass du unfähig bist, dann lügt es. Was sagt Gott dir?“

PJ verzog das Gesicht. „Soll ich ehrlich sein? Ich habe ihn schon länger nicht mehr um Rat gefragt. Ich war zu sehr damit beschäftigt, einen Erfolg aus mir zu machen.“

Mom drückte ihre Hand. „Es ist nie zu spät. Wir haben alle Dornen, weißt du."

„Dornen?"

„Dinge, die um uns herum wachsen und uns zu ersticken drohen. Dornen hindern eine Saat zwar nicht daran zu keimen, aber daran, Früchte zu bringen. Auf dich warten noch so viele gute Dinge, PJ."

„Aber ich habe so viele falsche Entscheidungen getroffen." Zum Beispiel Keaton und so ziemlich jeder andere Typ, mit dem sie vor ihm ausgegangen war. War das mit dem Haus auch ein Fehler gewesen?

Wieder drückte Mom ihre Hand. „Wir alle treffen manchmal falsche Entscheidungen. Schneide die Dornen zurück und verlass dich ganz auf Gott. Er liebt dich. So wie du bist. Und er wird dein Leben nähren und dich mit allem ausstatten, was du brauchst."

Kapitel 42

PJ klopfte an Ryans Tür, in der anderen Hand ihren Käsekuchen mit gemischten Beeren. Sie hatte ihre Präsentation am Abend zuvor fertiggestellt, aber innerlich fühlte sie sich immer noch unruhig. Morgen war der große Tag.

Sie hatte in der letzten Woche, seit sie mit ihrer Mutter gesprochen hatte, viel gebetet und auch wieder täglich in der Bibel gelesen. Sie hatte Gott gebeten, ihr die Augen für seine Sicht der Dinge zu öffnen, und versuchte, auf ihn zu vertrauen anstatt auf ihre eigene Kraft. Ihre Selbstzweifel würden sicherlich nicht über Nacht verschwinden, aber sie wusste, dass Gott ihr helfen würde, die Dinge in ihrem Leben wieder auf die Reihe zu bringen. Wieder den richtigen Kurs einzuschlagen. Wenn sie ihn nur ließ. Darüber war sie sich inzwischen klar geworden.

Über das Haus allerdings nicht so richtig.

Ryan riss die Tür auf.

„Ich bringe essbare Gaben."

„Dann darfst du reinkommen."

Sie schlüpfte unter seinem Arm hindurch. „Wie war die Arbeit?"

„Nicht schlecht."

Auf dem Weg in die Küche sah sie sich um. „Mensch, das Wohnzimmer ist toll geworden. Ich hätte nicht gedacht, dass du genügend Möbel hast, um den Raum zu füllen."

„Alles, was ich besitze, ist in diesem Zimmer, abgesehen von meinem Bett."

PJ stellte den Käsekuchen auf die Kücheninsel und ließ auch hier ihre Blicke schweifen. Der Küchenboden war bei Ryans Einzug noch in Arbeit gewesen, deshalb hatte sie die Küche mit den rustikalen blauen Schränken und den Marmorarbeitsplatten noch nicht gesehen. Ein kleines Fenster über der Landhausspüle ging in den Garten hinaus. Es war alt und urig, und auch wenn hier und da ein kleines Accessoire wie Gardinen oder Keksdosen oder Geschirrtücher fehlte, musste sie sofort an Abby denken. Seine Exfrau hätte diese Küche geliebt.

„Danke für den Käsekuchen."

Ihr Blick wanderte zum Herd und sie riss Augen und Mund auf. „Ein Wedgewood! Ein alter, weißer Wedgewood-Ofen mit Gasherd und sechs Kochfeldern! Mann, ist der schön."

„Wahrscheinlich funktioniert er nicht einmal."

PJ starrte ihren Bruder an. „Du meinst, du weißt es nicht? Du wohnst seit drei Monaten hier! Habe ich dir in meinem Kurs denn gar nichts beigebracht?"

„Was soll ich sagen? Ich bin Junggeselle und das Ding ist uralt." Er zeigte auf die Mikrowelle und den Toaster. „Das sind die einzigen Geräte, die ich brauche."

PJ tätschelte den glänzenden Landhausherd. „Schhh. Das meint er nicht so, Baby."

Ryan kramte in einer Schublade und nahm ein Messer heraus. „Ich werde mal dieses Baby hier anschneiden. Willst du auch ein Stück?"

„Nein, danke."

Nachdem er sich ein Stück abgeschnitten hatte, zogen sie sich auf die hintere Veranda zurück. Sie war kleiner als die des Wishing-Hauses, aber die Adirondack-Stühle sahen klasse aus. „Sind die neu?"

„Ja."

Der Garten war groß und wurde von dicken Eichen beschattet. Irgendwo in der Nähe war das Brummen eines Rasenmähers zu hören. PJ atmete genüsslich den Duft von frisch geschnittenem Gras ein. „Du brauchst ein paar Blumen hier, vielleicht eine Ampel."

„In dieser Hinsicht habe ich ungefähr genauso viel Ahnung wie du." Ryan spießte eine Erdbeere auf. „Was machst du eigentlich hier? Abgesehen davon, dass du mich mästen willst?"

PJ zuckte mit den Schultern. „Zac und Josh sind am Freitag ausgezogen und Shaundra ist bereits am letzten Sonntag nach Vincennes gezogen. Es ist zu still im Haus." Nebenan veranstaltete ein Ehepaar mit zwei kleinen Kindern ein Picknick. „Sind die Nachbarn nett?"

Ryan blickte zu der kleinen Familie hinüber und seine Miene wurde traurig. „Ja, sie sind super." Sein Blick wanderte zu der Reifenschaukel und dann wieder zu seinem Teller.

Sie wollte ihn nach Abby fragen, aber beim letzten Mal hatte sie sich damit nicht gerade beliebt gemacht. „Geht es dir gut?“, fragte sie stattdessen. „Du wirkst ein bisschen … niedergeschlagen.“

„Ich weiß, was du mit ‚zu still im Haus‘ meinst. Du hattest recht mit dem, was du vor ein paar Monaten gesagt hast. Es ist ein bisschen einsam hier.“ Ryan stach einen Bissen von seinem Käsekuchen ab. „Aber ich komme schon klar. Ich habe die Arbeit, um mich zu beschäftigen … Football … die Feuerwehr … Realityshows im Fernsehen.“

Sie wünschte sich so viel mehr für ihn. Ihr Bruder war ein guter Mann und er könnte so viel Liebe geben. „Du solltest mehr ausgehen. Ich könnte dich mit einer meiner Freundinnen verkuppeln. Gerade erst habe ich mit –“

„Nein. Keine Blind Dates mehr. Mein letztes …“ Er erschauerte und aß dann den letzten Rest Käsekuchen, bevor er den Teller beiseiteschob. „Und du hattest mit noch etwas recht.“

„Wow, zwei Dinge an einem Tag.“

Der Wind fuhr durch seine dunklen Haare, während er in den Garten hinausblickte. Sie wusste, dass er an Abby dachte, und so gerne sie auch nachgefragt hätte, wusste sie doch, dass Geduld bei Ryan entscheidend war. Er würde es ihr sagen, wenn er so weit war, und nicht eine Sekunde früher.

„Ich bin nicht über sie hinweg“, sagte er schließlich. „Ich habe versucht, mit anderen Frauen auszugehen, aber … sie sind einfach nicht Abby, weißt du? Ich vermisse sie.“

„Das tut mir leid, Ryan.“

„Ich bereue vieles. Ich hätte es anders anfangen sollen. Mir mehr Mühe geben, sie mehr lieben. Sie hatte es verdient.“

„Manchmal funktioniert es einfach nicht, egal, wie viel Mühe man sich gibt.“ Eine zerbrochene Beziehung war eine bittere Erfahrung, das merkte sie jetzt am eigenen Leibe.

„Vielleicht.“

„Hast du eigentlich jemals daran gedacht, es noch einmal bei Abby zu versuchen?“

Ryan lachte lautlos und verschränkte die Arme. An seinem Gesichtsausdruck konnte sie sehen, dass er die ganze Zeit daran dachte.

„Weißt du, was sie als Letztes zu mir gesagt hat?“ Er sah PJ an. „Sie hat gesagt: ‚Diesmal war’s das, Ryan. Ruf mich nicht an, schreib mir keine SMS, sieh mich nicht mal an. Wir sind Geschichte.' Und dann ist sie dreihundert Kilometer weit weggezogen, um auf Nummer sicher zu gehen."

Das feuchte Glänzen in seinen Augen brach ihr fast das Herz. „Das tut mir furchtbar leid, Ryan." Sie wünschte, sie könnte etwas tun. Etwas sagen. Aber sie konnte Ryans Herz nicht heilen. Sie konnte ja nicht mal ihr eigenes Herz heilen. *Bitte hilf du ihm, Gott!*

Ihr Bruder lehnte sich auf seinem Stuhl zurück, holte tief Luft und schien etwas von seiner Melancholie abzuschütteln. „Also … was ist eigentlich mit dir und Cole passiert? Madison sagte nur, es hätte nicht funktioniert."

Das war die Erklärung, die PJ allen gegeben hatte. Sie zuckte mit den Schultern und erzählte Ryan von Lizzys Tod und davon, wie Cole bei seiner Rückkehr seine Meinung geändert hatte. Dann erzählte sie ihm von dem Unfall, der ihm die Familie geraubt hatte.

„Ich weiß nicht, Ryan. Er hat so viel verloren und er gibt sich selbst die Schuld am Tod seiner Familie."

„Das ist eine ziemliche Last, die er da mit sich herumträgt."

Sie erinnerte sich an Coles Gesicht, als er ihr von dem Unfall erzählt hatte, an den gequälten Ausdruck in seinen Augen, und plötzlich fragte sie sich, ob er sich auch die Schuld an Lizzys Tod gab. Weil er nicht dort gewesen war, weil er nichts mitbekommen hatte.

„Vielleicht ist das auch ein Grund, warum er das mit dem Haus angefangen hat", sagte Ryan.

„Wie meinst du das?"

„Vielleicht versucht er wiedergutzumachen, was er seiner Meinung nach getan hat. Manchmal tun Menschen etwas aus Schuldgefühlen heraus, um die Fehler ihrer Vergangenheit wiedergutzumachen. Vielleicht ist es jedes Mal, wenn er ein Kind rettet, so, als würde er seine Familie retten. Also noch eine zweite Chance bekommen."

Es war, als hätte jemand einen Vorhang vor PJs Augen weggezogen. Eine zweite Chance. War es das, was Cole tat? „Ach, du liebe Güte."

„Manchmal kann ich auch recht haben."

„Er konnte seine Familie nicht retten, aber andere kann er retten. Ist das nicht ungesund?"

„Ich wüsste nicht, warum, solange er erkennt, dass er eigentlich gar keine Schuld trägt."

„Ich habe ihm gesagt, dass es nicht seine Schuld war." Sie dachte an ihre eigenen Selbstzweifel. Nur weil andere ihr sagten, sie sei klug und fähig, bedeutete das noch lange nicht, dass ihr Herz es glaubte. „Aber so einfach ist es nicht, oder?"

„Es ist ein Anfang."

Sie verstand jetzt besser, wie es war, wenn man Dinge glaubte, die nicht wahr waren. Sie hatte es selbst getan. Die Lügen, die sie sich selbst eingeredet hatten, waren ihnen zum Verhängnis geworden. *Herr, zeig Cole die Wahrheit. Zeig mir die Wahrheit.*

Das Herz blutete ihr bei dem Gedanken an die Schuldgefühle, mit denen Cole seit Jahren lebte. Sie hätte ihm so gerne immer wieder gesagt, dass es nicht seine Schuld war, bis er es endlich glaubte. Sie wollte ihn in den Arm nehmen und seinen Kummer wegstreicheln. Aber dazu hatte sie kein Recht mehr.

„Liebst du ihn?"

PJs Herz zog sich zusammen. Sie sehnte sich nach Coles Berührung. Sie wollte, was das Beste für ihn war.

Dann dachte sie an den morgigen Tag und an all die Veränderungen, die er mit sich bringen würde. Einer von ihnen würde das Haus verlassen. Der Gedanke, dass Cole Chapel Springs für immer den Rücken kehren könnte, schnürte ihr die Kehle zu. Und bei dem Gedanken, dass sie ihm seinen Traum raubte, tat ihr alles weh.

„Hey." Ryan stieß mit der Schuhspitze sachte ihren Fuß an. „Wenn, dann lass ihn nicht aus deinem Leben marschieren. Wenn ich etwas aus der ganzen Sache mit Abby gelernt habe, dann dass Reue kein guter Geselle ist."

Ryan verstand ihren Kummer. Allein in diesem großen Haus. Würde es ihr ab nächster Woche genauso gehen? „Ich weiß, was du meinst, wenn du sagst, dass du Abby vermisst. Ich vermisse Cole unendlich … obwohl wir unter demselben Dach wohnen."

„Bis morgen."

Ja, morgen würde sich alles ändern. Sie dachte an die Präsentation auf ihrem Laptop, bei der sie jede Einzelheit bedacht, jedes Detail abgedeckt hatte. Sie hatte eine gute Chance zu gewinnen. Eine gute Chance, Coles Traum zunichtezumachen – seine zweite Chance.

Bei dem Gedanken wurde ihr ganz schlecht. Konnte sie das tun? Wollte sie es überhaupt? Was würde das für ihn bedeuten? Vor allem so kurz, nachdem er Lizzy verloren hatte?

Mit einem Mal sah sie ganz klar. Sie liebte Cole. Von ganzem Herzen. Und wenn sie ihn liebte, konnte sie ihm nicht nehmen, was er so dringend brauchte.

Wenn sie ihn liebte, würde sie ihre eigenen Wünsche für ihn opfern.

PJ sprang auf. „Ich muss los." Dann eilte sie an Ryan vorbei ins Haus.

„Was hab ich denn gesagt?", rief Ryan.

Sie hob eine Hand. „Das erzähle ich dir später. Jetzt muss ich etwas erledigen."

Kapitel 43

PJ betrat das Rathaus mit weichen Knien. Sie hatte ihre Präsentation den ganzen Vormittag über geprobt. Weil ein Mitglied der Kommission einen Terminkonflikt hatte, gab es nach Coles Präsentation, die bereits seit einer Stunde zu Ende war, eine Pause.

Sie saß in der Lobby, den Laptop auf dem Schoß. Ihr Bein hüpfte auf und ab. *Beruhige dich, PJ.* Um Coles willen musste sie Erfolg haben. Bestimmt würde Mrs Simmons einsehen, was für ein Schatz das Übergangswohnheim war. Wie dringend diese Jugendlichen Coles Hilfe brauchten. Man brauchte sich nur anzusehen, was er in neun Monaten mit Zac, Josh und Shaundra erreicht hatte.

Die Tür ging auf und Mrs Simmons begrüßte sie mit einer angedeuteten Umarmung. „PJ, meine Liebe, wie schön, Sie zu sehen."

„Sie sehen gut aus, Mrs Simmons."

„Oh, das Klima in Colorado bekommt mir gut. Und all diese Urenkel halten mich jung. Kommen Sie rein, kommen Sie rein, das Gremium ist vollzählig versammelt. Snowball ist auch da. Ich kann es einfach nicht ertragen, sie mehr als ein paar Tage allein zu lassen."

PJ folgte der alten Dame in den großen Saal, wobei ihre Absätze laut auf dem Holzboden klapperten. Snowball saß königlich am Ende des Tisches und ihr Schwanz zuckte lautlos hin und her.

„Der Plan hat sich geändert, meine Liebe. Wenn Sie Ihre Sachen vielleicht kurz ablegen wollen …?"

Ein geänderter Plan? PJ begrüßte die Mitglieder der Kommission, die wie beim letzten Mal hinter einem langen Tisch saßen. Nachdem sie allen die Hand gegeben hatte, legte sie ihren Laptop und die Karteikarten auf den kleinen Tisch, den man für sie bereitgestellt hatte. Vorne standen zwei Staffeleien und eine weiße Leinwand war bereits an der Wand heruntergezogen worden.

Mrs Simmons ließ sich auf ihrem gepolsterten Stuhl nieder und faltete die mit Juwelen geschmückten Hände auf dem Tisch. „Wie Sie wissen, war Mr Evans vorhin wegen seiner Präsentation hier. Die Beratungskommission und ich haben mit Erstaunen vernommen, dass er aus dem Wettbewerb ausscheidet."

PJ starrte sie fassungslos an. „Wie bitte?“

„Ich nehme an, er hat das nicht mit Ihnen besprochen?“

Cole gab auf? PJ blieben die Worte im Halse stecken. Sie schüttelte den Kopf.

„Er möchte nicht mehr in Chapel Springs bleiben – aus persönlichen Gründen, sagte er.“

PJ hatte das Gefühl, immer kleiner zu werden. Zu welken und abzusterben. Offenbar war es ihm nicht genug, wenn sie nicht mehr im selben Haus wohnten. Er wollte nicht einmal in derselben Stadt leben wie sie.

„Diese Entwicklung haben wir nicht kommen sehen. Wir haben nur Gutes über *Crossroads* und die Jugendlichen in Mr Evans Obhut gehört. Und trotz seiner unglücklichen Begegnung mit dem Gesetz vor einiger Zeit halten wir ihn für einen redlichen Bürger und fähigen jungen Mann.“

PJ nickte.

„Die Kommission und ich haben darüber beraten, was jetzt geschehen soll. Wir haben auch über Ihr Restaurant ganz wunderbare Dinge gehört und Ihre Zahlen sind sehr positiv, vor allem während der warmen Monate. Sie haben sich gut von der Winterflaute erholt und Ihr Unternehmen wirft einen schönen Gewinn ab. Wir haben uns Ihre vorige Präsentation in Bezug auf die Pension noch einmal angesehen und sind ebenfalls der Meinung, dass dem Ort eine zusätzliche Unterkunft guttun würde. Kurz und gut, meine Liebe, wir glauben an Sie und Ihre Vision und deshalb freuen wir uns sehr, Ihnen das Wishing-Haus zu übergeben. Herzlichen Glückwunsch!“

Die Kommissionsmitglieder strahlten sie an und klatschten.

PJ zwang sich zu lächeln. So sollte es nicht laufen. Das war nicht das, was sie wollte. Und was war mit Cole? Was sollte aus *Crossroads* werden?

Aber Cole hatte aufgegeben. Er verließ sie.

Die Mitglieder der Beratungskommission standen auf, schüttelten ihr die Hand und beglückwünschten sie. PJ gab sich Mühe weiterzulächeln, während sie Dankesworte murmelte, die ihr Gehirn kaum zur Kenntnis nahm. Mrs Simmons tätschelte ihr den Rücken wie eine stolze Glucke und informierte sie dann, dass ihr das Haus in dreißig Tagen überschrieben werden würde. Als die alte Dame fertig war, sammelte sie ihre Sachen zusammen und ging mit den anderen hinaus.

Auch PJ verließ das Gebäude. Ihre Gedanken überschlugen sich, als sie in ihren Wagen stieg und nach Hause fuhr. Was in aller Welt war da eben passiert?

Warum hatte Cole aufgegeben? Wollte er wirklich vor ihr fliehen? War es zu spät, um etwas an dieser Entscheidung zu ändern? Sie ihm auszureden? Warum tat er das? Sie wusste, wie viel es ihm bedeutete, diesen Jugendlichen zu helfen. Er musste es tun. Und woanders konnte er es nicht, nachdem er all sein Erspartes für *Crossroads* ausgegeben hatte.

Sie musste ihn umstimmen. Musste ihm sagen, dass sie aus dem Wettbewerb ausstieg und das Haus ihm gehörte. Sie würde das regeln. Ihm sagen, dass er nicht gehen musste. Weil sie gehen würde. Die Kommission würde das sicher verstehen. Wenn nicht, würde sie ihre Präsentation halten und sie davon überzeugen.

PJ parkte am Bordstein und rannte zum Haus. Nachdem sie immer zwei Verandastufen auf einmal genommen hatte, betrat sie das stille Haus.

Dann stürmte sie die Treppe hinauf. Bevor sie den Flur hinunterlief, schaltete sie das Licht ein. „Cole!“

Ihr Herz raste schneller als ihre Füße. Gefühlt zitterte sie schon den ganzen Tag – heute Vormittag wegen der bevorstehenden Präsentation und jetzt aus Vorfreude darauf, Cole gleich zu sehen und ein richtiges Gespräch mit ihm zu führen. Das hatten sie seit Wochen nicht mehr getan.

Ihre Knie waren ganz weich, als sie die Stufen zum Dachboden hinaufstieg. Sie klopfte an die Tür. „Cole, ich bin’s.“

Während sie auf Antwort wartete, holte sie tief Luft und versuchte sich zu beruhigen. Sie konnte diese Sache hinbiegen. Es war noch nicht zu spät. Sie musste Cole nur davon überzeugen, dass er blieb, und dann die Leute von der Beratungskommission dazu bringen, ihm das Haus zu überschreiben. Was bliebe ihnen letztlich anderes übrig, wenn sie aufgab?

Noch einmal klopfte sie, doch dann fiel ihr auf, dass auf der anderen Seite der Tür alles still war. Kein Geräusch, keine Bewegung war von drinnen zu hören.

„Cole?“ Sie drehte den Türknauf.

Langsam wurde sein Zimmer sichtbar. PJ öffnete den Mund und eine Vorahnung sog so schlagartig alle Luft aus ihrer Lunge, dass sie schmerzte. Ihr Herz kämpfte mit dem, was sie sah.

Sein Bett, sein Teppich, sein improvisierter Nachttisch und die Kleiderstapel – alles war verschwunden.

Kapitel 44

Er hatte sie verlassen. Er hatte seine Sachen gepackt und war gegangen. Offenbar konnte er ihr gar nicht schnell genug den Rücken kehren. Er hatte sich noch nicht einmal verabschiedet. Als ihr das bewusst wurde, war es wie ein Schlag in die Magengrube. PJ schloss die Tür und ging wie betäubt die Treppe hinunter. Nach dem Adrenalinstoß fühlten sich ihre Beine ganz schwach und zittrig an.

In Gedanken ging sie die vergangenen Wochen noch einmal durch, auf der Suche nach einem Hinweis, den sie vielleicht übersehen hatte. Es war unangenehm gewesen. Cole war ihr permanent aus dem Weg gegangen. Aber hatte er sich hier mit ihr wirklich so elend gefühlt, dass er lieber seinen Traum aufgab, als sie weiterhin zu sehen? Dass er die Stadt verließ, sobald sich die erste Gelegenheit bot?

Ihr Handy vibrierte und PJ zog es schnell aus ihrer Tasche. Doch die aufkeimende Hoffnung schwand, als sie sah, dass es ihre Mutter war. Bestimmt wollte sie wissen, wie die Präsentation gelaufen war – PJ hatte niemandem erzählt, was sie vorhatte. Oder vielleicht hatte ihre Mutter durch die Buschtrommeln gehört, dass PJ das Haus bekommen hatte, und rief an, um ihr zu gratulieren.

Sobald das Telefon aufhörte zu summen, rief sie Josh an. „Hi, Josh, PJ hier", sagte sie, als er dranging. „Hast du heute was von Cole gehört?"

„Ja, er war kurz im Laden, als ich Pause hatte, und sagte, er würde die Stadt verlassen. Hat mir alles Gute gewünscht. Und gesagt, ich solle ihn anrufen, wenn irgendwas ist."

„Hat er … hat er gesagt, warum?" PJ schluckte.

„Nee, eigentlich nicht. Ich find's echt total schade, dass er *Crossroads* dichtmacht. Hab versucht, es ihm auszureden."

Sie beendete das Telefonat, sank auf eine Stufe und wählte die nächste Nummer. Als Zac von der Arbeit nach Hause gekommen war, hatte er eine Abschiedsnachricht von Cole an seiner Tür gefunden.

PJ legte auf, deprimierter denn je.

Eine Nachricht. Sie richtete sich auf, während neue Hoffnung in ihr aufkeimte. Vielleicht hatte er ihr auch einen Zettel geschrieben. Sie sprang auf, lief zu ihrem Zimmer und riss die Tür auf. Ihr Blick wanderte zu der Kommode, auf der er am Valentinstag die Blumenvase abgestellt hatte. Dann sah sie zu ihrem Schrank, zum Nachttisch und auf ihr ungemachtes Bett.

Jetzt war alle Hoffnung endgültig zunichtegemacht. Er hatte ihr nicht einmal eine Nachricht hinterlassen.

Cole schaltete das Radio aus. Die Kommentare zu einer Baseballmannschaft gingen ihm auf die Nerven. Leute riefen an, beschimpften den Trainer und beschwerten sich über die Ergebnisse. Diese Leute hatten offenbar zu viel Zeit.

Inzwischen hatte die Kommission PJ das Haus übergeben. Sie hatte ihren Traum. Ihren Beweis, dass sie es schaffen konnte. Ihre Familie würde sie unterstützen, der Ort würde ihr Rückhalt geben und PJ würde anfangen, an sich selbst zu glauben.

Seinen eigenen Neuanfang hatte Cole bereits arrangiert. Er hatte seinen früheren Job bei dem Fensterbauer in Fort Wayne wiederbekommen und konnte bei Greg und Becky wohnen, bis er eine Wohnung gefunden hatte. Doch sosehr er auch versuchte, sich vom Gegenteil zu überzeugen – sein neues Leben klang öde.

Die Zahl der Kilometer zwischen ihm und Chapel Springs, zwischen ihm und PJ, nahm mit jeder Sekunde zu. Und mit der wachsenden Entfernung fühlte Cole sich zunehmend leerer, aber er sagte sich, dass es besser werden würde. Die Zeit heilte alle Wunden. Irgendwann würde er es schaffen, zwei Sekunden lang nicht an PJ zu denken, dann zwei Minuten, dann zwei Stunden. Mit der Zeit würde er ganze Tage verbringen können, ohne an sie zu denken. Ohne sich nach ihr zu sehnen. Oder?

Bitte, Gott, hilf mir, sie loszulassen.

Er dachte an alles, was er zurückgelassen hatte. *Crossroads*, Zac und Josh. Er würde die Jungs vermissen. Shaundra vermisste er jetzt schon.

Die vier Jugendlichen, die er bereits aus den vielen Bewerbungen ausgewählt hatte, taten ihm leid. Sie würden nicht die gleiche Chance bekommen, wie Zac, Josh und Shaundra sie gehabt hatten. Es bedrückte Cole, daran zu denken. Aber irgendwann würde es ein neues Haus geben. Und andere Kinder. Er gab nicht auf.

Dann sprach er ein Gebet für diese vier Teenager, dass Gott einen sicheren Ort für sie finden möge, und für all die anderen, die er nicht ausgewählt hatte.

Wieder musste er an PJ denken, mit ihren schokoladenbraunen Augen und ihrem breiten Lächeln. Es war Wochen her, dass er sie hatte lächeln sehen. Einen Moment lang erlaubte er sich den Luxus, an das Gefühl ihrer seidig weichen Haare unter seinen Fingern zu denken, an das Gefühl ihrer Lippen, die die seinen berührten. Er konnte den Gedanken, sie nicht mehr zu sehen, nicht zu berühren, nicht im Arm zu halten, kaum ertragen. Die letzten paar Wochen waren unendlich schwierig gewesen, aber mit einem Mal hatte Cole das Gefühl, dass die „schwierige" Zeit jetzt erst begann. Der Schmerz in seinem Innern war wie ein riesiges Loch, in dem er zu versinken drohte, und er umklammerte das Lenkrad fester.

Ich vermisse sie, Gott.

Ein Schild vor ihm verkündete, dass es bis Fort Wayne noch einhundertachtundvierzig Kilometer waren. Er biss die Zähne zusammen und trat das Gaspedal weiter durch. Je eher er dort ankam, desto eher konnte er PJ und alles andere in Chapel Springs hinter sich lassen.

Kapitel 45

PJ warf auf den Korb. Der Ball prallte gegen den Rand und sprang direkt in Becketts Hand. Er machte einen Korbleger, obwohl Madison ihn foulte. Damit hatten sie das Spiel gewonnen.

Madison stieß ihrem Mann den Ellbogen in die Rippen. „Reines Glück."

Beckett klatschte PJ ab. „Und wir haben wieder gewonnen."

„An mir liegt's nicht." Sie war heute nicht in Form. „Die nächste Runde setze ich aus." Sie ging vom Spielfeld, während die Mannschaften sich neu sortierten, und folgte den Steinplatten im Rasen zu der neuen Schaukel.

In der Ferne zeichneten sich in der untergehenden Sonne die Maisfelder am Horizont ab. Die Dämmerung hatte eingesetzt und tauchte den Garten ihres Elternhauses in ein abendliches Licht. Die Lichterketten funkelten gegen die hereinbrechende Dunkelheit an und vom nahe gelegenen Wald drang das Sirren der Grillen herüber.

Ihre Mutter stieß Mia an, die in der Kleinkinderschaukel saß. Eine winzige lila Haarspange fasste die braunen Haare auf dem Kopf des Kleinkindes zusammen.

„Pi-Day!", sagte die Kleine, als PJ näher kam, und strampelte fröhlich mit den dicken Beinchen.

„Hi, meine Süße." PJ setzte sich auf die tief hängende Schaukel neben Mia und faltete ihre langen Beine umständlich unter sich.

„Auken!"

„Schaukelst du? Schiebt die Oma dich an?"

„Auken!"

„Sie schaukelt für ihr Leben gern", sagte PJs Mom.

„Wo ist Ava?"

„Dein Vater hat sie mit ins Haus genommen, damit Jade und Daniel ungestört einen Spaziergang machen konnten. Es ist ein wunderschöner Abend."

„Stimmt."

Der Lärm vom Basketballfeld drang zu ihnen herüber: der Ball, der auf dem Beton auftitschte, die Schuhsohlen auf dem Splitt, die

Neckereien. Eigentlich hätten die vertrauten Klänge von Familie und Zuhause tröstlich sein müssen. Doch PJ empfand nichts als Unzufriedenheit.

Sie streckte die Beine aus und legte die Hände um die kalten Metallglieder der Kette. Wenn sie ehrlich war, empfand sie bereits seit drei Wochen nichts als Unzufriedenheit. Seit sie das Haus bekommen hatte. Die Ironie entging ihr nicht.

„Du bist in letzter Zeit sehr still. Ist alles in Ordnung mit dem Restaurant?"

PJ zwang sich zu lächeln. Das tat sie in letzter Zeit oft. „Das Geschäft läuft super. Könnte nicht besser sein. Mein neuer Koch ist gut. Er hat sieben Jahre lang im *Candlelight Café* gearbeitet."

Mom stieß Mia an. „Und die Frühstückspension? Was machen deine Pläne diesbezüglich?"

Sie sollte noch einen Kredit aufnehmen. Die Zimmer mussten hübscher eingerichtet werden und sie musste eine Haushälterin einstellen sowie jemanden, der Telefondienst machte und sich um die Gäste kümmerte, während das Restaurant geöffnet war. Außerdem musste sie ein neues Schild in Auftrag geben, einen Eröffnungstermin festlegen und an einigen Marketingideen arbeiten.

Bisher hatte sie nichts davon getan. Sie war genau zweimal ins Obergeschoss gegangen. Beim ersten Mal hatte sie festgestellt, dass Cole die Möbel in den Kinderzimmern und im Wohnzimmer dagelassen hatte. Beim zweiten Mal hatte sie eine Liste der Dinge erstellen wollen, die sie brauchte. Aus Wohn- und Esszimmer wollte sie eine Suite machen. Aber dann hatte sie die Küche betreten und sich daran erinnert, wie viel Arbeit Cole dort hineingesteckt hatte. Er hatte alles mit seinen eigenen Händen gemacht. Hatte Regale gebaut, die Wände gestrichen und den Fußboden verlegt. Und jetzt sollte sie all das wieder rückgängig machen?

Sie hatte die Tür angestarrt und sich an ihren ersten Kuss erinnert und ihre Kehle war wie zugeschnürt gewesen. Was würde sie dafür geben, die Zeit zurückdrehen und alles ungeschehen machen zu können. Aber was hätte sie dann anders gemacht? Sie verstand ja nicht einmal, was schiefgelaufen war. Irgendwie hatte sie ihn verscheucht. Hatte sie vielleicht zu sehr geklammert?

„PJ?"

Sie blinzelte. „Äh, tut mir leid. Ich … wovon sprachen wir gerade?"

Mom sah sie mitfühlend an. „Von der Pension. Ich habe eine neue Aushilfe, die mir im Laden hilft. Nächste Woche könnte ich mir ein paar Tage freinehmen und dir beim Streichen oder beim Bohnern der Fußböden helfen – was auch immer getan werden muss."

„Ich habe oben eigentlich noch gar nichts gemacht."

„Wartest du darauf, dass der Vertrag unter Dach und Fach ist?"

Nur noch sechs Tage, dann würde das Haus auf sie überschrieben werden. „Wahrscheinlich."

„Dad und ich haben den Artikel in der *Southern Indiana* diese Woche gesehen. Das waren tolle Bilder vom Restaurant und von dir in deiner Kochkleidung."

„Danke." In Schwarz-Weiß sah alles toll aus. Aber der Bericht war tatsächlich gut geschrieben gewesen. Und es klang perfekt. Einheimisches Mädchen gewinnt Traumhaus. Jippie!

„Was ist denn, Liebling? Ich hatte erwartet, dass du vor Freude völlig aus dem Häuschen sein würdest, weil du gewonnen hast. Du hast unglaublich viel gearbeitet und du hast es geschafft. Aber ich glaube, ich habe dich noch nie so unglücklich und zurückgezogen erlebt. Ist es zu viel? Fühlst du dich überwältigt?"

„Nein, Mom, ich fühle mich nicht überwältigt."

„Was ist es dann?"

Sie hatte ihrer Familie nicht erzählt, wie alles gelaufen war. Vielleicht hatte sie die anderen in dem Glauben lassen wollen, sie hätte sich das Haus verdient. Dass sie es aus eigener Kraft gewonnen hatte und nicht, weil Cole ausgestiegen war. Aber irgendwie schien ihr das jetzt nicht mehr wichtig zu sein. Es zählte nur noch, dass Cole ihr unsagbar fehlte und sie sich Sorgen darüber machte, wie es ihm ging, nachdem er sowohl seinen Traum als auch Lizzy verloren hatte.

„Runter", sagte Mia.

Mom hob Mia von der Schaukel und setzte sie auf den Boden. Die Kleine wackelte mit eifrigen Trippelschritten zu dem kleinen rosafarbenen Auto zum Reinsetzen.

„Ich habe das Haus nicht gewonnen, Mom."

„Wie meinst du das?"

„Er hat aufgegeben. Cole ist ausgestiegen, also haben sie das Haus mir gegeben."

Mom lehnte sich an das A-förmige Gestell der Schaukel, während sie über diese Information nachdachte. Auf dem Spielfeld wurden Rufe laut.

„Macht dir das Kummer? Hast du das Gefühl, es nicht verdient zu haben?"

PJ schüttelte den Kopf und sah ihre Mutter an. „Die Präsentation, die ich vorbereitet hatte, war gar nicht für mich. Ich wollte argumentieren, dass Cole das Haus bekommen sollte. Dass *Crossroads* bleiben und expandieren sollte."

Ihre Mutter starrte sie an. „Aber warum?"

„Weil er etwas getan hat, was ehrenwert war. Weil diese Jugendlichen Hilfe brauchen. Weil er wusste, wie er in ihrem Leben etwas bewirken konnte. Weil er anderen so dringend helfen muss, Mom. Seine Familie ist bei einem Autounfall ums Leben gekommen und er hat das Gefühl, für ihren Tod verantwortlich zu sein. Es war nicht seine Schuld, er war ja erst zwölf Jahre alt, aber all die Jahre hat er diese Schuld mit sich herumgeschleppt. Ich glaube, *Crossroads* war sein Neuanfang, seine zweite Chance. Er hat sich für diese Jugendlichen natürlich in erster Linie eingesetzt, weil er ihnen helfen wollte, aber in gewisser Weise hat es auch ihm selbst geholfen, dass er sie gerettet hat. Und ich konnte den Gedanken, dass er das alles verliert, nicht ertragen."

„Hat er dir das gesagt – dass es seine zweite Chance ist?"

„Ich bin mir nicht einmal sicher, ob er sich dessen überhaupt bewusst ist."

Moms Miene wurde weich, als sie PJ ansah und langsam nickte. „Du liebst ihn."

Die Gewissheit in der Stimme ihrer Mutter drang tief in PJs Seele ein und öffnete Tore, die jahrelang geschlossen gewesen waren. Sie sickerte in Ritzen, von denen sie gar nichts gewusst hatte, und füllte sie mit ihrer gewichtigen Wahrheit.

„Ja", flüsterte sie und ihre Augen brannten. „Das tue ich wirklich."

Sie liebte ihn tatsächlich. Liebte die Art, mit der er so viel von sich gab, liebte es, wie er sie beschützte, sie berührte, ganz zärtlich, wie er sie ansah mit seinen grünen Augen, die so tief und unergründlich waren wie das Meer.

„Ich weiß, dass ich in der Vergangenheit nicht klug gehandelt habe. Ich habe mir ein paar richtige Versager ausgesucht – noch mehr, als du weißt …" Sie sah ihrer Mutter in die Augen. „Aber Cole ist kein Versager. Er ist ein guter Mensch, Mom. Er ist etwas Besonderes. Und er … er ist genau der Richtige für mich. Nur dass er mich nicht will."

PJ schlang die Arme um ihren Oberkörper. „Ich weiß nicht einmal, was passiert ist. In der einen Minute sind wir zusammen und alles ist gut und im nächsten Augenblick macht er mit mir Schluss und sagt, wir seien nicht gut füreinander."

Der Gesichtsausdruck ihrer Mutter veränderte sich mit einem Mal und ihr Blick wurde trüb.

„Ich verstehe einfach nicht, warum er mit mir Schluss gemacht hat. Ich verstehe nicht, warum er so dringend Distanz zwischen uns bringen musste, dass er dafür seinen Traum aufgegeben hat. Ich weiß nur, dass es im Haus zu still ist. Meine Arme sind zu leer und mein Herz ist in tausend Scherben zerbrochen."

Jetzt hatte ihre Mutter Tränen in den Augen und eine Emotion, die PJ nicht einordnen konnte, spiegelte sich in ihrem Gesicht. „Oh, PJ. Es tut mir schrecklich leid."

Ein erschreckter Aufschrei von Mia ertönte auf dem Rasen und Mom eilte zu ihr. Die Kleine saß in dem rosafarbenen Auto fest. PJs Mutter hob sie heraus und tröstete sie mit leisen Worten, während sie die Tränen von Mias Wangen wischte.

Als das Kleinkind sich beruhigt hatte, ging Mom mit Mia auf der Hüfte zum Haus zurück. Sie gab PJ ein Zeichen mitzukommen. „Komm, wir sehen mal nach, wie dein Vater mit Ava zurechtkommt."

Wie benommen trottete PJ hinter den beiden her. Sie hatte gedacht, sie würde sich besser fühlen, wenn sie ihren Kummer erst einmal bei jemandem abgeladen hatte. Aber sie drückte dieselbe schwere Last nieder, die sie auf dem Weg hierher auf den Schultern getragen hatte.

Kapitel 46

Cole bog auf den Parkplatz ein, der zu dem Mietshaus gehörte, in dem er seit Kurzem wohnte, und stellte den Wagen in der Parkbucht ab, die ihm zugeteilt worden war. Die Sonne war bereits hinter dem Haus untergegangen, das im schwindenden Licht grau wirkte. Er stieg aus und machte einen Bogen um ein paar Kinder, die mit Kreide den Bürgersteig anmalten.

Irgendwo im Haus weinte ein Baby. Die Gerüche von mexikanischem Essen drangen aus einer der Wohnungen, sodass sein Magen knurrte. Er wollte nur noch etwas zu essen, eine Dusche und sein Bett.

Seit drei Wochen arbeitete er jetzt von Tagesanbruch bis zur Dämmerung. Seine Hände waren schwielig und sein Körper schmerzte, aber wenigstens war er beschäftigt. Und er war so müde, dass der Schlaf ihn abends übermannte, obwohl er keine innere Ruhe fand.

Becky und Greg hatten ihn sofort zu ihrem Seelsorger geschleppt, als er in der Stadt angekommen war. Irgendwie hatten sie ihn dazu gebracht, zweimal die Woche dort hinzugehen. Es war schwer. Schmerzhaft. Aber der Seelsorger war geduldig und Cole war dabei, einige Dinge zu klären. Dinge, die mit Lizzy zu tun hatten. Dinge, die seine Familie betrafen.

Cole öffnete die Haustür und stapfte die Treppe hinauf. Das Gebäude roch nach einer Mischung aus Schimmel und Zigarettenrauch, anstatt nach frischen Blumen und gehobener Küche. Der braune Teppich auf den Stufen war verblichen und fadenscheinig, das eiserne Treppengeländer hatte abgeplatzte Stellen und fühlte sich kalt an. Die Treppe knarrte nicht unter seinen Schritten und der Handlauf war zu dünn für seine Hand.

Während er den zweiten Treppenabsatz hinaufstieg, kramte er den Schlüssel aus seiner Tasche. Dann bemerkte er, dass eine Frau neben seiner Tür auf dem Boden saß.

Cole blieb wie angewurzelt stehen. Was machte sie hier? „Mrs McKinley …“

„Cole.“ Sie nahm den Kopf von der Wand und richtete sich auf, während sie ihm in die Augen sah. Sie hatte die Knie angezogen gehabt und die Arme darum geschlungen. So wirkte sie eher wie ein kleines Mädchen als wie eine Mutter und Großmutter von beinahe sechzig Jahren.

Sie stand auf und schob sich die Haare hinters Ohr; die Bewegung, die Cole so sehr an PJ erinnerte, dass es wehtat.

PJ. Ein erschreckender Gedanke kam ihm und riss ihn aus seiner Starre. „Ist PJ … ist mit ihr alles in Ordnung?"

„Ja, ja, es geht ihr gut. Es ist nichts dergleichen." Die Frau lächelte verlegen. „Sie weiß nicht einmal, dass ich hier bin."

Eine ganze Weile sah Cole Mrs McKinley an, während er zu ergründen versuchte, warum sie den weiten Weg hierher zurückgelegt hatte.

„Kann ich reinkommen? Nur kurz?"

Sofort dachte er an den trostlosen Zustand seiner Wohnung und an das Geschirr, das vom Vorabend noch in der Spüle stand. Aber seine Neugier war größer. „Natürlich."

Er schloss auf und zeigte auf das Sofa. Dabei stand ihm das aufgeräumte Bauernhaus der McKinleys nur zu gut vor Augen und er wünschte, die zusammengeknüllten Socken, der leere Kaffeebecher und die Postwurfsendungen auf dem Couchtisch würden sich in Luft auflösen.

„Kann ich Ihnen etwas anbieten?" Viel würde sein magerer Kühlschrankinhalt nicht hergeben. Cole konnte sich nicht einmal daran erinnern, wann er zuletzt eingekauft hatte. „Wasser? Kaffee?"

Mrs McKinley ließ sich auf der Sofakante nieder. „Nein, danke. Ich war etwas essen, während ich auf dich gewartet habe. Ein Stück weiter die Straße hinunter ist ein hübscher kleiner Imbiss."

Cole nahm am anderen Ende des Sofas Platz, während ein unbehagliches Schweigen sich zwischen ihnen ausbreitete.

„Wie haben Sie mich gefunden?"

„Wir Mütter haben da so unsere Methoden." Sie fingerte an dem Riemen ihrer Handtasche herum und wickelte ihn um ihre schmale Hand, während sie sich in seiner Wohnung umsah.

„Wie geht es ihr? PJ, meine ich?" Coles Herz hämmerte schneller, so gespannt war er auf die Antwort. So sehr sehnte er sich nach einer kleinen Information, die seinen Hunger stillen konnte.

„Nicht so gut, wenn du die Wahrheit wissen willst. Du bist schließlich gegangen, ohne dich zu verabschieden." Ihr freundlicher Tonfall milderte die harschen Worte ab.

„Ich dachte, das wäre Ihnen nur recht."

Mrs McKinley zuckte ein wenig zusammen und sah zu Boden. „Du bist sehr direkt."

„Ich wüsste nicht, warum ich um den heißen Brei herumreden sollte."

Jetzt erwiderte sie seinen Blick. „Du hast recht. Ich wollte, dass du aus PJs Leben verschwindest. Ich habe das Wenige, was ich über dich wusste, betrachtet und dich vorschnell in eine Schublade mit all ihren unnützen Exfreunden gesteckt. Das war unrecht von mir. Ich hätte dich nicht verurteilen dürfen und ich hätte mich nicht einmischen sollen und es tut mir wirklich leid, dass ich es getan habe."

„Und deshalb sind Sie die ganze Strecke hierhergefahren?"

„Ich habe dir ins Gesicht gesagt, du seist nicht der Richtige für PJ. Da ist es doch das Mindeste, was ich tun kann, dir auch ins Gesicht zu sagen, dass ich einen Fehler gemacht habe."

Cole musste anerkennen, dass sie sich wirklich bemühte. „Das weiß ich zu schätzen. Aber Sie hatten teilweise recht." Er war nicht gut für PJ. Sie hatte so viel mehr verdient.

„Nein, das glaube ich nicht."

Er würde das nicht mit ihr diskutieren. Es brachte nichts. Er beugte sich vor, die Ellbogen auf die Knie gestützt, und wünschte sich, Mrs McKinley würde gehen, bevor er etwas Dummes sagte. Bevor er sie anflehte, ihm mehr von PJ zu erzählen. Etwas Gutes. Irgendetwas, das ihn wärmen konnte. Etwas, das Licht in sein Dunkel brachte.

„PJ liebt dich – weißt du das?"

Coles Herz zog sich schmerzhaft zusammen. Er rieb die Stelle, als könnte er den Schmerz dadurch vertreiben. Hoffnung keimte in ihm auf, aber er erstickte sie sofort. Und er wagte es nicht, Mrs McKinley anzusehen. Sie war eine scharfsinnige Frau und seine Gefühle saßen viel zu dicht unter der Oberfläche.

„Sie glaubt, du seist wegen ihr gegangen. Dass du gar nicht weit genug von ihr entfernt sein kannst."

Der Gedanke tat weh. Er hatte PJ nie verletzen wollen. Es war einfach besser so. Sie würde es verwinden. Über ihn hinwegkommen. Besser, wenn er sie jetzt enttäuschte als später, wenn sie zu tief drinsteckte.

„Ich weiß, dass ich mich gerade schon wieder einmische, aber ich glaube nicht, dass sie recht hat. Ich glaube, dass du dir das, was ich gesagt habe, zu Herzen genommen hast. Dass ich damit vielleicht die falschen Dinge, die du sowieso schon über dich selbst dachtest, noch verstärkt habe, und das tut mir sehr leid."

In der Seelsorge hatte er gerade erst angefangen, an der Oberfläche dieser Dinge zu kratzen. Schon allein bei dem Gedanken wurde Cole ganz flau im Magen. Aber auf keinen Fall wollte er das mit PJs Mutter besprechen.

„PJ hat dir sicher erzählt, dass wir einen Sohn verloren haben … Michael. Auf so etwas ist man niemals vorbereitet. Wie tief der Kummer ist, wie überwältigend die Dunkelheit …" Mrs McKinley sah Cole durchdringend an. „Die Schuldgefühle …"

Er wandte den Blick ab und presste die Lippen aufeinander.

„Ich weiß, wie es ist, sich schuldig zu fühlen. Man verliert nicht einen Sohn im Teenageralter, ohne sich Fragen zu stellen: Warum habe ich ihn schwimmen gehen lassen? Warum war ich nicht bei ihm? Was für eine Mutter bin ich? Die Schuldgefühle können einen bei lebendigem Leibe auffressen."

„Was haben Sie gemacht?"

„Ich habe mich in diesen Schuldgefühlen gesuhlt. Eine Zeit lang. Ich habe Gott angeschrien und um Antworten gebettelt, bis ich keine Stimme mehr hatte. Ich habe mehr Tränen vergossen, als ich je für möglich gehalten hätte. Aber ich hatte unzählige Freunde, die mit mir und für mich gebetet haben und die mich stützten, wenn ich dachte, ich könnte keinen einzigen Atemzug mehr tun.

Irgendwann ließ die Dunkelheit nach und mir wurde bewusst, dass ich noch drei andere Kinder hatte, die mich brauchten. Einen Mann, der auch litt. Ich erinnerte mich daran, dass Gott mir aus Liebe siebzehn Jahre mit Michael geschenkt hatte und ihm dann ein Zuhause gegeben hat, das viel besser ist als alles, was er hier hatte. Und weil er mich liebt, hat er mir die Gewissheit geschenkt, dass ich Michael irgendwann wiedersehen werde. Darin liegt ein wunderbarer Friede."

Aber was war mit der Schuld? Was mit diesem elenden Gefühl der Wertlosigkeit, das in seinem Innern wohnte und ihn zu verschlingen drohte?

„Aber das mit der Schuld ...", sagte sie, „... das dauerte eine Weile. Wir glauben immer, wir hätten die Dinge in der Hand, und Mütter sind dafür ganz besonders anfällig. Wir glauben, wenn wir alles richtig machen, wird sich schon alles zum Besten fügen und unsere Kinder werden gesund und in Sicherheit sein.

Aber Gott hat einen Plan, und auch wenn wir manchmal beim besten Willen nicht verstehen, warum manche Dinge geschehen, können wir uns doch immer wieder daran erinnern, dass er uns genug geliebt hat, um seinen Sohn für uns sterben zu lassen. Er hat seine Liebe dort am Kreuz ein für alle Mal besiegelt und bei allem anderen kann ich deshalb darauf vertrauen, dass er weiß, was am besten ist. Ich muss es nicht verstehen. Nicht die Verantwortung dafür übernehmen. Nur vertrauen." Sie lächelte schief. „Das ist leichter gesagt als getan, ich weiß."

Ihre Worte schlossen etwas in Cole auf. Etwas Helles und Befreiendes. Jemand anderes war ebenfalls durchs Feuer gegangen und hatte es überlebt. Er wusste, dass Gott ihn liebte, aber es fiel ihm schwer, ihm zu vertrauen. Und seine Schuldgefühle waren so tief vergraben, dass er nicht wusste, wie er sie ausbuddeln sollte.

„Lass es los, Cole. Gott will nicht, dass du diese Schuld mit dir herumschleppst. Er will nicht, dass du allein und unglücklich bist. Er hat dich für etwas Besseres geschaffen. Wir haben nur ein Leben. Eine Chance. Verschwende sie nicht."

Coles Augen brannten und er blinzelte. Dann dachte er an die Bewerbungen, die er in den Müll geworfen hatte, an diese Jugendlichen, die ihn brauchten. Und an PJ. Liebte sie ihn wirklich? Er brachte keinen Ton heraus, so geschwollen und rau war seine Kehle.

„Ich liebe meine Kinder – jedes einzelne. Und ich versuche noch immer, ihnen zu helfen, obwohl ich weiß, dass ich ihr Leben nicht in der Hand habe. Und wenn ich sehe, dass eins von ihnen unnötig leidet ..." Mrs McKinley lächelte verlegen. „Ich bin eben eine Mutter." Sie schob den Riemen ihrer Handtasche über ihre Schulter. „Aber ich sollte dich jetzt nicht länger stören. Du hattest einen langen Arbeitstag und ich habe noch eine lange Fahrt vor mir."

Wie betäubt stand Cole auf und begleitete sie zur Tür. „Danke, dass Sie den weiten Weg hierher auf sich genommen haben, Mrs McKinley."

„Denk über das nach, was ich gesagt habe. Du bist ein guter Mann, Cole. Es wäre ein Jammer, wenn du all die wunderbaren Dinge, die Gott für dich bereithält, verpassen würdest." Sie öffnete die Tür und wandte sich noch einmal um. „Und Cole … wenn du das eines Tages möchtest, kannst du mich gerne Mama Jo nennen." Dann tätschelte sie seine Wange und zog die Tür hinter sich zu.

Kapitel 47

PJ löschte das Licht und vergewisserte sich, dass die Außenbeleuchtung eingeschaltet war. Es war eigentlich zu früh, um schlafen zu gehen, aber sie wusste nicht, was sie sonst tun sollte. Ihr Kochkurs war in letzter Minute abgesagt worden. Die Damen vom Rotary-Club hatten am nächsten Abend eine Veranstaltung und waren mit den Vorbereitungen nicht fertig geworden.

PJ schlüpfte in ihren Schlafanzug, setzte sich ins Bett und schaltete den Fernseher ein, damit Stimmen das Haus erfüllten. Ihr Blick streifte ihren Laptop, der auf dem Nachttisch lag. Sie sollte an einem Internetauftritt für die Pension arbeiten. Jetzt waren es nur noch drei Tage, bis das Haus offiziell ihr gehörte. Eigentlich sollte sie schon fast so weit sein, die Pension eröffnen zu können. Stattdessen war das Obergeschoss noch immer unverändert.

Tagsüber konnte sie sich ausreichend beschäftigen oder jedenfalls versuchte sie es. Aber dann kam der Abend und die Erinnerungen überfielen sie wie unwillkommene Gäste, die einfach nicht wieder gehen wollten. Und sie schwelgte in ihnen, bis die Tränen über ihre Wangen liefen und ihr Kissen durchnässten.

Es reicht jetzt. Du musst damit aufhören, PJ. Er ist fort. Er liebt dich nicht. Du musst nach vorne blicken.

Aber ihr Herz sagte ihr etwas anderes. Ihr Herz fragte sich, ob er auch manchmal an sie dachte. Ob er ihre Berührung vermisste. Ob er im Bett lag und überlegte, was hätte sein können.

Dabei war er es doch gewesen, der gegangen war.

Sie musste wirklich damit aufhören. Nachdem PJ ihr Handy ans Ladegerät gehängt hatte, fing sie an, zwischen den Fernsehsendern hin und her zu zappen. Montagabends kam natürlich nichts Gescheites. Nichts, was sie ablenken konnte.

Ein Kratzen am Fenster ließ sie zusammenzucken. Dieser blöde Ast. Jedes Mal, wenn es windig war, erschreckte sie das schabende Geräusch. Sie musste den Baum unbedingt beschneiden.

Hatte sie eigentlich die Haustür abgeschlossen? Vorhin hatte sie die Eingangstür für ihren Kochkurs entriegelt. Normalerweise war das hier in Chapel Springs nicht so wichtig, aber seit ihrem Ärger mit Keaton war sie sehr gewissenhaft, vor allem jetzt, wo sie allein im Haus war.

Mit einem Seufzer kroch PJ aus dem gemütlichen Bett und stapfte aus ihrem Zimmer. Die Fußbodendielen fühlten sich kühl an und Krümel klebten an ihren nackten Füßen. Sie nahm sich vor, am nächsten Tag zu fegen.

Während sie durch die Küche ging, wechselte die Spülmaschine in den nächsten Spülgang und PJ zuckte zusammen. Irgendwie war sie heute schreckhaft, auch wenn sie keinen Grund dazu hatte.

Das Haus roch ein wenig nach Knoblauch und Thymian, weil sie vorhin mit gebratenem Chateaubriand experimentiert hatte. Das Rindfleisch war wunderbar zart und voller Aroma gewesen. Wenn sie es zu ihrer Speisekarte hinzufügte, würde es ihr teuerstes Gericht werden – ein kulinarischer Leckerbissen für besondere Gelegenheiten.

Da die Außenbeleuchtung an war, drang durch das bleiverglaste Fenster etwas Licht ins Foyer und sie konnte zumindest Schemen erkennen. Dann hörte sie ein schlurfendes Geräusch auf der Veranda. Das war sicher nur ein Eichhörnchen oder der Wind. Kein Grund zur Beunruhigung.

Der Türknauf klickte.

Augenblicklich schlug PJ das Herz bis zum Hals und pochte in ihren Ohren. Ihre Gedanken überschlugen sich. Keaton! Kein Handy. Keine Hilfe. Sie tastete nach etwas, irgendetwas – einem Schirm, den ein Kunde vor Wochen vergessen hatte. Den zog sie nun aus dem Schirmständer und hob ihn hoch, als die Tür aufging. Ein großer Schatten trat selbstbewusst ein. PJ schloss die Augen und schwang den Schirm wie einen Schläger. Der hölzerne Griff traf.

„Autsch!“

Der Schirm fiel ihr aus der Hand und landete geräuschvoll auf dem Boden. Ein Quieken entwich ihrer Kehle, während sie sich umdrehte, um zu fliehen.

Dann registrierte ihr Gehirn den Klang der Stimme.

Sie erstarrte, die Hände auf die Brust gepresst. „Cole?“, flüsterte sie in die Dunkelheit.

„Warum schlägst du mich eigentlich immer?“, erklang es mürrisch.

Mit einem Riesenseufzer entwich sämtliche Luft aus PJs Lunge. Dann schaltete sie das Licht ein.

Cole schirmte mit einer Hand seine Augen gegen die plötzliche Helligkeit ab.

„Ach du liebe Güte. Ist alles in Ordnung?“ Sie zog seine Hand weg und schnitt eine Grimasse, als sie die rote Beule sah, die sich bereits an seiner Schläfe bildete. „Das tut mir echt leid. Ich dachte … was machst du überhaupt hier?“

Er rieb sich den Kopf und funkelte sie an. „Mich fragen, ob ich nicht einen Fehler gemacht habe.“

PJ schloss die Tür und schob ihn zur Treppe. „Setz dich, ich bin gleich wieder da.“

Sie holte die kalte Kompresse, die sie für Verbrennungen bereithielt, und ging ins Foyer zurück. Cole wollte wahrscheinlich seine Sachen holen. Und sie hatte ihm eins übergebraten. Wieder mal.

Super, PJ. Wenn du ihn nicht dazu überreden kannst, dich zu lieben, kannst du ihn ja vielleicht durch Schläge dazu bringen.

Zurück im Foyer setzte sie sich auf die Stufe über ihm, sodass sie auf gleicher Höhe waren, und drückte vorsichtig die Kompresse auf seine Schläfe.

Cole zuckte zusammen. „Du hast einen ganz schönen Schlag drauf“, sagte er, jetzt etwas weniger gereizt.

„Tut mir leid. Ich hatte niemanden erwartet.“

„Ich dachte, du hättest heute Abend einen Kurs.“

„Der ist abgesagt worden.“ Er musste vorgehabt haben, sich hereinzuschleichen, während sie beschäftigt war, zu holen, was auch immer er holen wollte, und dann wieder zu verschwinden, ohne dass er ihr begegnen musste.

Cole bewegte sich und dabei kratzten seine Bartstoppeln über ihre Handfläche.

PJ riss die Hand zurück, als hätte sie sich verbrannt. „Du brauchst dich nicht heimlich hier reinzuschleichen.“

„Das hatte ich auch nicht vor.“

„Du dachtest, ich wäre beschäftigt und du könntest unbemerkt nach oben gehen und deine Sachen holen. Aber das ist nicht nötig. Du kannst haben, weswegen du gekommen bist."

Cole sah sie durchdringend an. Irgendetwas an seinem Blick war anders. „Das hoffe ich."

Glaubte er, sie würde sich anstellen? Sachen für sich behalten wollen, die er zurückgelassen hatte? Kannte er sie inzwischen nicht besser?

„Bedien dich." Sie nahm seine Hand, legte sie auf die Kompresse und stand auf.

Cole ließ die Kompresse fallen und sprang auf, um ihr den Weg zu versperren. Sein Blick suchte den ihren. Grüne, vertraute Augen, die auf einmal ganz nah waren.

In ihrem Innern spürte PJ ein Flattern. Er brauchte sie nicht einmal zu berühren, um eine Reaktion hervorzurufen. Alles in ihr geriet in Aufruhr, wenn er sie nur ansah. Das war schon immer so gewesen, von Anfang an. Wie erbärmlich sie doch war!

„Und was ist, wenn ich dich mitnehmen will?"

Sie? PJs Herz schlug einen Salto in ihrer Brust. Eine Saat der Hoffnung keimte, aber sie traute sich nicht, daran zu glauben. Zu oft war sie schon verletzt worden.

„Wie bitte?", fragte sie.

„Was ist, wenn ich noch eine Chance haben möchte?"

„Du bist gegangen." Ihre Stimme brach und sie schluckte, weil ihre Kehle wie zugeschnürt war. „Du bist einfach gegangen, ohne dich auch nur zu verabschieden."

Coles Blick wurde weicher, als er eine Hand auf ihre Wange legte. „Es tut mir leid, dass ich dir wehgetan habe. Ich habe mich geirrt. Ich dachte, ich könnte dich loslassen. Dachte, du wärst ohne mich besser dran – und vielleicht wärst du das ja auch. Aber ich schaffe es nicht. Ich habe es wirklich versucht. Ich weiß, dass ich noch ganz viel klären muss. Aber ich möchte es hier klären, mit dir. Ich möchte der Mann sein, den du verdient hast." Seine Stimme war wie dickflüssiger Honig, seine Augen so feierlich, wie sie es noch nie gesehen hatte. „Gib mir noch eine Chance."

Ihre Augen brannten vor Tränen. Der Kloß in ihrem Hals machte es ihr unmöglich zu sprechen.

„Bitte sag nicht Nein." Seine Blicke suchten ihr Gesicht ab, flehend. Sein Daumen berührte sacht ihre Unterlippe.

PJ atmete seinen Duft ein. Sauber. Würzig. Ganz Mann. Sie hatte diesen Geruch so sehr vermisst. Genauso wie die Heiserkeit in seiner Stimme und seine zärtlichen, tröstenden Berührungen.

„Zum Ersten …"

Sie brachte einfach nichts heraus, wenn sie in seine Augen sah. Aber Worte waren auch gar nicht nötig. Worte wurden völlig überbewertet.

„Zum Zweiten …" Sein Atem kitzelte ihre Lippen, als er näher kam.

Jetzt schmolz sie ganz und gar dahin. Sie konnte sich nichts vorstellen, was sie mehr wollte, als seine Lippen auf den ihren zu spüren. Sie reckte sich ihm entgegen.

Dann berührten seine Lippen ihren Mund, ganz sachte. Einmal. Zweimal. Sie spürte es bis in die Zehenspitzen.

„Zum Dritten … und meins", flüsterte er an ihren Lippen.

Sie *war* seins. Ganz und gar und unwiderruflich.

Der Kuss wurde intensiver und sie genoss seinen vertrauten Geschmack. Er war genau so, wie sie ihn in Erinnerung hatte. War Cole wirklich hier? Weil er sie wollte? Sie brauchte? Wenn dies ein Traum war, hoffte sie, sie würde niemals daraus erwachen.

Nun zog er sie näher und schlang die Arme um sie. PJ erwiderte seine Umarmung und spürte den Trost seiner starken Schultern. Ihre Hand fand den warmen Pulsschlag an seinem Hals und blieb dort liegen.

Kurz darauf lösten seine Lippen sich von den ihren. Sie unterdrückte ein Wimmern, das in ihrer Kehle aufstieg. Beide atmeten sie jetzt keuchend.

Coles Augen brannten sich in ihre, während sein Daumen ihre Wange streichelte. „Ohne dich bin ich völlig verloren, PJ. Ich liebe dich. Über alle Maßen."

Ihr Atem war wie ein Seufzer. „Ich liebe dich auch."

Sie wurde mit einem Lächeln belohnt. „Ich habe dich vermisst. Ich will nicht mehr ohne dich sein. Nie mehr. Nie wieder." Noch einmal küsste er sie langsam und zärtlich.

Während seine Lippen die ihren liebkosten, spürte PJ, wie die Wärme sich in ihrem Innern ausbreitete. Sie dachte an den Anfang zurück. Sie hatte gedacht, sie wüsste, was sie wollte. Aber alle ihre Wünsche waren nur Sternschnuppen gewesen, die im nächsten Moment vergessen waren. Was zählte, stand hier vor ihr.

Als Cole sich aus ihrer Umarmung löste, flüsterte sie: „Ich kann nicht fassen, dass du hier bist."

Er sah sie so durchdringend an, dass sein Blick bis tief in ihre Seele reichte und sich dort festsetzte. „Ich werde dich nie wieder verlassen. Mich wirst du nicht mehr los. Ich werde hier irgendeine Arbeit finden. Wir werden es gemeinsam schaffen."

PJ hatte andere Pläne, aber dies war nicht der richtige Zeitpunkt, um sie zu diskutieren.

„Versprochen?", fragte sie. Ihr Blick wanderte über sein schönes Gesicht, die vertrauten Züge, die Bartstoppeln auf seinen Wangen, das gespaltene Kinn. Dann sah sie erneut in seine Augen und tauchte hinein.

„Versprochen", sagte er.

Epilog

Alles war besiegelt. Buchstäblich.

PJ betrat das Haus, die Mappen fest umklammert, und rannte die Treppe hinauf. Sie wusste, dass Cole da war, weil sie seinen Wagen auf dem Parkplatz hinter dem Haus gesehen hatte.

Er hatte die letzten drei Nächte oben im Wohnzimmer auf dem Sofa geschlafen und die letzten drei Tage mit der Suche nach Arbeit zugebracht. Zwischen ihren Kursen, dem Kochen und Planen hatten sie jedoch auch ein paar stille Augenblicke für sich gefunden. Cole war am Tag zuvor bei einem Therapeuten in der Stadt gewesen, den PJs Pastor ihnen empfohlen hatte. Er war entschlossen, seine Probleme zu bearbeiten, und PJ war entschlossen, währenddessen für ihn da zu sein.

Es gab keinen anderen für sie. Das wusste sie mit einer Gewissheit, die ihr Halt gab. Und das Beste war: Dieses Gefühl beruhte auf Gegenseitigkeit.

Sie hüpfte förmlich über den Flur und stürmte ins Wohnzimmer. Cole blickte von der Zeitung auf, die aufgeschlagen auf dem Esstisch lag.

„Was machst du gerade?" Ihre Stimme knisterte vor Energie und ihr Herz wummerte wie ein Presslufthammer in ihrer Brust.

Cole sah sie belustigt an. „Ich gehe die Stellenanzeigen durch. Wieso bist du so aufgedreht?"

„Ich habe gerade die Besitzurkunde für das Haus bekommen."

Seine Augenbrauen schossen nach oben. „Hey, klasse! Warum hast du mir nichts davon erzählt?" Er erhob sich von seinem Stuhl und umarmte sie. „Herzlichen Glückwunsch, mein Schatz. Ich freue mich für dich." Seine Hände auf ihrem Rücken trugen nicht dazu bei, dass ihre Aufregung sich legte.

„Danke. Es war ein großer Tag."

„Wir sollten heute Abend ausgehen." Seine Stimme klang tief in ihren Ohren. „Feiern."

„Du hast immer so gute Ideen. Und wir haben tatsächlich eine Menge zu feiern."

Cole nahm ihre Hände und führte sie hinter ihrem Rücken zusammen. „Du musst meine Arbeitskraft hier oben ausnutzen, solange ich noch keinen Job habe. Ich könnte die zusätzliche Wand einziehen und die Räume hier in eine Suite umbauen, wie du es wolltest."

„Oder ich könnte es einfach so lassen."

„Ja, aber eine Pension sollte doch eine Suite haben, findest du nicht?"

„Da hast du allerdings recht." Sie schob seine Arme weg und griff nach den Mappen, die sie auf dem Tisch abgelegt hatte. „Aber bevor ich Näheres plane, musst du noch ein paar Sachen unterschreiben." Sie schlug eine der Akten auf und legte mit zitternder Hand den Stift auf das obere Blatt Papier.

„Ich? Wozu das denn?" Cole nahm den Stift, beugte sich vor, stützte beide Hände neben der Mappe ab und fing an zu lesen. Dann richtete er sich auf. „Nein", sagte er entschlossen. „Das ist dein Haus, PJ. Du hast es dir verdient."

„Du hast es für mich aufgegeben. Und weißt du was? Ich wollte genau dasselbe auch für dich tun."

„Wovon redest du?"

„Am Tag der Präsentation wollte ich dafür werben, dass du das Haus bekommst. Dass *Crossroads* bestehen bleiben sollte. Es war leicht zu begründen, weil du in dem Leben dieser Jugendlichen wirklich etwas bewirkt hast, aber ich hatte nicht die Gelegenheit, ihnen das zu erklären."

Cole ließ den Stift fallen. „Ich nehme dir nicht deinen Traum weg, PJ."

„Du nimmst mir gar nichts weg. Ich habe mein Restaurant. Das ist alles, was ich will. Na ja, nicht ganz *alles*. Ich will nämlich auch, dass du deinen Traum erfüllst. Ich will, dass diese Jugendlichen einen sicheren Ort haben, an dem sie leben können. Ich will, dass wir das hier zusammen machen. Du mit *Crossroads*, ich mit meinem Restaurant. Wir beide mit unseren Träumen unter einem Dach."

Sie zog die zweite Mappe hervor und schlug sie auf dem Tisch auf. Coles Blick fiel auf die zerknitterten Blätter und er schaute bedrückt drein. „Woher hast du die?"

„Ich habe sie im Müll gefunden, nachdem du fort warst. Der

Stapel mit den vielversprechenden Fällen. Vier Jugendliche, die ein Zuhause brauchen …" PJ breitete die Arme aus. „Und hier stehen all die Zimmer leer."

Er schluckte, den Blick unverwandt auf die Anträge gerichtet und auf die Bilder der Teenager.

„Meinst du nicht, wir sollten da etwas unternehmen?"

Sein Blick suchte den ihren. „Ich kann es nicht fassen, dass du das tun willst."

„Eigentlich ist es egoistisch. Es gefällt mir, dass du im selben Haus wohnst."

Cole lächelte schief und rieb sich die Beule an der Schläfe. „Ich bin mir nicht sicher, ob das nicht zu gefährlich ist."

PJ schmollte. „Wenn du diese Papiere unterschreibst, schwöre ich feierlich, keine Regenschirme, Tontöpfe oder andere unbelebte Objekte als Waffen gegen dich zu verwenden. So wahr mir Gott helfe."

Cole fuhr sich mit der Hand über das Kinn und seine Miene wurde ernst. „Das ist eine gewichtige Entscheidung, PJ."

„Ich habe lange darüber nachgedacht."

„Bist du dir sicher?"

Sie legte die Hände um sein Gesicht und genoss, wie stoppelig sich seine Wangen anfühlten. „Ich könnte mir nicht sicherer sein. Beinahe hätte ich diese Kids schon vor Tagen angerufen."

Cole sah sie lange an. Noch nie hatten seine grünen Augen so warm ausgesehen. „Du bist eine erstaunliche Frau, Sonnenschein. Und ich bin ein echter Glückspilz."

Lächelnd trat sie in seine Umarmung, so wie Cole in ihr Herz getreten war.

Weitere Titel von Denise Hunter

Barfuß am See
ISBN 978-3-86827-516-2
304 Seiten, Paperback

Madison McKinley kennt in diesem Sommer nur ein Ziel: Die junge Tierärztin will die örtliche Segelregatta gewinnen. Dabei hat sie panische Angst vor dem Wasser. Doch der Regattasieg war der große Traum ihres verstorbenen Zwillingsbruders und Madison ist fest entschlossen, diesen Traum Wirklichkeit werden zu lassen. Für Michael – und für sich. Damit sie endlich Frieden findet. Aber wird diese Rechnung aufgehen?
Es verspricht ein spannender Sommer zu werden: nicht nur in sportlicher, sondern auch in beruflicher Hinsicht … und völlig unerwartet sogar in Sachen Liebe.

Eines Tages werden wir tanzen
978-3-86827-594-0
318 Seiten, Paperback

Noch vor wenigen Monaten träumte Jade McKinley von einem Neuanfang. Sie zog nach Chicago und arbeitete an ihrem Durchbruch als Musikerin. Nun kehrt sie nach Hause zurück – zerbrochen, desillusioniert, schwanger. In ihrer Verzweiflung schmiedet sie einen aberwitzigen Plan: Sie will heiraten, damit ihr Kind nicht ohne Vater aufwachsen muss, aber ihr Herz plant sie nie wieder zu verschenken.
Doch wo soll sie einen passenden Heiratskandidaten hernehmen? Jade bittet ausgerechnet Daniel bei der Suche um Hilfe, den besten Freund ihres Bruders. Sie ahnt nicht, dass sie ihn damit vor eine unmögliche Herausforderung stellt ...